KB118700

조용한 날들의 기록

철학자 김진영의 마음 일기

조용한 날들의 기록

한겨레출판

일러두기

• 본문 가운데 번역 인용문의 출전을 따로 밝히지 않은 경우는 저자가 원문을 직접 옮긴 것이다.

차례

2010년

1월

1 .

눈이 내리면서 가르쳐주는 것. 고요히 사라지는 법. 모든 것들을 고요하게 만들면서.

2 .

슬픔은 맹렬한 유혹이다. 쓰러지라는, 그만 쓰러지라는 노래. 그러나 그 슬픔의 쓰라린 눈물 때문에 눈을 뜨는 것이 있다. 행복에의 역시 맹렬한 의지. 도덕적 행동은, 특정한 상황에서 요청되는 올바른 행동은, 이 슬픔의 유혹과 행복에의 의지가 마주칠 때 삶이 취하는 순간의 몸짓이다.

3.

또다시 반복하는 질문: 몰락은 가깝고 구원은 멀다. 어떻게
할 것인가?

4.

잘못 살았으나 그러나 우리는 살았으니…… (Nicht richtig
gelebt, aber gelebt)

5.

죽은 이들에게 제사를 지낸다. 아무런 기억도 없이, 잊혀진
이름들 앞에서, 기억되어서는 안 되는 이름들 앞에서. 죽은
이들은 왜 기억될 수 없는 것일까. 그건 분노가 아닐까. 살
아서도 기억되어서는 안 되는 자신에 대한, 자기를 망각함
으로써만 살아질 수 있는 지금 여기의 삶에 대한 분노—강
단에 서서, 청중들 앞에서, 몸을 흔들며 열심히 말하는 사람.

잊지 말자고, 잊어서는 안 된다고…… 그러나 그는 자기를 잊고 있다, 기억하지 못한다. 말하는 사람으로부터 떨어져 나와 자기 혼자 말하는 말들의 흐름 속에 그는 없다. 그래서 인가. 그는 말하는 것 같다: 나는 잊혀져야 한다고, 나는 결 코 기억되어서는 안 된다고, 그래야만 이렇게 열심히 말을 하며 살아갈 수 있다고……

6.

아름다운 것은 현기증을 일으킨다. 이 현기증은 아름다운 것의 두 존재성 때문이다. 아름다운 것—그것은 생생하게 살아 있는 것이다. 그러나 그것은 순식간에 사라지는 것이 다. 아름다움 안에는 심연이 있고 아름다움에 대한 사랑은 이 심연을 들여다보는 일이다.

7.

우리는 '그것'을 소유할 수가 없다. 소유하면 그것은 사라지고 마니까, 죽어버리고 마니까. 우리는 그것을 사랑하고 그래서 그 안에서 살고 싶지만 그 안에서 살자면 그것을 소유해야 하고 소유하면 그것은 죽어버리고 마니까 우리는 결국 그것 안에서 살 수가 없다. 우리가 그것 안에서 살 수 있는 건 그것이 더 이상 살아 있지 않을 때이다. 그래서 우리는 죽은 것들 앞에서 넋을 잃는다. 돌들 앞에서, 건물들 앞에서, 문자들 앞에서, 그림들 앞에서, 사진들 앞에서. 요즈음 더 자주 하염없이 들여다보게 되는 죽은 사람들의 사진들, 시체들……

8.

내게 지금 필요한 건 위안이 아니다. 절망이다.

9.

젊은이들은 부활을 믿는다. 그래서 시를 쓴다. 늙은이는, 멀리서 걸어오는 죽음을 보는 늙은이는 부활을 알지 못한다.

그래서 윤리학을 쓴다.

10.

절망과 더불어 나는 내게로 돌아온다. 나는 '나'로 꽁꽁 응집된다. 남는 건 작업(Arbeit)이다. 모든 작업은, 무엇보다 글쓰기는, 윤리적이다. 윤리—그것은 절망과 작업 사이에 존재하는 실천적인 무엇이다.

11.

더 이상 거짓이 되지 않으려는 거짓말.

12.

아이는 장난감에게 이름을 준다. 장난감은 낡아서 망가진다. 어머니는 다른 장난감을 사 주고 명령한다: 낡은 장난감은 버리렴. 이제는 이 장난감이 A란다. 그러나 아이는 완강히 저항한다. A가, 최초의 장난감에게 주었던 그 이름이 어떻게 새 장난감의 이름이 될 수 있는지를 아이는 이해할 수 없으니까. 그러나 차츰 아이는 알게 된다, A는 새 장난감의 이름이 될 수 있다는 걸, 하나의 이름은 여러 장난감들의 이름이 될 수 있다는 걸. 그렇게 상처는 아이의 언어 속에 각인된다. 언어가 사용될 때마다 상처는 깊어지고 쌓여간다. 그리고 차츰 모든 것들이 희미해진다. 치유는 불가능해도 아픔은 잊혀져야 하니까, 아픔을 껴안고는 더 살아갈 수가 없으니까……

13.

벤야민의 《모스크바 일기》를 읽는다. 하염없이 들여다보았던 문장 하나: "……그리고 나는 아샤가 낡은 덧신 신는 걸 도와주었다."

14.

플로베르의 〈순박한 마음〉을 또 읽는다. 참을 수 없이 울고
싶어졌다.

15.

마음은 사막. 그 사막을 밟으며 낙타 한 마리 걸어간다. 그
발자국을 밟으며 또 한 사람이.

16.

A의 장례식. 돌아오면서 그에 대한 깊은 생각. 그는, 때로 이
해할 수 없었던 그는, 누구였을까. 그는 지키려고 한 사람이
었다. 그 무언가를, 반드시 그 자신만은 아닌 그 무언가를.

17.

아도르노 강의. 강의 중에 꼭 인용하려고 했는데 그만 잊고
말하지 못했던 문장 하나: "우리는 아주 착한 동물이었는지
모른다. 그렇게 믿어도 되도록 사는 일, 그것이 도덕은 아닐
까?" (테오도어 W. 아도르노, 《부정변증법》)

18.

현실은 언제나 내게 유배지였다. 고향은 늘 상상적인 장소
였다. 이 상상적인 고향 때문에 나는 현실이 불만스럽고 불
행했었다. 그러나, 그런데, 그것만이 가능한 걸까. 상상적
인 것 때문에 현실마저도 너무 아름답고 행복할 수는 없는
걸까.

19.

딱딱한 베개를 베어야 잠이 온다. 딱딱한 독일식 보리빵을

좋아한다. 안마를 싫어한다. 온천이나 찜질방 같은 곳은 가본 적이 없다. 걸을 때에도 가능한 한 관절을 굽히지 않는다. 그러면서 말버릇처럼 연약함을, 부드러움을 강조한다. 공기의 흐름, 여인의 자태, 눈송이의 연약함, 프루스트 문장의 음악성에 대해서 지칠 줄 모르고 경탄한다. 내 고백을 듣고 A가 한 말: "그러니까 선생님은 감각은 딱딱하고 정신은 부드럽군요. 그런데 반대가 되어야 하는 거 아닌가요?"

2 0 .

갑자기 한 여자아이가 생각난다. 오래전 집에서 일을 보아주던 여자아이였다. 라면을 끓일 때면 파와 홍당무 그리고 양파를 썰어 넣어서 예쁜 그릇에 담아 주던 아이였다. 검정고시를 준비한다고(이제야 돌연한 기억의 이유를 알겠다. 방금 전 나는 TV에서 검정고시에 합격하는 어느 가난한 아이의 드라마를 보았다) 짬만 나면 고등학교 교과서를 펼쳐서 공부를 하던 아이였다. 어머니는 야박해서 그 아이에게 친절하지 않았다. 나는, 글쎄 그것이 소설만 읽어내던 사춘기의 교양이었는지 모르지만, 그 아이를 격려하고 때로 영어 문장을 해석

해주기도 했다. 반년이 넘었을까, 어머니는 아이가 곧 집을 떠날 거라고 말했다. 그리고 며칠 뒤 어느 날, 나는 책을 읽다 낮잠에 빠졌고 깨어났을 때 아이는 집을 떠난 뒤였다. 할머니가 곱게 접은 손수건 한 장을 건네면서 말했다: 좀 내다보지 그랬니? 저가 주고 싶었던 모양인데 대신 전해주라고 하더라. 창문 밖에서 얼마를 서 있던지…… 그제야 귓속에서 다시 들렸다. 꿈결에 들리던 소리, 그 무언가가 서성이던 소리, 스치던 소리, 멀어지던 소리가……

2 / .

행복이란 무엇일까? 그건 예기할 수 없는 리비도의 운동, 어디로 도착할지 모르는 그 어떤 마음의 흐름 같은 것이 아닐까? 그러고 보면 그 언젠가 꾸었던, 그러니까 유학의 첫 시기, 창밖으로 10분마다 빨간 버스가 도착해서 떠나곤 하던, 오후에도 햇빛이 잘 안 들던 작은 방에서 꾸었던 꿈도 행복의 꿈이었다. 그때 꿈속에서 나는 망설이고 있었다, 멀리 푸른 하늘 끝이 닿아 있고, 빈 지평 위에서 보이는 건 다만 부드러운 흐름과 그 흐름 속의 입자들이 오래된 사진의 망점들처럼 선명하게 느껴지던 대기권의 넓은 공간뿐이었다. 그런데 그때 나는 불안해하는 중이었다, 은밀하게 불안해하는 중이었다. 그런데 그 불안은, 이후 나를 늘 압박하고 있는 불안과는 다른 불안이었다. 그 불안은, 말 그대로, 흔들림, 어느 한곳에 정착하지 못하는 설렘, 곧 다가올지 모르는, 그러나 한없이 먼 길을 이제 떠나야 할 것 같은, 멂과 가까움 혹은 안과 밖 사이의 단호하고 모호한 망설임이었다. 이 망설임은 얼마나 행복한 것이었는지……

2월

1.

왜 우울한가? 그건 모든 것을 말하지 않았기 때문이다: "나
는 너의 모든 것을 알고 있다"라고 사이렌은 노래한다. 사이
렌은 모든 것을 다 말하기 때문에 치명적으로 아름다운 노
래다. R. 바르트는 말한다: "노예란 누구인가? 그는 혀가 잘
린 사람이다." (롤랑 바르트, 《사랑의 단상》)

2.

한 사람이 자살했다는 소식. 오래된 기억 속에서 아주 명랑
하고 어린애 같았던 그 사람. 그 사이 무슨 일이 그에게 일어
났던 것일까. 아무도 모르게 누군가에게서 일어나는 폭풍
같은 일들이 있다. 이 세상 속, 수많은 사람들 속에서 일어나
는 폭풍들, 침묵의 폭풍들이 있다. 이 폭풍들이 그런데 그만

의 것일까.

3.

틈나는 대로 R. 바르트의 《애도 일기》를 번역한다. '사랑을
잃어버린 슬픔(Trauer)'이란 무엇일까에 대한 집요한 추적.
프루스트에게서 따온,《카메라 루시다》에서 인용된 원칙의
수행: "나는 내 슬픔의 독자성을 간직하고 싶다." 이런 문장:
"지금 이 순간 나는 나의 슬픔을 실현하고 있다(realisieren)."
다시 말해서: "슬픔의 가장 순수한 상태, 내 슬픔의 모든 것
들이 하나도 빠짐없이 응집된 상태 속에 들어 있다." 또 이
런 문장: "그 누구에게 이런 질문을 할 수 있을까(그것도 대답
을 얻으리라는 희망을 품으면서)?—우리가 그토록 사랑했었던
사람을 잃고 그 사람 없이도 잘 살아간다면, 그건 우리가 그
사람을, 자기가 믿었던 것과는 달리, 그렇게 많이 사랑하지
않았다는 걸까……?"

4.

강의에 대한 생각. 요즈음 나의 강의들에는 문제가 많다. 강의들이 점점 종잡을 수 없어진다. 조리가 없어지고 느슨해진다. 그러니까 시스템이 없어진다. 강의는 내게 두 가지를 의미한다. 메시지가 분명하게 조탁되도록 구성될 것, 그리고 우발적인 것들을 향해서 열려 있을 것. 시스템적이면서 탈시스템적일 것. 그런데 언제부터인가 시스템이 허물어지는 조짐들. 두서가 없어지면서 우발적인 것들에 너무 무력하게 쓸려 들어가는 위기감. 그 결과는 많은 말을 했으나 아무것도 붙잡힌 것이 없는, 강의가 아닌 수다 혹은 잡설. 마치 구멍들이 너무 커서 모든 어족들이 다 빠져나가는 그물처럼. 강의는 내게 하나의 특별한 시스템을 만드는 일이다. 철저한 구성과 우발성의 자유, 지적이면서 동시에 육체적인 시스템을 만드는 일, 시스템 아닌 시스템, 그러니까 음악적인 시스템을 구축하는 일—강의와 다시 맞설 것. 강의에 대한 책임감을 다시 자신에게 환기시킬 것.

5.

오랜만에 다시 읽는 E. 카네티의 아포리즘들. 밑줄이 그어져 있는 두 단상: "백 년이 지나면 사람들은 아마도 나를 이해하게 될지 모른다. 그러면 모든 것들이 또 수포로 돌아가고 말겠지⋯⋯" "J. M.의 고백. 모든 여자들은, 아무리 비천하고 보잘것없는 여자들조차도 남자들보다는 낫다는 것. 그래서 그는 기꺼이 천재를 창녀의 무릎 아래 내팽개치고 말리라는 것. 그리고 나서도 여전히 그녀를 욕보였다는 죄의식은 사라지지 않으리라는 것⋯⋯" (엘리아스 카네티, 《Nachtraege aus Hampstead》)

6.

감사해요⋯⋯라고 그들은 노래 부른다. 낮은음에서 아주 조금만 더 높은음으로 부드럽게 떠오르는 선율의 상승 포물선. 나는 그만 고개를 떨구고 온몸이 텅 비어서 시멘트 바닥에 눈을 꽂는다. 너무 오래 잊어버린 것, 요즈음 더 간절하게 다시 만나고 싶은 것, 그러나 애써도 돌아오지 않던 것이

저기서 걸어오는 게 보인다. 이제야 주소를 찾아서 도착하는 어느 편지처럼……

7 .

멜랑콜리는 우울이 아니다. 특별한 정신의 상태다. 걱정과 근심, 좌절과 불안, 그러나 그 안에는 늘 멜랑콜리가 있었다. 태풍의 눈 속처럼 나는 멜랑콜리 속에서 늘 침착하고 냉철하며 온화하게 나를 지킬 수 있었다. 집으로 돌아간 탕아처럼, 돌아가서 또다시 새벽에 가출하는 탕아처럼.

8 .

느닷없이 폭설이 내렸다. 봄 대신 세상으로 쏟아진 눈. 계절은 미쳐서 어떤 꽃을 피우려는 것일까.

9.

술 먹지 말 것, 담배 피우지 말 것, 꽃을 꺾지 말 것, 잔디에 들어가지 말 것, 쓰레기 버리지 말 것, 음식을 가져와 먹지 말 것, 개에게 용변을 누이지 말 것…… 그러나 오늘 아침 공원의 경고판 위에는 하얗게 눈이 덮였다. 모두 지워지고 아무것도 읽을 수가 없다. 금지의 문장들은 백지가 되었다. 아직 아무도 그 위에 문장을 쓰지 않았다. 그 앞에 선다. 그런데 무엇을 쓸 것인가.

10.

……갑자기 생각난 오래전 꿈 하나. 공원을 혼자 산책한다. 밤사이 눈이 내려서 풍경이 모두 지워진 세상. 주차장에 자동차 한 대가 서 있다. 눈이 덮여서 안이 보이지 않는다. 나는 골판지 한 장을 손에 들고 있다. 자동차로 다가가서 그 골판지로 자동차 앞 유리에 쌓인 눈들을 쓸어낸다. 와이퍼가 지나간 것처럼 안이 환히 들여다보인다. 두 시체가 쓰러져 있다. 서로 꼭 껴안고 눈보다 더 흰 얼굴로……

3월

1.

어느 교주의 섹스 스캔들. 중요한 건 교리가 아니다. 문제는 믿음이다. 믿음이 교리에 혼을 불어넣는다. 사이비 교주들은 이 사실을 누구보다 잘 알고 있다. 그래서 교도들과 섹스를 나누면서 믿음을 주입하려 한다. 죽은 것에게 혼을 불어넣어 죽은 것을 산 것으로 믿게 만드는 것이 섹스 말고 또 있을까. 그러나 죽은 것에게 섹스로 혼을 불어넣는 것이 반드시 사이비 종교만은 아니다. 그건 오히려 정통성을 앞세우며 나날이 가관이 되어가는 이 나라 종교 자체의 존재 근거가 무엇인지를 말해준다. 믿음만을 강조할수록 그 믿음은 섹스에 가까워진다. 섹스에 가까워질수록 종교는 당연히 사이비가 된다.

2.

사르트르의 《집안의 천치》를 읽다가 갑자기 기억난 사실 하나. 언젠가 어머니에게 들었던 이야기. 어머니 집안에는 간질병에 걸린 아이가 하나 있었다. 그 아이는 정신병원에도 들어가고 소년원에도 들어갔다가 결국에는 물에 빠져 죽었다. 그런데 그 아이가 간질이 시작된 건 태생적이 아니라 어렸을 때 우물에 빠졌기 때문이라고 했다. 우물을 들여다보다가 그만 그 안으로 추락했는데 허우적거리는 걸 건져낸 다음부터 주기적으로 발작이 시작됐다는 것이다. 그런데 갑자기 생각난 건, 그때 우물 옆에는 나도 있었다는 사실이다. 더구나 내가 먼저 너무 깊이 우물 속으로 머리를 넣었다가 빠져버릴 지경이었을 때, 옆에 있던 그 아이가 나를 밀쳐내다가 그만 대신 우물 속으로 추락했다는 것이다. 그러고 보면 그 아이의 얼굴이 생각나기도 한다. 아니, 생각은 안 나지만 그 아이와 집 안에서 놀던 기억은 난다. 다락방 같은 곳에서 아마도 이불 따위를 서로 덮고 씌우고 뺏고 당기며 놀던 소란스러운 기억…… 나 대신 우물에 빠져서 간질을 얻은 이 아이는 그런데 내가 알고 있는 또 하나의 아이, 내 상상 속 '병관의 아이'와 겹쳐진다. 하기야 돌아보면 늘 그렇지 않았던가, 나 말고 또 누군가가, 나 대신 희생을 당했던 누군가가, 그러면서도 늘 내게서 잊혀진 누군가가, 지금도 나를 응시하면서 기억해주기를 애타게 기다리는 그 누군가가 내게는 늘 있지 않았던가……

3.

혐오감의 본질은 두 가지다. 하나는 견뎌낼 수 없는 가까움의 감각. 일종의 접촉 공포증. 또 하나는 가장 멀리까지 꿰뚫어 보는 예언적 감각. 카산드라의 감각. 결국 혐오감은 인간의 감각 가장 깊은 곳에서 눈뜨고 있는 동물적 위기 감각이다.

4.

법정 스님의 입적. 무소유의 세계로. 그러나 대상에 대한 지극한 사랑은 소유에 있지 무소유에 있지 않다. 무소유는 사랑에 대해서 수동적이다. 능동적인 사랑은 실천이고 그래서 소유를 통해서만 실현될 수 있다. 다만 그 소유가 어떤 소유이냐가 문제일 뿐.

5.

황사의 침입. 대낮이 될수록 해는 지워지고 날씨는 탁해진다. 노랗게 곪아가는 공중. 이런 날에는 누군가가 기다리고 있다. 누군가를 찾아가야 한다.

6.

멀리 공사장은 비어 있다. 파헤친 땅 가운데 등 굽은 나무 한 그루 서 있다. 유난히 무성한 잎들이 무겁고 나무는 혼자서 미친 듯이 흔들린다. 바람이 부는가? 어떤 바람이? 혼자만 아는 바람이 있다.

7.

미장원이 있고 분식집이 있고 철물점이 있고 편의점이 있는 변두리의 가난한 길. 이 아침 나는 그 길 속으로 스미고 길은 내 안으로 흘러든다. 이 길은 이제 잊혀져서 오래 남을 것이다. 그리고 어느 다른 아침 그 길은 내 안에서 눈을 뜨고 나는 그 길 안에서 깨어날 것이다. 그렇게 길과 나는 정답게 서로에게로 스러지고 사라질 것이다……

8.

눈뜨면 나보다 먼저 깨어나 기다리는 얼굴들. 이 지겨운 타자들. 그렇게 나는 아침마다 지옥으로 끌려 내려온다.

9.

나의 이 끝 모를 시기 질투. 사실은 특별한 적도 없건만.

10.

죽음보다 깊었던 잠. 그래도 들리던 무슨 소리들.

11.

나는 언제나 폐허 속에서 아름다움을 꿈꾸었다. 무슨 일이
있어도 아름다움을 발견하고 확인하려고 했었다. 그것은
내게 믿음이었고 의무였다. 그렇게 나는 평생 윤리주의자
였다.

12.

이발을 했다. 거울 보기가 싫다. 그렇잖아도 삭아가는 얼굴
이 짧은 커트 머리 때문에 더 숨길 수가 없어졌다. 커트를
할 때마다 겪게 되는 일. 조금만 자르라고 부탁해도 이 '조
금'의 기준이 미용사에게는 다르다. 가위를 들면 '적어도 이
만큼'은 잘라내야 하는 무의식적 욕망이 미용사에게는 있

는 걸까. 어쨌거나 너무 짧아진 머리는 두 가지 사실을 다시 확인하게 한다. 우선 하나는: 그것이 어떤 일이든 누군가에게 나를 맡겨야 하는 상황은 결코 만족한 결과를 가져오지 않는다. 더구나 지독히 나쁜 시력 때문에 안경을 벗으면 거울을 앞에 두고도 무슨 일이 내게 일어나는지를 짐작할 수 없는 나의 경우, 머리 깎기는 무방비 상태의 타율적 상황으로 자기를 방기하는 일일 수밖에 없다. 마지막에 내게 주어지는 건 남이 나를 가지고 만들어낸 결과뿐이고 나는 그 결과를 내 것으로 받아들일 수밖에 없다. 그런데 정작 내가 살아온 일이 꼭 이런 것이 아니었을까. 또 하나 확인되는 사실은: 어쨌든 머리카락은 다시 자란다. 자라서 원상 복귀가 된다. 아, 인생도 그렇다면 얼마나 좋을까. 참고 기다리면, 희망을 잃지 않으면, 본래의 자리로 돌아갈 수 있다면, 그래서 다시 시작할 수 있다면 얼마나 좋을까. 우리가 예술이라고 부르는 일들은 결국 머리카락이 되고 싶은 욕망인지 모른다.

/ 3 .

그가 왔다. 일상 아래 잠겼던 메마른 바닥이 떠오르고 나는 다시 멜랑콜리로 침강한다. 한동안 무사 무사했었다. 그래서 편했던가. 그의 부재가 오히려 낯설고 불안하지는 않았을까. 그러니 그가 온 것이 아니라 내가 그를 부른 것은 아닐까. 고개 떨구고 붉은 와인 앞에서 생각했던 것: 그는 신호로 도착한다. 그러나 어떤 빈 장소로, 아직 지어지지 않은 집으로 초청받은 손님처럼. 그래서인가. 포도주 잔 안에서 헤매던 어떤 기호 하나 있었다.

14.

자의식과 자존감의 차이에 대하여. 의식으로 소유되는 나는 정체적이다. 딱딱하고 고정적이다. 감정으로 느껴지는 나는 모호하다. 불확실하고 떠다닌다.

15.

가난은 내게 세상의 아주 많은 것들이 나와는 아무 상관이 없다는 걸 가르쳐준다. 그러나 가난은 내게 세상의 얼마나 많은 것들이 어쩔 수 없이 나와 관계가 있는지를 알려준다. 세상에는 너무 많은 헛된 것들이 있지만 생활 속에는 너무 많은 꼭 필요한 것들이 있다. 문제는 너무 많은 헛된 것들이 이 세상을 채우고 있다는 게 아니다. 그건 너무 많은 꼭 필요한 것들이 너무 많은 사람들에게 허락되고 있지 않다는 사실이다. 세상 앞에서 혹은 가난 앞에서 바보가 되지 않으려면 이 부당한 결핍을 잊지 말아야 한다.

16.

늦은 밤 빈손을 들여다본다. 빈손은 부끄러움이 무엇인지를 가르쳐준다. 손바닥에 파인 굵고 가는 선들. 무엇을 그토록 움켜잡으려 했기에 이 가엾은 자국들은 이렇게 깊이 살들 속으로 파고들어야 했을까. 그리고 그동안을 돌아보면, 무엇을 얻고 무엇을 잃었을까. 살아온 일들이 어리석은 장사였던 것만 같다. 귀한 것을 버리고 헛된 것을 얻으려고 했던 바보 같은 비즈니스. 그리하여 남은 것 없이 이제 파산의 운명선만이 또렷한 삶. 빈손을 들여다본다. 저리는 아픔 혹은 두려움.

4월

1.

그것이 무엇이든 모든 초자아는 인간을 해방시키지 못한다. 종교는 인간을 만들어낸 초자아를 섬긴다. 철학은 인간이 만들어낸 초자아를 섬긴다. 그러면 문학은? 문학은 육체의 깊이만을 알고 있다. 그래서 초자아로 올라가는 대신 인간의 밑바닥으로 내려간다.

2.

사랑은 내가 그 누구에게 속한다는 감정 혹은 그 확신.

3.

적은 늘 숨어 있다. 불확실하다. 그래서 싸움은 방향을 잃는
다. 나중에는 싸움들이 서로를 적으로 삼아 싸운다. 그래서
상처를 입는 건 싸움들 서로이지, 적이 아니다. 적은 언제나
안전하다. 적은 서로를 상처 내는 이 싸움들 사이에 숨어 있
기 때문이다. 그러나 이 싸움이 반드시 불필요한 것만은 아
니다. 상처는 언제나 그 상처를 낸 칼의 모양을 간직한다. 이
싸움도 마찬가지다. 이 싸움은 대리전이지만 그 대리전은
숨은 적의 전략이 무엇인지를 예감하게 한다. 중요한 건 싸
움을 멈추는 게 아니다. 중요한 건 그 싸움 속에서 적의 얼
굴을 간파해내는 일이다.

6월

1.

생 속에는, 가만히 관찰해보면, 늘 생각하고 짐작한 바와는 다르게 되어가는 것이 있다. 이것들이 모이면 또 하나의 생이 아닐까?

2.

가난한 동네의 좁은 언덕길. 차를 세우고 담배를 피운다. 어제는 꿈도 없었던 숙면. 오랜만에 몸은 가볍고 마음은 고요하다. 저만큼 두 어머니와 두 아이가 손을 잡고 걸어간다. 아웃사이드에 키 큰 두 어머니, 그 사이 인사이드에 키 작은 두 아이가 긴 선으로 이어져서 하강 곡선이 그어진다. 그리고 좁은 길 위 공중에는 아치형으로 우거진 가로수 가지들이 그리는 상승 곡선. 눈이 아연히 깊어지고 상승 곡선과 하강 곡선이 만드는 타원형 쌍곡선을 따라가는 시선. 참 오랫동안 아침 글을 쓰지 않았다. 서둘러 집을 나가 강의를 하고, 사람을 만나고, 병원을 다니고…… 그렇게 아침 속에 풍경이 부재했었다. 그리하여 늘 피곤, 짜증, 저녁의 우울…… 그것이 그사이 병이었던가.

3.

또 줄어든 몸무게. 무언가가 몸속에서 자꾸만 새어 나가는 느낌.

4.

기독교와 부끄러움: '부끄러움 혹은 망각과 사랑'
기독교와 시간: '이웃 사랑 혹은 세 개의 시간'
기독교와 상속권: "내가 너희를 기름진 땅으로 데려와 그 열매와 좋은 것을 먹게 하였다. 그러나 너희는 여기 들어와 내 땅을 더럽히고 나의 상속 재산을 역겨운 것으로 만들었다."

《예레미아》 2:7)

5 .

미칠 것 같은 부끄러움. 하루 종일 뜨겁고 축축한 태양 아
래서.

7월

1.

블로그 혹은 카페 하나 만들기.

2.

삶은 습관이다. 오랫동안 읽기가 습관이었다. 이제는 강의
가 습관이 되었다. 글쓰기는 언제나 습관이 될까.

3.

6월이 지났다. 몸이 많이 나아졌다. 어기적거리며 걷지 않아
도 되고 화장실을 자주 들락거리지 않아도 된다. 6월의 바
이러스들이 마침내 내 몸을 관통해서 지나간 걸까. 생각해

보면 얼마나 많은 6월의 손님들이 그사이에 나를 방문하고 또 떠나갔을까. 산다는 건 무수한 것들이 나를 지나간다는 것. 그리고 지나가는 것들은 모두가 말을 남기고 메시지를 남긴다. 그러나 나는 언제나 아무것도 배우지 못하는 주인 이었다. 그리하여 돌아보면 문장 하나 남지 못한 텅 빈 떠난 자리들뿐.

4.

Ph. 로스의 《에브리맨》. 이 책은 소멸과 죽음에 대한 책이 아니다. 이 책은 노년의 알레고리다. 죽음이라는 검은 악보 위에서 다이아몬드 같은 음표들이 반짝이는 노년의 소나타. "노년은 전투가 아니다. 대학살이다"라고 이 텍스트는 단언한다. 그러나 그 뒤에서 독자는 쓰여 있지 않은 또 하나의 문장을 읽어야 한다: 노년은 대학살이 아니다. 빛의 음악이다.

5.

상실감은 히스테리를 불러낸다. 당연한 일이다. 이런 삶의
구조 안에서는 모든 상실들이 부당하고 억울한 것일 수밖
에 없으니까. 하지만 '부드러운 상실감'이 있어야 하지 않을
까. 더 이상 악착같이 붙들지 않기, 더 이상 못 잊어서 애태
우지 않기, 더 이상 집요하게 회복하려고 하지 않기, 그냥 놓
아 보내기, 떠난 것을 떠남의 장소에 머물게 하기, 그렇게 부
드럽게 상실하기—그렇게 상실을 기억하고 성찰하면서 자
기를 유지하기.

6.

P. 한트케의 《소망 없는 불행》. 51세에 자살한 어머니의 이야
기. 강의의 질문은: '어머니는 왜 자살하고 말았을까.' 강의의
마지막 결론은: '여자는 언어가 없는 존재다(역사 속에서 여자
는 언어를 가져본 적이 없다).' 여자의 주체성은 '느낌의 주체성'
이다. 그런데 느낌은 그것이 '무엇'이 되려면 개념을 발견해
야 한다. 그러나 세상의 모든 개념들은 남자들의 개념들. 여

자의 느낌은, 느낌은 리비도처럼 그 어딘가로 도착해야만 하는데 그 어디에도 도착할 곳이 없는 여자의 느낌들은, 남자의 개념들로 종속될 수밖에 없다. 그렇게 여자는 존재하고, 존재하므로 그 무엇으로 되어가지만, 결국에는 '아무것도 아닌 것(The Nothing)'이 된다. 그리하여 어머니의 마지막 비명들: '단어들을 생각하면 난 무섭단다.' '난 아무것도 말할 수가 없구나.' '난 머릿속에서 무슨 소리를 듣는단다.' '난 나하고만 얘기한단다.' '꿈속에서 나타나는 벌거벗은 남자들이 성기 대신에 덜렁거리는 창자를 달고 있구나.' '난 이제 인간도 아니다.' 이 어머니가, 언어 없는 여자가, 마지막으로 도착할 수밖에 없는 곳은 어디일까.

7.

프루스트가 말하는 '다른 법칙(das andere Gesetz)'. 그 법칙이 아니면 세상으로부터 외면당하는 많은 일들이 그럼에도 불구하고 왜 존재하고 수행되어야 하는지를 설명할 길이 없다. 이 법칙으로 세상을 바라보기.

8.

지하철 안. 거울을 보고 또 보는 사람. 거울을 볼 때는 누가 누구를 보는 걸까. 거울을 본다는 건 두 시선 사이를 끊임없이 왕래하는 일이다: '누군가가 나를 보고 있다'와 '내가 나를 보고 있다' 사이를. 나는 나를 보고 나임을 확인하지만 누군가가 그 나를 자꾸만 보고 있으므로 나는 나를 다시 점검하고 확인하지 않으면 안 되는 끝없는 거울 보기의 주문권.

9.

중요한 건 자기의 발견이 아니다. 중요한 건 세계의 발견이다.

9월

1.

못난 자식은 겸손을 배우게 한다. 가을이 온다. 생활이 어려
워진다. 요즈음의 생활을 못난 자식처럼 받아들일 것.

2.

"루앙에 가려면 기차를 타듯이 별에 도착하기 위해서 우리
는 죽는다." (빈센트 반 고흐)

3.

무기력에 덜미를 잡히기 시작한다.

4.

마음은 내버리듯 꺼내놓아야 하는 것일까. 아니면 고이 간
직해야 하는 것일까.

5.

신이 있다면 그는 우리에게 누구일까? 싸워서 이겨야 하는
존재일까(왜냐하면 그는 우리를 방해하니까). 아니면 믿고 따라
야 하는 존재일까(왜냐하면 그는 우리보다 힘이 세니까).

10월

1.

흐림. 비가 올 것 같다. 하지만 기상청은 말한다, 오늘 비는
오지 않을 거라고. 그런데 기상청이 또 있는 게 아닐까. 그
기상청에서는 말하고 있는 게 아닐까. 비는 오랫동안, 너무
오랫동안 내리는 중이라고. 앞으로도 비는 오랫동안 그치
지 않을 거라고.

2.

어느 문화비평가의 글들을 읽는다. 그런데 이 사람에게는
결정적인 것이 빠져 있다. 그건 고통에의 감각 혹은 연민이
다. 아직 연민을 배우지 못한 비평이 무엇을 말할 수 있을까.
그래서 이 사람의 글들 안에는 지적 치기가 있다. 예리하지
만 늘 과녁을 빗나간다: "새로운 것에만 매달리는 취향은 비

평이 무엇인지를 알지 못한다. 왜냐하면 가장 쉬운 일, 그건 어떤 사안이나 작품이 이렇게 저렇게 새롭다는 사실만을 밝히는 일이기 때문이다." (폴 발레리, 〈방향타〉)

3.

어떤 것이 그렇게 강한 힘으로 나를 사로잡았던 건 내가 그것에 그토록 정신없이 매달렸기 때문이다. 그러니까 사로잡힌다는 건 어떤 것이 힘이 세기 때문이 아니라 내가 그것에게 힘을 모두 빼앗겼기 때문이다(주어버렸기 때문이다). 돌아보면 너무도 뻔한 사실, 그러나 '그때 거기'에서는 결코 벗어날 수 없었던 매혹의 역학(혹은 어리석음의 역학)이 있다. 예컨대 강의를 위해서 꼼꼼히 보았던 루이 말의 영화 〈데미지〉. 매혹의 구렁텅이에 빠져서 모든 것을 다 잃어버리고 난 뒤에 남자가 마지막에 깨닫는 것: "나는 한 번 우연히 거리에서 그녀를 보았다. 그녀는 너무도 평범한 여자였다."

4 .

자꾸만 뭔가 잘못하고 있다는 생각이 든다. 이게 아니라는,
이렇게 해서는 안 된다는, 뭔가 빗나가고 틀렸다는 생각. 그
런 자기검열 뒤에는 언제나 초조함이 있다. 지금 내가 하는
일은, 비록 그것이 애를 쓰고 있다고 해도, 어쨌든 모자라는
일이고, 그래서 더 무언가를, 더 많은 무언가를 하고 있어야
마땅하다는 그런 강박. 자기를 믿지 못하는, 자기를 용서하
지 않으려는 불쌍한 자괴감.

5 .

밤새 내리던 비는 그쳤다. 새벽 공기는 차갑다. 두 사람이 자
전거를 타고 지나간다. 한 사람은 직선으로 또 한 사람은 지
그재그로.

6.

비는 아직도 그치지 않았다. 가등이 일제히 꺼진다. 새벽 거리는 다시 어두워진다. 노변에 서 있던 관광버스는 예열을 마치고 1차선으로 진입한다. 한 남자가 우산도 없이 전철역으로 뛰어간다. 먼 하늘을 바라본다. 하늘은 흐리다. 그러나 비어 있다.

7.

흐림. 요즈음 새벽은 늘 흐리다. 푸르지 않고 흐린 새벽. 그러나 밝아오는 새벽.

8.

한 여인이 죽었다. 자살했다. 때로 아침 밥상에서 만나던 사람, 어쩐지 철없고 순박해 보이던 사람, 그러면서도 수다꾼들 사이에서 말솜씨가 돋보여서 몹시 머리가 좋아 보이던 사람, 그래서 내게는 더 불안하고 위험해 보이던 사람. 그리고 언젠가부터 아침 수다 판에서 얼굴이 사라졌던 사람. 갑자기 사라진 사람들은 때로 갑자기 나타나서 놀라게 한다. 이 사람도 이제 우리를 놀라게 한다. 뜻밖의 나타남으로, 영원한 사라짐이라는 나타남으로. 사라진 것은 공백을 남기고 공백은 말들로 채워진다. 지나친 행복에의 집착은 불행 앞에서 더 쉽게 꺾이는 법이라고, 정신과 의사는 말한다. 행복은 인간이 아니라 하나님 안에서만 가능한 것인데 그만 하나님을 알지 못한 것이 안타깝다고, 목사 교수님은 말한다. 당신은 그래도 낫지 않느냐고, 당신보다 못한 사람들은 어떻게 사느냐고, 네티즌은 말한다. 아무리 힘들어도 혼자만 생각하면 안 된다고, 남은 아이들은 어쩌느냐고, 아내는 말한다. 이 말들, 범람하는 말들. 그러나 이 사람은, 이 말들의 홍수 속에서 남달리 헤엄을 잘 치던 이 사람은, 말들이 만들고 약속하는 행복을 세상으로 전도하던 한 사람은 이제 모든 말들을 떠나버렸다. 그리고 남은 건 그 어떤 말들도 건너가지 못하는 (그리하여 더 화려하게 펼쳐지는 말들의 잔치) 말들의 저 바깥, 캄캄한 침묵. 그런데 이 침묵이 아프게 질문을 던지게 만든다: 무엇이 이 사람을 말들 속으로 뛰어들게 만들었을까. 무엇이 이 사람을 말들이 만들고 약속하는 행복에 매달리게 만들었을까. 무엇이 이 사람을 세상의 곳곳에서 행복을 외치게 만들었을까. 혹시 그건 다름 아닌 세상의 말들, 그 어떤 말들을 막아버리는 세상의 말들 때문은 아니었을까. 그러니까 세상의 말들이 받아들이지 않으려는 것, 용서하지 않으려는 것, 그 말들에게 왕따 당하는 무엇, 세상의 말들에게 질식당하는 무엇, 그리하여 혼자만 간직하지 않으면 안 되는 무엇, 고독한 무엇, 말하고 싶어 하는 그러나 말할 수 없는 무엇, 그러니까 말들의 저 바깥, 그 바깥의 말들 때문은 아니었을까. 죽음들 속에는, 자살들 속에는 더더욱, 그 어떤 말들로도 풀어낼 수 없는 캄캄한 비밀이 있다. 그 캄캄한 비밀이 모든 말들에게 우상 금지의 명령을 내린다. 그리하여 그 어느 한 사람의 죽음 앞에서, 자살 앞에서, 우리가 할 수 있는 유일한 말은 침묵, 아픔과 겸손의 침묵뿐이리라. 하지만 캄캄한 비밀이 왜 죽음들 속에만 있을까. 삶들 속에도, '지금 여기의 이런 삶들' 속에는 더더욱, 그 어떤 말들로도 말할 수 없는 그 무엇, 세상의 말들이 들어주지 않으려는 무엇, 혼자만 아프게 간직하지 않으면 안 되는 무엇, 그것이 말이 되지 않으면 아무리 행복을 외쳐도 행복해질 수 없는 그런 무엇이 누구에게나 있는지 모른다. 이 캄캄한 비밀은 무엇일까? 무엇이 이런 말할 수 없는 비밀을 만들고 또 모두에게 강요하는 것일까? 한 사람의 죽음은, 행복을 외치던 한 사람의 자살은 더더욱, 그 질문에 답을 하라고 남은 자들에게 침묵으로 외치고 있는지 모른다.

9.

우리는 태어날 때 이미 한 권의 완성된 소설을 가지고 태어나는 것이 아닐까. 그리고 우리는 소설을 쓰려고 한다. 그런데 그 소설은 어떻게 쓰이는 것일까? 우리는 그 소설을 쓸 수가 없다고 한탄하고 마음 아파하지만 그 소설은, 우리가 그토록 완성하고자 하는 그 소설은 이미 완성되어 있는지 모른다. 그리하여 우리가 소설을 쓴다는 건 그 완성된 소설들 중에서 어느 한 부분 부분들을 기억해내는 것인지 모른다. 그리고 그 단편들 하나하나가, 비록 순서는 맞지 않는다고 하더라도, 결국은 이미 완성된 어떤 소설들 속에 포함되어 있는 것이고, 그래서 우리가 쓰게 되는 소설들은 파편들이며, 만일 그 어떤 퍼즐의 선수가 있어서 그 파편들을 다 맞추면 이미 완성된 소설 바로 그 작품이 되는 건지 모른다. 그렇다면 소설을 쓴다는 건 뭘까? 그건 때마다 다른 이야기를 만들어내는 일이 아니다. 그건 우리가 너무 긴 소설을 마음 내키는 대로 들추어 읽듯이 이미 완성된 소설의 한 부분들을, 마치 그 소설이 이미 시작되어온 것처럼, 그리고 이미 그 마지막이 다 쓰여 있는 것처럼, 도중부터 시작하는 글쓰기인지 모른다. 그러니까 소설을 쓴다는 건 창작이 아니라 이미 완성된 소설을 찾아가는 일인지 모른다⋯⋯

10.

일요일. 아침부터 맑다. 멀리 조용한 학교들의 유리창이 가을 빛으로 빛난다. 더 멀리 공원의 숲들도 빛난다. 하루 종일 맑을 것이다. 그 가을 양광 속에서 나는 또 걱정 근심으로 울적할 것이다. 그러나 때로 가을 빛을 발견하고 놀라면서 또 혼자 웃으리라.

11.

《위대한 개츠비》강의 준비를 한다. 모든 첫사랑은 '헤어지는 것'이 아니라 '위선적인 것'이라고 이 소설은 말한다. 그러나 그 거짓된 첫사랑이 첫사랑이 무엇인지를 배우게 한다. 첫사랑의 비순수가 그 비순수가 아니라면 존재하지 않았을 첫사랑의 순수를 깨어나게 만든다. 그러나 개츠비는 피할 수 없이 몰락하면서. 잠깐 사랑했었던 여자에게(조던 베이커) 화자가 마지막으로 남기는 말: "스스로에게 거짓말을 하면서 그걸 명예로 생각하기에는 난 당신보다 다섯 살이나 더 많소."

/ 2 .

흐림. 가등이 일제히 꺼진다. 캠핑 숲을 밝히던 안전등도 꺼진다. 갑자기 새벽은 잿빛 어스름 속으로 가라앉는다. 비로소 새벽이 된다. 이제 아침이 올 것이다.

/ 3 .

모든 것들은 말을 한다. 세상의 모든 일들, 생 속의 모든 것들은 신호를 보낸다. 나의 이 곤궁함은 무엇의 신호일까.

14.

새벽. 비. 6시. 가등이 일제히 꺼진다. 4차선 도로는 갑자기 어두워진다. 점멸등만 혼자서 깜빡인다. 헤드라이트 하나가 달려온다. 헤드라이트 하나가 달려간다. 빛들이 부딪치고 헤어진다. 점멸등만 남는다. 비는 더 거세어진다. 숲들이 멀리서 운다. 더 오래 앉아 있는다. 그사이에 새벽은 서서히 아침으로 건너간다……

15.

입맛이 떨어진다. 말하기가 힘들어진다. 내 안의 무엇인가가 입을 닫기 시작한다.

16.

새벽. 갑자기 차가워진 대기. 곧 겨울이 오리라고 말하는 늦
가을의 새벽. 먼 공원에서 혹은 더 먼 산 위에서 누군가가
소리를 지른다. "어이, 어어이……" 저 소리는 어디까지 닿을
까. 아직 오지 않은 겨울. 더 멀게 아직 오지 않은 그 뒤의 봄.

17.

토요일 특강을 위해서 영화를 본다. 〈디 아워스〉. 로라 브라
운은 잠에서 깨어나서 책을 집어 든다. 그녀가 늘 읽는 책.
어젯밤에도 읽었던 책.《댈러웨이 부인》. 그 첫 문장: "댈러웨
이 부인은 자기가 직접 꽃을 사러 나가겠다고 말했다……"
……장면이 지나간다. 갑자기 안에서 분노가 치민다. 이 분
노는 무엇일까. ……이제 알겠다. 그건 케이크 때문이다. 로
라 브라운은 침대에서 몸을 일으킨다. 밖으로 나가서 남편
에게 말한다: "생일을 축하해요. 저녁에 파티를 하죠." 남편
은 출근하고 혼자 밥 먹는 아이만 남는다. 그녀는 아이에
게 말한다: "이제 케이크를 만들어야겠구나. 그게 내 일이니

까······" 책과 케이크 사이의 절망. 그건 로라 브라운만의 절망은 아니다.

18.

안개. 역으로 가는 사람들이 지워진다. 달려가는 자동차들도 지워진다. 그래도 후면 램프의 빨간빛들은 마지막까지 반짝인다.

19.

하루하루가 마음의 각개전투. 그러나 모든 전투 앞에서 내가 가진 무기는 다만 하나. 겸손과 침착.

20.

아침에는 맑다가 오후에는 흐리겠다고 일기예보는 말한다.

그러나 밤에는, 한밤중에는 세상의 하늘에서 무슨 일이 일
어날 건지, 아무 말이 없다.

21.

죽은 듯이 깊은 잠에서 깨어난 새벽에는 몽상도 없다. 오직
사실들만이 존재한다. 세상에서 모든 색들이 빠져나가고,
풍경은 덧없어지고, 세계는 깊이 적요해진다. 비로소 눈이
뜨이고 세상의 원풍경이 보인다. 그러면 그 풍경 어딘가에
서 소리가 들린다. 멀지만 쟁쟁한 어떤 소리. 귓속으로 들어
와 달팽이관 바닥까지 파고드는 어떤 소리. 오늘 아침은 그
렇게 소리로 온다.

22.

텅 빈 새벽의 머릿속. 생각이 씻겨 나간 그 진공 속에서 맴
도는 생각: 아직도 모자란다는, 아직도 충분치 못하다는, 이
정도로는 아직도 어림없다는 생각. 그런데 도대체 뭐가? 글

쎄, 어쨌든 그 무엇인가가. 아도르노: "뭔지 나도 모르는 생각, 그것이 진짜 생각이다."

2 3 .

카프카를 읽는다. 〈형제 살해(Brudermord)〉. 달 밝은 밤, 장화굽에 칼을 갈면서 골목길에 숨어 기다리다가, 마침내 퇴근해서 돌아가는 남자를 '오른쪽 목과 왼쪽 목에, 세 번째는 배속 깊이' 칼을 찔러 넣어 살해하는 한 남자의 이야기. 그런데 이런 문장이 있다: "팔라스는 그 근처의 2층 창문에서 모든 일을 주시하고 있었으면서도 왜 그 모든 것을 그대로 방치하고 있었을까?" 카프카의 소설들 속에서는 모든 일들을 아무런 개입도 하지 않으면서 그냥 바라보기만 하는 인물들을 자주 만날 수 있다. 살인의 현장을 처음부터 끝까지 멀리서 구경만 하는 팔라스처럼. 이 응시와 관찰만의 인물들이 가르시아 마르케스의 소설로 옮겨 가면《예고된 죽음의 연대기》집단적 방관자들로 변한다. 마을 한복판에서 벌어지는 피의 살인을, 그것이 공공연하게 가해자의 입을 통해서 예고되고 있음에도, 아무런 개입도 행동도 하지 않은 채, 마침내 참혹한 복수의 살인이 마감될 때까지 바라보고 방관하는 사람들. 이 사람들은 누구일까. 오래전 강의에서는 이 사람들을 '복수의 정신'과 '희생제의 문화'로 설명했었지만, 다시 생각해보면 '스펙터클 사회'라는 코드와도 연결될 수 있었으리라. 하지만 예고된 살인에 대한 방관과 방치라는 사도마조히즘적 집단 콤플렉스를 다 풀어내기에는 어느 쪽이든 충분치 못하다. 그래서 카프카도 스스로 이렇게 다짐한다: "이 인간의 본성을 탐구해볼 일이다!" 정말 탐구해볼 일이다. 더구나 공공연한 집단살해와 방관과 방치의 집단 무의식이 자기보존의 일상적 법률이 되어 있는 이 나라의 마비당한 삶을 이해하기 위해서는.

2 4 .

마석에서 새벽을 맞는다. 새들이 잠을 깨운다. 웃옷을 걸치고 마당으로 나간다. 나무들 사이를 걷는다. 안개가 발목에 걸린다. 마른 잎들에서 이슬이 굴러떨어진다. 이슬은 거미줄에도 매달렸다. 밤사이 직물을 짜고 웅크려 잠든 거미를 오래 들여다본다. 거미는 무슨 꿈을 꾸는 걸까. 들어와서 라

디오를 튼다. 기상캐스터의 낭랑한 목소리: 온 나라가 하루
종일 맑을 겁니다……

25.

며칠 동안 추웠다. 오늘부터 따뜻해지겠다는 예보. 며칠 동
안 따뜻했었다. 내 집도 아닌 곳에서. 오늘 새벽 다시 돌아간
다. 추운 나의 집으로.

11월

1.

차가운 아침. 두꺼운 옷을 입고 산책을 한다. 바람이 심하게 불고 낙엽들은 속절없이 허공으로 흩어진다. 눈이 올지도 모르겠다던 어젯밤의 예보. 붉고 노란 잎들 위로 내려앉는 흰 눈이 보인다. 그리고 다시 그 위에는 투명한 겨울 햇빛. 춥지만 맑은 아침—어깨를 움츠린 사람들은 역으로 달려가는데 역에서 쏟아져 나온 여학생들이 재잘거리며 횡단보도를 건너간다.

2.

어제는 만해 한용운에 대한 특강. 파스칼은 말한다, 우주의 침묵이 나를 두렵게 한다고. 만해는 말한다, 제 곡조를 못 이기는 사랑의 노래는 님의 침묵을 휩싸고 돈다고.

3 .

어제는 몹시 추웠다. 오늘 아침은 조금 따뜻하다. 동쪽으로
운전할 때 산 위로 솟는 햇빛이 부셔서 눈을 가늘게 뜬다.
빛 속에서 세상은 가볍고 투명해서 달리는 차에 치어 깨질
것 같다. 차들이 정지하고 아이들은 일제히 횡단보도를 건
너간다. 아마도 멀지 않은 높은 곳에서 큰 집이 지어지는가,
트럭들이 흙을 나르기 위해 줄지어 언덕을 올라간다. 한 사
람이, 늙고 등이 굽고 작업복을 입은 한 남자가, 도로 위에
뒹구는 흙들을 쓸어낸다. 황토들, 아침 양광처럼 빛나는 누
런 흙덩이들…… 어젯밤 아이는 안경 벗은 내 두 눈을 들여
다보다가 말했었다: 아빠, 담배 그만 피워. 그러니까 눈이 이
렇게 누렇잖아요…… 자꾸만 곪아가는 걸까, 그 무언가가
안에서? 아니면 해가 솟는 걸까, 그 무언가를 황금빛으로
적시면서……

4 .

아침에 일어나서 정직하게 절망한다, 황량한 벌판에 팽개

쳐진 채로.

5.

벤야민을 읽는다: "채집망 속에 갇힌 나비는 두려워 떨면서
도 우아함을 잃지 않고 있었다……" (발터 벤야민, 《1900년경 베
를린의 유년시절》)

6.

마지막 지하철에서. 왈칵 무서워진다, 하나 가득히 어디론
가 실려 가는 검은 옷을 입은 사람들.

12월

/ .

벤야민 강의를 해야 할지를 망설인다.《1900년경 베를린의 유년시절》을 꼼꼼하게 읽기. 유년, 기억, 고대인, 수집가, 미메시스 등등의 개념들을 고찰하면서. 하지만 시간이 충분하지 못하다. 밀린 일들이 많고, 원고를 정리해야 하는 일은 급하고 급하다. 하지만 이 또한 변명일 수도 있다. 사실은 깊이 천착하면서 텍스트와 맞서는 일이 갈수록 힘겹기 때문이다. 이제 나는 지친 걸까. 그래, 지금 내게 필요한 건 또 한 번의 도전이 아니라 위안, 따스한 위안이다. 쉬고 싶다, 누군가의 품 안에서 아무 걱정 근심도 없이, '어머니의 품 안에서 잠든 신생아'처럼. 벤야민 강의를 시작하려던 것도, 하필이면 베를린 텍스트를 선택한 것도 사실은 위안을 얻고 싶어서였는지 모른다. 벤야민의 난쟁이 꼽추 같은 삶, 그가 유서처럼 공들여 쓴 베를린 텍스트, 그 안에는 어떤 조용한 위안이 들어 있다. 그 위안이 무엇인지, 어디서 오는지를 자세하게 알고 싶었다. 그렇다면 강의를 해야 하겠지, 열심히 텍스트와 맞서야 하겠지. 세상에, 위안을 얻기 위해서도 또 공부를 해야 하다니⋯⋯

2.

한파. 꽁꽁 얼어붙은 아침. 멀리 버스 정류장. 진하게 찍은 마침표처럼 버스를 기다리는 사람들. 초록빛 버스가 다가가서 선다. 그러자 살아서 움직이기 시작하는 마침표들. 세상에 영원히 죽은 것은 없는 걸까. 때가 되면 모두들 다시 살아나는 걸까.

3.

눈뜨면 되뇌는 주문: 몰락은 가깝고 구원은 멀다. 어찌할 것인가.

4.

아침부터 눈. 차들은 늘어서서 서행하고 세상은 길어지고
느려진다. 그래도 교문으로 뛰어가는 여학생들. 서로 밀고
때리고 도망가고 쫓아가고 깔깔 웃으면서, 흰 눈발들 속으
로 흰 눈발들처럼.

5.

멜랑콜리커들. 슬픔이라는 이름의 용기를 알고 있는 사람들.

6.

뜻하지 않게 뮤지컬 공연을 본다. 세상에 범람하는 즐김의
스펙터클 문화들. 그러나 이 즐거운 문화들을 뒤집어 읽기:
지금 사람들은 살 만하지 못한 세상에서 온통 멜랑콜리에
빠져 있고, 그러다가 사람들이 모두 미쳐버리고 말까 봐, 그
렇게 지금 여기의 이 세상이 그만 무너지고 말까 봐, 소위

이 세상의 주인들은 겁이 나서 어쩔 줄 모르고 있다. 그래서 행진곡과 클래식이 울려 퍼지는 아우슈비츠처럼 온 세상을 스펙터클의 공연장으로 만들고 있다. 그런데 혁명이란 무엇일까? 그건 사람들이 모조리 미쳐버리면 일어나게 되는 무엇이 아닐까.

7.

바르트의 《카메라 루시다》 강의를 준비한다. 이 책을 무엇으로 읽을까? 임종의 침상에서 사진을 보면서 잃어버린 사랑을 기억하기, 그 글쓰기 혹은 유서 쓰기.

8.

임종의 침상에서: 프루스트, 바르트, 벤야민, 볼라뇨, 예수, 하드리아누스.

9.

따뜻한 아침. 그러나 오후부터는 추워지고 많은 눈이 내릴 거라는 예보. 바라보면 텅 빈 잿빛 하늘뿐. 그러나 그 공허 속에서 이미 일어나서 만들어지고 다가오고 있는 대기의 사건들. 세계는 기미와 조짐들, 그 또렷한 비의의 문장들로 가득 차 있다.

10.

강의를 잠깐 쉰다. 한 여자가 캔 커피 하나를 빠르게 건네준다. 엉겁결에 받아 든 따뜻한 캔 커피. 손안에 꼭 들어오는 어떤 편안함. 처음으로 느끼는 캔 커피의 감각. 이 놀라운 감각은 그런데 그동안 얼마나 많았을까.

11.

조금 따뜻해진 아침. 그래도 영하 10도. 아이를 학교 앞에 내

려주고 공원으로 간다. 빈틈없이 사람이 매만진 정원. 가슴
이 답답해진다. 다시 차를 끌고 외진 곳을 달린다. 집들이 지
어지는 공사장. 차를 세우고 어지러운 마당으로 들어간다.
젊은 인부가 불을 지피고 있다. 허리를 잘라낸 드럼통 안에
서 잡목들이 탄다. 다가가서 손을 쬔다. 불 속을 뒤지는 남
자는 말이 없다. 공사장은 텅 비었고 어지럽고 황량하다. 반
쯤 지어진 집들은 오늘 조금 더 키가 오를 것이다. 드럼통의
열기가 너무 뜨거워서 한 발 물러난다. 춥네요, 말을 걸어도
남자는 못 들은 척한다. 아랫도리가 무거워진다. 구석으로
가서 오줌을 눈다. 남자가 따라와서 같이 오줌을 눈다. 오줌
누는 소리가 섞인다. 수증기도 공중에서 섞인다. 갑자기 어
제 읽었던 쑤퉁의 문장: "토끼가 슬프면 여우도 덩달아 슬퍼
하는 법이지." 하지만 어찌 슬퍼하는 일뿐일까. 누가 오줌을
지르면 다른 사람도 아랫도리가 무거워진다. 그런데 슬퍼
하는 일하고 오줌 누는 일이 서로 다른 건가.

/ 2 .

한 사람이 지금 말기 암이라는 소식. 우리는 잠깐 그를 걱정

하면서 우울해진다……

/ 3 .

대통령이 운다. 부인도 운다. 사람들은 웃는다. 아무도 울지
않는다. 그러나 누군가는 울고 있다. 대통령도 부인도 웃는
사람들도 모르는 어딘가에서.

2011년

2월

1.

고향으로 간다는 A의 전화. 늘 고향이 없어 보이던 A. 그래서인가. 하나도 기쁘지 않은 목소리.

2.

겨우 써서 원고를 보낸다: 〈M. 프루스트: 목소리, 숨소리 그리고 음악〉. 하루 종일, 가끔씩이지만 아주 깊이, 할머니 생각에 빠진다. 까맣게 잊었었는데, 에세이를 쓰다 보니까 돌아온 할머니. 글은 무덤이기도 하지만 죽은 사람들이 다시 태어나는 자궁이기도 한 걸까.

3.

날씨가 풀리기 시작했다. 어쩐지 서운함. 이 버릇이 된 서운함.

4.

벤야민의 《파사주》 강의를 포기한다. 아직 준비가 덜 되었다는 판단. 두 학기 정도는 더 독서와 사유가 이루어져야 한다. 캘린더에 정기적인 시간을 분배할 것. 대신 R. 바르트 강의를 계속하기로 한다: 《사랑의 단상》. 이 텍스트에 대한 강의는 본질적으로 곤혹스러운 데가 있다. 무엇보다 어떻게 파편적 텍스트의 특별함을 훼손시키지 않으면서 강의의 시스템을 만들 것인가에 대하여. 일단은 두 개의 키워드만 생각하기로 한다: '상상적인 것' 그리고 '사랑의 주체'.

5.

독서의 날들만이, 남들의 글을 읽는 시간들만이 지나간다.

나는 없어진, 내 글을 쓰지 못하는(않는) 시간들이 지나간다. 이건 죄악이다. 심한 아침의 우울.

6.

한 사람이 죽었다. 그의 사진 앞에 국화 한 송이를 놓고 머리를 숙인다. 이 잠깐 사이에 혼란을 느낀다. 그건 부끄러움일까. 죽은 자들 앞에서 산 자들은 부끄러움을 피할 수 없는 것일까. 그 어떤 본질적 패배에 대한 부끄러움.

7.

어제도 잠을 설쳤다. 일찍 일어난다. 날씨가 따뜻해졌다. 걸으며 오늘 할 일들을 생각한다. 밀린 일들, 내 것 같지 않은 일들. 담배를 피운다. 푸른 연기 속에서 잠깐 아연해진다. 검은 외투를 입은 여자가 또박또박 걸어서 역으로 간다. 구두 소리가 귀에 남는다. 또 아연해진다.

8.

며칠 전 꿈. 2층 아니면 3층의 저택 안에서 나는 헤맨다. 계
단을 올라가면 닫힌 문들(문고리가 있었던가). 그 문들 앞에서
의 공포. 열면 그 안에 무엇이 있을까. 나는 문 하나를 찾아
다니는 중이다(하지만 모두가 똑같은 문들). 마침내 그 문을 발
견한다. 연다. 아내가 있다. 아내가 사라진다. 흰 벽에 걸린
커다란 그림만이 있다. 풍경인가, 인물인가—기억도 없이
깨어나던 잠.

9.

따뜻한 아침. 여학교 문 앞에 꽃다발 가판대들. 아마 오늘이
졸업식인 모양이다. 노랗고 붉은 아침의 꽃들. 어젯밤도 꿈
을 꾸었던가, 잠깐 생각한다. 이상한 일—왜 꽃들은 꿈을 기
억하게 만드는 걸까.

1 0 .

걸어가는 한 사람. 갑자기 누군가를 생각한다. 누군지 모를
그 누군가를……

1 1 .

자동차 안에 앉아 있다. 그냥 망연히. 그 사이에 오고 가고 또
오는 것들. 그것들은 모두 사랑일까.

1 2 .

바르트 강의. '꽉 차 있지만 무게가 없는' 어떤 상태에 대하
여. 바르트는 이런 상태를 '욕망의 카이로스'라고 부른다. 그
런데 나는 그런 상태를 '침착'이라고 부른다. 아침이 맑다.
산책을 한다. 잘 닦인 공원 길을 빨리 지난다. 포장이 끊어진
외진 길로 들어선다. 텅 비고 더러운 길. 그 위에 내려앉은
아침 햇빛들. 이럴 때 내가 도착하게 되는 그 어떤 상태.

13.

강의에 지친다. 끝없이 말을 한다. 왜일까? 왜 이렇게 말을
멈출 수 없는 걸까? 그건 내가 요즈음 무척 외롭기 때문은
아닐까. 강의를 한다는 것—그건 누군가에 대해서 말하면
서 자기의 고독을 위로하는 일인지 모른다.

14.

어떤 법률(Gesetz)에 대해 생각한다. 바르트의 이런 말: "어머
니는 강한 사람이었다. 평생 동안 나를 지배했던 법률이었
다." (롤랑 바르트, 《애도 일기》)

15.

글을 쓴다는 것. 온 마음을 다 빼앗긴다는 것.

16.

수성아트피아. 배수아의 〈푸른 사과가 있는 국도〉에 대하여. 이런 문장: "스물다섯 늦가을 어느 날에 나는 목이 메었다." 평생 동안 잊지 못하고 꼭 붙들려 있어야만 하는 그런 빛이 생 속에는 있으리라. 서투른, 그런데 그 서투름이 주제를 돋보이게 하는 이 소설이 말하는 것—그건 평생을 바쳐 기억해야 하는 그 어떤 '빛의 세례'이다.

17.

술판이 끝나고 노래방에 간다. 젊은 친구들이 돌아가며 노래를 부른다. 그런데 모두가 청승맞은 노래들. 이 '청승맞음'은 뭘까? 청승맞음의 존재론과 미학도 가능하지 않을까. 곰곰 생각해볼 것.

18.

생은 자꾸만 끊어지는데 사랑은 자꾸만 잇는다.

19.

'몰락은 가깝고 구원은 멀다. 어떻게 할 것인가?'
다시 이 질문으로부터 출발한다. 그러나 한 줄을 덧붙인다:
'……그런데 빛이 있다. 아주 희미한. 그러나 꺼지지 않고 반
짝이는 어떤 빛이 있다. 이 빛은 무엇인가?'

20.

생은 덧없어도 한 사람은 찬란하다.

2 1.

생의 덧없는 빛. 순식간에 사라지는 한 사람의 찬란한 빛. 그
빛을, 그것이 비록 사랑이라는 이름을 앞세운다 해도, 나의
빛으로 소유하는 일은 옳은가? 사랑—어쩌면 그것은 한 사
람의 빛을 탈취하는 부당함에 대한 변명일지도 모른다는
생각.

2 2.

바르트에 대한 글을 써야 한다. 그 출발점: '한 사람을 사랑
한다는 건 뭘까? 그리고 그 사랑을 잃어버린다는 건 뭘까?'
여기에 답하기.

2 3.

아침의 부고. 젊은 날의 친구가 죽었다는 돌연한 소식. 달리
는 고속열차 안에서 창밖만 바라본다. 순식간에 사라져버

리는 풍경들. 눈앞에 보이는 건 형태도 느낌도 없는 부연 속도의 얼굴뿐. 갑자기 떠오르는 기억 하나. 젊은 날의 어느 겨울 밤, 쏟아지는 눈을 헤치고 그를 찾아갔던 어느 카페. 그 카페의 이름은 그런데 'Yes'였다.

24.

며칠 동안의 우울. 그런데 우울이란 뭘까. 그건 사랑이 짓눌려 있다는 것.

3월

1.

《카메라 루시다》 강의를 종강했다. 끝나고 모여서 술을 마셨다. 여학생이 말했다: "강의를 듣다가 울 뻔했어요……" 누군가 고맙게도 펠리니의 영화 〈카사노바〉를 빌려주었다. 아마도 동영상 강의를 들었던 모양. 마지막 부분에 바르트가 보았던 자동인형과의 춤 장면이 있다. 자세히 본다. 역시 바르트가 마음을 빼앗긴 이유가 있었다. 가르보의 얼굴에 마음을 빼앗겼던 것처럼……

2.

소위 엘리트들에 대한 나의 뿌리 깊은 불신이 있다. 가장 귀중한 것을 놓치고 있는 모든 지적 히스테리에 대한 증오가 있다. 그리고 보면 어제 강의에서 몇 번이고 반복해서 강조

했던 것: '한 사람(so much no longer existence)'에 대한 사랑 혹
은 연민—그런데 이 모든 것이 또한 나 자신의 딜레마가 아
닌가.

3.

아침마다 봄이 걸어온다. 점점 따뜻해진다. 등교하는 아이
들은 더 빨리 뛰고 웃음소리는 더 높이 깨어진다. 언제부터
인가 편의점에서 찬 커피를 사서 마신다. 차 안에서 햇빛 좋
은 풍경을 바라보며 스트로를 빤다. 그런데 이 좋은 아침에
어쩐 까닭일까. 갑자기 가슴이 펑 젖는다.

4.

바르트의 《목소리의 결정》을 읽는다. 그 안에 《사랑의 단
상》에 대한 인터뷰가 있다. 이런 문장: "나는 이 책에서
originality가 아니라 marginality에게 목소리를 주고 싶었
다." 이 문장을 이번 학기 바르트 강의의 타이틀로 삼기로

한다: "사랑의 주체는 주변부 주체다."

5.

한 사람이 역으로 걸어간다. 그의 등을 바라본다. 사라져 안
보일 때까지…… 갈수록 심해지는 이 멍하니 바라보는 버릇.

6.

'몰락은 가깝고 구원은 멀다. 어떻게 할 것인가?'라고 다시
쓴다. 소설을 읽는다.

7.

자동차의 시동을 건다. 그리고 갑자기 생각한다. 지금 난 누
군가에게 말하고 싶은 거라고, 당신이 보고 싶다고, 그렇게
말하고 싶은 거라고……

8.

깨어나면 묻는다, 이곳은 어디인가, 하고. 밤사이 납치당해
서 끌려온 사람처럼……

9.

8시가 넘으면 학교 앞은 고요해진다. 잿빛 건물은 입을 다
물고 길은 텅 빈다. 그래도 꼭 누군가가 있다. 혼자서, 서두
르지도 않고, 터벅터벅 걸어서 빛나는 학교로 들어가는 그
런 아이가 꼭 있다.

10.

아직은 아침이 차갑다. 그래도 햇빛은 따뜻하다. 낮에는 바
람이 분다. 저녁이 되면 햇빛은 사라지고 바람은 더 분다.
그 바람 속으로 오늘도 집을 나선다. 사랑을 강의하기 위해
서……

11.

어제 술자리에서 이렇게 고백했었다: 내 인생은 패배로 가
득하다고, 돌아보면 쓰레기가 된 시간들뿐이라고, 그런데
그 위로 빛이 비추고 있다고, 그 빛이 도대체 무엇인지 아직
도 알 수가 없다고.

12.

돌아오는 기차 안에서 잠깐 꿈을 꾼다. 누군가를 만난 것 같
은데 누구인지 기억나지 않는다. 서울에 내리니까 대합실
TV 앞에 사람들이 모여 있다. 꿈을 꾸는 사이 일본 바다 밑
에서 지진이 일어났다는 걸 비로소 안다. 엎질러진 물처럼
바닷가 마을로 밀려드는 쓰나미. 재앙이 무엇인지를 '본다'.

13.

베란다에서 아침 하늘을 바라본다. 흐린 하늘. 그 안에 가득

했던 문장들이 다 지워지고 남은 흔적처럼. 바람도 없다. 날은 점점 따뜻해진다는데……

1 4 .

악몽을 꾼다. 거세를 당하지 않으려는 짐승처럼 쫓긴다. 그렇지만 그림자처럼 집요하게 달라붙는 사람들. 악을 쓰면서 깨어난다. 목과 어깨에 땀이 축축하다. 옆으로 돌아눕는다. 너무 슬퍼서 또 악을 쓴다. 이를 꼭 물고……

1 5 .

벤야민을 생각한다. 과거의 파편들을 모아서 예정된 파멸을 막으려 했던 사람. 그는 어떻게 그런 어이없는 꿈을 믿을수 있었을까. 하지만 현실이란 무엇일까. 마지막으로 자기에게 남아 있는 한 줌의 무엇, 현실이란 그런 것이 아닐까.

16.

《사랑의 단상》 강의를 생각한다. 이상하게 초조한 마음.

17.

지난 일기들을 읽어본다. 문장 끝마다 말없음표들. 나는 무엇을 더 말하지 못하는 걸까.

18.

다시 차가워진 아침. 차 안에서 뜨거운 커피를 마신다. 청탁받은 짧은 글 하나를 급히 쓴다. '우아함'에 대하여: 나는 문장들을 사랑한다. 하지만 문장 기호들도 사랑한다. 빛나는 문장처럼 문득 책 읽기를 멈추게 만드는 문장 기호가 내게는 있다. 그건 세미콜론이다: [;] 세미콜론은 내게 피아노를 연상케 한다. 끊어지면서 이어지는 피아노의 단호하고 부드러운 타음을 나는 사랑한다. 또 세미콜론은 자코메티를 기억시킨다. 혼자서 또 여럿이서 걸어가는 자코메티의 〈걸어가는 사람(Walking Man)〉은 서 있으면서 걸어가고 걸어가면서 서 있는 보행법이 어떤 것인지를 내게 가르쳐준다. 그런데 걸어가는 자코메티의 사람들은 횡단보도를 떠오르게 만든다. 횡단보도는 도시 공간들 중에서 내가 제일 좋아하는 공간이다. 어느 때는, 특히 햇빛이 좋은 아침에는, 일부러 지하보도를 우회해서 횡단보도를 찾아가기도 한다. 그러면 그 횡단보도 위에는 오래전의 한 여자가 늘 서 있다. 아마도 가을날이었다. 우리는 찻집을 나와서 헤어져야 하는 곳까지 왔다. 나는 지하철을 타야 하고 그 여자는 길을 건너야 했다. 우리는 서로 웃어주고 돌아섰다. 그런데 어쩐 까닭이었을까. 계단을 밟으려다 문득 돌아서서 나는 그 여자를 찾았다. 초가을 양광이 가득한 횡단보도를 그녀는 천천히 건너가고 있었다. 흘러오고 흘러가는 사람들 사이에서 그녀는 뭐랄까, 부드러우면서도 도드라졌다. 섞여 있으면서도 혼자였다. 그런 여자의 모습은 친숙하고도 낯설었다. 나의 여자이면서도 영 모르는 사람 같았다. 나는 초조하면서도 매혹당했다. 그리고 그때 처음으로 그 여자가 우아하다는 생각을 했었는지 모른다. 하지만 모두가 오래전 일이다. 오래전 일이지만 때로 오늘처럼 생생해지는 일이다. 책을 읽다가 문득 멈출 때면, 마침표이면서도 쉼표인 문장 기호, 끊어지지만 이어지고 이어지지만 끊어지는 세미콜론의 우아함을 만날 때면⋯⋯

19.

아침부터 바람. 햇빛 속에서 부는 바람. 불현듯 어쩔 줄 모르는 마음.

20.

강의를 위해 소설을 읽는다. 이런 문장: "그는 어느 패션 매장 안으로 들어갔다. 그리고 에어컨이 있는 곳으로 가서 바람을 맞으며 기다렸다. 눈물이 다 마를 때까지." (빌헬름 게나치노, 《Ein Regenschirm für diesen Tag》)

21.

하루 종일 거리의 바람. 차가운 아우성처럼.

22.

알았다, 라고 나는 대답한다. 그러면서 지금이 한 '순간'이라
는 걸 깨닫는다. 이제는 사람이 아니라 문자만을 믿고자 하
는 신앙의 순간.

23.

악몽 때문이다, 라고 나는 거짓말을 한다. 그러면서 그것이
정말인지도 모른다고 생각한다.

2 4 .

치과 가는 일을 자꾸만 미룬다. 입을 벌리기가 너무 싫다. 살려면 자꾸만 벌려야 하는 입들.

2 5 .

늦은 산책을 한다. 길 잃은 개 한 마리가 물끄러미 바라본다. 나도 개를 바라본다. 우리는 서로 바라본다. 개가 먼저 돌아선다. 나도 돌아선다. 나는 꼭 참으면서 돌아보지 않는다. 개도 그럴까.

4월

1.

나날이 따뜻해진다. 두꺼운 겉옷을 벗어버린다. 오늘부터 가벼운 블랙 카디건을 입고 아침 산책을 시작한다.

2.

깨어나서 눈앞에 펼쳐진 '고립무원'을 응시한다. 텅 빈 벌판에 홀로 서 있는 모습. 사방에 적들이다. 늙어가는 육체, 굳어가는 정신, 희미해지는 사랑, 줄어드는 돈…… 그러나 다시 오래전 꿈을 기억한다. 아직은 젊었던 날 먼 나라 어느 작은 방 어느 쓸쓸한 오후 꾸었던 어느 뜻 모를 꿈 하나. 부드러운 외로움의 미풍을 가슴에 안고 텅 빈 꿈속의 벌판에 홀로 서 있었던 그 어떤 나. 생은 어차피 고립무원이다. 파노라마처럼 그저 풍경들만이 바뀔 뿐.

3.

오랜만에 사진 전시 서문을 부탁받았다. 보내온 사진들을 열어본다. 모두가 옛날 정미소 이미지들이다. 흑백의 음영 속에서 손가락으로 밀기만 해도 무너져 내릴 것만 같은 복층의 구조물들. 어쩐지 제 모습 같았습니다, 라고 정년퇴직이 멀지 않았다는 그는 말했었다. 그런데 왜 그만의 모습일까.

4.

그는 웃으면서 전화를 하고 있다. 그 웃음소리를 들으면서 나는 알고 있다, 지금 그가 그림자처럼 달라붙는 우울의 손아귀에게 마음을 뺏기지 않으려고 얼마나 애쓰고 있는지를……

5.

《카르멘》강의. 강당 안에 가득한 사람들. 그렇게 많은 사람들 앞에서 결국 내가 말하고 싶었던(외치고 싶었던) 건 무엇이었을까. 세상은 우리의 사랑을 기필코 실패하게 만들려고 한다는 것. 그러나 그러한 세상 안에서도 사랑은 결코 실패하지 않는다는 것. 그 증언이 문학이라는 것. 그래서 문학은 모두가 사랑의 증언 문학이라는 것. 하지만 그 증언이 왜 《카르멘》뿐일까.

6.

내 안에 있는 어떤 아이. 지금 이 아이가 짓눌리고 있다.

7.

그는 그 아이가 무뇌아였다고 말한다. 그래서 그를 세상으로 태어나게 할 수 없었다고 말한다. 이 태어날 수 없었던 무뇌아는 그런데 어떤 아이일까. 다름 아닌 무뇌아이기 때문에 그 아이는 뇌들의 세상으로 태어나야 하지 않았을까 —나는 뇌의 사진을 본다. 흐물거리고 형태도 없는 어떤 세계. 그 뇌의 영상은 한 친구를 기억나게 만든다. 사랑을 했지만 무뇌아가 여자의 배 안에 들었고, 그 뇌 없는 아이를 사산하고 나서 여자와 헤어져야만 했던 사람. 그는 그 무뇌아를 기억하기 시작한다. 이 태어나지 못했던 무뇌아는 누구일까—영신은 무뇌아를 사산하고 나서 한 통의 편지를 받는다. 약속의 편지. 그리고 카메라를 들고 세상으로 나간다…… 그녀는 마침내 커피 농장으로 가기 위해 비행기를 탄다. 비행기가 땅을 떠났을 때, 있지도 않은 배 속의 어떤 아이가 발길질하는 걸 그녀는 온몸으로 확인한다…… 《내 날개 아래 바람》

8.

햇빛 좋은 아침. 비가 오리라는 소식. 멀리서 오고 있는 비.

9.

시몬 베유를 읽는다. 마르크스와 신을 하나로 생각했던 여자. 육체를 '빛을 가리는 장막'으로 생각했던 여자. 그래서 빛과 만나기 위해 굶어 죽은 여자—'종교적인 것'이 있다. 그러나 그것이 신앙적인 것만은 아니다. 그것은 정치적인 것이기도 하다. 하지만 정치적인 것만은 아니다. 그것은 지극히 일상적인 것이기도 하다.

10.

아주 작은 글을 쓰는 일도 힘이 든다. 생각의 파편들이 음악으로 흐르지 않는다.

11.

하루 종일 방사능 비.

12.

하루 종일 빈 무덤 같은 집.

13.

하루 종일 허덕이는 마음.

14.

영화 〈고백〉을 봤다. 가차 없는 어머니 신화 파괴하기(물론 어머니 코드에 여전히 매달리면서). 이 영화에는 세 타입의 어머니들이 나온다. 모두가 복수하는 어머니들. 니체가 말했던 '복수의 정신'은 어머니들을 통해서 전승되는지 모른다. 이런 영화 혹은 소설이 우리에게서 나올 수 있을까. 그런데 A가 했던 말: 이 책 지금 베스트셀러예요.

15.

한예종에서 특강 요청. 섭외를 위해 찾아온 학생이 말한다: 모두들 냉소주의에 빠져 있는 것 같아요. 이 냉소주의를 화두로 삼아볼 필요가 있다는 생각. 《계몽의 변증법》과 카이스트 스캔들을 접목시키면서. 예컨대 이런 명제: '약자들을 재생산하는 메커니즘으로 자기를 유지하는 사회는 거짓된 주체들을(영재들) 만들어내고 그렇게 만들어진 거짓 주체들의 망각된 상처는 다시 그 사회를 통해서 공격을 당한다.'

16.

왼쪽 다리의 통증이 차츰 나아간다. 나빠지는 일밖에는 없는 생활 안에서 그래도 그 무엇인가가 '나아진다'라는 사실이 가져다주는 기쁨과 안도감이 있다. 가엾기만 하던 나의 육체에게 지극한 감사의 마음. 때로 육체는 그래도 삶 속에는 나아지는 무엇이 있음을 알려주기 위해서 일부러 자기를 아프게 하는지도 모른다는 생각. 육체가 들려주는 이 따뜻한 위안의 목소리에 귀 기울일 것.

17.

메제글리즈 쪽으로 산책하던 어린 마르셀은 갑자기 추억하
는 늙은 프루스트가 되어 이렇게 한탄한다: "아아, 지금 이
길 위에 할아버지와 할머니가 함께 있다면……!" 독서를 멈
추고 'Ach(아아)'를 미친 듯이 들여다본다. 도대체 이 문자 안
에는 무엇이 들어 있는 것일까. 터져버릴 것만 같은 마음.

18.

흐린 아침. 무거워 보이는 사람들의 보행. 그 사람들을 앞질
러 내달리는 중학생 하나.

19.

늦은 아침. 막 끓인 커피를 앞에 두고 식탁 앞에 앉아 있다.
이 식탁 앞의 고요. 지금 나는 이 고요가 언어의 외부라는
걸 안다. 이리저리 기웃거리기는 해도 나의 언어들은 그 고

요 안으로 들어갈 수 있는 틈새를 찾아내지 못한다. 나는 그저 앉아 있을 뿐. 그런데 이 앉아 있음 또한 언어일까.

20.

엄마 따라서 교회를 다니다가 그만뒀거든요. 저는 순종이라는 단어가 너무 싫거든요. 그런데 순응과 순종은 다른 건가요? 아도르노 특강 뒤 뒤풀이 자리에서 한 여학생이 묻는다. 아마 미메시스에 대한 질문이었을 것이다. 나는 이렇게 대답한다: 순응이 주어진 가치에 대한 미메시스라면, 순종은 주어진 것 너머의 그 어떤 가치에 대한 미메시스일 거라고. 예컨대 기독교의 순종은 기독교마저도 넘어서는 그 어떤 것을 지향하는 종교적 태도일 수 있다고. 그러면 종교적 미메시스는 이미 예술적 미메시스와 별 차이가 없을지 모른다고.

2 1.

매일 프루스트를 읽는다. 아도르노가 옳았다는 생각. 프루스트의 기억은 '지나간 것(das Vergangene)'을 복원하려는 게 아니다. 그건 '지나감(das Vergaenglichkeit)'이다.

2 2.

거의 학대하듯이 책들을 읽는다. 읽어야 할 것들이 너무 많기 때문이다. 이건 이미 독서가 아니다. '잃어버린 독서'가 있다. 아무런 목적도 없는, 아무것도 바라지 않는, 그냥 문자들의 뗏목을 타고 흘러갈 뿐인 그런 독서…… 그런 독서는 늘 나를 그 어딘가에 데려다주곤 했었다. 그러고 보면 잃어버린 것은 독서가 아니다. 그건 이 '그 어딘가'이다.

2 3.

글을 쓰다 보면 내가 스스로 글을 방해한다는 느낌. 글은 빨리 앞으로 나아가려는데 내가 뒤에서 자꾸만 그 글을 잡아당기고 있다는 느낌. 필력의 약함을 죽도록 한탄하면서도 도저히 고칠 수 없는 이 못된 버릇.

24.

나는 이제 아주 사소한 슬픔도 눈물 없이는 건너갈 수가 없게 되었다……

25.

세상일들에 대해서 '지적인 태도'를 취한다는 건 뭘까. 담론들에 직접 개입하는 건 그다지 중요한 일이 아니다. 중요한 건 그 담론들을 통해서 생의 본질을 읽어내는 일이다. 그러니까 모든 담론들을 생의 기표들로 읽는 일. 물론 그러기 위해서는 특별한 지적 포지션이 필요하다. 그 포지션은 그런데 전문가가 아니라 아마추어의 정신인지 모른다.

26.

흐린 아침. 조금만 기온이 내려가도 당장 몸을 도사리게 만드는 한기. 갈수록 작은 추위에도 서둘러 두꺼운 옷을 찾는다는 사실을 새삼 깨닫다.

27.

오랫동안 나는 내 슬픔의 이유를 몰랐었다. 이유를 알 수 없었으므로 그것이 '본질적 서글픔'이라는 사실만을 스스로 짐작할 수 있었을 뿐이었다. 그 애매한 슬픔, 그러니까 느끼기는 하지만 그 근거와 까닭은 알 수 없는 우울한 마음이, 내가 살아온 시간들 안에 있었던 그 어떤 구체적인 사건 때문이 아닌 것만은 분명했다. 나는 유복하지는 않았으나 불행하지는 않았으니까. 그러면 이 종잡을 수 없는 서글픔은 어디서 오는 것일까. 차츰 나는 그것이 또 다른 시간, 그러니까 내가 이 지상으로 건너오기 전에, 또는 그 순간에 그만 작별하지 않으면 안 되었던 그 어떤 세상 때문이라는 생각을 하게 되었다. 나는 '전생'을 말하는 게 아니다. '어머니의 자궁 속'을 말하는 것도 아니다. 나는 다만 내가 이 세상으로 건너오던 그 순간에 작별하지 않으면 안 되었던 그 어떤 미지의 세상, 나의 육체가 분명 나 이전에 거주했었을 그 어떤 다른 시간을 말할 뿐이다. 나는 그 시간과 세상에 대해서 그 어떤 이름도 부를 수 없다. 다만 나는 상상할 뿐이다. 그러나 이 상상만큼 강렬한 현실감으로 나의 육체를 떨리게 만들었던 그런 현실이 나에게 있었던가. 물론 그 서글픔 때문에 내가 거기로부터 건너온 이 세상을 기뻐하지 않는 건 아니다. 이 세상으로 태어나는 일은 분명 기쁜 일이었으리라. 그러나 그 기쁨 안에서도 나는 그 어떤 슬픔의 마지막 끈을 붙들고 있었는지 모른다. 떠나올 때 그 끈을 아주 놓아버려야 했었으련만……

5월

1.

비 뿌리는 아침. 약간의 바람 그리고 서늘함. 문득 그 어떤 욕망: 세상의 모든 이들이 조금도 부러워하지 않는 그런 사람이 될 수는 없는 걸까.

2.

사랑의 무거움. 벗어버리고 싶은 외투처럼. 그 외투 속.

3.

일어나자 고립무원. 가슴을 누르는 막막함. 일어나서 짧은 산책. 세우가 뿌리는 풍경 속에서, 차 안에서, 프루스트를 읽는다. 그것도 오데트의 의상에 관한 부분들. 그러자 이유 모르게 맑아지는 가슴. 특히 이런 문장: "오데트가 걸어가면 사뿐거리는 옷깃이 그녀의 걸음 앞에서 나비들처럼 먼저 날아가는 것 같았다……" 일에 대한 돌연한 충동과 욕망. 잔잔한 그러나 은밀한 하루에의 기쁨. 믿을 수 없는 이 마음의 기적.

4.

'take care of'라는 이디엄이 있었다. ⟨Take Care Of My Baby⟩라는 팝송이 있었다. '부탁해요~'라고 어느 엔터테이너가 무대 위에서 소리를 치던 때가 있었다. ⟨고양이를 부탁해⟩라는 영화가 있었다. 《엄마를 부탁해》라는 대중소설이 밀리언 셀러가 되었다…… 이 '부탁해'의 역사는 무엇을 말하는 걸까. 종족과 가계가 그렇듯 은밀하게 후세로 전승되어오는 대중문화의 모방 유전자.

5 .

부처님 오신 날. 아침부터 비. 공원 길을 걸어서 절로 간다.
굽으며 오르는 길에는 오색 연등들이 비를 맞고 있다. 우산
을 든 사람들이 문지방을 넘어서 절 문 안으로 들어간다. 절
담 너머로 키 큰 금빛 부처가 웃으면서 사람들을 내려다본
다. 절 이름은 '극락사'다. 사람들은 왜 '극락'이라는 상상을
해야만 했을까. 가슴이 아파 온다. 마음이 아프면 동물이 된
다던가. 아직도 '극락'을 못 잊는 사람들은 모두가 마음이 아
픈 동물일지 모른다는 생각.

6 .

혈액형에는 두 가지가 있다. 하나는 타고난 혈액형이고 다
른 하나는 사회적 혈액형이다. 그런데 사회적 혈액형이란
무엇일까. 그건 내가 누구 편을 들어야 하고 누구와 연대해
야 하는지를 안다는 것은 아닐까.

7.

못된 시선에 대하여. 못된 시선으로 세상을 바라보는 일은 힘들고 곤비하다. 특히 그렇잖아도 지금처럼 마음이 무거울 때는 더더욱. 마음의 추를 견디는 일도 힘든데 그 추를 끌고 또 세상의 벽을 넘어야 하기 때문이다. 하지만 너무나 당연해서 마음의 사정을 막론하고 치러야만 하는 일들도 있다. 그 일들에 대한 외면은 지금 나를 편하게 하겠지만 행복하게는 못 한다. 나는 행복을 포기하고 싶지 않은 것이다.

8.

쉽게 생각하자고 다짐을 한다. 그러기 위해서 글씨부터 바로잡아야겠다고 마음먹는다. 메모를 할 때마다 글씨들이 무너지고 흩어지고 깨진다. 이 글씨들부터 바로 세울 일이다. 또박또박 정자로 정확하게…… 필적을 잃으면서 마음을 지킬 수는 없는 일.

9.

자꾸만 뭘 기다리고 그리워하는 일은 중요하지 않다. 다가오는 일들을 다 받아들이는 일만이 무기가 된다. 일찍이 알았건만 자꾸만 놓치는 생활의 계명.

10.

더 많이 침묵할 일이다. 그래야만 모든 일들을 혼자서만 풀수 있다는 사실을 잊지 않을 수 있다. 하기야 늘 그래 오지 않았던가. 그런데 이 또한 자주 잊어버리는 원칙.

11.

출판물 계약을 했다. 정리해야 하는 원고들이 눈앞에 벽이다. 이걸 어떻게 다 넘어간담. 그래도 쉽게 생각할 일이다.

12.

비가 온다. 그러다가 천천히 그친다. 우산들도 천천히 접힌다. 길 위에 하얀 횡단보도. 빨간불. 그런데 이럴 때는 빨간불이 건너가라는 신호 같다.

13.

하염없이, 그것도 이른 아침에, 혼자서 앉아 있는 일처럼 행복한 일이 또 있을까.

14.

헤어지는 여자의 뒷모습은 그가 누구였는지를 비로소 깨닫게 만든다. 특히 그가 횡단보도를 건너갈 때.

15.

어제는 종일 몸이 안 좋았다. 우울했다. 가진 건 몸밖에 없
건만…… 그래도 저녁에는 프루스트 강의. '오래된 침대'에
대하여. 그 침대에 누운 늙은 프루스트의 육체, 고독한 육체,
아카이브의 육체에 대하여. 고독한 육체는 누에가 되는 건
아닐까. 기억이라는 뽕잎을 갉아 먹는 한 마리 순수 단백질
의 벌레가 되는 건 아닐까.

16.

내일 특강을 생각한다. 갈수록 싫어지는 남들 앞에서 말하
는 일.

6월

1 .

자기를 주장하는 일은 중요치 않다. 자기를 부정하는 일도 중요치 않다. 자기를 이해하는 일이 중요하다. 하지만 자기를 이해하는 일도 그렇게 중요한 건 아닌지 모른다. 정말 중요한 건, 자기를 잘 지키는 일이다. 그런데 자기를 잘 지키려면 무기가 필요하다. 이 무기는 어디에 있는 걸까. 그 무기는, 그동안의 오랜 탐색을 돌아보면, 내 안에는 없는지 모른다. 그건 오히려 다른 누군가에게, 타자에게 있는지 모른다. 그런데 이 타자는 또 어디에 있는 걸까. 내 안에 있을까, 아니면 내 밖에 있을까…… 이렇게 생각은 끝도 없이 맴돌이를 한다. 토요일 오전, 공원에서, 멀리 놀이터에서 까부는 아이들의 소리가 건너오는 소나무 그늘 밑에서, 근심 걱정의 그늘 밑에서, 이상하게 고요하고 편안한 마음의 그늘 밑에서, 아마도 내가 찾는 타자는 이 그늘 안에 있는지 몰라, 그러면 이 그늘은 내 안일까 밖일까…… 또 바람개비처럼 돌아가는 시작도 끝도 없는 자기 생각의 맴돌이……

2.

한 보름 병치레를 했다. 의사를 만나고 검사를 하고 약을 먹
었다. 아무것도 못 하고 걱정만 하고 초조한 잠만 잤다. 단
상 하나 남기지 못했다. 어제 결과가 나왔다. 놔두었으면 위
험할 뻔했던 종양이 하나 있었지만 절제했으니 이제는 문
제가 없는 거라고, 의사는 말했다. 그렇다면 별 탈 없이 육체
의 통과제의를 치러낸 셈이다. 아직 불편들이 다 없어진 건
아니지만, 육체에게 감사하면서 믿고 기다려볼 일이다. 점
점 더 전 같지 않아진다. 아침부터 비는 내리고 적막한 공
원 길가에 차를 세우고 앉아 있다. 오랜만에 카스테레오 버
튼을 누르고 〈피아노 소품〉을 듣는다. 점점 더 전 같지 않아
진다……라는 중얼거림이 가사처럼 또 귀를 지나간다. 그
러고 보면 어젯밤 얕은 잠 속에서 꿈을 꾸었다. 다 지워지
고 말았지만 꿈속에서 한 남자가 내게 따지는 것처럼 물었
었다: 도대체 지금 뭐 하시는 겁니까? 꿈을 꾸면 모르는 사
람들이, 내 경우 거의 남자들이, 자주 나타나곤 했었다. 잠깐

생각해보니까 그렇게 꿈속으로 모르는 사람들이 찾아오는
일이 점점 더 많아지는 것 같다. 이것도 점점 더 전 같지 않
아지기 때문일까? 그런데 이 모르는 사람들은 누굴까?

3.

또 비. 비는 끝이 없다. 끝이 없는 게 비다.

7월

1.

아침 산책. 어제 비온 뒤의 오늘 아침. 새소리, 물소리, 내가 걷는 소리. 돌연한 소설에의 충동, 젖은 풍경 속으로 혼자 외치는 소리: '이 모든 것들은 소설이 되어야 하리라!'

2.

'나'는(개인은) '더 나누어질 수 없는 것'이다. 그 어떤 과학도 철학도 학문도 이 '나'라는 원자를 더 세분하고 미분할 수는 없다. 그래서 그들은 이 더 나눠질 수 없는 원자를 더 큰 보편성 혹은 일반적 법칙으로 수렴해서 그 안에 가둔다. 과학과 철학 그리고 이론이 허영이라면 이 허영심은 결국 '나'라는 불가분의 원자 앞에서의 절망이다. 그러면 무엇이 이 더 나눌 수 없는 원자를 더 깊이 더 세밀하게 나눌 수가 있을까? 내게는 그것이 예술이다. 하지만 예술도 무기가 있어야 한다. 나눌 수가 없는 것을 더 세분하고 미분시키자면 극도로 예리한 메스가 필요하다. 이 메스는 세상 어디에도 없다. 그 메스는 오로지 한 곳에서만 구할 수가 있다. 그곳은 다름 아닌 나누어져야 하는 그것, 더 나누어질 수 없는 바로 그것, 즉 '나'라는 원자이다. 나만이 나를 더 세분하고 미분할 수가 있다, 그 바닥까지 들여다볼 수가 있다. 이것이 예술의 믿음이고 광기고 또 미덕이다.

3.

한동안 마음을 돌보지 못했다. 그러면서 발견한 사실: 마음이 좀 편할 때는 마음을 잊는다. 마음이 아플 때에야 마음을 기억하고 거기에 기댄다. 부족한 게 있을 때에야 어머니를 찾는 아이처럼. 사는 일이 이렇게 철 안 드는 아이만 같다. 그런데 사는 일이 그렇게 철 안 드는 아이만 같으면 얼마나 좋을까. 찾아가면 늘 집에서 기다리는 마음이 있으면 얼마나 좋을까. 그러나 철들면 마음도 '도둑맞은 편지'가 되는 건 아닐까. 찾으면 벌써 거기 없는 마음. 그래서 일찍 엄마를 잃어버리고 고아가 된 아이처럼 늘 쓸쓸한 빈자리로만 곁에 있는 마음. 살수록 피할 수 없이 철은 들고, 철들수록 마음은 빈자리가 되지만, 그렇게 비어갈수록 기대고만 싶어지는 마음…… 이 마음의 블랙코미디 앞에서 오늘도 막막하게 맞이하는 맑은 아침.

4.

긴 장마. 그러나 이 긴 장마가 내게는 사막이다. 하루하루 아무런 흔적도 남기지 못한 채 증발해버리는 나날들.

5.

돌연한 확신. 아무도 나를 진실로 사랑하지 않는다는……

6.

강의를 마치고 술 한잔 혼자 걸치고 돌아와 누운 침대에서 어제는 오래 뒤척였었다. 심한 외로움. 얼굴도 모르는 사람들에 대한 사무치는 그리움. 나이 들수록 심해져만 가는 이 고독의 어리광.

7.

글쓰기에는 두 가지가 있다. 하나는 건축적 글쓰기. 건축에는 먼저 설계도가 있다. 그 설계도에 맞추어서 건축자재들이 수집되어 맞추어지면 집이 된다. 또 하나는 별자리적 글쓰기. 별들은 저마다 홀로 빛나며 흩어져 있다. 그 별들 사이에 먼 눈으로 금을 그으면 별자리는 태어난다. 흩어져 빛나는 별들 그대로, 그러나 나만이 알고 있는 금 긋기를 통해서 별들 사이에서 태어나는 그 어떤 조형. 명멸하는 먼 별들이 없으면 나의 금 긋기도 없다. 나의 금 긋기가 없으면 별들의 별자리도 없다. 내가 생각하는 글쓰기는 이런 글쓰기가 아닐까. 그러나 별보다 더 멀어서 아득하기만 한 글쓰기.

8.

강의 계획서를 작성한다. 캘린더 위에 강의 날짜들을 표시
한다. 외출을 안 해도 좋은 날들이 거의 없다. 여름 내내 예
정된 강의의 편력 생활. A. 밀러의 세일즈맨은 마지막에 아
무것도 팔지 못한다. 아무것도 팔 수가 없어서, 아무도 그의
물건을 사주지 않아서, 그는 차츰 미쳐가다가 죽는다. 나의
물건들은 아직은 그런대로 팔린다. 나는 아직은 서서히 미
쳐가지 않아도 괜찮은 걸까. 그런데 나는 도대체 뭘 파는 세
일즈맨일까.

9.

어제의 꿈. 그 형식이 새로운 꿈. 반은 새로운 에피소드 반
은 이미 내가 알고 있었던 에피소드로 짜인 이중 격자적 내
러티브 형식. 그러니까 현실과 꿈의 패치워크 형식. 테마는
'지붕'이다. 나는 어느 모르는 장소에서 특강을 하는 중이다.
그러다가 우연히 지붕이 화제가 된다. 나는 이야기를 시작
한다: 어렸을 때 아버지가 파산을 하셨죠. 우리는 집을 떠나

야 했어요. 트렁크와 보따리 몇 개를 끌고 집을 나서는데 트럭을 타고 사람들이 들이닥쳤어요. 연장을 들고 트럭에서 뛰어내린 남자들은 우리가 살던 집을 마구 부수기 시작했죠. 우리는 급히 집을 떠나버렸는데, 꿈속에서 갑자기 나는 폐허가 되어버린 집터로 돌아와서 혼자 서 있었어요. 그런데 처참하게 무너진 잔해들 한가운데에 망연히 서 있던 저는 문득 발밑에서 기왓장들을 발견했어요. 그 기왓장들은 여러 장이 나란히, 그러니까 지붕에 얹혀 있던 모습 그대로 서로 껴안고 놓여 있었어요. 저는 걸어가서 그 기왓장들 위로 올라섰어요. 그리고 무너진 집터를, 산산이 무너져버린 내가 살던 집의 폐허를 물끄러미 바라보았어요. 마치 지붕 위에 올라가서 내가 살던 집을 내려다보는 것처럼…… 여기까지는 꿈속에서 만들어진 픽션이다. 어린 시절 우리 집은 파산한 적도, 집을 뺏긴 적도, 살던 집이 폐허가 된 적도 없었으니까. 나는 꿈속에서 다시 이야기를 이어간다: 유학의 마지막 시절이었죠. 아내와 아이들은 먼저 집으로 돌아가고 저만 혼자 남아 먼 나라에서 지내던 시절이었어요. 돈도 없고 논문도 지리멸렬이어서 암담하기만 했던 시절이었죠. 어느 밤 비가 쏟아졌고 밤 내내 뒤척이면서 빗소리를 들었어요. 다음 날 아침 전차를 타고 도서관으로 가던 길에 그냥 종점까지 가버렸어요. 거기에는 산이 있고 산 위에는 성이 있고 성까지 오르는 산책 길이 있었죠. 산책로가 끝나는 곳은 성 밑이고 거기에는 넓은 전망대가 있었죠. 주말이면 북적이는 전망대는 텅 비었고 저는 난간에 배를 대고 저 아래 도시를 내려다보았어요. 비 지나간 하늘은 청명하고 햇빛은 투명해서 갑자기 눈이 밝아진 것처럼 아주 먼 곳까지, 건물들 사이 구석진 곳까지 또렷하게 보였어요. 그리고 지붕들이 보였어요. 어젯밤 나처럼 쏟아지는 비를 다 맞았을 지붕들이 오늘 아침에는 따갑고 투명하게 내리쪼이는 햇빛을 또 다 받아들이고 있었어요. 낮게 엎드린, 검고 푸르게 이끼가 앉은 지붕들은 벌거벗고 있었지만 하나도 부끄럽지 않은 것 같았어요. 그런데 그때 저는 깨달았는지 모르겠어요, 벌거벗은 건 아무것도 감출 게 없고 그래서 아무것도 부끄러워할 게 없다는 걸. 사는 일도 저 지붕처럼 그냥 헐벗은 채로 아무것도 감추지 않고 아무것도 부끄러워하지 않으면서 비 내리고 해가 비추는 사이 검고 푸르게 이끼가 끼어가는 일이라는 걸…… 재미있는 꿈. 그러고 보면 잠깐 깨어나서 뒤척일 때 문득 들은 것 같기도 한 짧은 악절 혹은 어떤 흐르는 문양 그리고 조금은 분명하게 기억나는 두 단어: 헐벗음과 품위.

10.

멜랑콜리에 관한 글들을 읽기 시작했다. 아리스토텔레스를 읽다가 만난 이런 구절: '엑스터시, 상처의 열림……' 이미 그리스인들에게도 엑스터시는 상처가 터지는 일이었던가.

11.

비, 비, 비……

12.

쏟아지는 비를 보면서 혼자 소주를 마신다. 허름한 곳. 검은 원통을 껴안은 사람들도, 시멘트 바닥에서 깨지는 비도 악을 쓴다. 그런데 이상한 고요함. 세상은 아무 일도 없는 것 같은 무사 무사함. 긴 오징어 다리 천천히 씹을 때 마음도 따라서 서서히 안녕.

/ 3.

주말에 함께 희망 버스를 타자는 제안. 쏟아지는 빗속을 보며 잠깐 망설이다가 거절. 그래도 계속 쏟아지는 비. 쏟아지는 비는 뭘까. 언어. 그러나 시니피에 없는 시니피앙. 그런 시니피앙처럼 배반하기 쉬운 의미가 있을까. 그런 시니피앙처럼 거부할 수 없는 의미가 있을까.

/ 4.

아침부터 무기력. 스트레칭을 해도 몸이 가벼워지지 않는다. 밖에서는 닿을 수 없는 몸속 어딘가에 고여 있는 듯한 피곤. 울적한 마음. 그런데 다시 제자리로 돌아온 것만 같은 이상한 안도감.

8월

1.

매주 한 번 대구로 강의를 팔러 간다. 아침이 상쾌하면 열차 안에서 책을 읽는다. 아침이 곤비하면 창가에 기대어서 몽상에 빠진다. 그러면 모든 게 꿈이라는 확신이 들고 꿈처럼 지나가는 풍경 속으로 속절없이 빠져드는 일이 웬일인지 꿈꾸는 게 아니라 깨어나는 일처럼 여겨진다. 그 꿈의 끝에서, 블랙홀을 통과하듯, 깨어나면 거기에는 어떤 세상이 있는 걸까. 그러니까 나는 지금 강의를 팔러 남쪽 도시로 가는 게 아니다. 나는 지금 꿈속을 통과해서 꿈에서 깨어나면서 고향으로 가는 길이다. 기억 속에는 없는, 한 번도 가본 적이 없는, 그러나 한 번도 잊어본 적이 없는 고향, 거기만이 내가 현실이라고 부를 수 있는 어떤 고향으로……

벤야민의 《파사젠베르크(Das Passagen—Werk)》 안에는 이런
문장이 있다: "쓰레기가 되어가는 것들, 몰락해가는 것들이
앞으로 도래할 새로운 세상의 전령들이다. (…) 이 낡았지만
새로운 전령들이 집합하는 곳이 영화다." TV 드라마를 본
다. 가난한 여자 주인공이 사는 집은 최신형의 인테리어 공
간이다. 여자의 지친 얼굴은 고급 화장품으로 빛난다. 가난
의 아픔을 조립하는 건 성형한 얼굴이다. TV 드라마의 속
물적 위생성은 대중문화에 대한 벤야민의 꿈을 우스꽝스럽
게 만든다. 벤야민을 읽는 일은 곤혹스럽다. 그는 낡은 것 안
에 새로움의 꿈이 들어 있듯이 타락한 새로운 것 안에서 오
래된 꿈이 깨어나기를 기다리고 있다고 말한다. 과연 그럴
까. 삶의 인장이 찍힌 때 묻고 낡아진 모든 것들을 소독하고
말소해버리는 이 시대의 대중문화 안에서 정말 실현되지
못한 오래된 꿈들은 깨어나기를 기다리고 있는 것일까. 아
무래도 아도르노가 더 옳은 것 같다: "……그런데도 오늘의
시대는 비탈을 구르는 공처럼 파국의 정점을 향해서 돌진
한다." (테오도어 W. 아도르노, 《미니마 모랄리아》)

3.

세례 요한의 멜랑콜리. 멜랑콜리의 두 얼굴. 광야에서 은거하는 절대 고독자. 그 절대 고독의 심연에서 떠오르는 메시아에 대한 환상. 참고로: 세례 요한과 예수는 도플갱어라는 연구도 있다. 스스로 자기를 메시아로 세례하는 사람. B. 알팅거의 《세례 요한─그의 삶과 귀환》. 빨리 아마존에서 주문할 것.

4.

원시 조각에 대한 생각. 돌은 무생물이다. 그 무생물에게 형상을 부여하면 그 죽은 것(돌멩이)이 산 것(살아 있는 예술품)으로 변한다. 원시인들에게 살아 있는 건 돌이 아니라 우상이었다. 역사도 그런 것이 아닌가. 자연 위에 이념의 그림을 새기고 그 그림을 산 것으로 믿으면서 그림이 아닌 것들은 죽은 것으로 만드는 인간사. 고래로 역사 같은 건 없었는지 모른다. 원시종교만이 있을 뿐. 이 깰 수 없는 어리석음, 대대손손 이어지는 무서운 미망, 그 미망 밑에서 죽어간 사람들.

벤야민은 말한다: "적들은 지금도 승리하고 있고 적들이 승리하면 죽은 사람들마저도 안전하지 못할 것이다." 밤 지하철 안에서 성형외과 광고를 오래 바라본다.

5.

선생님의 글을 읽었어요, 라고 여자는 말한다. 선생님은 절대로 강의를 팔러 다니는 세일즈맨이 아니세요. 사람들에게 씨앗을 뿌리는 분이세요…… 그런가요?라고 반문하면서 나는 반가운 표정을 짓는다. 그러면서 여자의 오해가 씁쓸해서 몰래 속으로 혼자 웃는다. 그러면서 어쩐지 은근한 기쁨과 만난다. 그건 그런 오해를 받는 일이 고맙기 때문이 아니다. 그건 그런 오해를 할 줄 아는 사람이 여전히 있다는 사실이 고맙기 때문이다.

6.

개콘: 개그 콘서트? 개들의 콘서트? 개그와 콘서트? 개그와

음악? 그러고 보면 개그와 음악은 하나인지 모른다. 재갈 물린 혀가 몸부림치는 말이었던 개그. 언어 속에서 몸부림치는 노래였던 음악. 그러고 보면 개그는 음악이고 노래다. 하기야 카프카에게 음악을 아는 건 개들과 쥐들뿐이었다.

7.

멜랑콜리. 한낮의 나태(Acedia). 오후의 노란 권태. 이럴 때 수도사는 신마저 귀찮아 쓰러져 눕고, 울던 연인은 장례도 귀찮아서 애인의 시체를 무덤 곁에 내버려둔다. 이 노란 권태의 순간에 우리는 이방인이 된다. 그리고 살인까지 한다. '태양 때문에 방아쇠를 당겼다'라고 뫼르소는 고백하지만 아무도 이 말을 이해하지 못한다. 그러나 멜랑콜리커는 안다. 한낮의 뜨거운 태양, 그 태양 밑에서 이겨볼 수 없는 권태, 그 빛의 늪 속으로의 대책 없는 익사, 그 익사 직전의 단말마적 생의 충동……

8.

아끼고 지킬 것이 있는 사람은 말한다: 그래도 어떻게 그럴
수가 있나요…… 지킬 것이 아무것도 없는 사람은 말한다:
난 다 할 수 있어, 내가 못 할 게 뭐야 도대체……

9.

《댈러웨이 부인》 강의. 강의를 끝내고 돌아오는 길은 늘 울
적과 짜증인데 오늘은 이상하게 은밀한 기쁨이 있다. 왜일
까? 지하철 안에서 곰곰 이유를 찾다가 문득 이런 질문: '이
소설은 나의 어떤 문제를 풀어주었던 걸까?' 그러자 생각
나는 사실 하나: '나의 문제들 중에 하나는 루카치가 던지
는 질문이 늘 불편했었다는 것.' 루카치는 물었다: "한 사람
이 죽었다. 무슨 일이 일어났는가?" (게오르크 루카치,《영혼과
형식》). 이 질문에 나는 늘 '아무 일도 일어나지 않았다'라고
대답했었다. 그리고 억울했었다, 내가 어느 날 사라져도 세
상은 무사 무사 아무 일도 없이 잘 굴러갈 것이라는 사실이.
그런데 오늘 강의 중에 댈러웨이 부인은 내게 속삭였던 게

아닐까: '그래, 나는 사라지고 말 거야, 그래도 세상은 아무 일 없이 또 그렇게 잘 흘러갈 거야, 그러니 얼마나 기쁜 일이람!' 오, 이 늙고 귀여운 여자.

10.

브로콜리 너마저: 밤 카페에 간다. 달고 차가운 마키아토를 마신다. 노래 〈졸업〉을 듣는다: '이 미친 세상에…… 행복해야 해…… 이 미친 세상에…… 잊지 않을게……' 그래, 그런 게 내게도 있었다. 내 젊은 날들 안에 숨도 잘 쉴 수 없도록 가득했던 페이소스들. 어쩌면 좋아, 어쩌면 좋아, 청춘 앞에서 어쩔 줄 몰라 했던 나의 대책 없이 젊었던 시간들……

9월

1 .

갑자기 떠오른 문구: '화장실의 낙서처럼 고독하고 우울
한……' 예컨대 홍대입구역 1번 출구 화장실에서 보았던:
'아아, 화장실은 고독한 침대인지 몰라……'라는 하나의 문
구. '그런데 이 고독한 침대를 누가 모를까'라는 또 하나의
문구…… '그러고 보면 외로운 건 내가 아닌가 봐, 그건 말
들인가 봐'라는 또 또 하나의 문구…… 그러고 보면 내가 정
신 빠져 있을 때 늘 나도 모르게 그리곤 하는 이런 낙서 하나.

2 .

종일 바르트 번역. 그러다가 갑자기 떠오른 생각: 바르트는
기호 자본주의라는 시멘트 감옥 속에서 빛이 새어 드는 틈
새를 기필코 찾아내려고 몸부림을 쳤던 사람이다.

10월

1.

주말 조용한 저녁의 확인: 결국 모든 일들을 혼자서 할 수밖에 없다는 사실……

2.

니체에 관한 논문들을 읽다가 만난 이런 문장: "음악이 없다면 삶은 갈 곳을 모르게 된다." (레나테 레슈케) 또는 이런 문장: "음악이 사라진 시대 안에서도 삶을 잃지 않으려는 시도, 그것이 니체의 철학이다." (뤼디거 자프란스키)

3 .

망치질은 많이 때리는 것보다 정확하게 때려야 한다, 라는
어느 대장장이의 말. 확 깨어남. 그리고 심한 부끄러움. 나는
아직도 이런 진리조차 모르면서 나날을 산다.

4 .

내일은 강의가 있다. 그래서 황지우를 다시 읽는다. 새들은
세상을 떠도 우리는 다시 자리에 앉는다고 황지우는 말한
다. 오랜만에, 그 자리에 차를 세우고, 아이들이 떼 지어 교
문 안으로 들어가는 걸 보면서, 나는 다시 절망의 힘으로 앉
는다. 그렇게 우리는 새들의 떠오르는 힘에서 다시 세상으
로 내려앉는 힘을 배운다.

5 .

그분은 대가죠, 라고 그 여자는 말한다. 나는 픽 웃는다. 그

리고 깜짝 놀란다. 돌아서더니 내 얼굴로 적중하는 그 '픽'.

6 .

오랜만에 새벽에 놀라면서 깨어난다. 이제 또 그럴 때가 되었는가. 오, 나의 오랜 친구여. 나는 잊어도 늘 나를 잊지 않는 것이 있다.

7 .

언제나 나는 나에 대해서 말하기를 그만둘까. 이 끝날 줄 모르는 가여움.

8 .

차에서 소리가 난다. 오래된 것들은 소리를 낸다. 내게서는 무슨 소리가 날까.

11월

1.

자정 넘은 시간. 커다랗고 새빨간 빼빼로 상자를 들고 앞서
서 에스컬레이터를 내려가는 사람. 그제야 '지금 나는 아래
로 내려가고 있다'라는 사실을 깨닫는다.

2.

토요일. 종일 칩거. 우울은 깊어지는데 정신은 깨어나지 않
는다. 이건 병이다. 그러고 보니 늦도록 아무것도 먹은 게 없
다. 이건 증상이다. 허기를 깨우지 않는 건 모두가 증상이다.

3.

생활이 어려워진다: 생활 속에 생활에 도움이 되지 않는 건 없다는 생각.

4.

평생 동안 '그 누군가'와 늘 함께 살아왔다는 생각은 점점 더 확고해진다.

5.

스완

이 마음이 허한 사람. 그 누구보다 모든 것이 다 쓸데없다는 생의 무상성을 잘 알고 있는 사람. 그래서 그는 영원히 변하지 않는 무엇을 그리워하면서 거기에 매달린다. 그래서 그에게는 보티첼리의 제포라가 이상적인 여인이 된다. 그래서 그는 오데트를 제포라로 만들어 그녀의 품 안에서 휴식을 찾는다. 마르셀은 말한다, 스완의 어리석음은 모두가 이 허함에서 오는 것이라고, 그 허함은 무상한 육체를 부정하려는 부르주아의 허영에서 오는 거라고, 노동을 자신에게 면제하면서 육체를 멀리하지만, 그러나 노동과 더불어 관능도 멀리해야 하고, 그러나 관능은 멀리할 수 없는 것이므로 관념으로 되돌아오고, 그 관념의 관능적 여인이 제포라이지만, 그 관능은 다시 육체를 원하므로, 피할 수 없이 오데트가 되고 만다. 그러나 오데트는 제포라가 아니고, 그래서 그녀는 끝없이 제포라로부터 비켜나가고, 그러나 스완이 원하는 건 제포라이므로, 그는 오데트를 또 끊임없이 제포라로 만들지 않으면 안 된다……

6.

조금 전 꿈. 나는 집으로 돌아오다가 갑자기 땅 밑으로 내려간다. 지하로 뚫린 원통형 터널이 있고, 그 뚜껑을 열고, 조심조심 손잡이를 옮겨 잡으면서 길고 좁고 둥근 터널을 기어 내려간다. 바닥에 내리니까 작은 문이 있고 문을 열고 나

가니까 못 보던 세상이다. 큰 공원이고 풍경 한가운데 유리
벽들이 많은 건물이 서 있다. 사람들은 모두가 외국 사람들
이다. 여자들이 거의 모두다. 나는 건물 안에도 들어가고 공
원도 거닐면서 서성인다. 아마도 누군가를 거기서 만나기
로 했는데 그가 누구인지는 잊어버렸다. 그러다가 갑자기
깨닫는다, 늘 들고 다니는 가방이 손에 들려 있지 않다는 걸.
나는 사방으로 돌아다닌다, 초조, 불안, 그리고 여기저기 내
것이 아닌 검은 가방들……

7.

자주 꿈을 꾼다. 늘 뭘 잃어버리고 안타깝게 찾아다닌다. 깨
어나면 마음이 무겁고 아프다. 그런데 나는 뭘 그렇게 잃어
버린 걸까. 나는 굶지 않고, 나는 건강하고, 또 나는 이렇게
저렇게 사랑을 받고 있다. 그러니 지금 나는 당장 이 자리에
서 마음이 편해도 되는 게 아닐까, 깨어나서 너무너무 행복
해도 되는 게 아닐까.

8.

마음이 늘 불편한 건 사랑이 모자라서가 아니다. 그건, 아마
도, 아니 거의 분명히, 마음껏 사랑하지 못해서, 그럴 수가
없어서인지 모른다……

2012년

1월

1.

꿈에서 깨어난다. 꿈속에서 만났던 사람들이 점점 희미하게 지워진다. 문득 이런 생각: 이들은 사라지는 게 아니라 희미해지면서 이 세상으로 건너오는 게 아닐까. 꿈속에서 만난 사람들이 내가 깨어난 이 세상으로 들어온다면 나는 그들을 알아보고 다시 만날 수가 있을까?

2.

오랜만에 언덕 위에 차를 세우고 음악을 듣는다. 광제라를 듣는다. 슈만의 〈시인의 사랑〉을 듣는다: "이 아름다운 5월, 나는 꿈속에서 우네. 흐르는 눈물에서 장미가, 백합이, 비둘기가, 태양이 태어나네……"

3.

폴 하딩의 《팅커스》. 문학은 경험과 언어의 연금술적 교직이라는 사실을 또 한번 진지하게 성찰케 만드는 소설. 가령 이런 문장: 경험도 언어도 없는 치졸한 소설들. 거기에 화려한 사이비 비평들.

4.

이런 사랑의 감정. 거기에 맞는 누군가의 얼굴이 있을까. 모든 얼굴들을 초과하는 그 어떤 잉여. 무엇으로도 채워지지 않는 그 잉여 안에서 나는 허덕인다……

5.

바르트의 《애도 일기》 번역이 거의 끝나간다. 끝없는 사랑의 하강 곡선. 그 끝에 죽음. 이런 구절: "내가 왜 죽음을 두려워해야 할까? 죽음은 마마에게서 일어난 일인데……"

6.

김근태. 내일은 마석에 갈 것. 모란공원에 갈 것.

그가 마지막으로 남겼다는 말:
"분노하라, 투표하라."

7.

슈베르트를 듣는다. 즉흥곡. 신이 없는 줄 알지만 신 없이도
살 수 있다고 주장하는 건 무지다, 라는 누군가의 말. 그러면
음악과 신은 어디서 만나는 걸까. 오르페우스의 목이 지금
도 울면서 사랑을 찾아 헤매듯 하염없이 울면서 표류하고
있는 신도 있는지 모른다는 생각……

8.

깨어나서부터 피곤하다. 그냥 슬프다. 꿈도 없었건만, 여기

가 마냥 꿈속인 것처럼⋯⋯

9 .

도대체 표현의 언어를 써본 적이 얼마나 오랜 건지. 이제는
거의 메말라서 원한의 강바닥만 들여다보이는 내 사랑의
언어들⋯⋯

2월

1.

그리스 비극들을 읽으면서. 그리스 비극들은 모두가 혈연
과 정념들이 엇갈리며 직조하는 거미줄이다. 빈틈없는 혈
연의 거미줄 안으로 정념의 거미가 끼어들어 줄들을 끊어
놓으면, 원한의 거미가 들어서서 복수하고 끊어진 혈연의
정의를 다시 복원한다. 그러면 다시 그 혈연은 정념에 감염
되거나 원한의 발톱으로 끊어지고……

2.

지하철. 두 여자가 예수님 얘기를 한다. 옥합을 아낌없이 깨
뜨린 한 여인에 대해서 말한다. 그 얘기는 나도 안다. 게다가
아주 좋아하는 에피소드다. 옥합이라는 단어도 울림이 있
지만 '깨뜨리다'라는 동사는 격정적이다. 오죽 견딜 수 없었

으면 차라리 깨뜨려버릴까. 아마 유르스나르도 〈불꽃(Feux)〉에서 이 여인을 비슷한 맥락에서 언급했던가. 헌금이 주제다. 듣다 보니 이런 생각: 한 여인이 옥합을 깨뜨려 향유를 예수의 맨발에 붓는다. 제자가 자지러지면서 외친다: 저런 미친 짓이 어디 있는가. 저 비싼 향유를 가난한 이들에게 나눔이 옳거늘! 예수가 판결을 내린다: 이 여인이 옳다. 이 여인만이 나를 알고 있다. 어느 목사는 이 우화를 들어서 이렇게 말한다: 제자들은 아직도 믿음이 부족하다. 그들은 제 스스로 가난한 자를 도우려고 한다. 그러나 보라, 가난한 자는 오로지 당신을 통해서만 구원될 수 있다고 예수는 가르친다. 그런데 교회는 예수의 몸이다. 헌금은 당연히 교회로 와야 한다(대형 교회의 경제학). 또 어느 목사는 이렇게 말한다: 제자들은 아직도 물질과 말씀을 구분하지 못하고 있다. 여기서 예수는 가르치고 있다, 믿음은 물질이 아니라 말씀이라고. 물질이 아니라 말씀만이 우리를 죄에서 구원하는 거라고. 그런데 내 생각은 이렇다. 예수와 제자 사이에는 아무런 모순이 없다. 2000년 전이라고 지금과 뭐 달랐을까. 부와 궁핍의 양극화가 다르지 않았을 고대 로마의 폭력 사회 안에서 예수는 어떤 사회적 가치였을까는 너무나 뻔하다. 예수는 가난한 자 중에서도 가난한 자였다. 아무도 알아주지 않는 스펙(하나님의 아들)만을 가진 가난뱅이 중에서도 가난뱅이, 이 집 저 집 걸식을 하지 않으면 안 되었던 거지들의 보스에 지나지 않았다. 그런데 이 거지에게, 그것도 그 거지의 더러운 맨발에, 한 여인은 옥합을 깨뜨려서(아마도 미래의 한 남자를 위해 간직해온 혼수였을 혹은 그녀의 처녀였을) 향유를 아낌없이 붓는다. 과연 이 여인이 그들은 예수가 아니라는 이유로 다른 가난한 이들에게는 향유를 아낄까? 중요한 건 doxa(근원적 선입견)에서 벗어나는 일인지 모른다. 그리고 그건 '인간의 자식 예수 < 하늘의 아들 예수', '가난한 예수 < 영광의 예수'라는 부등호를 다시 성찰하는 일에서부터 시작되는 건지 모른다.

3 .

뚝, 샤프펜슬의 흑심이 몸체 속 어느 정확한 지점에서 부러지는 손가락의 감각. 빼어내자 허망하게 몸체 속에서 빠져나오는 가늘고 짧은 부러진 흑심. 빠르게 훑고 지나가는 어떤 섬뜩함.

4 .

밤 내내 구역질. 그리고 돌아가신 어머니 생각. 그 텅 비었던
눈. 그 눈 안에 비추었던 내 모습. 너무 보고 싶어서 울고 싶
은데 그러나 구역질만 심해지고.

5 .

누구의 삶도 나의 삶은 아니다, 라는 돌연한 깨우침. 너무도
범속한 자각. 그러나 오늘 아침에는 너무 큰 고통. 잘못 삼켜
버린 바늘 공처럼.

3월

1.

생각들.
이 돌연한 깨어남들.

2.

나의 모든 것들이(생각이, 느낌이, 그리움이, 상상이), 이 모두를
안에 담고 있는 육체가 어느 한곳으로 끊임없이 흘러가고
있다는 확신. 따라가면 두 번 다시 돌아올 수 없을 거라는
두려움. 이른 아침, 거리에서.

3.

새로운 삶,

새로운 삶……

4.

자꾸만 커지는 신학에 대한 관심. 나는 본질적으로 신학적 인간인지도 모른다는 생각. 나를 열광케 하면서 고적하게 하는 어느 영역으로 들어서기—그때 나는 신학자가 된다(신앙인이 아니다).

5.

봄. 매일 찬 바람. 쓸쓸함 때문인가, 매일 뒤척이는 몸속의 장기들.

6.

다시 사계가 화택(火宅)이다. 자동차 안에서 먼 곳을 바라본
다. 그리고 가까운 곳을 본다. 이럴 때 나에게 착한 연인처럼
다가와 앉는 것은 무엇인가.

7.

오래된 삶, 오래된 삶, 물러가지 않는 삶……

8.

멀리 허물어져가는 집들을 바라본다, 햇빛 속에서. 이처럼
친숙한 것이 또 있을까.

9.

모든 것들이 너무 오래 머문다는 생각.

10.

나는 지금 떠나간다, 실려 간다…… 얼마나 오랜만인가.

11.

생활이 비상사태에 돌입하면 분할의 정치가 필요해진다. 우선 마음이 분할되어야 한다. 생활의 개개 영역들에 맞추어 마음도 영토 분할이 있어야 한다. 그리고 분할된 마음의 영토들 사이에 서로 넘어서는 안 되는 국경선을 설정해야 한다. 다음에는 '나'를 분할해야 한다. 분할된 개개의 나들을 분할된 마음과 생활의 영토들을 다스리는 주권자로 만들어야 한다. 서로를 그리워하거나 욕망하는 일이 없도록 주권자들 사이에 상호불가침 조약을 체결케 해야 한다. 이런 분할 정치를 통해서만 파열된 생활은 아나키에 빠지지 않고 지켜질 수가 있다. 그럴 때에만 밀려드는 홍수 앞에서 일상의 유영을 계속할 수가 있다.

/ 2 .

차 안에서 라흐마니노프를 듣는다. 현악삼중주. 팽팽한 감각의 현들 위로 빠르게 부드럽게, 파고들면서 미끄러지면서, 마찰을 일으키는 활. 자기를 못 이기는 관능의 톤들.

/ 3 .

이인 신경증. 이상하게 현실감이 없다. 세상이 유배지 같다. 노스탤지어 그리고 히스테리.

14.

뺏겨서는 안 되는 것들: 마음, 정신 그리고 감각. 나의 것이
면서도 빼앗기고 만 것들은 감옥이 된다. 이 감옥 속에서 발
버둥 치는 나날들.

15.

음악철학 강의를 폐강 공고했다. 지금은 음악을 철학으로
말하는 일이 도저히 불가능하다. 특히 M에게 미안한 마음.

16.

산책. 바람 지난 뒤 봄의 훈기.

17.

야콥 타우베스의 《바울의 정치신학》을 읽는다. 1987년 하이델베르크 신학부 콜로키움에서 행했던 강의록이다. 그가 강의 제안을 수락했을 때, 암세포에게 온몸을 점령당한 자기의 생이 곧 끝나리라는 걸 타우베스는 알고 있었다. 그는 남은 자기의 삶을 '단두대 위의 시간들'이라고 불렀다. 일주일 동안, 힘을 보충해야 했으므로 사이에 하루씩 쉬면서 3일간 세 시간씩 수행되었던 이 마지막 특강은 타우베스에게 유언장이었다. 유언장은 그에게 생의 정리가 아니라 생에 대한 마지막 도전이었다. 그래서 그의 유언장 안에는 답들이 아니라 질문들이 들어 있다. 내가 보기에 이 질문은 두 가지다:

"몰락이란 무엇인가?"
"몰락 앞에서의 정신적 불안(geistige Unruhe)은 그 까닭이 무엇인가?"

18.

아버지 생각. 아버지들은 누구일까. 그들은 모두가 몰락한 이들이 아닐까.

19.

다시 아버지 생각. 아버지들은 누구일까. 그들은 모두가 못 다 쓴 편지를 남기는 이들이 아닐까.

20.

사유는 혼돈에 질서를 부여하는 일이다. 아니, 말을 고치자, 부여가 아니라 '수여'다. 수여 안에는 부여에는 없는 특별한 태도가 있다. 그건 존경심(Respekt)이다. 혼란을 배척하지도 제압하지도 않기, 오히려 혼돈을 응시하고 발견하고 존경하기, 그것이 사유의 질서, 아니 사유의 품위다.

21.

길 잃은 개 한 마리 횡단보도를 건너간다.

22.

자클린 뒤 프레를 듣는다. 현의 물질성과 육감성에 놀란다. 앨범에서 보았던 그녀의 사진 한 장. 다리 사이에 첼로를 안고 홍소하던 젊고 건강한 여자. 첼로는 악기가 아니라 그녀의 풍만하고 우아한 육체였다. 분명히 소리는 정신이고 물질이다. 그러면 음악은 물질을 기화시키는 걸까, 아니면 정신을 육화시키는 걸까.

23.

한 여자가 말한다: "……저는 그때 제가 너무 가엾고 불쌍했어요. 그래서 약속했어요. 세상의 모든 이들이 너를 버려도 나는 끝까지 너를 사랑하고 버리지 않겠다고"

24.

결코 나를 사랑하지 않는 한 여인이 있었다. 그 여인에 대한
나의 변함없는 구애가 있었다. 오늘 갑자기 깨닫는 건, 아직
도 나는 그 구애의 주문 안에 갇혀 있다는 사실이다.

25.

깨어날 때 나는 얼마나 순수한지. 그런 나를 덮쳐서 움켜잡
는 매일 아침의 손아귀가 있다. 이 손아귀도 산파술인가.

26.

다들 그런대로 잘 살고 있어요, 라고 그는 말한다. 그렇네요,
다들 잘 살고 있네요, 라고 나는 대답한다. 그러면서 고개도
끄덕였던가.

27.

된장찌개를 데운다. 나물 반찬들을 꺼내어 놓는다. 김도 젓
갈도 놓는다. 흰밥을 먹는다. 조용히 그리고 천천히…… 지
금 내가 주인이 되어 돌보고 지킬 수 있는 건 나의 몸뿐이
다. 건강뿐이다. 그래도 아프지 않은 몸은 나를 위안한다. 나
도 내 몸을 위안한다. 괜찮아, 괜찮을 거야. 그러니까 많이
먹어, 라고.

28.

노래를 따라 부른다. 너는 지금 무거운 마음이구나, 노래가
속삭인다. 그러자 불안한 마음이 고요해진다. 무거운 마음
은 불안한 마음과 다른 거야, 라고 나는 중얼거린다.

4월

1.

아버지를 생각한다. 아무것도 아니었던 사람의 삶을 생각한다. 먼 나라의 제왕을 생각한다. 모든 것의 주인이었던 사람의 삶을 생각한다.

2.

공적인 문서에서 아버지의 기록을 읽는다.

1927. 3. 24.–2001. 5. 13.

출생일과 사망일 사이는 침묵으로 비어 있다. 그 침묵의 사이에서는 무슨 일이 있었던 걸까.

3.

실패가 존엄을 불러내기도 하는 것인지……

4.

오늘이 부활절이란다. 죽은 자가 다시 살아나는 날. 벤야민을 읽다가 이런 문장: "인간은 자기가 어떻게 절망에 도달하게 되었는지를 알면, 그 절망 속에서 살아갈 수가 있다. 그럴 때 절망은 그에게 아주 중요한 것이 된다. 왜냐하면 이 절망 속에서는 침몰한다는 것이 사물의 근저에 도달하는 일이기 때문이다." (발터 벤야민, 〈브레히트에 대한 코멘트〉)

5.

버지니아 울프 강의를 준비한다(《댈러웨이 부인》). 써놓았던 오래전 메모들을 읽어본다. 이런 구절이 있다: "《To the Lighthouse(등대로)》의 Mrs. Ramsay(램지 부인). 그녀는 의식의 밑바닥까지 내려가서 자신의 정체성이 상실되는 경험을 하지만, 그 경험으로부터 모든 이지적 이해를 초월하는 미지의 기쁨을 발견한다. 그리고 그 미지의 기쁨으로부터 새로운 생의 에너지를 길어낸다."

잠깐 창밖을 바라보는 사이 메모를 이으며 떠오르는 단상들:

"썩어가는 것과 사라져가는 것은 다르다. 썩어가는 것 속에서 사라져가는 것. 시드는 껍질 속의 과육처럼."
"……그러나 가시지 않는 슬픔이 있다. 내가 아니라 내가 사랑하는 모든 것들에 대한 슬픔. 이 슬픔마저도 사라짐으로 보내야 하는 걸까."
"자연은 사라짐의 시간이다. 생은 이 사라짐 속에서 빛나는 시간이다. 문학은 이 빛나는 순간들의 파티다."

6 .

야콥 타우베스를 읽는다.

7.

요즈음은 아침마다 세상을 등지고 차를 세운다. 먼 산 쪽으로 차를 세운다. 보이는 건 헐벗은 풍경들이다. 비닐하우스, 잿빛 컨테이너, 버려진 쓰레기들…… 그런데 그쪽이 동쪽이다. 때로 그쪽으로 출근을 하는 사람들이 있다. 오늘은 어느 뚱뚱한 여자가 혼자 노래를 부르면서 동쪽으로 걸어 들어간다.

8.

어제 꿈. 쫓기는 악몽. 나는 무엇엔가 짓눌려 있다. 그 무엇을 무엇이라고 부를까. 자산? 자산은 추방된 무엇이다. 추방된 것은 그러나 내가 사랑하는 것이다. 악몽을 꾸는 건 그것에게 추격당하기 때문이다. 아니면 그것을 추격하기 때문인가. 아뿔싸, 이 무슨 잔인한 소극(Posse)인지, 원.

9.

돌연한 영웅주의: 그 누구와도, 그 무엇과도 타협하지 않기.

1 0.

이틀 동안의 비바람. 그 안으로 허위허위 돌아다닌 이틀. 길
들 사이로, 차들 사이로, 사람들 사이로. 도대체 이게 다 무
얼까.

1 1.

어제의 벤야민 강의. 공들여 설명했던 이런 단어: 메시아주
의자적 허무주의(Messianistischer Nihilismus). 이제야 후회막
급. 이 명제는 역사철학적인 것이 아니다. 어느 한 사람의 고
독이 읽혀야 했다. 날이 갈수록 심해지는 철학을 문학으로
읽는 버릇.

12.

사람은 상처받을 것이 있을 때에만 상처를 받는다. 아무것
도 지킬 것이 없는 사람은 절대로 상처를 받지 않는다. 마찬
가지로 위반할 것이 있는 사람만 위반을 한다. 아무것도 존
경하는 것이 없는 사람에게는 위반도 없다.

5월

1.

나날을 바쁘게 산다. 그러다가 갑자기 육체의 소리를 듣는
다: 또 하루가 간다……

2.

눈이 점점 침침해지면서 버릇이 생겼다. 때로 아무것도 보
지 않으려고 한다, 눈을 뜬 채로.

3.

분명한 사실: 나는 많은 돈을 벌기보다는 강의하는 걸 좋아
하고, 강의보다는 미인과 만나는 걸 좋아하고, 미인과 만나

는 일보다는 혼자서 책을 읽는 걸 좋아하고(예컨대 프루스트), 혼자서 책을 읽는 것보다는 나만의 글쓰기를 좋아한다. 그리고, 이 또한 분명한 일인데, 나만의 글을 쓰는 것보다는 아무것도 안 하고, 정말 아무것도 안 하고, 생각조차도 안 하고, 내가 있는지 없는지도 모르는 채, 그냥 가만히 있는 걸 좋아한다. 그런데 나는 이 애착의 계단을 평생 거꾸로 밟으면서 살아왔고 지금도 그렇게 살고 있다. 내가, 이 깊은 밤에 돌연히 홀로 일어나 앉아서, 도대체 무슨 말을 할 수 있겠는가.

4.

어제 A가 말했다: 요즈음 소설들도 좀 읽어보라고. 나는 속으로 대답했다: 이제 내게는 그렇게 시간이 많지 않다고.

5.

아침에 아버지 생각. 아버지에게도 꿈이 있었을 것이다(어느 햇빛 좋은 아침, 푸른 청사진을 들여다보던 아버지의 모습). 그러나 아버지는 평생 그 꿈을 연기시키면서 살았다(그 덕에 내가 살았다). 아버지의 삶은 내게도 상속되었다(아버지 덕에 살았으니까). 그러니 결국 나도 아버지처럼 죽고 말 것이다. 그렇게 아버지와 나는 생의 소실점에서 만날 것이다. 그러나 소실점은 갈림길이 아닐까. 나는 언제나 아버지와 헤어질까.

6월

1.

오래전 일기에서: "네가 먼 곳에 있으니 나도 먼 곳에 와 있다. 그리고 고적함의 가까움. 이 가까움이 너의 안인지 밖인지 너는 아는가."

2.

나의 생존 방식. 위기를 만나면 나는 재빨리 우울해진다. 달팽이처럼, 조개처럼 우울의 각질 속으로 들어가서 숨는다. 그 안에서 웅크리고 고민을 하면서 자기를 괴롭힌다. 이 사도마조히즘적 과정은 매우 생산적이다. 자기를 용서 없이 괴롭히다 보면 복잡한 생각들이 모조리 꼼수와 계산들(doxa들)이란 사실이 분명해진다. 그렇게 나는 단 하나 육체적 판단력의 주체로 정화되고, 난제만 같았던 문제들도 투명하고 단순해진다. 그러면 우울 밖으로 나온다. 나는 지금 가볍고 밝고 명랑하다. 고치를 털어낸 나비처럼.

3.

《애도 일기》의 역자 후기를 써야 한다. '바르트의 슬픔'에 대하여. 특히 이 문장에 대하여: "나의 슬픔이 놓여 있는 곳. 그곳은 '우리가 서로 사랑했다'라는 사실, 마마와 나 사이에 맺어져 있던 사랑의 끈이 끊어진 바로 그 지점이다. 가장 추상적인 장소의 가장 뜨거운 지점……"

그런데 슬픔이 놓여 있는 곳이 '서로 맺어져 있던 끈'이 끊어진 자리일까. 그곳은 오히려 내가 누군가에게 '매어져 있던 끈'이 끊어진 자리가 아닐까. 글 속에서 이 차이를 분명히 할 것.

4.

공간 이동이 생기면 마음의 이동도 일어나는 걸까. 사람들 사이의 일들이 사람들 사이만의 일은 아닐지 모른다는 생각. 공간의 달라짐이 사람들 사이로 개입해서 어떤 일들을 촉발시키거나 결정하기도 한다는 사실. 그런데 왜일까. 왜 공간은 사람들 사이로 끼어드는 걸까. 글쎄, 아마도 그건 사람들만으로는 안 되는, 그러나 반드시 일어나야만 하는 어떤 일을 위해서는 아닐는지……

5.

《참을 수 없는 존재의 가벼움》을 다 읽었다. 이런 문장, 아마도 누군가에게 나도 들어보았을 그런 문장: "……그는 트럭을 고치고 있었고, 그녀는 그가 늙어 보인다고 생각했다. 그녀는 그녀가 도달하고 싶은 곳에 이르렀다. 그녀는 항상 그가 늙기를 바랐다. 이제 그는 힘이 없었다." 이어서 이런 문장. 아마도 내게는 결코 허락되지 않을 그런 문장: "그들은 피아노와 바이올린 소리에 맞추어 스텝을 밟으며 오고 갔

다. 테레자는 그의 어깨에 머리를 기댔다. (…) 그녀는 지금
그때와 똑같은 이상한 행복, 이상한 슬픔을 느꼈다. 이 슬픔
은 우리가 종착역에 있다는 걸 의미했다. 이 행복은 우리가
함께 있다는 것을 의미했다. 슬픔은 형식이었고, 행복이 내
용이었다. 행복은 슬픔의 공간을 채웠다."

6.

자정 막 지난 시간. 누웠다가 다시 일어나서 또 한 권의 소
설을 읽기 시작한다: 시도니가브리엘 콜레트의《여명》.

7.

누웠다가 다시 일어난다. 머리가 맑지 못하다. 생각들을 관
리하는 일이 힘들다. 개념들이 손가락 사이로 술술 빠져나
간다. 마음의 입자들도 멋대로 술술 빠져나간다. 사전을 빠
져나가는 단어들처럼. 이 헐거움을 참을 수 없다. 수치감.

8 .

토요일 아침. 그 언덕 위에 차를 세운다. 아침 새들이 울고 한 여자가 베란다에서 흰 빨래를 넌다. 멀리에서 사다리차가 짐들을 내린다. 조용한 나날들. 가끔은 우울하고, 가끔은 기뻐하고, 가끔은 기다리고, 가끔은 잊으면서, 그렇게 조금만 덜 사랑하면서, 하루가 지나는 나날들. 지난밤 꿈속에서도 뒤척였을 마음이여, 여기가 네 침대다. 이제 아무도 곁에 누울 이 없으니 길게 몸을 누이자.

9 .

마석 집에 다녀왔다. 이제 곧 장마가 시작될 것이다. 필요한 일들을 부탁하고 집 안으로 들어간다. 2층 서재로 올라간다. 텅 빈 책상. 먼지 앉은 의자들. 두 해 전 여름이 생각난다. 마음이 너무 아파서 그 마음을 끝없이 기록해야 했던 한여름. 창밖에서는 폭우가 내리고 천둥이 울었었다. 얼마나 오랫동안 이 책상을 비워두었는지. 갑자기 가슴이 멘다. 나는 이 책상을 얼마나 사랑하는지, 그러나 또 얼마나 배반하는

지……

1 0 .

종일 콜레트를 읽는다.

파멸을 면하는 길은 두 가지다. 누군가에게는 아직 사랑이
더 필요하다. 그러나 누군가에게는 휴식이 필요하다.

1 1 .

바르트의 사진 한 장. 사막 같은 표정으로 창살 안에서 밖을
내다보는 사진. 불현듯 언젠가의 꿈속에서 보았던 한 남자
의 얼굴이 떠오른다. 볼 한쪽이 함몰되어 마른 웅덩이처럼
깊게 파인 얼굴. 계단에 쭈그리고 앉아 담배를 피우던 그 갈
곳 없는 표정. 사랑의 시간들은 육체의 일부가 된다. 그래서
사랑의 시간들을 떼어내는 일은 그렇게 아픈 걸까. 하지만
이후에도 삶이 불가능해지는 건 그 아픔 때문만이 아니다.

그건 그렇게 함몰된 육체의 웅덩이를 그 무엇으로도 다시 메울 수 없기 때문이다.

/ 2 .

저녁 약속. 오랜만에 친구와 술을 마신다. 그가 묻는다: 잘 지내? 나도 묻는다: 잘 지내? 마주 보고 웃는다. 술잔을 부딪는다. 그리고 침묵. 문득 들려오는 벨벳 언더그라운드. 오래 전 시간들이 돌아온다. 다 그만뒀으면 좋겠다, 친구가 말한다, 먼 데 여행이나 갔으면 좋겠어. 가라, 나는 말한다. 그러면서 혼자 묻는다. 먼 데? 어디? 먼 데는 갈 수 없는 시간이다.

/ 3 .

새벽 산책. 자동차를 잃어버린 새벽 꿈. 번화가 횡단보도에서 맨홀에 바퀴가 걸린 자동차. 나는 차를 내려서 아스팔트 위에 떨어진 무언가를 줍는다(그게 무엇이었을까). 사람들 사이에서 한 남자가 나오더니 웃으며 다가온다. 그 순박한 웃음. 도와드릴까요? 제가 먼저 차를 갖고 길 건너에 있을게요. 나중에 그리로 오세요. 나는 물건을 챙기고(그건 무엇이었을까) 그가 가리켰던 곳으로 간다. 하지만 둘러봐도 자동차는 없다. 당황해서 서성이는데 지나던 사람이 말한다. 경찰에 빨리 신고하세요. 나는 전화를 건다. 남자의 목소리. 너무 늦었네요. 빨리 신고했으면 번호를 수색해서 찾을 수 있었을 텐데…… 나는 시계를 본다. 벌써 몇 시간이 지났다는 걸 그제야 깨닫는다. 그리고 또 깨닫는다, 시계를 찬 손도, 또다른 손도, 텅 비어 있다는 걸.

14.

창문을 열어도 나가지 못하고 차 안을 헤매는 파리 한 마리.

15.

문자를 정리한다. 읽지 못하고 지나간 오래전 제자의 문자 하나: 선생님 목소리 듣고 싶은데 전화를 안 받으시네요. 문

자를 넣는다: 나도 네 목소리가 듣고 싶구나.

16.

공원 옆 청소년 수련관에 알림 천막이 새로 걸렸다. 녹색 숲
두 개가 서로 다가가는 그림 아래 글 두 줄: '나무가 나무에
게 말했습니다. 우리 더불어 숲이 되어 지키자'. 그리고 맨
밑에 서명이 있다: '신영복이 쓰고 이철수가 그리다'. 서로
모여서 무엇을 지키자는 사람들. 그런데 뭘? 쿤데라라면 이
렇게 말했을 것이다: '키치는 존재의 본질적 가벼움을 참을
수 없는 존재의 가벼움으로 바꾼다.'

17.

아직도 차 안에서 헤매는 파리 한 마리.

1 8 .

강의를 취소한다. 그것도 둘이나. 이제 텅 빈 며칠의 시간들이 앞에 놓였다. 늘 그랬다. 일에 매달리기. 무언가를 공격하기(in Angriff nehmen). 그것만이 늘 나를 내게로 돌아가게 했었다. 글 하나를 써야 한다. 너무 길지 않게, 단순하게, 가볍게.

1 9 .

월요일 아침. 애착이 없다. 끈질기게 붙들고 생각하는 능력도 없어졌다. 그냥 팔짱을 끼고 베란다 창 앞에 서 있기만 한다. 창밖에 펼쳐진 긴 하루. 사막처럼 텅 비고 지루한 하루. 저 하루를 어떻게 건너갈까.

2 0 .

《애도 일기》 원고를 검토한다: "온몸을 탈진시키는 슬픔의

179

환유." 그리고 몇 장 지나서: "슬픔이 멈춘 것도 아닌데 또 하나의 이름 모를 슬픔이 시작된다." 그리고 다시 몇 장 지나서: "니체: 기도하지 말고 깨어날 것. 애도의 슬픔이 나를 데려가서 만나게 하려는 것, 그것은 이 깨어남이 아닐까."

21.

다시 《애도 일기》: "1979. 3. 15. 1년 반 동안 내가 어떤 길을 걸어왔는지 잘 아는 건 오로지 나뿐이다. 그동안 나는 당연히 해야만 하는 일들을 미루기만 하면서, 꼼짝도 않고 아무런 변화도 일으키지 않는 채 제자리에 머물러 있는 슬픔의 자기순환적인 길 안에 갇혀 있었다. 그러나 나는 언제나 한 권의 책을 씀으로써 하나의 작별을 마무리 짓곤 했었다. 그것이 나의 방식이었다. 불굴의 집요함을 필요로 하는 일. 그러나 너무도 친숙한 나의 고향 같은 일."

《카메라 루시다》는 1979년 4월 15일에 시작해서 6월 3일에 끝난다. 다음 해 1월 갈리마르-쇠이유는 이 책을 출간하고, 2월 25일 교통사고를 당한 바르트는 3월 26일 사망한다. 어떤 작별은 모든 작별들의 끝일까? 모든 작별들의 끝으로 남겨지는 작별의 책. 그 책을 무엇이라고 불러야 할까. 이 작별의 책이 써지던 시기 《애도 일기》의 기록은 단 한 줄이다: "1979. 5. 1. 나는 마마와 하나가 아니었다. 나는 마마와 함께 (동시에) 죽지 못했다."

22.

독일어 번역본 프루스트 전집이 도착했다. 에바 레헬―메르렌스의 번역본을 루치우스 켈레가 새로 편집한 수정 보완판이다. 이미 갖고 있는 판본과 이곳저곳을 비교해보고 확실한 차이를 확인한다. 때로 이차문헌을 읽다 보면(이제는 그런 일이 거의 없지만) 인용문 확인이 어렵기는 했어도 수정 보완판이 꼭 필요했던 건 아니었다. 그럼에도 꽤 출혈을 하면서 굳이 프루스트를 새로 장만한 건 무엇 때문이었을까. 물론 수년째 소설 수업을 함께 해오는 분들이 프루스트를 완독해보자는 제안이 있었다. 하지만 국역본으로 하는 독서이고, 강의 준비를 위해 자주 대역 비교가 필요하기는 해도, 그 정도야 구판본으로도 충분하다. 어쩌면 나는 무엇과 작별을 하고 싶었는지 모르겠다. 무언가 새로운 걸 시작하고 싶었던 건지 모르겠다. 벌써 오래되었지만, 그 어느 때인가부터, 아마도 해가 바뀌면서부터, 나를 지속적으로 강박하는 자명한 상념들 중의 하나는 '이제는 시간이 많지 않다'라는 생각이다. 그 길고 어지러운 연상과 메타포들의 숲속에서 길을 찾으면서, 또 그때그때 코멘트를 남기거나 거의 무의지적으로 떠오르는 상념을 적어가면서(이게 문제다. 이 끝없는 텍스트들의 출몰), 이제부터 짬을 내어 조금씩 프루스트를 읽기 시작하면 얼마나 오랜 시간이 필요할까. '그럴 힘이 남아 있는 한, 나는 이 작품을 완성하는 일을 멈추지 않을 것이다'라는 마지막 문장에 도착하기에 내게 남은 시간이 충분할까. 일곱 권의 자주색 책들이 옹골찬 치열처럼 들어 있는 전집 카세트를 보니 허허, 웃음이 나온다. 그런데 다시 생각해보면 프루스트 전집을 굳이 새로 마련한 정작의 까닭은 더 사소한 곳에, 더 깊은 곳에 있는 것 같다. 글쎄, 나는 근자에 들어 더욱 심하게 그 무언가를, 내가 정붙일 그 무언가를 애타게 찾고 있는지 모르겠다. 내가 애착할 수 있는, 나를 꼭 매어놓을 수 있는 그 무언가를……

2 3 .

강의 준비를 한다. 머릿속에서 주제들이 맹렬하게 저항을
한다. 요즈음에는 모든 것들이 이렇게 버티면서 저항을 한
다. 지친다. 생각도, 느낌도, 그리움도……

2 4 .

남산 강의를 끝내고 테라스가 있는 곳에서 맥주를 마신다.
야경은 보석함처럼 반짝이고 밤바람은 부드럽고 다정하다.
지나는 여자들의 머리칼과 치마가 날린다. 아름다운 여름
밤. 불현듯 생의 충동을 느낀다. 그래, 아무것도 늦은 건 없
어……

2 5 .

결정적인 건 디테일이다. 테마들을 태워버리면서 뜨겁게
타오르는 디테일. 그렇게 화인처럼 가슴에 찍히는 디테일.

2 6.

아도르노의 《말러》를 읽는다.

아도르노답지 않아서인가, 단어 하나가 가슴을 찌른다. '긴 세월'. 긴 세월은 어떤 시간일까. 이제는 끊어져야 하는 시간일까. 아니면 마지막까지 이어져야 하는 시간일까.

2 7.

파스칼의 《팡세》 강의를 해달라는 메일 한 장을 받았다. 나로서는 쉽지 않은 일, 아니 거의 불가능한 일. 서가에서 파스칼을 꺼내 읽는다. '헛됨(Vanity)'의 장에 이런 단상이 있다: "그 사람은 강 건너편에 살고 있다."

2 8.

비. 혼자 술.

잠들기 전에 거울 속을 오래 본다. 늘 예감으로 가득했던 6월. 그 6월이 간다. 내 인생의 한 시기가 끝난다. 두 번 다시 반복되지 않을 한 시기가. 안녕, 혼자 인사를 보낸다.

29.

다시 콜레트의 《여명》. 전에는 놓쳤는데 습격하는 문장이 있다. 관능이란 무엇일까. 그건 '만지고 싶음'이다. 문학이란 뭘까. 그건 문자에 대한 관능이다. 육체 대신 문자에 타오르는 관능. Perversion. 이 변태의 관능은 그런데 또 다른 관능을 발견하게 만든다. 놓음의 관능. 애착이 붙들음이라면 놓음도 애착이다.

예컨대 오늘 새벽, 빗속의 풍경 안을 걸을 때 나를 황홀하게 했던 건 두 가지다. 하나는 놓음. 또 하나는 이 놓음의 뜨거운 관능. 놓는다는 건 금욕이 아니다. 그건 또 다른 애착이고 관능이다. 지금, 아니 아주 오래전부터 내가 찾고 내게 필요했던 것, 그것은 이 관능이 아닐까.

30.

모옌의 《홍까오량 가족》이 배달되었다. 영화 특강이 있으니 《붉은 수수밭》을 읽어야 한다. 이 책엔 뮤즈가 아니라 원혼들에게 바치는 권두언이 있다.

31.

《참을 수 없는 존재의 가벼움》을 정리한다. 두서없이 떠오르는 생각들:

'두 영원회귀: 늘 똑같은 것의 돌아옴 vs. 늘 새로운 것의 돌아옴'

'es muss sein vs. es koennte sein'

'섹스 홀릭 vs. 역사 홀릭'

'환멸의 두 유형: 냉소적 낭만주의와 비판적 낭만주의'

'사랑에서는 매달리지 않기, 정치에서는 매달리기'

'커플 구성의 퍼즐 풀어내기'

'사랑의 가벼움과 정치의 무거움을 혼동하지 않기'

'니체, 쇼펜하우어, 프루스트의 징후들'

등등.

3 2 .

사이사이 내습하는 강박:
애착과 집착의 경계에 대하여.

3 3 .

불안은 허구다. 아쉬움만이 진실이다. 부재 앞에서의 또한
텅 빔.

3 4 .

지나감만이 있다. 그리고 사이에 머무름이 있다. 길어도 머

무름은 언제나 잠깐이다.

7월

1.

삭막함에 대한 두려움. 그런데 돌연한 파괴 충동. 차라리 그 삭막함 속으로 투신하는 것이 낫지 않을까.

2.

열정 뒤에는 냉정이 온다.

3.

새벽에 깨어난다. 그리고 각성:
'이게 다 무슨 소극인가!'

4 .

귀여움과 가엾음의 의미 관계에 대하여.

5 .

돌아가신 부모님을 생각한다. 내 아버지와 내 어머니. 아버
지를 기억하면 틀니가 생각난다. 고독했던 말년의 시절, 늘
아버지의 입 안에 있었던, 그러니까 아버지와 가장 가까이
있었던 틀니. 장례를 끝내고 돌아왔을 때 어머니는 무릎을
치며 말했었다: 어쩌냐, 틀니를 안 빼드렸구나…… 어머니
를 기억하면 작은 유아용 숟가락이 생각난다. 중풍으로 쓰
러져 누운 뒤 커다란 은수저 대신 어머니의 숟가락이 되었
던, 하얀 플라스틱 손잡이가 달린 은빛 숟가락. 자주 나는 그
작은 숟가락의 오목한 곳에 곡식을, 반찬을, 생선을, 과일을
얹어 어머니의 입 안으로 넣어주곤 하였다. 어머니가 돌아
가시고 한참 뒤 찬장 안 잡동사니들 안에서 티스푼을 찾다
가 이 은빛 숟가락을 발견했었다. 그리고 언제부터였을까.
책들과 종이들로 어지러운 내 책상 위에서 아버지와 어머

니는 함께 살고 있다. 틀니를 입에 문 아버지는 오른쪽 사진
틀 안에서, 어머니의 하얀 숟가락은 볼펜들, 연필들과 함께
왼쪽 필기구 통 안에서.

6.

나는 무언가를 지키려고 하는 게 아닐까. 그런데 뭘 지키려
는 걸까. 뭘 지키려는지도 모르면서 떠나지지를 않는 지키
려는 마음.

7.

헤밍웨이 강의 준비를 한다. 이 사람은 참 매력이 있다. 나와
는 천지간만큼이나 천성이 다른데도 〈열 명의 인디언들〉. 이
멋진 쇼트 스토리: "아침에 강한 폭풍이 불고 물결이 호수를
넘어서 땅으로 넘쳤다. 그는 한동안 깨어 있었다, 그러다가
가슴이 완전히 부서져 있다는 걸 깨달았다."

8.

갑자기 떠오르는 카페 하나. 이름이 '브라질'이었던가. 높은
의자에 걸터앉아 창밖을 보면 전차를 기다리는 사람들이
서 있고 자물쇠를 건 자전거들이 나란히 서 있곤 했었다. 그
리고 거기서 오른쪽으로 돌아 꽤 오래 걸어가면 시립 공동
묘지가 있다는 걸, 그때 나는 커피를 마시거나 맥주를 마시
면서 분명 생각하곤 했었을 것이다. 그런데 나는 그곳에 누
구와 함께 있었던 적이 있었던가. 아니, 나는 늘 거기에 혼자
있었다.

9.

박정희를 생각하면 늘 떠오르는 게 있다. 그의 헤어스타일.
아버지 또한, 마치 머리카락이 본래 그런 모양으로 태어난
것처럼, 평생 바꾸지 않았던 그 헤어스타일. 한 시대의 헤어
스타일은 후대로 전승되어서 기억하는 아들에게 있을 수
없는 추억의 방정식으로 고착된다: '박정희를 생각하면 아
버지가 생각난다'. 이 추억의 방정식을, 기억 연상의 족쇄를

나는 어떻게 풀어야 할까. 게다가 박정희는 부활하는데 아버지의 뼈들은 지금도 무덤 속에서 썩어가고 있다. 그러니 나도 아버지를 깨워야 하지 않을까, 부활시켜야 하지 않을까. 하지만 어떻게? 헤어스타일에게 묻고 물어볼 것.

10.

오래전에 썼던 소설들이 들어 있는 파일. 그 안을 뒤적이다가 이런 문장을 발견한다: '눈물은 빛난다.' 한때 내게는 어떤 특별한 것만 빛났었고, 그 빛나는 것에 대책 없이 매달렸었다. 그런데 지금은? 지금 나는, 그 문장을 다시 읽으면서, 보이는 모든 것들은 빛나는 거라고, 어느 특별한 것만 빛나는 건 아니라고, 속으로 토를 단다. 그래, 옳다, 보이는 모든 것들은 반사 현상 때문이다, 하지만 그 과학적 진실을 나는 꼭 알았어야만 했을까. 맙소사, 그사이에 내게는 도대체 무슨 재앙이 일어났었던 걸까. 큰 절망 혹은 창피함.

11.

세상에는 두 부류의 사람만이 있는지 모른다. 은밀한 영역 (intimacy)이 있는 사람과 없는 사람. 취향이 있는 사람과 없는 사람.

12.

막차를 타고 집으로 돌아온다. 취하면 안 보이던 것이 보이는 걸까. 아니 늘 보이던 것이 못 보던 낯선 것이 되는 걸까. 서 있는 사람들, 앉아 있는 사람들이 모두 조금씩 사이를 두고 떨어져 있다. 그 '사이'를 만드는 건 육체들이다. 너의 육체와 나의 육체, 그 두 물질을 나누는 '사이'. 육체는 그러니까 너와 나를 마지막까지 차이 있는 것으로 만드는 경계다. 욕망들은 하나가 되어 차이가 없어져도 육체는, 그 물질적 단자성은, 서로의 사이와 차이를 없앨 수가 없다. 모든 것들이 차이 없는 똑같은 것들로 용해되어도 육체는, 그 단자성은, 물성은, 결코 용해될 수가 없다. 그래서 이제는 육체의 차이마저 용해되려는 걸까. 지하철 벽에 붙어 있는 성형 광고사진

8월

1.

당신이 없는데도 명멸하는 이 빛은 무엇인가.

2.

그 사람의 부재를 더는 속일 수 없을 때, 그때 나의 사랑도
더는 속일 수가 없다.

3.

아도르노의 《말러》 강의 준비. 이런 세상에서는 '음악마저도
추해질 수밖에 없다'라고 절규하는 아도르노.

4.

'벤야민과 음악'에 대해서 글쓰기: "음악은 완전해서 아름다움이 필요치 않다. 언어는 불완전해서 아름다움이 필요하다."

5.

정의감이라는 분노만 있고 고통에의 연민은 없을 때 무슨 일이 일어나는가.

6.

정치와 윤리

시끄럽다. 저명한 논객들의 이름들이 부딪치며 오고간다. 이 설전은 근본적으로 무슨 논쟁일까. 정치와 윤리 사이. 옳음을 위해 투쟁하는 이들, 그들은 궁극적으로 정치적이다. 그러나 정치가 곧 윤리는 아니다. 이 사실을 잊을 때, 원하지

도 않으면서 정치는 윤리를 배반할 수 있다. 왜 그럴까. 정치
는 구성해서 만들려고 한다. 윤리는 그런데 '의도되어 만들
어질 수 없는 것(테오도어 W. 아도르노)', 다만 발견되고 확인될
수 있는 것이다. 무엇이 우리를 우리가 바라는 그것으로 데
려다줄까.

7.

《팡세》를 읽는다. 이런 생각: 성경에서 신을 제하면 허무가
남는다. 헛되고 헛된 인간의 일들만이 남는다. 거기서 또 허
무를 제하면 무엇이 남을까. 그저 그렇게 살아가고 쓰러지
고 또 살아가는 삶들의 흐름. 신도 허무도 구원도 뗏목처럼
실려서 떠내려가는 시간들.

9월

/ .

차 안에 늘 CD를 걸어두는 일이 오래되었다. 시동을 걸면
음악이 흐른다. 요즈음 흐르는 음악은 하이든의 〈첼로 협주
곡〉이다. 이 음악은 오래전 아이의 모습을 기억케 한다. 한때
첼리스트의 꿈을 키우면서 아이는 콩쿠르를 위해 밤낮없이
〈1번 협주곡〉을 연습하곤 했었다. 그때는 아직 마석 집에 살
던 때였다. 아이는 주로 밤에 연습을 했고, 그럴 때면 나는
책을 보다가도 정원으로 나가 서성이면서 첼로 소리와 고
적한 시골의 밤 풍경을 잘 구분하지 못하곤 했었다. 그래서
인지 이 음악이 흐르면 바람 소리, 나무들 흔들리는 소리, 별
들이 반짝이는 하늘, 밤 숲 냄새 같은 것들이 함께 흐른다.
이후 아이는 첼로 대신 피아노를 더 열심히 했고, 지금은 그
마저도 그만두고 공대생이 되어 인디밴드에서 키보드를 두
드리며 노래 부르는 꿈을 꾼다. 그렇게 아이는 하이든의 첼
로를 떠났다. 그런데 아이를 기르다 보면 '역상속'이라는 것

도 있다는 걸 배우게 된다. 아이는 잊고 떠났지만 하이든은
사라지지 않고 무슨 유산처럼 나에게로 상속되었다. 하기
야 왜 하이든뿐일까. 때로 침대에서 함께 읽었던 동화들, 함
께 놀던 장난감 자동차들, 때로 자는 걸 껴안으면 맡아지던
머리칼 냄새, 살냄새, 숨소리 등등…… 아이는 자라서 이 모
든 것들을 떠났지만, 그것들은 사라지지 않고 나에게로 이
사를 와서 내 몸 안에 둥지를 틀고 나도 모르게 함께 거주한
다. 그리고 아침 시동을 걸 때처럼 잠깐 일상의 흐름이 끊어
지는 틈새가 생기면 잘못 배달된 편지처럼 이유도 없이 내
게로 도착한다. 그러고 보니 요즈음 들어 더 자주자주 이런
아이의 유산들이 나를 찾아온다. 나이가 들기 때문일 것이
다. 아니, 나이가 들면서 아이가 되기 때문일까.

2.

'이기적 평화주의자'가 있다. 그는 평화주의자다. 그래서 그
는 모순을 무마시키려고 한다. 모순이 드러나거나 더 벌어
지지 않도록 조정한다. 그런데 그는 이기주의자다. 그가 모
순을 조정하려는 건 모순을 해결하려는 게 아니다. 그는 오

히려 모순이 해결되는 걸 원하지 않는다. 그에게는 상황이 바뀌어서 좋을 게 없다. 지금 여기의 모순 안에서 자기의 입지를 어렵게 마련했는데 상황이 바뀌면 또 어렵게 새 입지를 구축해야 하기 때문이다. 그래서 그는 모든 일에서 평화를 구한다. 지금 여기의 상태가, 모순의 상태가 그냥 무사 무사 계속되기를 바란다. 이것이 그의 평화주의다. 그의 평화는 모순에 순응하고 만족하면서 모순에게 복속될 때에만 유지되는 평화다. 그는 모든 일에서 평화를 원한다. 그러면서 모순의 억압을 계속 받는다. 그는 억압을 즐기는 사람이다. 그는 마조히스트다.

3.

늘 작은 노트를 들고 다닌다. 두서없이 찾아드는 생각들을 꼭 붙들어서 잡아놓기 위해서다. 하지만 노트를, 그다지 두껍지 않은데도, 마지막 장까지 다 써버리는 일은 거의 없다. 갈수록 단상들을 꼭 붙들어 기록하는 일이 적어지는 요즈음 같은 때는 더더욱 그렇다. 늘 곁에 있는 노트가 지루해지고 창피해지고 싫어지다가 급기야 충동처럼 새 노트를 마런하게 된다. 하지만 노트 탓이 아닌 담에야 그 새 노트도 비슷한 운명의 길을 또 걷기 마련이다. 오늘은 옛 메모를 찾을 일이 있어 오래 버려두었던 노트를 찾아 들고 산책을 간다. 캔 커피 옆에 두고 그늘진 계단에 쭈그리고 앉아서 메모를 찾고 거기에 생각을 이어서 문장들을 만들어나간다. 그러다가 돌연한 행복을 만난다. 어젯밤 늦도록 끙끙거렸어도 요지부동이던 문장들이 너무 잘 써진다. 웬일일까? 기쁘고 신기해서 옛 노트를 새삼 다시 바라보고 만져본다. 오래된 노트, 낡은 노트, 버려진 노트—그래, 이 가난한 노트 앞에서 지금 나는 아무런 불안이 없다. 아무것도 감출 게 없다. 완전히 '마음이 놓인다'. 텅 빈 오래된 백지의 목소리가 들리는 것처럼: 그래, 다 써, 마음대로 다 써, 난 괜찮아……

4 .

나는 왜 쓸까. 무엇이 쓰게 하고 무엇을 바라며 쓰는 걸까. 사랑에의 욕망. 그 욕망을 기억하고 기억케 하기.

5.

나는 자주 애가 탄다. 사람들이 나를 이해하지 못할까 봐. 애기를 할 때도, 강의를 할 때도, 글을 끄적일 때도, 심지어 지금처럼 혼자 있을 때에도 애가 타서 어쩔 줄 모르다가 급기야는 절망에 빠진다. 그러면 절망이 고독이라는 걸, 고독이 사랑에의 욕망이라는 걸 깨닫게 된다. 이 욕망이 아마도 영원히 채워지지 않으리라는 것도 깨닫게 된다. 그러면 또 절망, 고독, 욕망······

6.

그러고 보니 자주자주 '늘'이라는 부사를 쓴다. 아도르노는 이 단어를 'Treue'라고 적었다. 성실함, 정조를 지키기 등등. 내게는 이 단어가 '노동'이다. 그리고 '도덕'이다. 늘 어떤 일을 성실하게 한다는 것—그것은 윤리다. 이 윤리를 지키는 일은 그러나 얼마나 어려운지.

7.

확고한 예감

나는 결국 치명적인 우울증으로 죽을 것이다.

8.

아버지 생각

아버지는 말년에 돌연한 우울증에 빠졌고, 돌연한 비타 노바의 오이포리에 빠졌고, 마침내 다시 우울증으로 돌아가 임종했었다. 이 말년의 프로세스 안에 숨어 있는 진실에 대하여 생각할 것.

9.

내가 〈마지막 얼굴〉이라고 부르는 얼굴은 누구에게나 있는 것이 아니다. 그 얼굴은 그 무엇인가로 향하는 사랑을 끝까지 지켜온, 사랑에의 헌신(Treue zur Liebe)을 끝까지 간직했던 사람만이 보여주는 얼굴이다. 그 얼굴들이 가지는 공통점: 그들은 모두 진이 다 빠져 있다.

10.

말년의 양식

말하기에서 글쓰기로, 글쓰기에서 침묵으로. 그럼 나는? 나는 여전히 말하기를 떠나지 못하고 있다. 이 수다의 지겨운 운명.

11.

또 승진했다는 친구의 문자. 잠깐 아연한 기분. 나는 이제 모든 일들로부터 물러날 생각만 하는데, 누군가는 계속 앞으로 달려갈 생각만 한다.

/ 2 .

누군가는 나로부터, 나의 강의와 글들로부터 위안을 받는 다고 말한다. 하지만 나는 그것이 거짓 위안임을 안다. 내가 거짓말을 했으며, 그 거짓말에 누군가가 또 거짓말로 대답 해준다는 걸 안다. 나는 결코 나의 말들처럼 살지 못하며, 그 들 또한 그 말들의 위안대로 살지 않을 거라는 걸 안다. 위 안이 있다면, 이런 거짓 위안의 주고받음뿐이라는 걸 안다. 하지만 또 생각하면, 그 희망 없는 위안의 주고받음은 얼마 나 진솔하고 소박하고 귀여운가. 그것이야말로 위안이 아 닌가.

/ 3 .

아도르노 강의를 생각한다. 문득 깨닫는 사실 하나: 어쩐 일 인지 아도르노를 강의할 때 나는 지나치게 긴장하고 진지 해진다. 이 강박의 이유가 뭘까. 바르트는 이렇게 말한 적이 있다: 나는 새로운 강의를 시작할 때마다 늘 새로운 판타지 를 갖고 있으며 그 판타지를 끝까지 잃지 않으려 한다……

어쩌면 나에게 아도르노 강의는 바르트류의 판타지를 결코 허용하지 않는 그런 것인지 모른다. 그런데 판타지 없는 강의란 얼마나 삭막할 것인가. 심한 걱정 근심.

$14.$

……그러나 삭막함도 하나의 판타지일 수 있다. 아도르노는 이 판타지를 'so ist es'라고 불렀다. '지금 세상은 더도 덜도 아니고 바로 이렇다'라는 판타지. 판타지 없는 세상에 대한 판타지. 사막의 판타지. 강의가 끝날 때까지 이 판타지를 잊지 말 것.

$15.$

'나는 전혀 치유되지 않았으며, 나는 다시 그때 거기로 되돌아가야만 한다'라는 돌연한 생각. 이 생각은 어디서 오는 걸까. 나에게 무엇을 원하는 걸까.

아침을 먹고 마석에 다녀왔다. 마당 정리를 하고, 서가에서
몇 권의 책들은 챙겨 가지고 돌아왔다. 그중에는 표지가 새
빨간 롤랑 바르트에 관한 책 한 권도 있다. 바르트가 죽은
뒤에 이름을 들으면 알 만한 이들이(데리다, 주네트, 토도로프
등등) 그에 관해 쓴 글들을 모은 책이다. 그중에서 내가 특별
히 읽고 싶었던 건 토도로프의 〈마지막 바르트〉라는 에세이
였다. 해가 지고 나서, 모처럼 책상 앞에 한가하게 앉아서,
나는 그 빨간 책을 여기저기 게으르게 뒤적인다. 그러다가
생각을 모으고 토도로프의 에세이를 꼼꼼하게 읽기 시작한
다. 하지만 몇 줄이나 읽었을까, 갑자기 눈앞이 캄캄해진다.
이 책을 구입했던, 내가 유학했던 도시의 어느 중고 서점 풍
경이 무너지는 것처럼 눈앞으로 쏟아졌기 때문이다. 그 서
점이 서 있던 낮은 언덕길, 입구로 오르던 계단, 진열된 책
들, 서가와 책들의 냄새, 활자들 위에 앉았던 아침 햇빛들,
서가들 사이를 서성이는, 황량한 고독뿐이었을 그때 '나'의
마음…… 나는 순식간에 우르르 허물어진다. 뭔가가 움푹
파여 나가고 말았다는, 더는 솟일 힘이 남아 있지 않다는, 아
무것도 기댈 것이 없다는, 그냥 이렇게 마지막까지 허물어

질 수밖에 없다는, 그렇게 대책 없이 붕괴하는 기억의 토사 속으로 묻히면서……

17.

미슐레는 51세에 20세 처녀 아테나이스와 결혼하면서 '새로운 인생'을 시작했다. 왜 미슐레만인가. 단테와 베아트리체, 카프카와 펠리세, 조이스와 노라, 벤야민과 아샤, 니체와 엘리자베스, 윈저공과 심프슨 부인, 아서 밀러와 마릴린 먼로 등등, 한 남자를 새로운 인생으로 이끌었던 여자들은 많다. 하지만 남자들이 새로운 인생을 끝내고 세상을 떠난 뒤에 그 여자들은 어떤 인생을 살았을까. 아테나이스는 미슐레의 원고를 사유화했고, 펠리세는 카프카의 편지들을 팔아먹었고, 엘리자베스는 오빠 니체의 원고를 제멋대로 고치고 빼고 가필했다. 반드시 이런 경우들이 아니더라도 남겨진 여자들은 새로운 인생이 아니라 남자들이 자기들 때문에 버렸던 낡은 인생을 다시 살았다. 왜 그랬을까. 두 가지 질문이 생긴다. 1) 남자들에게 새로운 인생을 선물했던 여자들은 마지막에는 어쨌든 남자들을 배신했다. 하지만 그것이 '배신'일까. 2) 남자들이 새로운 생을 살았다고 여자들마저 그랬던 건 아니었다. 그런데 자기가 사랑하는 사람마저 감염시키지 못하는 '새로운 인생'이란 무슨 새로운 인생일까. 그러고 보면 여자들이 남자들을 배신한 게 아닌지 모른다. 그건 복수였는지 모른다. 혼자만 새로운 인생을 살고 그 인생을 선물했던 여자에게는 아무것도 나누어 주지 않았던 새로운 인생에 대해서, 자기들을 배신해버린 그 남자들의 새로운 인생에 대해서.

1 8 .

추석 아침. 죽은 이들에게 자꾸만 절을 한다. 그러면서 자꾸만 울고 싶어진다, 보고 싶어서. 그러면서 또 자꾸만 생각한다: 매일매일이 카운트다운이다.

1 9 .

감각의 새로운 법칙이 필요하다. 어떤 것들에 대해서는 미친 듯이 예민해지기(사라진 것들, 죽은 사람들, 흐르는 것들, 문자들, 목소리들, 뉘앙스들, 사랑, 이별, 아픔, 고독, 연민들……). 어떤 것들에 대해서는 시체처럼 무감각해지기(미래, 돈, 냉소, 논증, 비판, 수사적인 허위들, 싸구려 욕망들, 치졸한 권력들, 잘난 척하는 어리석음들……).

2 0 .

자꾸만 떠올라서 괴로운 이미지 하나: 움푹 파임. 웅덩이, 상처, 무덤 등등.

10월

1.

나는 평생 누군가를 숭배해본 적이 없다. 그것이 나의 비운이며 행운이었는지 모른다. 그러나 프루스트 앞에서는?

2.

이런 사람들. 그들 모두에게서는 찾아볼 수 없는, 그런데 나는, 아마도 프루스트처럼, 죽어도 벗어날 수 없는 것: 궁극적 열패감.

3.

젊음이 축제라면 늙음도 축제다. 미래의 축제와 과거의 축

제. 이 두 축제가 만나면 어떤 연애가 가능할까. 사랑의 황홀
일까 아니면 저주의 냉소일까.

4 .

프루스트가 유년을 이야기할 때면 늘 말하는 단어: 믿음
(Glaube). 노년을 이야기할 때면 늘 말하는 단어: 자족(mit
Vergnuegen). 오늘 아침 내내 《다시 찾은 시간》의 도입부 한
문장을 읽고 또 읽는다: "나는 탕송빌의 낡은 방 침대에서
만족한 마음으로 초록이 가득한 창밖을 하루 종일 내다보
았다……"

5 .

가을의 마지막 비. 불현듯 갈 곳 모르고 서성이게 될, 특별하
고도 긴 쓸쓸함의 시작.

6.

추락의 순간. 이 희열의 순간. 오랜 이별 뒤에 찾아드는 낯선 고독이 있다.

7.

돌아오던 길에 연남동 그 카페에 간다. 진한 커피를 앞에 두고 바르트를 읽는다. 읽다가 텅 빈 골목길을 내다본다. 내다보다가 생각에 빠진다. 까닭 없이 아버지 생각. 돌아가시기 전 늘 잠에 빠져 있던 침대 위의 아버지. 바라보다가 손을 얹으면 서늘하고 따뜻하던 이마. 희고 텅 빈 마지막 이마. 그때 왜 나는 그 이마에 입맞춤을 하지 못했을까. 왜 이제야 애타게 그 이마 위에 입술을 얹고 싶어지는 걸까. 왜 애착은 늘 부재 앞에서만 타오르는 걸까. 다시 진한 커피를 마시고 빈 골목길을 바라본다. 이번에는 말년의 바르트 생각. 이런 고백: "나는 이제 내 안에서 그 무언가가 끝났음을 알았다. 젊은이들과의 사랑이 끝난 것이다." 그러다가 돌연 기쁨에 대한 생각. '기쁨의 나날들'에서 '나날의 기쁨들'로 건너가기.

기쁨의 나날들이 지나면 오래 이어질 부재의 날들. 그 텅 빈 날들 안에서 나날의 기쁨들과 만나기. 기쁨, 아, 기쁨이여.

8 .

하이네의 《회상록》을 읽는다.

9 .

프루스트 강의. '슬픔'이라는 주제. 사랑이란 서로의 슬픔을 알아보는 것이다. 그런 점에서 스완과 오데트는 더할 나위 없는 사랑의 파트너다. 그러나 두 사람의 사랑만큼 불가능한 사랑도 없다. 가장 어울리는 파트너와 가장 불가능한 그들의 사랑. 이것이 사랑의 본질적 슬픔일까.

10.

바르트 강의. 또 '슬픔'이라는 주제. 부드러운 슬픔과 딱딱한 슬픔의 차이에 대하여. 부재 앞에서 타오르는 슬픔의 광기에 대하여.

11.

추운 아침. 어깨를 움츠리고 조금 긴 산책. 겨울의 기쁨에 대한 생각. 좋았던 것들이 이렇게 하나씩 떠나면 새로운 기쁨들도 올까. 새로운 것에 대한 두 형식. 하나는, 있었던 것과 전혀 다른 것을 시작하기. 다른 하나는, 있었던 것을 다시 시작하기. 하지만 이 두 형식은 동일한 것이다. 어쨌든 있었던 것들로 돌아가지 않기.

12.

병원에 간다. 주사를 맞는다. 아프다. 갑자기 울어도 될 것 같다. 그러고 보니 어제 강의에서 오래 분석했었던 프루스트의 한 문장이 있었다: "스완은 와락 울음을 터트렸다……"

1 3 .

사랑이 아니라 이별이 음악을 닮았다: 협화음을 끌어가는 불협화음처럼 끊어짐 안에서 이어짐으로 굽이굽이 돌다가 마침내 도착하는 결말(코다, Coda). 끊어짐이 이어지는 것이지 이어짐이 끊어지는 것이 아니라는 사실.

1 4 .

심한 오후의 피로. 다 놓아버린 걸까.

11월

1.

누군가를 생각하면 기쁠 때가 있고 울적할 때가 있다. 어떤
마음이 그를 더 많이 생각하는 걸까.

2.

늦은 오후에 기차를 내린다. 집으로 가려다가 홍대 앞으로
간다. 카페 콤마에서 커피를 마신다. 여기는 천장이 높아서
앉으면 마음도 앉는다. 서가에서 이성복의 산문집을 발견
하고 반값으로 산다. 김현에 대한 애도의 글부터 읽는다. 내
처 몇 개를 더 읽는다. 모처럼 한국어로 써진 아름다운 산문
을 읽는다는 기쁨. 글은 어떤 '상태' 안에서만 들리는 목소리
라는 사실을 다시 확인한다. 그사이에 창밖에는 어스름. 아
주 따뜻한 곳에서 차가운 맥주를 마시고 싶어진다. 그것도

아주 간절하게. 전화를 건다. 그는 이미 약속이 있다. 잠깐
더 앉았다가 카페를 나온다. 지하철을 타려다가 길 건너 호
프로 간다. 너무 춥다. 작은 스토브를 껴안고 맥주를 마시고
노가리를 씹는다. 늘 이렇다. 간절함은 늘 빗나간다. 하지만
기쁘지 않은가. 그래도 차가운 맥주만은 곁에 있으니……
생각하다가 혼자 웃는다. 이럴 때는 내가 무척 귀여워진다.
그래도 기쁘지 않은가, 라고 다독일 줄 아는 내가.

3.

요즈음은 자꾸 떠오르는 얼굴이 하나 있다. 그런데 아무리
생각해도 왜 그 얼굴인지 이유를 모르겠다.

4.

주말의 좋은 햇빛. 이별을 결심하기에 좋은 날.

5.

약속을 취소하고 약속을 그리면서 서성이는 하루.

6.

옆에서 연인들이 서로 애칭을 부른다. 그러나 애칭은 위험
하다. 한번 주고받으면 취소할 수 없는 이름, 이미 사랑은 끝
났어도. 그들은 또 손을 꼭 잡는다. 그러나 손도 위험하다.
갑자기 들어오면 빼어버릴 수 없는 손, 이미 주머니 밖으로
나가버렸는데도. 서로 사진도 찍어준다. 그러나 사진도 위
험하다. 한번 찍히면 결코 되찾아 올 수 없는 이미지, 이미
삭제당했는데도.

7.

요즈음은 하는 짓마다 철없는 아이 같다. 이럴 때는 늘 이렇
다. 도무지 고쳐지지 않는 버릇.

8.

자기를 지키는 일만으로는 부족하다는 것. 자기를 다 줘버
려야만 한다는 것.

9.

오늘은 일이 없다. 마음 갈 곳도 없다. 하릴없이 어슬렁거
린다. 그러다가 몸살 기운이 들었다는 걸 깨닫는다. 얼굴에
열이 젖었고 목에 가래가 끼고 어깨가 아프고 두꺼운 카디
건을 걸쳐도 춥다. 카프카를 읽는다. 잠 못 자고 일어난 아
침 그는 이렇게 쓴다: "불면은 저를 통나무처럼 둔하게 만들
고, 들짐승처럼 불안하게 만듭니다. 그러나 당신은 잘 잤겠
지요. 그러므로 밤사이 잠이 제 곁을 비켜가도 저는 그 잠이
어디로 가는지를 알기 때문에 기꺼이 불면의 고통을 받아
들입니다……" (프란츠 카프카, 《밀레나에게 보내는 편지》)

10.

카프카의 편지를 이어서 읽는다. 이런 구절: "잠은 가장 죄 없는 존재이며 불면증에 걸린 사람은 가장 죄가 많은 존재입니다. (…) 그런데 불면증은 저를 어디로 데려가는 걸까요?"

11.

이들만이 나의 친척이며 친구이며 연인이라는 사실. 그리고 이들은 모두가 문자들 속에서만 산다는 사실. 그러면 그 문자들의 외부인 여기 이 세상은 어디일까.

12.

이별의 아픔에는 두 가지가 있다. 애써도 다시 이어질 수 없는 아픔. 애써도 서로 끊어질 수 없는 아픔.

13.

머릿속에 들어 있는 건 온통 남들의 책들뿐이라는 생각(모든 독서를 중단해야겠다는 생각). 도대체가 그동안 읽은 것도 아는 것도 너무 없다는 생각(굶주린 종이 벌레처럼 책을 읽어야 한다는 생각).

14.

자꾸만 따뜻한 곳을 찾는다. 감기 탓만은 아니게.

15.

기침이 가시지 않는다. 저 밑에 마른 강바닥이 긁히는 소리.

16.

M의 급한 전화. 천장이 높고 환한 카페. 두 눈이 부었다. 눈물이 안 멈춰요. 하루 종일 울어요. 심한 우울. 좀 아슬아슬해 보일 지경. 무슨 말을 해야 할지 몰라서 자꾸만 했던 말: 많이 먹어라. 맛있는 걸 자꾸만 먹어야 해.

17.

사랑에 대한 또 한 생각: 사랑은 그 사람은 자꾸만 잃어가는 그 사람의 어떤 것들을 나는 잊지 않고 내 안에 쌓아둔다는 것. 그리하여 나중에는 내가 그 사람이 버리고 떠난 것들의 아카이브가 된다는 것.

12월

1.

카페의 기쁨들 중의 하나: 자꾸만 사람들이 들어와서 누군
가를 찾는다는 것. 두리번거리는 눈빛들이 나와도 마주친
다는 것. 빠르게 지나치며 사라지는 그 눈빛들.

2.

카페에서. 취소된 약속. 갑자기 남겨진 시간. 두서없이 오가
는 생각 아닌 생각들. 창밖에는 눈발이 날리고 차들이 달려
가고. 아무것도 아니게 일어나는 일들. 사건들. 어딘가로의
귀환들.

3 .

손. 제일 먼저 친밀했다가 마지막에 다시 발견되는 그 사람
의 지체. 그러나 어떤 사랑은 손의 발견과 더불어 시작된다.
후렴부터 듣고 사랑에 빠지고 마는 노래처럼. 이 손의 사랑
에 대하여 생각해볼 것.

4 .

제자가 전해준 전시 도록. 지하철 안에서 오래 들여다본다.
아마도 먼저 사진으로 풍경을 찍고 가늘고 가지런한 펜의
선으로 다시 그린 그림들. 집들의 파사드, 내부 공간들(거실,
작업실, 침실, 부엌, 화장실 등등), 거리들(지붕, 전신주, 전선들, 가로수
들, 자동차들, 사람들……). 이 선들의 세상은 왜 내게 애착을 불
러일으키는 걸까. 벤야민은 클레의 선들에게, 바르트는 톰
보이의 선들에게 매혹당했었다. 그 선들은 모두가 끄적임
의 선, 흔들림의 선, 배회하는 곡선들이었다. 그러나 왜 곡선
들뿐일까. 가늘고 고른 직선들도 흔들리고 부유하고 배회
한다. 곡선과 직선의 차이는 없다. 부드러운 욕망의 선들.

5.

감각, 감각, 오, 감각이여.

6.

치명적 차이: 사람들은 가격은 알아도 가치는 모른다.

7.

그날 이후의 우울. 당연한 사실 앞에서의 우울. 말도 안 되
는, 뻔뻔스러운, 그러나 치유할 길 없는 이 오랜 우울.

8.

아침. 피곤. 흐린 눈. 조용히 끓어오르는 거품 같은 세상. 나
는 지금 어떤 열정 때문에 몹시 지쳐 있다.

9.

추운 아침. 뜨거운 커피. 하이네를 읽는다.

10.

나의 취향 중에 하나: 나는 내가 싫어하는 것을 좋아한다.

11.

"어머니는 비녀를 잃어버리고 망령이 더 심해졌어요." (임권
택, 〈축제〉)

12.

어제 《카메라 루시다》 마지막 강의. 나는 이렇게 말하면서
강의를 끝냈었다: "우리가 누군가를 지극히 사랑하면, 죽음

마저도 그 사랑에 빠져서 자기의 임무를 그만 잊어버리고, 소멸시켜야 하는 그 사람을 오히려 생생하게 살아 있는 모습 그대로 남겨놓는 건 아닐까요? 그것이 사진 이미지가 아닐까요?"

13.

아침부터 《주홍 글자》를 읽는다.

14.

어제의 동창 모임. 술, 잡담, 추억, 회한, 노래, 춤들의 시끄러움. 어설픈 시끄러움. 깨어난 일요일 아침. 어딘가에 내버려진 느낌. 뜨거운 커피. 견딜 수 없는 우울. 혼자 있음에의 강렬한 욕망. 조용히, 고적하게, 그냥 나의 일들과만 마주 앉아 있음에 대한 맹렬한 갈구. 바르트: "안에 머물기. 조용히 있기. 혼자 있기. 오히려 그때 슬픔은 덜 고통스러워진다." (롤랑 바르트, 《애도 일기》)

15.

문득 침대 생각. 거짓말처럼 깊은 잠을 잘 수 있었던 침대.
그러나 이제는 잃어버린 침대. 프루스트: "나는 오래전부터
일찍 침대 안으로 들어갔다."

16.

바르트 종강. 늦도록 술. 참 좋은 사람들, 참 즐거운 담화들.
감각과 지성, 철학과 문학에 대하여 취중에 했던 말: 철학이
감각을 받아들이는 건 결국 지성을 풍부하게 하기 위해서
죠. 그렇지만 문학이 지성을 받아들이는 건 정신마저 느낌
으로 바꾸어서 온전한 감각의 세계를 열고 펼치기 위해서
가 아닐까요.

17.

《주홍 글자》 완독. 중반부터 힘이 빠지더니 결국 아쉬움. 강

의 커리큘럼에서 삭제해야 할 듯.

18.

늦도록 술. 아버지 생각. 아버지는 그 딸의 아버지 권력 아래서 살았는데, 나는 그 아버지의 딸 권력 아래서 살게 된다. 이런 식으로 나는 아버지의 삶을 다시 산다. 용서할 수 없는 건 권력의 세습이 아니다. 그건 피 권력의 세습이다. 이 세습의 민주주의는 도대체 무슨 정념이고 욕망일까.

19.

어제 프루스트 강의에서. 사팔뜨기의 욕망에 대하여. 그러니까 우리는 거리에서 누군가의 시선과 마주치면서 갑자기 눈을 잃어버리는 건 아닐까요. 나는 앞으로 걸어가지만 눈은 자꾸만 조금 전 마주쳤던 누군가의 시선을 따라가는 그런 사팔뜨기가 되는 건 아닐까요.

2 0 .

어제 바르트 강의에서. 애도와 너그러움에 대하여. 슬픔과 만나는 두 방식에 대하여. 히스테리 상태. 슬픔을 밀어내면서 슬픔에 짓눌리는 상태. 그러나 너그러움의 상태가 있다. 슬픔을 간직하기, 안에 품기, 그러면 '마주 들어서는' 평정의 상태. 바르트가 말하는 '고결한' 상태: "그러니까 모든 편협함, 질투심, 허영심들을 다 버린 마음……" (롤랑 바르트,《애도 일기》)

2 1 .

카프카를 읽는다. 이런 문장이 있다: "우리는 조국을 지키는 일에 너무 소홀했던 것 같다. 우리는 지금까지 거기에는 마음을 쓰지 않고, 우리의 일에만 몰두해왔다. 그러나 최근의 사건들은 우리를 근심스럽게 만들고 있다. (…) 그들은 원하는 걸 언제나 얻는다. 그들이 무력을 사용하는 건 아니다. 그들이 손을 뻗으면, 사람들은 물러나서 모든 것을 그들에게 맡긴다." (프란츠 카프카,〈낡은 쪽지(Ein altes Blatt)〉)

22.

며칠째 어슬렁거림. 이 책 저 책 뒤적이는 나른한 즐거움. 간혹 그 즐거움 안으로 지나가는 우울. 섭섭한 얼굴.

23.

커다란 환. 커다란 허망. 애도의 첫날 밤.

24.

자정을 넘어서자 차창 밖으로 날리기 시작하던 눈. 기다림. 도착. 그리고 또 기다림.

25.

시간만이 채울 수 있는 부재.

26.

돌아보면 늘 반복되는 일. 나는 언제나 나를 못 견뎌서 일을 망치고 만다는 것. 그 결과들은 내가 원치 않는 것이지만 때로는 그렇게 되어야만 하는 옳은 결말이기도 하다는 것.

27.

……그러나 옳다는 것이 도대체 무엇인가.

28.

하루 종일 어슬렁거림. 괴로움이 아니라, 우울이 아니라, 슬픔 속에서.

29.

영화 〈아무르〉. 안느("아파, 아파……"). 이야기를 해주는 남자.
이야기를 들으며 죽는 여인. 그 침대의 하얀 공간. 슈베르트
의 즉흥곡.

30.

아침. 담배를 피우며 하이네 생각. 정치와 연애가 하나였던
시인. 두 사랑으로부터 슬픔만을 배워야 했던 시인.

31.

"어딜 가나 지루할 뿐." (롤랑 바르트, 《애도 일기》)

3 2 .

"눈이 내렸다. 파리에 폭설이 내렸다. 참 드문 일이다……
나는 그렇게 혼자 중얼거린다. 그리고 그 혼잣말이 나를 아
프게 한다: 마망은 결코 여기 있을 수 없으리라, 이 눈을 함
께 보기 위해서, 이 눈 소식을 나로부터 듣기 위해서." (롤랑
바르트, 《애도 일기》)

3 3 .

텅 빈 캘린더의 날들. 연말과 연초의 사이. 끝나고 시작되는
사이는 늘 이렇게 텅 빈 것일까. 너무 멀고 깊은 그 사이. 건
너갈 수 없을 것처럼.

3 4 .

지나갔지만 사라진 건 아니야.

35.

반수면 속의 꿈: 거대한, 나의 육체보다 더 커다란 추억의
혹을 지고 떠나는 등 굽은 나의 모습.

36.

새해 인사를 보냅니다. 모두가 진실이었으나, 나의 탓만도
당신의 탓만도 아니게, 참 아쉬웠던 것들도 많았군요. 그러
나 모두를 잊으라고 하네요. 세상을 지우며 쌓이는 너그럽
고 따뜻한 새벽 눈이.

2013년

1월

1.

새해 첫날.
눈, 눈, 흩어지다가 내려앉아서 쌓이는 눈.

2.

책상을 둘러본다. 쌓인 책들을 둘러본다.
다시 온전히 돌아와 앉은 나의 방.
나의 갈 곳. 내 사랑의 장소

3.

아침 산책. 녹으며 빛나는 눈들.

4.

노래하는 혹에 대한 상상.

5.

우울한 추억과 조용한 기쁨의 추억 사이에서.

6.

책에 사인을 해준다. 이렇게 쓴다:
'사랑의 기쁨과 슬픔을 오래 간직하세요.'

7.

아침 산책. 메모 한 줄 남길 수 없는 마음. 나태(acedia).

8.

그래, 아무리 그래도 그럴 수는 없는 거야…… 담배 연기를
보면서 혼자 중얼거리다.

9.

'사이'와 '늘 있음'의 관계. 사이는 헤어지고 끊어져서 생긴
공백의 장소가 아니다. 사이는 또 다른 늘 있음의 공간이다.

10.

눈 덮인 세상. 종일 먼 곳만 바라보는 며칠. 갈 곳 없음. 이제
야 깨닫는 사실: 그동안 나만의 삶이라 믿었던 건 그 어딘가
로부터, 그 무언가로부터 그저 잠시 떠나 있었음에 불과했
다는 것.

11.

종일 책만 읽는다. 책을 읽는 동안에는 울 수가 없다, 라고 탈무드는 말한다. 그러나 정말 그럴까?

12.

내일부터 《애도 일기》 토요 강의가 시작된다. 준비를 위해서 텍스트를 뒤적인다. 자신이 없다. 나는 이 강의를 진행할 수 있을까?

13.

"……그러나 오디세우스는 아픈 가슴을 부여안으며 사랑하는 어머니로부터 등을 돌리고 하데스를 떠났다."(호메로스)

14.

토요일. 아침부터 두 개의 강의. 지쳐서 돌아오다. 맥주, 포도주, 그리고 생각, 생각들.

15.

피아노가 있고, 책들이 쌓여 있고, 종이들이 나뒹구는 책상이 있는 나의 방. 두꺼운 방음벽으로 밀폐되어 문을 닫으면 진공이 되는 방. 오늘도 이 방에 처박혀 밤을 지새울 것이다. 나는 아무것도 배반하지 않을 것이다.

16.

지금 내게는 어떤 분노가 있는 걸까. 아니, 그럴 리가 없다. 믿을 수 없는 추락.

17.

생생하던 것들이 점점 추상화된다. 그 허망함이 나를 절망
케 한다. 내가 원하는 건 이런 것이 아니었다.

18.

작업, 작업이 시작되어야 한다. 그것만이 나를 지킨다.

19.

그러고 보니 월요일이다. 주말이 지나갔다. 짧은 산책조차
없이 집에만 있었다. 그래, 나는 갈 곳이 없다.

20.

"어떡하면 마음의 평정을 찾을 수 있을까?" (롤랑 바르트 《애도

일기》

21.

자세가 필요하다. 생활의 도덕이 필요하다. 아주 엄중한 도
덕률이.

22.

모종의 권력투쟁을 생각한다.

23.

카프카 강의 준비를 한다.《아버지에게 드리는 편지》를 읽
는다. 아무것도 읽히지 않는다. 그저 문자들의 삭막한 표층
뿐. 결코 뚫고 들어갈 수 없는 방화벽처럼.

2 4 .

아침마다 자동차 안에서 글을 쓴다. 쓰는 게 아니라 종이 위에 새겨 넣듯이. 오늘 처음으로 '문장'을 생각한다. 화들짝 놀란다. 이것조차 습관이 되어가는 걸까.

2 5 .

새로운 발견: 바르트는 2년 동안 슬픔을 간직했었다는 사실.

2 6 .

바르트의 사진을 본다. 독일어본《애도 일기》표지 위의 흑백사진. 대체할 수 없는 슬픔의 얼굴. 그의 마지막 얼굴.

27.

사라지지 않는 나의 지독한 에고티즘. 에고트립(Egotrip).

28.

새벽 꿈. 사람들을 데리고 춘천에 가야 한다는 꿈. 무슨 작은 수조 같은 곳에서 휘발유를 떠내어 주유를 마친다. 그러나 춘천이 어디인지 몰라서 떠나지를 못한다. 내가 사는 곳에서 아주 가깝고 너무 잘 아는 도시 춘천. 나는 왜 거기가 어디인지 몰라서 출발하지 못했던 걸까.

29.

토요일. 아침에 《애도 일기》 강의. 오후에 독서 토론 진행 《죽어가는 자의 고독》. 끝나고 혼자 술. 전철을 기다릴 때 어두운 스크린 도어 안에 서 있는 내 모습. 문득 떠오르는 오래전, 아주 오래전의 독일 유행가 하나: "내 안에는 슬픔이 있네……"

3 0 .

새벽 꿈. 또 어디론가 떠나는 꿈. 그러나 결국 못 떠나는 꿈.

3 1 .

아침에 통신. 내 마음의 그 무언가가 마침내 끝나는 통신.

3 2 .

어떤 떨림. 그러나 고요한.

33.

문득 발견하는 이 기록들의 이름: 조용한 날들의 기록.

34.

글쓰기에 대한 충동. 그러나 맹렬하지 않은, 아주 침착한.

35.

잠깐의 오수. 그사이에 꿈. 깨어나자 너무도 자명한 확신: 그래, 나는 꿈에서 깨어난 거다.

36.

M이 부탁한 추천서를 쓴다. 겨우 마친다. 일상의 의무들에 대한 성실함. 나는 늘 이 성실함을 사랑했었다는 생각. 모처

럼 마음의 위안.

37.

아도르노 강의록이 도착했다. 빽빽한 글들, 나의 목소리들,
그 안에 들어 있는 또 하나의 목소리.

38.

모든 것이 세월이다. 세월이 나를 떠나가듯 모든 것들이 나
를 떠나간다. 거리도, 집도, 얼굴도, 이야기도, 기쁨도, 슬픔
도……: "아, 세월이여!" (마르셀 프루스트, 〈고장의 이름〉)

39.

나의 '강함'에 대한 생각. 어쩌면 나는 지나치게 나의 '부드
러움'에만 집착했었는지 모른다. 내 안의 그 어떤 강함을 폄

하하고 외면만 했었는지 모른다. 그것이 분명 나의 일부임에도 불구하고. 나의 강함을 돌아보고 돌보기—그런데 그것이 무엇일까.

40.

어느 때는 아주 무사한 것처럼 여겨진다. 모든 것들이 정상이라는, 아무 문제들도 없다는, 늘 그렇듯이 또 그럴 뿐이라는 확신이 든다. 그런데 이 확신이 싫다. 내가 원하는 건 그런 무사 무사함이 아니다.

41.

종일 비. 주막에서 비 오는 어스름을 바라보며 술을 마신다. 사방이 쓸쓸한 생활. 무엇이 나를 지켜줄 수 있을까를 생각한다. 나를 사랑했던 사람들을 생각한다. 늘 거기에 미치지 못했던 나의 사랑을 생각한다. 아끼고 주지 않았던 그 사랑들로 나는 무엇을 얻으려고 했던 걸까. 이제야 알 것 같다.

오래 남는 건 내가 사랑했던 것들이 아니다. 그것들은 덧없기만 하다. 오래 남는 건 내가 받았던 사랑들이다. 쓸쓸한 사방. 흰 소주처럼 목 안으로 넘어가는 그 사랑들.

42.

늦은 술. 취기 없는 술. 새벽까지 반수면.

43.

프루스트와 사랑 특강. 네 개의 명제들에 대하여:

1) 사랑은 환영이다
2) 사랑은 자기애다
3) 사랑은 질투다
4) 사랑은 동성애다

끝나고 혼자 술. 어두운 거리. 걸어가는 사람들. 나올 때 등 뒤에서 들리는 문 닫히는 소리. 아주 오래전의 어느 기억.

44.

갑자기 너무나 낯선 질문: 이 무거운 마음은 무엇 때문일까.

45.

아주 오래전 사진을 본다. 대학생이었던 내가 살았던 집 앞 마당 빨간 꽃들 앞에서 웃으며 서 있는 어머니와 아우. 지금 은 세상에 없는, 내가 사랑했고 나를 사랑했던 사람들. 그래, 더는 아무것도 숨길 수 없어, 라고 갑자기 나는 자백한다. 맞아, 지금 나는 너무 깊은 절망 속에 빠져 있어, 라고 중얼거린다. 무엇이 남은 걸까. 그래도 남겨진 것은 무엇일까. 여전히 사랑할 수 있는 무엇이 지금 내게 남아 있는 걸까.

46.

사진 한 장 없는 사람은 무엇으로 기억될까.

47.

특강 준비. 야콥 타우베스. 죽음을 한 달 앞두고 바울에 대해
마지막 강의를 했던 사람. '단두대 위에서의, 시간: '언젠가와
지금'이라는 묵시론적 시간 경험에 대하여'.

48.

글에 대한 의지.

49.

《애도 일기》 강의 준비. 짧은 노트를 하다가 돌연한 중얼거

림: 그래, 지금은 안 돼. 나중에, 아주 나중에, 그때, 그때가 되면……

5 0 .

어떤 깨우침에 대한 갈망.

−

이런 조각 글들. 파편화된 내 모습.

5 1 .

늦은 밤 TV에서 우연히 본 영화. 독일 영화. 〈타인의 삶(Das Leben der Anderen)〉. 충격. 오래전, 아주 오래전 광화문 씨네큐브 다시 돌아오는 홍수 같은 시간들. 마지막 장면. 한 권의 소설책 이름:《어느 착한 사람을 위한 소나타(Die Sonate vom Guten Menschen)》

5 2 .

늦도록 혼자 술. 타는 목구멍으로 역류하는 독한 코냑 냄새.
노랗게 물드는 생각들. 델리리움(Delirium), 그러나 차갑게 투
명한.

5 3 .

어떤 아이. 내 안에서 울면서 항의하는 어떤 아이 하나.

5 4 .

인용문 파일에서 프루스트 문장들을 읽는다. 돌연한 기쁨.
울고 싶은 마음. 어떤 안도감. 나를 다시 되찾은 것 같은, 나
에게로 다시 돌아온 것 같은. 이제는 무언가 작업을 시작할
수 있을 것 같은 기대감: "나는 하나의 클론이고 내 안에는
또 수많은 클론들이 살고 있다는 걸 나는 알고 있다. 그러나
이 클론들은 모두가 나의 깊은 병에 의해서 사라져가고 말

것이다. 하지만 하나의 클론만은(그 또한 결국은 사라지고 말겠지만) 마지막까지 이 병 앞에서 자신의 모습으로 남아 있지 않을까? 콩브레 잡화점 앞에 서 있던 저 난쟁이처럼. 그 난쟁이는 햇빛이 좋으면 웃으면서 모자를 벗고 해가 구름 뒤로 숨으면 우울하게 모자를 다시 쓰곤 했었다. 생각하면 이 클론은 얼마나 이기적인 인물인지 모른다. 뜨거운 대기 때문에 숨이 막히는 여름날, 못 견뎌 하던 내가 마침내 내리기 시작한 비를 즐거워할 때, 그 난쟁이는 모자를 벗어 들고 우울하게 거리를 적시는 비를 바라본다. 아마도 햇빛 좋은 날 내가 죽을 때 나는 한없이 슬퍼해도 그 난쟁이는 머리에서 모자를 벗어 들며 지나가는 사람들에게 즐거이 인사를 할 것이다……"

5 5 .

생활은 끊임없이 '전향'을 강요한다. 넌 그동안 잘못 살아왔으니 이제 그 삶을 포기하고 다른 삶으로 개종하고 전향하라는 설득과 강요. 이것이 생활 속에 항존하는 뻔뻔스러운 폭력이다. 이 폭력에 맞서는 힘이 그동안 내게 있었다면, 아마도 그건 성실함(Treue), 내가 살아온 길들에 대한 고집스러운 충성심이었던 것 같다(그 밖에 다른 어떤 힘도 내게는 없다는 걸 나는 잘 알고 있다). 어쩌면 나는 이 성실함을, 늘 회의하고 자신 없었으므로 매번 새롭게 각오를 다져야 했으나, 그래도 제법 고집스럽게 지켜왔는지 모른다. 하지만 그게 과연 미덕이었을까. 그 성실함만으로 충분했던 걸까. 돌아보면 나는 성실함을 너무 수동적으로만 이해했던 것이 분명하다. 성실함은 그래서 내게 늘 수동적인 '거절'이었다. 하지만 성실함은, 만일 그것이 나의 유일한 저항의 가능성이라면, 매우 적극적인 힘이어야 할 것이다. 성실함은 거절이 아니라 능동적인 '작업'이다. 저항은 적극적인 액션이며 이 액션이 성실함의 진정한 미덕이고 힘이다. 이 사실을 나는 그동안 몰랐거나 알았으면서도 방기한 것은 아니었을까. 그리하여 지금 내가 생활 앞에서 겪고 있는 수치심은 지극히 당연하다. 이 수치심을 온몸으로 인정하는 일—성실함은 이제 거기서부터 다시 시작되어야 할 것이다. 요제프 K처럼: "K의 목구멍에 한쪽 남자의 양손이 놓이고 다른 남자는 그의 심장을 찌르고는 두 번 돌렸다. 흐려지는 눈으로 K는 두 남자가 바로 자기 눈앞에서 죽어가는 자신의 얼굴을 구경하고 있는 것을 보았다. "개처럼 죽는군." 그가 말했다. 치욕

은 그가 죽은 뒤에도 더 오래 남을 것 같았다." (프란츠 카프카,
《소송》)

5 6 .

바르트와 사랑에 대한 특강. 사랑의 주체를 둘로 구분하기.
욕망의 주체와 연민의 주체. 욕망의 주체에게 사랑은 여전
히 사적이고 주관적이다. 연민의 주체에게 사랑은 그러나
객관적이고 보편적, 즉 도덕적이다. 돌아오면서 피곤한 머
리로 곰곰이 생각. 연민도 욕망일까. 연민이 사랑일까.

5 7 .

1월이 간다. 폐허를 남기고 폐허 안으로 건너간다. 그래도
잊지 않고 따라가는 것은 있으리라. 저 '욕망의 낄낄거림'.

2월

1.

어이 살 건지 막막한데 귀 안에서 맴도는 목소리, 이제는 떠나가고 있다는……

2.

왜 지금은 안 되나요—글쎄 왜 지금은 안 될까—지금은 안 돼요.

3.

제삿날. 죽은 할아버지가 돌아오는 날. 오는 길도 갈 길처럼 멀까.

4.

마지막 글. 아무것도 되기를 바라지 않고 아무것도 되지 않으리라는 생각으로. 또한 아무것도 아니라는 아주 침착한 마음으로 조금 놀라면서.

5.

연휴의 끝. 새로운 시작. 냉정한 가슴으로 폐허 속으로.

–

돌연한 깨달음. 추하고도 더러웠던 나의 에고, 나의 이기주의.

6.

'끝'이란 무엇일까. 끝은 절대 기호다. 동어반복이다. 끝은 끝일 뿐이다. 의미도 허무도 없다. 그저 모든 것들의 지워짐과 사라짐 외에 아무것도 아니다.

7.

이기적 인간은 누구일까. 그는 결국 자기를 망쳐버리는 사람이다. 그는 방향을, 길을 바꿀 줄 모르는 편집증자이기 때문에. 내가 알고 있는 가장 이기적인 인간. 프루스트.

8.

말들의 잔치. 몸들의 잔치. 그리고 남겨진 글 잔치.

9.

카프카 강의. 그로부터 배우는 것: 해석은 언제나 헛짚는다. 그러나 헛짚는 걸 피할 수는 없다. 해석을 그만둘 수 없으므로.

10.

새는 없다. 새는 날아가니까. 새장만이 남는다. 새장은 날아
갈 수 없으니까. 새는 노래하지 않는다. 새는 날아가고 없으
니까. 새장만이 노래한다. 새는 없어도 노래는 남으니까.

3월

1 .

홍상수의 새 영화. 조금 불쾌한 뒷맛. 끝나고 북촌 해장금에
서 저녁 술. 저 어쩌면 금방 결혼할지도 모르겠어요, 라고 말
할 때 어쩐지 근심 어린 H의 표정. 이유도 없이 문득 먼 기
억. 일어날 때까지 비어 있던 저 끝의 테이블 하나. 돌아오는
데 자꾸만 떠오르는 여배우의 하얀 얼굴. 아니면 걷는 모습.
아니면 대사: 어떻게 좋은 걸 다 가질 수 있나요?

2 .

너무 큰 눈. 감았다 뜰 때마다 찌르던 빛. 억지로 참았던 어
떤 말.

3.

그사이 내가 잃어버린 것. 편안한 마음으로 아침 풍경을 응
시하는 기쁨.

4.

무덤 사진들. 무덤 안에 있는 것이 시신일까. 그건 그 사람이
품었던 꿈들이 아닐까.

5.

소설 수업 종강. 마지막으로 읽은 《토니오 크뢰거》. 감추며
드러내는 동성애의 글쓰기. 하지만 글쓰기란 본래 그런 게
임이 아닐까.

6.

손짓을 하며 친구와 말하는 옆자리의 여자. 손가락에서 알
알이 반짝이는 은빛 반지. 빛났던 순간순간들처럼.

7.

프루스트 모임 장소를 정독 도서관으로 정했다는 연락. 어
느 초여름의 벤치……

–

프루스트 수업. 이런 문장: "나는 이제 죄의식 없이 울어도
되었다." 농담처럼 했던 말: "정말 마음대로 울 수만 있다면
우리는 매일 울면서 지내지 않을까요. 아침에도 울고, 저녁
에도 울고, 잠들 때도 울고, 깨어나서도 울고, 일할 때도 울
고, 밥 먹을 때도 울고…… 그렇게 울고 싶은 건 사랑하기
때문이죠. 그러니까 온 나라가 다 사랑을 하면 가뭄도 없을
거예요 비 안 내려도 어디나 눈물들이 고여 있을 테니까. 그

러고 보니 어느 옛 시인이 생각나네요. 대동강은 언제 마를
날이 있을까, 이렇게 매일 님 보내는 눈물이 더하니……"

8.

슬픔의 습격. 나는 지금 숯불이다. 뜨겁게 달아오른 슬픔의
숯불.

−

갑자기 기도하고 싶은 심정. 얼마 전 시작한 긴 글이 부디
포기되지 않기를.

9.

종강 뒤에 많은 술. 길가에 쭈그리고 구토. 눈물을 훔치며 바
라본 하늘에 먼 별. 부를 수 없는 이름처럼.

—

깨지 않는 숙취. 짧은 오후 산책. 트럭에서 강냉이 한 봉지를 사 들고 양지바른 돌 위에 앉는다. 봄. 그래도 계절은 어김없이 온다. 혼자 웃을 때 입 안에서 하얀 강냉이 깨지는 소리.

—

"늘 맥이 빠져 있고, 투지도 없고, 허약하기만 한 에너지의 강도—이런 것이 그동안 작업을 하는 나의 모양새였다. 이래가지고 무슨 일이 된다는 말인가?" (롤랑 바르트, 《애도 일기》)

10.

《애도 일기》 종강. 1979년 9월 15일의 마지막 기록은 이렇다: "슬프기만 한 수많은 아침들······"

책을 덮으면서 깨달은 두 사실. 오늘부터 봄이 시작되었다는 것. 9월 15일이 나의 생일이라는 것. 그런데 웬일인가—

숨통이 막히는 것 같은 돌연한 아픔.

1 1 .

모든 것들은 강 건너에 있다. 봄이 여기까지 건너왔으니 거기서는 벌써 꽃이 피고 사랑도 익었으리라……

1 2 .

말하고 싶은 격렬한 충동. 나가 아닌 나에 대해서 남김없이.

1 3 .

밤 산책. 센 바람. 황사. 입 안에 끼는 노란 모래들. 모래를 먹고 죽었다는 어느 사람 이야기. 추레한 주막에서 술. 거친 얼굴, 거친 목소리, 거친 말들. 조금씩 어두워가는 실내. 관 속에서 듣는 못 박는 소리.

14.

일요일 오후. 먼 풍경. 그 너머 고개를 꺾고 있는 크레인. 그 너머 더 먼 풍경. 끝없이 멀어질 수 있는 것이 풍경이다, 라는 새로운 깨달음.

15.

점점 더 싫어지는 만남들. 점점 더 잦아지는 혼자 마시는 술. 그래도 찾아드는 곳은 언제나 북적이고 시끄러운 장소다. 그 안에서 뜻 없이 끄적이는 낙서. 문장 아닌 단어들. 오도카니 혼자인 단어들. 나올 때면 구겨져서 버려지는 단어들.

16.

끝없이 유치해지고 싶은 충동.

—

해결해야 하는 이런저런 일들. 역겨움.

17.

습관 하나. 처음에는 겁을 먹고 뒷걸음을 치다가 나중에는
차라리 그 안으로 투신해버리는 자포자기의 습관. 코너에
몰린 쥐처럼. 그것이 반드시 죽음 충동만은 아니었다. 거기
에는 분명 일말의 쾌락 충동도 있었다. 하지만 쾌락 충동이
앞선 적은 한 번도 없었다. 이것이 근원적인 문제다.

18.

수시로 나락으로 떨어지면서도 많은 일들을 잘 처리하면서
꿋꿋하게 산다. 참 신기한 일.

19.

"이 시대의 가난과는 절대로 평화협정을 맺으면 안 된다."
(발터 벤야민,《일방통행로》)

이 단언은 이렇게도 해석될 수 있으리라: "가난은 사랑을 불가능하게 만든다. 이것이 부당한 가난과 마지막까지 투쟁해야 하는 궁극적인 이유다."

20.

늦도록 술. 빨간 의자. 청색 스웨터. 희고 따뜻한 청주. 검고 달고 부드러운 조림 생선 한 토막. 웃음소리, 말소리, 목소리. 사이로 눈물. 창밖에는 어둠, 바람, 가등 빛. 그리고 시간. 흘러간 시간, 흐르는 시간, 흘러갈 시간. 떠내려가는 듯 술 술 술……

21.

사진전. 갤러리 카페에서 커피를 마시며 사진집들을 들추어 본다. 이갑철의 사진집을 오래 본다. 세상이 저승처럼 보일 때가 있다. 사람들이 모두 죽은 사람으로 보일 때가 있다. 지금 나도 그쪽으로 문지방을 넘어서고 있다는 걸 깨닫는 때가 있다.

22.

아침에 깨어나면 습격하는 절망.

23.

김수영을 읽는다. 〈달나라의 장난〉. 이 시보다 그를 더 잘 말해주는 시가 있을까.

2 4 .

긴 저녁 잠. 늦은 밤 깨어나 밤을 보낸다. 이별의 계절에 대하여, 장갑 속의 흰 손에 대하여 짧은 글을 쓴다: "이별하기 좋은 계절도 있을까? 봄에는 꽃들이 너무 아름답다. 여름에는 햇빛이 너무 뜨겁다. 가을에는 단풍이 너무 곱다. 모든 것이 이별을 비웃는다. 그러면 겨울에는? 말 없는 흰 눈, 헐벗은 나무들, 고적한 어둠, 모두가 나를 위로해주는 것 같다, 함께 이별을 슬퍼해주는 것 같다. 하지만 겨울에는 장갑이 있다. 안녕, 하고 작별할 때도 장갑 속에 들어 있는 손. 만질 수 없는 그 사람의 마지막 흰 손……" 코냑을 마시고 담배를 피운다. 고개 숙이고 서 있는 노란 가등들. 자동차 하나가 빠르게 달려간다. 이유도 모르는 채 혼자 중얼거린다: 그래, 나는 어디로도 떠나지 않을 것이다……

2 5 .

마음을 뒤져봐도 단어들이 없다. 이제는 단어들마저 나를 떠난다.

26.

프루스트 두 번째 모임. 술자리. 즐거운 시간. 그러나 돌아오
는 길의 쓸쓸함.

27.

점점 메마른 마음이 되어간다. 선한 마음, 부드러운 마음, 다
정한 마음이 점점 줄어든다. 제발 사랑의 마음이 날 떠나지
않았으면 좋겠다. 정말 그랬으면 좋겠다.

28.

강의 준비. 기쁨도 없이 생각들을 짜내야 하는 고통스러움.
쉬고 싶다. 그러나 어디에도 없는 쉴 곳.

29.

죽은 사람 생각. 긴 우울증을 겪더니 어느 날 갑자기 세상에서 가장 즐거운 사람이 되었던 아버지. 자주 웃고, 크게 웃고, 큰 소리로 말하고, 모든 걱정 근심을 우습게 여기는 호인이 되었던 아버지. 그러나 그 속에는 두려움이 늘 잠복해 있던 걸까. 어떤 기미들 앞에서 돌연 온몸이 얼음처럼 차갑게 굳어지던 아버지. 그 차가운 발작에의 슬픈 기억.

30.

투쟁하고 돌파하는 힘보다 모든 걸 받아들이는 힘이 더 강한 힘이 아닐까요, 라고 나는 강의 중에 말한다. 내가 믿는 건 그 힘밖에 없다는 것처럼.

31.

안경을 바꾼다. 5년쯤 더 젊어 보이세요, 라고 점원이 말한다. 그러면 그만큼 더 견디라는 말인가요. 나는 속으로 중얼거린다. 선생님한테는 어린애 같은 데가 있어요. 여러 사람이 내게 말하곤 했었다. 정말 그랬는지 모른다. 내게는 천진스러운 기쁨이 늘 있었다. 그래서 우울하면서도 남모르게 기쁨을 사랑할 수 있었다. 그 기쁨이 사라지고 벌써 얼마인지……

3 2 .

나날이 사막. 나는 사랑의 말들에 매달린다. 사랑의 마음을 잃지 않으려고 온 힘을 다 기울인다. 그렇게 나날이 지친다.

3 3 .

또 왔다가 떠난다. 또 마음이 슬픔으로 가득 찬다.

34.

일요일. 3월이 떠난다. 떠나면 오는가. 빈자리에 화사한 봄. 봄빛으로 가득한 풍경을 바라보며 코냑을 마신다. 깨어나려고, 정신을 잃지 않으려고……

35.

이해 못 할 것이 무엇이 있을까. 그렇다고 이해되는 것은 또 무엇이 있을까. 그러니 기다려야 할 뿐, 늙어 마음도 머리도 바보가 될 때까지.

36.

세월이 모든 것을 가져왔었다. 세월은 또 무언가를 가져올 것이다. 그때 나는 여전히 있을까. 그래, 어떤 것은 너무 늦게 오기도 한다. 세월은 또 오지만 나는 늙으니까. 가면 다시 돌아올 수 없으니까.

4월

1 .

종일 대구에서. 바르트와 프루스트 강의. 탈진한 몸을 돌아
오는 기차 안에 싣는다. 기대어 자다가 금방 깨어난다. 불면
은 장소를 가리지 않는다. 밤 주막에서 멍하니 혼자 술을 마
신다. 떠나간 모든 것들이 행인처럼 창밖을 지나간다. 밤이
깊어간다. 자꾸만 깊어간다……

2 .

사랑의 마음을 잃지 않으려고 애쓴다. 너그러운 마음을.

3 .

벤야민을 읽는다: "버림받았다는 생각으로 책을 읽는데, 자기가 읽으려고 하는 페이지가 이미 찢겨나갔다는 사실을 발견한 사람은, 그 책마저 자신을 필요로 하지 않는다는 사실 때문에 몹시 고통스러워진다." (발터 벤야민,《일방통행로》)

4 .

순응하지만 굴복하지는 않는다는 것.

5 .

지성이란 무엇인가. 그건 아주 너그럽다는 것이다. 너그럽다는 건 자기를 주장하지 않는다는 것. 자기를 주장하지 않는 건 자기가 약자임을 인정하는 것이다. 그런데 누구만이 자기를 약자로 인정하는가. 그건 강자만이 한다. 내가 왜 사랑의 마음을 포기해서는 안 되는가에 대한 이유.

6.

벤야민 강의 첫날. 모두들 지루한 표정. 강의를 하는 나 역
시. 뚜렷한 능력 저하의 징후들.

7.

프루스트 모임. 잠들기와 잠 깨기의 세 가지 형식에 대하여.
생각하는 육체, 감각하는 지성에 대하여. 끝나고 함께 저녁
과 술. 천장 높은 술집이 쾌적해서일까. 자꾸만 마신 술. 사
이사이 혼자 어딘가로 떠나던 마음……

8.

남산 강의 첫날. 가득한 강의실. 안녕하세요, 웃으며 인사해
주는 사람들. 고마운 사람들. 그래도 잘 풀리지 않아서 힘들
었던 강의. 미안한 마음.

9.

점심 초대. 식사 뒤에 삼청동 길 산책. 2층 창가에서 커피. 휴
대폰으로 찍어준 나의 사진. 손짓을 하며 말하는 모습. 내 손
가락이 의외로 길다는 사실의 발견. 어쩐지 가여워서 나라
도 잡아주고 싶은 마음.

10.

새벽에 일어나서 밝아오는 풍경을 본다. 다시 온전하게 주
어지는 하루. 얼마나 오랫동안 이 하루의 기쁨을 잃어버리고
살았는지. 새벽을 노려본다. 울고 싶은 마음으로 무슨 문제
들이 있었던가. 사실은 아무 문제도 없었다. 단 하나의 문제
를 제외하면. 하지만 그 문제마저도 무슨 문제가 있었던가.

11.

많은 사랑을 받는다. 거기에 비하면 내 사랑의 마음은 얼마나

미천한 것인지. 이것이 모든 문제들의 까닭이라는 걸 안다.

/ 2 .

큰 낙담 속에서도 늘 곁을 떠나지 않는 나에 대한 신뢰가 있다. 마침내 내가 이길 것이라는 모종의 승리 의식이 있다.

/ 3 .

토요일 오전 강의. 카페에서 겨우 생각을 정리하고 철학아카데미로 간다.《일방통행로》단상들 몇 개를 꼼꼼히 분석한다. 지력도 습관일까. 욕망이 없어도 혼자서 잘 돌아가는 걸까. 몇 사람과 점심으로 칼국수. M이 커피라도 한잔하기를 바란다는 걸 모른 척한다. 햇빛 좋은 횡단보도 앞에서 갑자기 갈 곳을 잃어버린다, 마치 갈 곳이 있었던 것처럼. 시끄러운 지하철에서 잠깐 졸다가 깨어난다. 지상으로 나온 차창 밖에 화창한 봄빛. 심한 불안.

14.

살면서 아무런 선물도 준비하지 못했다는 생각. 선물을 주
어야 하는 이들이 그토록 많건만. 텅 빈 손. 이제부터 이 손
으로 마련해야 하는 수많은 선물들.

—

일요일 오후, 심한 바람, 큰 그리움 속으로 굴러떨어진다.

15.

〈소설의 미로〉 강의. 유디트 헤르만의 《알리스》. 한 문장 앞에
서 오랫동안 멈춘다.

16.

기쁨을 생각한다. 내 안에 늘 있었던 철없는 기쁨. 이 기쁨에

대한 깊은 신뢰.

17.

어리석지 않으려고 애쓴다. 객관적 사실들과만 마주하려고
애쓴다.

18.

다시 사랑의 마음을 기억한다. 그렇게 깨어나 조용한 나에
게로 돌아온다.

5월

/.

"그녀는 성령의 모습을 생각해보느라 애를 썼다. 왜냐하면 성령은 새만이 아니라 불도 되고 바람도 되곤 했기 때문이었다. 밤중에 늪가에서 부는 바람은 아마 성령의 빛일지 모르며, 구름을 보내는 바람도 성령의 입김일지 모른다. 종소리가 미묘하게 들리는 것도 성령의 소리겠지. 사랑스럽게 들을 거니는 양도, 지붕 위의 비둘기도 다 거룩하게 보였다. 이런 것들을 생각하면서 펠리시테는 끝없는 감사를 드렸다." (구스타브 플로베르, 《순박한 마음》)

2.

품위를 잃지 않으리라. 나의 가장 좋은 것들을 빼앗기고 있다. 그런데 사실은 아무도 그것을 빼앗고 있지 않다.

3.

빛나는 봄날을 본다. 마음이 그리움으로 가득 찬다.

4.

내 정신의 높이는 어느 정도나 될까. P. 발레리: "보세요, 나의 육체가 고통으로 타오르는 것을 나의 정신은 알고 있습니다…… 그리고 그는 깊은 잠이 들어 코를 골기 시작했다."
(폴 발레리,《테스트 씨》)

5.

프루스트 그룹의 마석 모임. 저녁 바람 속에서 고기를 굽고 술을 마시고 컵라면을 끓이고 고구마를 구워 먹는다. 깊어가는 밤 속으로 흩어지는 한담과 농담과 웃음소리들. S가 장구를 치면서 부르는 사랑가. 모두들 둘러서서 〈스승의 노래〉를 불러준다. 건배를 하고 케이크를 자른다. 그리고 나는 조용히 나의 힘듦에 대해서 고백한다. 모두들 우울한 표정, 침묵, 위안, 다시 웃음소리, 장구 소리…… 혼자 어두운 잔디마당을 걷는다. 잡풀이 너무 많이 자랐다는 생각을 잠깐 한다. 외롭다는 생각을 한다. 그렇지만 너무 외롭지는 않다는 생각을 한다.

6.

〈한겨레〉에서 원고 청탁. 생각하다가 거절 메일을 보낸다. 조금 더 기다리자.

7.

몸무게가 늘지를 않는다. 전보다 섭생이 많아졌건만.

8 .

고마운 격려의 문자들:

"우리는 선생님에게서 많은 위안을 받는데 정작 선생님은
위안받을 곳이 없으신 것 같아서 죄송한 마음이에요."

"선생님은 저희에게 소중한 분이세요. 그러니까 너무 오래
아프지는 마세요."

"올해에는 꼭 선생님의 책을 서점에서 보고 싶습니다. 빨리
건강해지세요."

"너무 걱정하지 마세요 선생님은 강한 분이시니까요."

"너무 일만 열심히 하셨어요. 몸이 쉬라고 그러는 거니까 곧
나을 거예요."

(⋯)

9.

아침마다 짧은 운동을 다닌다. 허리를 바로잡고 내 육신을
내 힘으로 일으켜 세우는 훈련을 쌓는다.

10.

몸무게가 조금씩 늘어난다. 감사한 마음.

11.

이제 나는 당신의 완전한 타인이 되었어요……

12.

불면. 불안. 그러나 아주 깊은 이상한 고요

프루스트 수업 준비를 한다: "아버지의 그림자가 올라오던 계단의 벽도 오래전에 사라졌다. 오늘 밤은 이 녀석과 함께 자구려, 말하던 아버지의 목소리도 두 번 다시 들을 수 없게 되었다. 그때에는 영원할 것만 같았던 많은 일들은 덧없이 사라지고, 그사이에 또 새로운 일들이 생겨나서 전에는 알지 못했던 기쁨과 슬픔들을 낳았고, 그러면서 옛일들은 희미해져 이제는 또렷이 기억할 수도 이해할 수도 없는 일이 되었다. 하지만 얼마 전부터 조용히 귀를 기울이면 나는 내 몸 안에서 어떤 소리를 들을 수 있다. 그건 아버지 앞에서는 애써 참다가 엄마와 단둘이 남았을 때 터져 나왔던 흐느끼는 울음소리다. 돌아보면, 그 훌쩍이는 흐느낌은 이후 나의 삶 속에서 한 번도 멈춘 적이 없었다. 다만 내가 귀 기울이지 않아서 그 소리를 들을 수 없었을 뿐이었다. 그러나 이제 그 소리가 다시 들리는 건, 마치 시끄러운 낮 동안에는 들리지 않던 교회의 종소리가 조용한 저녁에는 울리기 시작하는 것처럼, 이제는 나의 삶이 한층 고요하고 적요해졌기 때문일 것이었다……"

1 4.

혼자 술. 많은 술. 취해서 잠든다. 자다가 놀라서 깨어난다. 어둠. 붕괴된 한 세월의 폐허. 곳곳에 흩어진 나의 잔해들. 위안은 없다. 그저 가여워서 나를 안아줄 뿐. 꼭 안아줄 뿐……

1 5.

5월이 간다. 어느 하루가 찬란하게 빛났던 오래전 5월. 오고 가고 또 오는 5월. 문득 내가 했던 말을 기억한다: 지나가도 사라지는 건 아니야.

1 6.

금요일 밤. 카페에서 거리를 본다. 지나가는 연인들. 모두가 남들처럼 연애하는 주말의 밤. 그대는 행복한가. 그러면 됐다. 나는 불행한가. 그것도 됐다. 다 그렇게 옳다. 그리하여 어떤 절정의 고요가 있다. 어떤 극치의 가벼움이 있다. 더 무엇이 남았을까. 더 무엇을 바랄까.

1 7 .

병이 낫지도 않았는데 또 병이 시작된다. 그렇게 나날이 깊어지는 병. 이 깊이의 바닥에는 무엇이 있을까. 사랑. 한없는 부드러움으로 단단한 사랑의 적요.

1 8 .

새벽. 또 깨어난다. 문 닫는 소리. 조용히, 아주 조용히……

6월

1.

6월이 간다.

2.

늘 말들의 바이러스들이 몸 안에서 들끓던 6월. 그래서 어
느 아침, 세면대 위에 떨어지는 핏방울들로 잇몸이 터지
곤 하던 6월. 지난 한 달도 그랬다. 그 6월을, 말들을 지운
다……

7월

1.

시오랑을 읽는다:

"경쾌한 슬픔도 있다. 어젯밤 나는 나의 전생에 대한 장례식
에 다녀왔다."

2.

오늘은 팔꿈치 타격법을 배운다. 처음에는 새도복싱으로
허공만 타격한다. 어느 정도 자세가 잡힌 걸까. 이번에는 사
부가 플라스틱 물병을 들고 때리라고 한다, 그것도 있는 힘
을 다해서. 나는 스텝을 밟다가 오른쪽 팔꿈치로 물병을 타
격한다, 허리를 완전히 틀면서 아주 정확히. 물병은 날아가
서 벽을 때리고 굴러떨어진다. 놀라는 나에게 사부가 말한
다: 허공을 공격하는 힘이 가장 강하죠. 그 힘으로 타격하면

KO 안 되는 장애물이 없어요.

3.

갑자기 떠오르는, 너무 오래 잊었던, 한마디:
"고마웠어요……"

4.

나는 어느 깊이만큼 고요하고 침착할 수 있을까?

5.

나는 너무 오래 우울과 슬픔에 대해서만 말해왔던 건 아닐까. 나는 이제 사랑과 기쁨 그리고 행복에 대해서 말하고 싶다. 사실은 내가 진정으로 연모하고 동경하고 욕망하는 것들에 대해서.

6 .

다시 사랑의 마음을 생각한다. 가슴에 꼭 품는다. 나는 천성
적으로 약자라는 사실을 깨닫는다. 그래서 어느 때는, 모든
허위의 힘들 앞에서는, 그 무엇보다 강해져야 한다는 사실
도……

12월

1 .

깊은 밤에. 슬픔의 바닥으로까지 내려가지 못한다는 건 얼
마나 슬픈 일인지……

2014년

1월

1.

이제야 한 해를 돌아본다. 사랑의 마음만을 부둥켜안고 건
너온 한 해, 모든 것을 다 잃어도 사랑의 마음만은 결코 포
기하지 않으려는 몸부림 하나만으로 통과해온 지옥 같은
한 해였다. 그 한 해를 돌아보는 지금, 그나마 나를 위안해주
는 건, 참으로 많은 것들을 잃었으나, 적어도 그 사랑의 마음
만은 스스로 모욕하지 않았다는 자부심이다. 그리고 그만
하면 되지 않았는가. 그것만 지켰으면 되지 않았는가. 모든
것들이 떠나도 사랑의 마음이라는 뗏목만 있으면 나는 어
디든 또 도착하지 않겠는가. 그래, 그 뗏목을 타고 그 어딘가
로 도착하는 것—그것이 뜻 없이 다시 주어지는 한 해의 뜻
이리라. 하기야 그 밖에 무슨 다른 뜻이 있을까.

2 .

일요일 아침. 날은 포근하다. 집 안은 고요하다. 나는 담배
를 피우며 먼 창밖을 바라본다. 그러고 보니 늘 그랬다, 여기
서부터, 이 아무것도 아님의 상태로부터, 그 무언가가 시작
되곤 했었다. 나는 이제 그 뜻 없어 오묘한 시작점으로 다시
회귀한 걸까……

3 .

요즈음은 매일 강아지 마리를 꼭 안고 잔다. 안으면 한 줌밖
에 안 되는 몸이 자기를 다 맡긴다. 그래서인가, 전해 오는 따
스함이 사람을 안은 때보다 크고 깊다. 그러다가 문득 묻는
다. 이건 무슨 사랑의 징후일까. 나는 이제 사람에게 지친 걸
까. 아니면 나의 사랑이 이제는 동물에게까지 이른 것일까.

4.

중단했던 작업들을 다시 시작해야 해, 라고 매일 중얼거린다. 그러면서 서성거리기만 한다. 그러면서 눈이 펑펑 내리기만을 기다린다……

5.

저녁 내내 보들레르를 읽는다. 그가 너무 불쌍해진다. 요즈음은 아주 쉽게 누군가가 불쌍해진다. 다들 나만 같다.

6.

모든 것은 너무 깊어지면 자기를 초월해버린다. 그래서인가, 새해 들어 자주 이상한 경험을 한다. '기억보다 먼 추억'이랄까―분명 기억인데 그 내용이 과연 사실인지 분명치 않다. 보들레르: "오늘 아침 치매의 날갯짓이 제 눈앞을 획 지나갔습니다." (샤를 보들레르, 〈어머니에게 보내는 편지〉)

7.

지난해 지옥을 건너왔기 때문이리라. 그사이 새치가 부쩍
늘었고 나날이 늘어난다. 조금만 있으면 호호할배가 될 것
만 같다. 그래도 '젊은이와의 사랑'이 끝났다는 생각은 들지
않는다, 그것도 아주 당연한 듯이. 이건 치기일까 호기일까.
아침, 세면대 거울 앞에서 혼자 핑 웃는다.

8.

내 마음의 자세? 그건 무엇이든 다 받아주겠다는 거지, 라
고 나는 말했다.

9.

오래전 아주 오래전 우리 동네 삼류 극장에서 보았던 웨스
턴 하나: 〈돌아오지 않는 강〉. 마지막에서 먼로가 부르던 노
래: "사랑은 돌아오지 않는 강 위로 떠나는 여행이죠(Love is

a travel on the river of no return)."

10.

일요일 아침. 베이커리에서 커피와 단 빵을 먹다가 문자들을 보낸다. 그동안 받기만 했던 소식들에 답을 보낸다. 그래요. 곧 한번 만나도록 해요. 라고 말미마다 적는다. 자기도 모르게 늘 미루기만 했던 만남들. 그건 차라리 혼자 있는 게 좋고 편해서였다. 그런데 문득 다른 생각: 그건 만나면 모두에게 사랑에 빠지고 말 것만 같아서는 아니었을까. 창밖은 흐린데, 저 끝에서 혼자 빵을 먹는 여자의 긴 머리는 아름답다.

11.

하루 종일 피곤. 오전 약속도 취소하고 서성이는 종일. 그러다가 너무 긴 낮잠. 깨어나서 잠깐 불안.

12.

내일 강의를 위해서 프루스트를 읽는다. 이런 문장: "사랑이 끝난 뒤에 남자들이 겪어야 하는 가장 극심한 정신적 고통은(결코 그 사랑의 정신적 내용 때문이 아니라) 늘 사랑을 하면서 익숙해져버린 그 여인의 육체, 그 세밀하고도 특별한 디테일들 때문이다." 그렇게 말이다. 연애의 경우, 정신적 의미라는 게 다 무엇인가. 그건 모두가, 사랑을 하고 있을 때나 사랑을 잃은 뒤에나 한결같이, 육체 앞에서의 열패 의식일 뿐.

13.

밤사이 눈. 지붕들 위에 흰 이불처럼 내려앉은 눈들. 저렇게 다 받아들이는 것들은 깨끗하고 고요하고 평온하다.

14.

생각을 많이 한다. 생각은 너무 깊으면 자기를, 생각하는 사람을 초월한다. 생각한다는 건 그러니까 생각을 많이 깊이 하면서 그 생각으로부터 자유롭다는 것이리라. 그런데 생각들 중에서 가장 집요한 생각은 무얼까. 그건 아픈 추억이 아닐까.

15.

바르트의 《애도 일기》를 뒤적인다. 지난 한 해 불안과 우울의 무덤 속에서도 손에서 놓지 않았던 책. 사랑의 마음과 슬픔의 마음이 서로에게 역류해서 섬망 상태처럼 용해되어 있던 책. 빽빽한 강의 메모들 사이에서 문장 하나가 눈을 뜨고 바라본다: "망각 같은 건 없다. 그 어떤 소리 없는 것이 우리 안에서 점점 자리를 잡아가고 있을 뿐." (1979. 1. 30.)

며칠 전, 마지막 전철 안에서, 갑자기 이유도 모르게 솟구쳐 오르던 슬픔.

16.

텅 빈 집. 식탁에서 커피를 마시다가 문자들을 들여다본다.
수없이 반복되는 짧은 문구들: '끝났어'—'지금 출발해요'—
출발과 끝, 모든 것들은 시작되고 끝나는데 혼자 끝나지 않
고 흐르는 그 사이의 시간들.

17.

하루 종일 가시지 않는 우울과 불안. 외로움. 하루 종일 마리
를 만지며 논다.

18.

새해 아침. 음식들이 가득한 제상 위에 아침 햇살이 가득하
다. 준비를 마치고 마지막으로 향을 피운다. 햇살을 향해서,
먼저 죽은 이들을 위해서 공들여 여러 번 절을 한다. 어느
사이 실내에 가득해진 향 내음. 그래서인가, 문득 죽은 이들

만큼이나 먼 방 하나가 눈앞에 떠오른다. 제상을 물리고 베란다에서 담배를 피울 때도 코 안에서 향내가 난다. 또 문득 확인되는 생각 하나: '그 향내 나는 먼 방은 멀지 않다. 아주 가깝다. 나의 육신처럼……' 우리의 육신에서는 늘 향내가 나는지 모른다, 다만 우리의 후각이 그 향내를 망각했을 뿐.

19.

늙는다는 것, 그건 예민해진다는 것이다.

20.

늦은 밤. 코냑. 탁자 밑에 마리. 텅 빈 까만 눈. 턱 괴고 그 눈을 바라보며 지나가는 밤.

2월

/ .

떠다니는 방에 대한 몽상.

─

아침의 불안이 조금씩 가라앉는다. 다행이다.

─

어젯밤 아이와 말다툼. 하는 짓들이 어쩌면 그 시절의 나와
그렇게 똑같은지……

2.

프루스트를 읽는다. 시간, 이미지, 슬픔, 행복에 대한 나름의 생각: 우리는 사랑을 잃은 뒤에도 그 사람을 생각한다. 그러면 나를 그토록 아프게 하는 그 사람이 여전히 아름다운 이미지(Vorstellung)로 눈앞에 떠오른다. 물론 그 아름다운 이미지가 잃어버린 사랑을 다시 되돌리지는 못한다. 하지만 우리가 아픈 마음속에서도 그 사람을 아름다운 이미지로 간직하는 일이 어리석은 짓만은 아니다. 왜냐하면 그 이미지는 나의 슬픔을 '고요한 슬픔'으로 바꾸어주기 때문이다. 슬픔에는 프로세스가 있다. 처음에 슬픔은 광분처럼 걷잡을 수 없다. 하지만 아무리 격렬한 슬픔도 시간을 이길 수는 없다. 그래서 슬픔은 조금씩 자기의 운명, 사라짐의 운명을 따라간다. 그 사라짐의 과정 안에는 그런데 특별한 슬픔의 상태가 있다. 슬픔이 사라져가면서 여전히 남아 있는 상태, 사라짐과 머묾이 함께 존재하는 고요함의 상태, 이 고요함 안에서 슬픔은 그 사람의 아름다운 이미지와 더 이상 반목하지 않으면서 해후한다, 오래 헤어졌다가 다시 만나는 연인처럼. 시간은 이렇게 슬픔과 아름다움이라는 효소를 섞어서 사랑 때문에 아파하는 우리를 위안하고 치유한다. 행복은 사랑 안에 있는 게 아닌지 모른다. 사랑이 끝난 뒤에 찾아드는 '슬픔의 휴식 상태(Ruhe steter Traurigkeit)'——행복은, 적어도 내게는, 거기에 있다.

3 .

행복을 소유할 수 없는 세 가지 이유에 대하여.

–

결핍 상태의 행복: 지금 내가 갈망하는 행복의 대상은 있지만 그 대상이 나의 것이 될 수 없는 결핍의 대상일 수밖에 없을 때; 나는 그 사람을 갈망한다. 그러나 그 사람은 나를 원하지 않는다.

–

뒤늦게 찾아오는 행복: 그토록 바라던 행복의 대상이 나중에 내 안에 들어왔을 때, 그러나 이미 나는 그 행복에 대한 갈망을 갖고 있지 않을 때; 그 사람이 나중에 나를 찾아온다. 그러나 내게는 이미 그 사람에 대한 애착이 없다.

—

도취 상태의 행복: 내가 지극한 행복 속에 빠져 있을 때, 그렇지만 그 행복의 절대적 도취 속에서 더는 나를 의식할 수 없을 때; 이 경우 물론 나는 행복하다. 하지만 그 행복은 내가 행복을 소유하기 때문이 아니라 행복에게 내가 소유당했기 때문이다.

4.

증언(증인)에 대하여: 〈요한복음〉 5:39~5:47

—

사랑에 빠진 사람의 공통된 증상: 모든 사람들이 그 사람의 얼굴로 보인다는 것. 온 세상이 하나의 절대 기호로 응축된다는 것.

5 .

"그러잖아도 내가 가진 빵은 반 조각뿐인데 그 빵마저 다른 사람들이 탐을 내면 선생님은 심통이 안 나겠어요?"

6 .

밤사이 눈. 세상은 참 아름답구나, 창 앞에 서서 혼자 중얼거린다. 그러다가 슬퍼진다. 이 맑고 깨끗한 세상의 아침에, 차가운 흰 눈 밑에서 꼼꼼히 유서를 적어가는 누군가도 있으리라…… 이 질병 같은 슬픔의 망상.

7 .

아침의 사소한 불안. 어떤 상실감.

8 .

종일 우울인데 문득 칭찬의 글을 읽으니까 기분이 좋아지고 힘이 난다. 나이를 먹을수록 점점 어린애처럼 유치해지는 걸까. 그런데 갑자기 눈물이 핑 도는 건 또 무슨 까닭일까.

9 .

빈집에서 하루 종일 마리와 논다. 어디엔가 기대고 안기고 싶다. 그래서 자꾸 마리를 쓰다듬고 품에 안는다.

10 .

나는 충분히 강하지 않은가. 그런데 나는 왜 이렇게 약할까.

11.

"값싸게 낡아가지 않으려는 사랑은 사람이 아니라 차라리 진공과 혼돈을 향해서 자기의 사랑을 고백한다." (후고 프리드 리히)

12.

일요일 아침. 불안. 창 앞에서 진한 커피를 마신다: 세상은 얼마나 아름다운지. 당신은 또 얼마나 빛나는지……

13.

착한 것들은 부드럽다. 그러므로 당연히 부드러운 것들은 착하다. 그런데 그런가? 부드러운 것들이 반드시 착하지만은 않다는 사실을 점점 더 수긍하게 된다. 그것이 몹시 슬프다.

3월

1.

정말이지 도저히 이해할 수 없는 일이 있다. 내가 누군가의
사랑을 받는다는 것……

2.

아침 강의를 마치고 함께 차를 마신다. 그러다가 느닷없이
내가 했던 말: "오늘 아침에는 정말 울적했어요. 강의도 다
그만둘까 하다가 겨우 옷 챙겨 입고 나왔다니까. 전에는 이
런 우울에 휩싸이면 너무 괴롭고 무서웠어. 이런 식으로 얼
마나 더 살아야 하는지 남은 시간들이 막막하고 암담해
서…… 그런데 요즈음은 그래도 괜찮아요. 조금만 더 견디
자, 살아 있을 날들도 그리 많이 남지 않았으니, 라고 위안을
하면 그런대로 안심이 되니까……"

3.

자주 죽음을 생각한다. 죽음은 내게 망각—지금까지 살아
온 세월과 그 세월 안에서 빛나고 사라졌던, 명멸하고 부침
했던 모든 이들과 일들을 잊는 일. 그러고 나면 더 무엇이
남을까. 그래도 남는 것이 있을까. 그게 뭘까. 그게 너무 알
고 싶어서(무엇을 진정으로 사랑하는지 스스로도 알지 못하는 괴로
움으로부터 나는 해방되고 싶다) 자주자주 죽음을 생각하는 걸
까. 그러고 보니 그동안에 슬그머니 습관이 바뀐 것 같다. 나
는 언젠가부터 자꾸만 기억하기보다는 자꾸만 잊어버리려
고 한다……

4.

참으로 오랜만에 긴 시간 운전을 한다. 졸음의 습격 같은 건
없었다. 처음으로 고속도로를 달린 것만 같은 기쁨.

참 오랜만에 다시 와보는 거리. 카페 콤마로 간다. 그사이에 종업원은 머리를 짧게 잘랐다. 나를 알아보는지 살짝 웃어 준다. 편집자 P를 만난다. 좀 울적한 얼굴. 미안한 마음이 더 해진다. 근처에 맛있는 수제 케이크집이 있거든요. 사 오려 고 했는데 늦어서 그만…… 말하니까, 괜찮아요. 담에 사 주 시면 되죠, P는 씩 웃는다. 헤어지고 주차장으로 가다가 다 시 카페로 간다. 반값이라는 이유로 소설을 열 권이나 산다. 다음 학기에는 그동안 쉬었던 소설 강의를 다시 시작하자 고 마음먹는다. 괜찮았는데 내부 순환로를 타고 오르다가, 상승 주행이 가져다준 가벼움 때문일까, 돌연 울 것 같아서 혼났다. 돌아와서 집 근처 주막으로 간다. 소주 광고 포스터 의 여자가 귀여워서 하염없이 바라본다. 영 상관이 없을 터 인데 문득 그뢰즈의 '소녀 초상들'을 기억한다. 이번에는 무 거움. 그리고 웃음.

6.

이른 아침 아이가 중국으로 떠났다. 아주 오래전 유학을 떠나던 아침을 기억한다. 그리고 그 아침 묵묵히 탑승구 앞에서 계시던 돌아가신 아버지를 기억한다. 어제 저녁을 함께하면서 아이에게 말했었다: 나는 배운 대로 할 뿐이다. 할아버지가 내게 하셨던 대로 네게 할 뿐이야……

4월

1.

강의 준비가 많이 밀려 있다. 특히 카프카의 《성》 읽기. 《카프카의 일기》를 뒤적이는데 이런 문장이 있다: "어두운 힘들을 찾아서 하강하기. 햇빛 아래서 글을 쓸 때에는, 땅 위에서 글을 쓸 때에는, 결코 알 수 없는 것들이 저 아래에서는 여전히 일어나고 있는지 모른다. 어떤 다른 글쓰기가 있을 것이다. 내가 아는 건 이것뿐이다."

2.

이제 이런 자리는 피하는 게 좋다. 어떤 모욕적인 수치감. 모처럼 뜻있게 머물고 싶었던 자리에 하수구처럼 쏟아져 들어오는 수다와 잡설들. 물론 생활은 위대하다. 생활은 진실이 아니라 어쩔 수 없음이라는 생존의 영역이라는 걸 안다.

그래서 생활은 성스럽고 생활들 앞에서는 미사를 드리듯 경건해야 한다는 것도 안다. 하지만 그렇다고 생활의 조야함과 뻔뻔스러움이 어디서나 용서되어야 하는 건 아니다. 그래도 먼저 떠날 수 없었던 자리. 손 흔들고 택시 뒷자리에 앉으니까 치미는 화. 이어서 어두운 차창 밖에 가득해지는 외로움.

3.

미루고 미루었던 스마트폰을 마련하고 며칠이다. 딸아이가 아니었다면 또 언제인지 아득했을 텐데. 무엇보다 많은 이들이 페이스북을 하라고 권유했었다. 들어보니 때마다 몇 자 적어서 공유하는 일이 나름대로 뜻있을 것 같기도 했다. 그런데 며칠 써보니까 여기도 내 동네는 아닌 것 같다. 무엇보다 모르는 사람들이 '순식간에' 아는 사람으로 변해버리는 게 당황스럽다. 얼마 전 〈천주정〉을 봤는데 내 눈에 그 영화의 테마는 '돌변'이다. 사회가 미쳐버리면 어떻게 사람도 야수로 돌변하고 마는지를 영화는 보여준다. 테크놀로지가 결국 묻혀 있던 인간의 야만성을 일깨운다는 평소의 생각을 다시 확인한다.

4.

늦은 밤. 코냑을 마신다. 그럴 생각이 아니었는데 조금 많이. 눈앞이 희미하게 노래진다. 부드러운 우울, 편하다. 오늘 의사는 말했다: 명상을 한번 해보시면 어때요? 나는 고개를 저었다: 전 그런 거 안 좋아합니다. 왜요? 그래도 우울에 도움이 될 텐데요? 글쎄요, 전 저를 떠나고 싶지 않아요 그저 제게 조용하게 머물고 싶을 뿐이에요. 그럴 때가 저는 제일 편하거든요…… 스미는 졸음. 잘 때다. 일어나다가 페북에 두서없는 문장 하나를 올린다: (플로베르)

5.

일어나니 모두들 나가고 집이 텅텅 비었다. 틀어놓은 라디오만 혼자 세상이 왜 이러냐고 화를 내고 있다. 커피를 안쳐서 컵에 옮긴다. 갑자기 뜨거운 게 싫어서 얼음들을 여러 개

띄운다. 꿀을 넣는다. 뜨거운 커피는 반드시 블랙이지만 시럽 없이 찬 커피를 마시지 않는 것도 오랜 습관이다. 베란다에 걸터앉아서 아침 담배를 피운다. 가로수들이 물을 올려서 어느 사이 연둣빛 잎들이 싹을 틔웠다. 하루를 생각한다. 오전에는 편지 한 장을 써야 하고 강의 계획서도 보내야 한다. 오후에는 프루스트 수업이 있다. 끝나면 술자리가 있을 것이다. 그렇게 또 하루가 지나갈 것이다. 아무런 사건도 없이, 그저 무사 무사하게…… 벌써 지루하다. 하지만 고맙다. 이렇게 생활의 뗏목을 타고 시간의 강을 따라 흘러내려가는 무기력이…… (부언: 다름 아닌 이 무기력의 부드러움 안에서 사랑은 배워지는 것이 아닐까)

6.

언젠가 프루스트 강의에서 했던 말:
"내가 인생의 주인이 아니라 인생이 나의 주인이 아닐까요?"

7.

세바스티안 패밀리의 방문. 잠시 30년 전 유학 시절로 돌아
갔던 아침 식탁. 진한 커피, 독일 빵과 살라미, 네덜란드 버
터와 치즈, 그리고 삶은 계란…… 주말이면 서로의 집을
오가며 함께하던 테라스에서의 아침 식사, 그리고 이야기
들…… "참 좋은 시간이었다"라고 내가 말하니까 세바스
티안이 고개를 흔들며 대꾸한다: "아니, 가장 좋은 시간이
었어."

8.

아침 특강을 마치고 세바스티안들과 서울 투어. 인사동, 경
복궁, 그리고 명동으로. 숍마다 문 앞에서 외쳐대는 중국어
의 호객 소리들. 어느 트위터의 말처럼 '명동이 중국인지 한
국인지 모르겠다'. 마침내 쇼핑을 마친 여자들과 퇴계로 쪽
으로 빠져나오는데, 그 언덕길의 경사각 때문이었을까, 갑
자기 확인되던 사실: 나는 여기서 한 여자와 헤어졌고 또 한
여자를 만났다. 그리고 그들은 모두 지금은 이 거리에, 내 곁

에 없다······ 프루스트: "그리하여 집들도, 길들도, 큰 거리
들도 모두가 달음질쳐 사라져버린다. 오오, 세월이여!"

9.

그가 했던 말: "선생님은 기분이 좋으면 애들처럼 여기저
기를 두리번거려요. 기분이 안 좋을 땐 그냥 정면만 바라보
고 계시구요. 어쨌든 앞에 있는 사람에게는 도통 관심이 없
어요. 아닌가요?" 그런데 나는 왜 거리에서, 카페에서, 차 안
에서 그렇게 주변을 두리번거리는 걸까? 벤야민은 말한다:
"외로운 자에게 도시는 마취제이다. 그 마취제는 군중으로
부터 온다. 군중은 도시 풍경을 환상적으로 만드는 마야의
베일이기 때문이다. 군중은 혼자인 사람에게서 외로움의
흔적들을 모두 지워버린다. 군중은 말하자면 버려지고 무
시당하고 비웃음당하는 이들의 피난처이다." (발터 벤야민.《서
간집 4권》)

10.

아침부터 피곤. 그 피곤 속에서 읽는 보들레르.

11.

세월호 침몰. 선수가 하늘로 뒤집어진 배. 겁에 질려 어쩔 줄 모르는 엄마들의 얼굴을 차마 볼 수가 없다. 그리고 하루 종일 계속되는 반복 뉴스들.

12.

뭔가가 내게서 사라졌다. 전에는 있었던 무엇이 지금은 없다. 그래서 뭔가 빈 틈새에서 새어 나오는 바람 소리가 있다. 이 소리에 귀를 기울여야 한다. 그래야 있다가 없어진 그것이 무엇인지 짐작이나마 할 수 있을 테니까.

13.

이제 아이의 부모들은 더 이상 울부짖지 않는다. 그냥 가슴을 껴안고 앉아서 아이들이 묻혀 있는 바다만 바라본다.

5월

1.

〈나·들〉 세월호 인터뷰. '애도의 정치학'과 더불어 '부끄러움'
에 대해서 말하려고 했는데 그만 그걸 잊어버렸던 모양. 긴
장했었나? 어차피 천천히 숙고해서 한 편의 글로 만들어야
하는 주제들이다. 강의를 시작하기 전에 폭로 방식으로 생
각들을 짧게 정리하는 일도 필요할 것이다.

2.

늦도록 술. 2차는 뮤직바로 간다. 모두들 음악 신청을 한다.
선생님도 하나 하세요, 라고 P 선생이 말한다. 생각하다가
'벨벳 언더그라운드'를 적는다. 곧 음악이 흐른다. 듣다가 밖
으로 나간다. 담배를 피운다. P 선생이 따라와서 담배에 불
을 붙인다. 선생님 노래에 추억 있나 보다, 라고 말하면서 깔

깔 웃는다. 시장통으로 사람들이 빽빽하게 지나간다. "어, 선생님 안녕하세요?" 지나던 청년 하나가 인사를 한다. 얼굴은 익은데 누군지는 모른다. "잘 지내죠?"라고 희미한 얼굴에게 맞장구를 친다. 문득 생각 하나: 세월은 모든 것을 희미하게 만든다. 음악은 모든 걸 또렷하게 만든다.

3.

프루스트 수업. 끝나고 스승의 날 모임. 이벤트가 좀 과해서 조금 불편한 마음. 선물들을 너무 많이 받아서 미안한 마음. 취해서 돌아오는 택시 안에서 고마운 마음.

4.

취해서 돌아온 늦은 밤, 내가 이렇게 슬픈 건 무슨 까닭일까. 이유는 나도 모른다. 그냥 다 소용없어 또 한잔 혼자 기울이고 싶을 뿐……

–

그러니까 네가 원하는 사람이 누구냐?라고 물으니까 H가
대답한다: 또라이, 진짜 또라이요…… 진짜 또라이가 누군
데? 예술가요, 소울메이트요, 근데 남자들은 영혼이 없잖아
요……

늘 까다로워만 보이던 H. 그런데 아닌가 보다. 하긴 이 녀석
은 긴 연애가 끝나고 나서 거의 머리에 꽃 달기 일보 전까지
갔었다는 걸 난 안다. 누구는 잠깐 엄살을 떨다가 재빨리 정
신을 차렸는데……

5.

카프카의 《성》 읽기 수업이 한없이 늘어진다. 수업일이 절
반을 넘었는데 이제 겨우 프리다(Frieda)와의 만남까지 왔을
뿐이다. 그런데 나로서는 불가항력이다. 예컨대 이런 문장
앞에서 30분 혹은 그 이상 머무는 걸 나는 피할 수가 없다:
"그래요, 내가 처음 했던 일은 다리목 주점에서 외양간을 치

우는 일이었어요"라고 프리다가 말했다. "이 부드러운 손으로 말이요?"라고 물으면서 K는 지금 자기가 여자에게 아첨을 하는 건지 아니면 정말 그 손에 매혹을 당한 건지 잘 알 수 없었다. 그녀의 손은 물론 작고 부드러웠지만, 그저 마르고 특별한 게 없는 손이라고도 할 수 있었다. 이 대화는 전형적인 카프카의 글쓰기 전략을 간파하게 만든다. 그는 여자를 철저하게 자기 목적을 달성하기 위한 도구로 이용한다(아첨). 그러면서 그는 여자의 육체에게로 속절없이 끌려 들어간다(매혹). 이 아첨과 매혹의 변증법 운동 안에서 K는 자기가 사실은 본질적으로 욕동 주체임을 고백한다. 하지만 곧 다시 그는 자신의 그 욕동 주체성을 부정하면서 은폐한다(마르고 특별하지 않은 손). 카프카는 지우면서 말하고 말한 다음에 다시 지운다. 그래서 그의 텍스트는 지워진 공간 또는 그 공간의 흔적이다. 이 공간을 알아보고 흔적을 발굴해서 읽어내는 건 독자의 몫이다(읽혀질 때에만 써지는 그런 텍스트가 있다). 보들레르가 독자를 믿었듯이 카프카도 독자를 믿는다. 카프카는 아무것도 직접 말하지 않는다. 그는 독자 자신이 스스로 말하게 만든다. 진실이란 뭘까? 그건 누가 알려주는 것이 아니라 내가 발견하고 체험하는 것이다. 진실의 힘 또한 진실 자체가 지니는 힘이 아니다(진실 자체는 얼마나 무력한가). 그 힘은 비문이 새겨지는 돌처럼 진실이 깊이 각인되도록 자기를 제공하는 육체의 힘이다. 카프카의 텍스트는 다름 아닌 이 비문이고, 독자는 그 비문이 새겨지는 육체다.

6.

종교인들을 위한 인문학 강의를 시작하기로 했다. 한 교인이 교회 홈페이지에 커리큘럼을 소개하면서 이런 문장을 적었다: "자본주의의 너덜너덜한 끝자락에 매달려 사는 우리들에게 김진영 선생님의 강의는 무엇을 눈뜨게 할까……"

7.

'애도의 정치학'에 대해서 많이 생각한다. 애도와 정치가 만난다는 건 도대체 어떤 실천을 말하는 걸까. 꽃집들이 보이는 카페테라스에서 달리는 자동차들을 멍하니 바라보

는데 갑자기 개념 하나가 총알처럼 머릿속에 박힌다: '발본 적 성찰'

8.

다음 주 약속을 오늘로 알았다. 헛걸음하고 돌아오려다가 다른 약속을 만들었다. 저녁을 먹고 편의점 의자에서 커피를 마시다가 뭔가가 틀어졌다. 요즈음은 영 힘이 없다. 그래서인지 뭔가가 자꾸만 빗나가고 틀어진다. 돌아오니 집은 텅 비었는데 마리가 꼬리를 치며 달려든다. 꼭 안아준다. 그러다가 갑자기 뒤통수를 얻어맞는다. 그래 누구에게나 변함없이 자기를 반겨주는 것, 결코 자기를 배반하지 않을 무언가가 있어야 한다. 아쉽지만 그건 내게 사람은 아닌 것 같다. 오히려 동물이나 어떤 물건에 더 믿음이 간다. 예컨대 낡은 책이나 낡은 이불 같은 것들……

9.

토요일 수업. 마침내 《보들레르와 제2제정기의 파리》를 다 마쳤다. 마지막에 벤야민은 이렇게 말한다: "보들레르와 블랑키의 공통점은 그들을 갈라놓는 차이들보다 더 본질적이다. 그것은 불굴의 투쟁심과 초조감, 분노와 증오의 힘이다. 그들이 공유했던 무기력감도 그 힘에 속한다. 잘 알려진 시구에서 보들레르는 '행동이 꿈과 형제가 되지 못하는' 세상에게 가벼운 마음으로 작별을 고한다. 그의 꿈은 그러나 자신이 생각했던 것처럼 그렇게 외롭지 않았다. 블랑키가 그 꿈의 형제였기 때문이다. 두 사람은 서로 악수했다. 그 손들은 나폴레옹 3세가 6월 혁명 전사들의 희망을 파묻어버린 묘비 위에서 맞잡은 악수였다."

10.

청계광장 집회에 다녀왔다. 다행히 몇 사람이 동반해주어서 외롭지 않았다. 주변에 젊은이들이 아주 많아서 기분이 흐뭇했다. 나중에는 악을 쓰며 구호를 외쳤다. 집회는 일주일 뒤에 또 있다.

11.

지친다. 모든 게 지친다. 결국은 지쳐서 그만두게 된다. 그렇게 지쳐서 그만두면서도 또 그렇게 될 걸 다시 시작한다. 일요일. 종일 침대에서 자고 깨며 지쳐가면서도 내주의 쌓인 일들을 생각한다. 영 그만둘 생각을 못 한다……

12.

아침에 일어나면 머릿속이 멍하다. 그냥 차 마시고 담배 피우면서 하릴없이 시간을 보내기 일쑤다. 아무 생산도 없이 이렇게 오전을 허비하는 게 벌써 오래전부터다. 꼽으면 이유들이 많지만 결정적인 건 아마 두 가지일 것이다. 하나는 골몰하는 일과 해야 하는 일 사이의 간극이다. 주제 있는 글쓰기와 주제 없이 치러내야 하는 일상의 책무들. 또 하나는 이 간극의 틈새를 타고 밑으로 내려가면 닿는 곳, 거기에 고여 있는 어떤 우울. 문제는 이 우울의 얼굴을 나도 모른다는 것이다. 그저 허전하고 쓸쓸해서 무거운 공허감. 그런데 이 공허가 정말 공허일 뿐일까. 아니면 내가 여전히 어리석어서일까. 어제 강의에서 프루스트를 읽다가 이런 문장에서 멈추었었다: "하늘의 나비가 땅에 남기는 그림자를 보고 컹컹거리는 개처럼 우리는……"

13.

어제 강의에서: "사랑하는 사람들이 입을 맞추고 애무를 하는 건 서로의 몸을 만지기 위해서가 아니다. 사랑하는 사람들이 만지고 싶어 하는 건 서로의 영혼이다. 하지만 영혼은 만질 수가 없기 때문에 영혼을 감싸고 있는 육체를 만진다. 이마에 뺨에 입술에 입을 맞추고 그 사람의 영혼이 배어 있는 신체의 곳곳을 만지고 쓰다듬는다. 그렇게 입으로 손으로, 아이가 어머니의 가슴에서 젖을 빨듯이, 그 사람의 영혼을 빨아들인다. 그런데 곤충들의 생존법도 비슷하다. 곤충이 다른 곤충을 먹이로 사냥할 때 필요한 건 단단한 껍질이 아니다. 그건 그 껍질 안에 들어 있는 진액이다. 그래서 어느 곤

충은 이빨이 아니라 대롱 침으로 사냥한다. 사냥감을 만나면 입을 긴 대롱 침으로 만들어서 상대의 몸통에 박는다. 그리고 그 안에 들어 있는 진액만을 빨대처럼 빨아들인다. 사냥당한 갑충은 나중에 껍데기만이 남아서 바람에 날아간다. 인간이 위대하다면 이 자연의 생존법, 곤충의 사냥법을 사랑법으로 바꾸는 능력이 있기 때문이다. 그런데 이 사랑의 능력 대신 곤충의 사냥법을 그대로 이어받은 족속들도 있다. 그걸 우리는 권력이라고 부른다. 몸속의 엑기스만을 빨아먹고 상대를 껍데기와 쓰레기로 만들어 내버리는 원시적 곤충의 족속들, 그게 권력의 족속들이다. 그런데 사랑과 권력이 과연 그렇게 자명하게 나뉠 수 있는 걸까. 이게 문제다.

14.

오래 친교를 맺어온 동영상 업체가 있다. 오랫동안 즐겨 강의했던 곳. 지난 한 해 건강 때문에 강의를 쉬었는데 얼마 전 요청이 와서 기꺼이 승낙했다. 그런데 강의 요청서를 보니 담 학기부터 계약 조건이 바뀐단다. 오프라인 강사료가 온라인 판매료의 선인세(인세 인상이 되는 것도 아니다)에 포함

된다는 것이다. 그러니까 이제부터는 오프라인 강의는 온라인 제작을 위한 공짜 강의가 된다는 것이다(물론 오프라인 수강자들은 전처럼 적지 않은 수강료를 지불해야 한다). 갑자기 치미는 게 분노인 줄 알았는데 사실은 수치감이었다. 그사이 이런저런 인세 관련 문제들에 대해 풍문이 있었지만 그러려니 했다. 순기능이 있으니 역기능이야 도를 넘지 않으면 어쩔 수 없다고 생각했었다. 그런데 이건 아닌 것 같다. 이건 나처럼 백 없고 힘없는 공부쟁이들의 강의에 대한 조롱인 것만 같다. 또 진지하고 비판적인 교양의 수련을 통해서 난세에 맞서는 힘을 얻고자 하는 수많은 이들에 대한 모독인 것 같다. 참 안타까운 일이다. 하지만 이런 식으로는 안 된다. 그동안의 강의들을 모두 내려야 하는 걸까, 곰곰이 생각해볼 것.

1 5 .

아도르노 발표회 때문에 만난 사람들. 공부(만) 하는 사람들. 나와 같은 종족들과 함께 있으면 왜 난 늘 이렇게 불편한 걸까. 그래도 첫인상이 좋았던 H 선생.

16.

카프카 《성》 수업이 끝난 날. '끝났다'라는 말이 부끄럽게
도 두 달 동안 읽은 내용이 겨우 80쪽이다. 예컨대 프리다
의 '부드러운 손'과 K의 도구적 이성 사이에서 너무 오래 머
물렀던 강의. 수강생들에게 미안한 마음. 가을 학기에 다시
시작해서 반드시 끝을 내자고 약속. 여럿이서 치킨과 맥주.
전에는 그다지 즐겨 하지 않던 치킨에 요즈음 자꾸만 끌리
는 건 또 무슨 까닭인지. 모처럼 즐거웠던 술자리. 그래서인
가, 괜히 울적해져서 목소리를 바꾸고 했던 말: "10년은 공
부하고 10년은 강의했으니까 남은 10년은 글을 써야 할 텐
데⋯⋯" 마지막 전철 안에서 또 한번 울적: 이 가엾은 넋두
리를 나는 얼마나 자주 중얼거렸던가.

17.

모처럼 강의가 없는 날. 종일 서성이다가 낮잠. 너무 길어져
버린 낮잠. 깨어나니까 뒷머리가 띵 무겁고 땅긴다. 참다가
저녁 바람이라도 쏘일 겸 동네 나들이. 먹자골목에 불들이

켜지고 여기저기 소란해진다. 술 생각. 결국 편의점 앞 의자에 앉아서 캔 맥주를 마신다. "두리번두리번 구경할 것도 많네 바람도 잘 부네 사람들도 많네 강아지도 걸어가네 오토바이도 쌩쌩 자전거도 씽씽 네온사인 반짝반짝 밤하늘의 전선들은 쭉쭉 뻗어서 어디로 달려가나 내 마음은 빙글빙글 맴돌이 세상은 예뻐라······"

18.

아파트 베란다에 노란 플래카드를 걸었다:
"가만있지 않겠습니다. 잊지 않겠습니다."

19.

아트앤스터디에서 7월부터 강의를 시작하기로 했다:
시인, 산책자, 혁명가: 벤야민과 보들레르

6월

1.

머리를 깎았다. 이번에는 그런대로 예쁘다. 미용사가 기분이 좋았나 보다. 걸어오다가 길턱에 앉아서 페북을 본다. 아이유의 노래가 있다. 조덕배가 불렀던 〈나의 옛날이야기〉의 리메이크. 너무 좋아서 자꾸만 반복해서 듣는다. 담배를 피우면서 차 안에서도 듣는다. 그때 한 사람이 지나간다. 절름거리는 다리로 폐지 가득한 리어카를 밀면서 언덕길을 올라가는 노년의 한 남자······

2.

늦은 밤 심심해서 장영희의 수필 몇 편을 읽는다. 아마도 딸아이나 아이 엄마가 읽으려고 사다놓은 책인 모양인데 추천 도서라는 도장이 표지에 찍혀 있다. 짧은 글들 모두가 너

무나 착한 이야기들이다. 에세이라기보다는 일종의 복음
서라고나 할까. 이런 착한 책들을 멀리한 지가 그야말로 까
마득하다. 그런데 몇 편 이야기를 읽다가 이런 생각이 든다:
어쩌면 이 착한 영문학 교수는 사실은 미움과 분노로 마음
이 가득했었는지 모른다. 그렇지만 나도 겪어서 알지만, 세
상에서 가장 견딜 수 없는 고통은 이 세상의 모든 것이 싫어
지고 미워지는 마음이다. 무엇 하나 사랑할 것이 없는 마음,
나는 그 지옥을 안다. 그럴 때 그 지옥으로부터 벗어나는 단
하나의 길은 마음을 착하게 바꾸어주는 일이다. 그래야만
비로소 살아볼 마음도 덩달아 생긴다. 이분도 마찬가지 아
니었을까. 세상과 자신을 미워할 수밖에 없었던 삶의 조건
을 그러나 살아내야 했던 이분에게 착한 마음을 지키는 일
말고 다른 무슨 삶의 길이 있었을까. 그러고 보면 선과 악의
문제는 참 역설적인 것 같다. 가끔 아니 자주 극악하게 살아
가는 모습들을 보면 사람은 본래 악한 본성을 본능으로 간
직하고 있다는 성악설을 믿게 된다. 그런데 본능이란 모두
가 몸속에 뿌리박은 살아남기의 전략이다. 그렇다면 사람
이 악한 건 본성이 악해서가 아닌지 모른다. 그건 그 악함의
고통을 겪으면서 선한 마음을 배우고 찾기 위한 것인지 모
르겠다. 악의 세상에서 그래도 살아남자면 착한 마음밖에

는 다른 길이 없을 테니까.

3.

아침. 먼 풍경. 돌연한 경건함: 늙는다는 건 성스러워지는 일
이 아닐까. 말년의 지드와 오틸리에(괴테, 《친화력》)의 얼굴이
겹쳐진다.

4.

프루스트 강의에서 말했던 것: '우아한 체념'

5.

어제 강의에서: "많은 이들이 음악 경험은 고귀하다고 말하
죠. 내게는 오히려 음탕함(das Obszoene) 같은데……" 그런데
고귀함과 음탕함 사이에 무슨 차이가 있다는 건지.

7월

1.

원고 마감이 가까운데 아직도 틀이 잡힌 게 없다. 어쩌자는
건지…… 우울이 필요하다. 그래야 눈이 밝아지고 머리 안
에 얼음물이 고인다.

2.

지겹게 듣는 말: 나는 내 생각만 한다는, 다른 사람에게는
도대체 관심이 없다는, 그래서 '배려'라는 단어 자체를 모른
다는……

3.

종일 집에 있다. 원고를 쓰기 위해서다. 그런데 시작도 못 했다. 그저 낙서와 같은 노트들만 수집했을 뿐이다. 아무래도 시간이 좀 필요할 것 같다. 그러면 휴강 사정을 해야 하는데……

4.

때가 이르렀다. 일찍이 그걸 알았건만…… 카페에서 소나기 쏟아지는 거리를 바라본다. 일은 언제나 제 갈 길을 간다. 고개를 끄덕이며 승인한다. 흠뻑 젖어서 더 무거운 마음으로……

5.

어느 때는, 또 어떤 일은, 이유를 캐면 안 된다. 이유가 없으니까.

6.

돌아보면 그런 원칙이 내게 있는 것 같다. 한번 '아니구나'
싶으면 그냥 절망 쪽으로 돌아서버리는……

7.

에세이에서 반드시 명시할 것: 기억한다는 것, 잊지 않는다
는 것, 그건 울지 않는다는 것이다.

8.

오전 강의는 종강이고 저녁 강의는 휴가다. 종일을 쉬었다
가 돌아온 늦은 밤. 그래도 우울은 여전하다. 이 우울은 오로
지 노동을 통해서만 기쁨으로 바뀐다는 걸 난 안다. 시간을
쪼개서라도 노동에 몰두할 일이다.

9.

누군가의 시선을 오래 견디는 일은 힘들다. 왜일까?

10.

어떤 사람에게는 능글거림이 있다. 끈적하고 축축하고 날름거리는 무엇. 그걸 만나면 나는 그만 뒷심을 잃고 급격히 허탈에 빠진다. 이 허탈은 오래간다.

11.

외롭지도 않다. 괴롭지도 않다. 힘들지도 않다. 그런데도 공허는 채워지지 않는다. 문제는 비어 있다는 게 아니다. 채워질 것이 없다는 것이 문제다.

12.

프루스트 1권을 마무리했다. 오늘은 2권의 도입부를 읽었다. 기쁨, 고통, 도취에 대해서 강의했다. 끝나고 함께 북한산 계곡으로 소풍을 갔다. 계곡물에 발을 담그고 돌을 쌓았다. 물속에서 건져낸 돌들은 금방 말랐다. 물소리에 귀를 기울였다. 여기저기서 들리는 아우성들이 안에서 들리는 것 같았다. 내 안에는 얼마나 많은 추락들이 있는 걸까. 영 우울이 가시지 않는다. 몸에서도 정신에서도 점점 기운이 빠진다. 누군가는 인생이 소풍이었다지만 그건 나의 일이 아니다. 여기서도 또 저기서도 나는 소풍을 떠나지 못할 것이다. 아무리 둘러봐도 갈 곳이 없는데 거기라고 뭐 다를까……

13.

옛 서점을 들렀다. 매장은 변한 것이 없었다. 기억들이 다투어 다가왔다. 그런데도 시시했다. 사랑도 미움도, 아픔도 기쁨도 모두가 지나갔는데 공간과 장소들이라고 거기에 그냥 있을 리 없다. 오래전에는 아픔을 잊으려고 참 자주 장소들을 찾아다녔다. 하지만 언제부터인가 더는 그런 짓을 하지 않는다. 똑같은 강물에 두 번 발을 담글 수 없듯이 똑같은 장소에 두 번 머물 수는 없는 법이다.

14.

공포에 대한 특강. 태곳적 공포(Mana)와 현대적 공포(Mara)를 비교하면서 두 개의 명제로 정리했다: 1) 태곳적 시선은 죽은 것들을 살아 있는 것으로 바꾸는 시선이다. 현대적 시선은 살아 있는 것을 죽은 것으로 바꾸는 시선이다. 2) 태고의 공포는 살아 있는 것들이 나를 공격할지 모른다는 공포다. 현대의 공포는 모든 것이 죽었는데 나만 혼자 살아 있다는 공포다.

8월

/ .

모두 외출한 오전, 마리와 단둘이 있다. 식탁에서 커피를 마시는데 마리가 제집에서 쪼르르 나오더니 한 걸음 떨어진 곳에 오도카니 앉는다. 까만 눈으로 빤히 바라보며 꼬리를 흔든다. 다정하게 불러도 수줍음을 타며 망설이기만 한다. 마음이 흐뭇해진다. 이 작은 존재는 그 누구에게도 상처를 주지 못할 것이다. 하지만 그 비폭력성이 본질적인 것은 아닐 것이다. 그 비폭력성은 더 커다란 힘을 지닌 존재 아래서 귀염받고 살아남기 위한 일종의 육화된 전략이리라. 저 작은 존재들도 저희들만의 세상에서는 폭력이 작동하고 권력이 지배하게 될 것이다. 사람과 비교하면 저 작은 생명들은 아주 현명하다. 힘의 차이를 잘 구별하고 결코 그 차이를 착각하지 않으니까. 사람은 우둔하다. 힘의 차이가 너무나 큰데도, 그걸 잘 아는데도, 덤벼들고 싸우고 자유를 주장하니까. 우둔해서 존엄한 존재—그게 사람인지 모르겠다.

2.

사막의 웃음.

3.

아침이 한결 서늘해졌다. 그러면 좀 나을 줄 알았는데 아니다. 울적한 아침은 하루하루 더 깊어진다.

4.

어느 순간 캄캄한 부재 속에서 문장들이 빛으로 솟아오른다. 그 빛에 타오르면서 나는 부재의 바닥으로 굴러떨어진다.

5.

강의가 끝나자 어느 분이 저녁 초대를 한다. 이런 일들이 점점 귀찮아진다.

6.

비. 뒤숭숭한 잠 때문인지 아침 책상에 앉아도 졸리다. 아침을 먹는데도 졸리다. 결국 침대로 돌아간다. 마리를 쓰다듬다가 잠이 든다. 깨어나도 비. 여전히 뒤숭숭한 피로. 불안해서 돌아누우니까 하얀 마리가 있다. 까만 눈으로 바라보며 꼬리를 가만히 흔들며…… 가슴이 뭉클해진다. 마리를 꼭 안는다. 먼 소식처럼 빗소리.

7.

프루스트 읽기는 왜 그렇게 매혹적일까. 프루스트를 읽으면 어느 사이 누군가 곁에 있다. 그래서 프루스트 읽기는 혼자 읽기가 아니다. 그건 곁에 있는 그 누군가에게 읽어주기다.

8.

아무것도 생각나지 않는 밤, 잔액 조회를 한다. 돈 들어올 곳
도 없건만……

9.

오늘 아침 벤야민 강의에서 말했다, 로마는 부패해서가 아
니라 너무 번성해서 몰락했다고…… 사랑도 과일처럼 너
무 익기 전에 따야 하는 걸까. 이제야 알 것 같다. 왜 이별들
이 그렇게 서둘러 왔었는지를……

10.

긴 이별. 낯선 고독. 쿨 메모리.

/ / .

무언가 자꾸 붙들어서 끝까지 갈 수가 없네요, 라고 어느 여자는 말한다. 그래, 끝까지 갈 수가 없었다. 뭔가가 뒤로 당겨서가 아니었다. 그냥 그게 끝이었을 뿐이었다.

/ 2 .

돌아와 혼자 술을 마신다. 함께 마시는 술은 쉽게 취하지 않는다. 혼자 마시는 술은 홀짝이는데도 빨리 취한다. 잔마다 '혼자'라는 독주를 섞어 마시는 모양이다.

/ 3 .

어머니는 미인이었다. 그 예쁘고 흰 얼굴은 그런데 늘 찡그린 얼굴이었다. 불만과 히스테리로 구겨진 여자의 얼굴, 난 그걸 무슨 식으로든 이해하지 못한다. 너무 무섭기 때문이다.

1 4 .

더 찾지 마라. 도망갈 곳도, 안심할 곳도 없다. 있는 건 일뿐
이다. '노동만이 너희를 자유롭게 할 것이다.'(아우슈비츠)

1 5 .

무슨 추억들이 이리도 악착같은지. 레테의 강을 건너도 아
무 소용이 없을 거다. 이 추억들은 망각 때문에 더 집요하고
더 극성스러워질 테니까.

1 6 .

어제 노인들과 함께 용산 국립중앙박물관에 갔었다. 신석
기 시대의 주먹도끼를 보았다. 여러 면들이 깎이고 파이고
둥글고 편편하게 다듬어진 주먹만 한 돌도끼 하나. 십수만
년 전 누군가에게 저 돌덩이 하나는 무엇이었을까. 가진 건
헐벗은 몸밖에 없는 사람들은 또 하나의 몸, 강하고 단단한

354

다른 몸 하나를 믿어야 한다. 자기를, 사랑하는 이를, 가족을 먹여 살리기 위해 저 돌덩이는 믿음이 되고 신앙이 되었을 또 하나의 몸이었을 것이다. 그는 그 돌덩이로 사냥을 하고, 가죽을 벗기고, 육질을 자르고, 단단한 곡물들을 빻고 찧고 다듬었을 것이다. 살면서 겪는 모든 일들이, 섭섭하고 야속한 일들마저도, 다 살아야 하므로 있어야 했던 일들이리라. 마음이 툭 꺾인다. 때로 마음은 한번 슬퍼지면 영 나으려고 하지 않는다. 주먹도끼 생각에, 얼굴도 그려지지 않는 태고의 어느 남자 생각에, 그리고 또 기억나는 이런저런 일들 생각에 종일 울적한 하루.

17.

오전에는 강의. 오후에는 아카포럼 특강. 준비할 시간이 없어 오래전에 썼던 '일상 심미 감각과 정치권력'에 대한 글을 발표했다. 그래도 많은 이들이 좋아한다. 은근히 찔리는 마음. 이것도 논문 재탕임에 틀림없으니까. 술자리마저 치르고 나니 걷는 일도 힘들다. 차 문을 열고 시트로 무너지는 모양에 P는 깔깔 웃는데, 얼핏 바라본 밤하늘에서 반짝이던

별 몇 개. 하루가 또 갔네, 남의 일처럼 아마 그런 생각을 했
던 듯……

/ 8 .

잠들기 전 눈앞을 지나가던 두 단어: 사랑과 정치.

9월

1.

밤 내내 빗소리. 깨어서도 비. 커피를 마시며 마스카니의 〈성모송〉을 듣는다. 너희는 마침내 먼지로 되돌아가리니……흐린 하늘을 본다. 죽는다는 건 성스러워지는 일이리라.

2.

마모를 당할수록 각 없이 둥그레지는 돌이 있다. 하지만 어떤 돌은 각이 더 날카로워진다.

3.

남산 첫 강의. 새로 지었다는 넓은 강의실이 사람들로 가득

이다. 이건 뭘까? 이 많은 이들은 무슨 까닭으로 소설을 알
고 싶어 하는 걸까? 이상하게 기운이 빠지는 탈진감.

4.

우리의 삶은 막살려고 하지 않죠. 격을 지키고 품위를 잃지
않으려고 해요. 우리의 삶은 자기가 인간의 삶이라는 걸 알
기 때문이죠. 막사는 건 우리예요. 우리가 막살면서 삶을 모
욕하고 수치스럽게 만들어요. 아이를 망치는 게 부모인 것
처럼, 삶을 욕되게 만드는 건 우리고 나예요, 라고 나는 마지
막에 말했다.

5.

서성이다가 오랜만에 《애도 일기》를 펼친다. 어느 상태가
되돌아온다. 지금은 너무 멀리 떠나온 상태, 이유 모를 우울
로 나를 부르는 상태, 죽으면서 살아 있던 상태─그건 사랑
의 상태가 아니다. 그건 이별의 상태다. 엘리엇: "그것이, 다

름 아닌 그것이 없으면, 우리는 살아남을 수 없으리라……"

6.

허공 바라보기를 멈추지 못하는 나의 오랜 버릇. '없음'과 더
불어 살아간다는 것. 그러나 그때만큼 내가 보이는 것들을
사랑하면서 나를 확인하는 때가 있을까?

–

'없음'은 이 시대의 존재 조건이다. '있음'은 없다. 있는 건 그
'없음'뿐이다.

7.

어제 잠들기 전에: 나는 결국 사이비, 아니 사기꾼인지 모른
다……

8.

'단식'에 관한 글을 써야 한다. '목소리'에 대한 글도 써야 한다. 카페테라스에서 오전 내내 거리만 바라본다. 느낌의 습격을 기다린다.

9.

거리의 벤치에 혼자 앉은 노파. 슬픔으로 가득한 주름투성이 얼굴. 보들레르의 노파들 앞으로는 군악대가 지나갔었다. 햇빛에 반짝이는 금관악기들이 '귀여운' 팡파르를 노래했었다. 그러나 슬픈 노파 앞으로 지나가는 건 빨대를 문 젊은 여자들과 씽씽 달리는 은빛 자동차들뿐. 그래도 햇빛은 찬란하건만……

10.

잘 쓰는 글은 정확한 글이다. 정확함이 따뜻함이다.

11.

잠들기 전 나는 몰래 기도한다. 그 무언가, 너무나도 자명한 너무나도 모호한, 나와는 상관없는 것을 위해서……

12.

생각하다가 외로워지고 마는 일이 점점 심해진다. 그건 나의 많은 생각들이 이해받을 수 없으리라는 허탈함 때문이다. 이런 나의 외로움을 누군가는 지적 오만함의 나르시시즘에 빠졌다고 야유하겠지만 반드시 그런 것만은 아니다. 사실 나는 남들에게 이해받고 싶은 마음이 아주 간절하다. 남들처럼 생각하고, 느끼고, 사랑하고, 살아간다는 것―내가 바라는 건 바로 그런 것이다. 하지만 이미 늦은 것 같다. 나는 평범한 것들을 평범하게 바라보지 못하는 악습에 너무 오래 길들여졌고, 그렇게 목격하는 생의 풍경들에 너무 깊이 빠져 있기 때문이다. 생각은 고독이고 고독은 매혹이라는 걸 알지만, 안다고 편한 건 아니다.

13.

책을 읽다가 우울에 빠지는 일이 점점 많아진다. 그럴 때
는 책상을 떠나서 담배를 피우거나 독주를 홀짝인다. 그래
도 너무 울적하지 않은 건 어느 사이 졸랑이며 따라와서 발
밑에 앉아 있는 마리 때문이다. 빤히 나를 바라보면 나도 빤
히 바라본다. 바둑알처럼 동그랗고 새까만 두 눈을 오래 바
라본다. 아도르노가 말했다: "동물의 눈을 바라보면 그 눈이
우리에게 말한다, 나도 사람이 되고 싶다고……" 우리도 그
랬을 것이다. 머나먼 시원의 시간에 우리도 꿈을 꾸었을 것
이다, 사람이 되고 싶다고. 그렇게 우리가 꿈꾸었던 최초의
사람, 그 사람을 우리가 기억할 수 있을까. 마리를 품에 안는
다. 따스함. 그 따스함이 말하는 것 같다: 기억할 수 있어, 그
러니까 기억해봐, 행복하기를 원한다면……

14.

빛은 왜 그렇게 중요할까? 그건 빛이 그림자를 지우기 때문
이 아니다. 그건 빛이 그림자를 불러내기 때문이다.

사진은 빛이다. 빛은 혼이다. 오랜만에 응시하는 아버지의 사진. 사진은 눈을 감게 한다는 카프카의 말. 그래서 사진은 보는 게 아니라, 듣는 거라는, 음악이라는 바르트의 말. 사진과 회상에 대한 생각을 수정한다. 사진이 없으므로 회상은 더 생생하고 끝이 없다고 생각했었다. 그러나 사진은 있어야 한다. 그래야 눈을 감을 수 있고, 음악을 들을 수 있다. 음악, 그것은 부재의 이미지가 아닌가. 부재의 이미지, 그건 혼의 이미지가 아닌가.

/ 5 .

국내 현대소설의 얼굴들

국내 소설들을 함께 읽어보는 시간은 필요하다. 그 소설들 속에는 우리의 역사와 사회와 현실이 있기 때문이다. 남북 이데올로기가 정면으로 다루어진 〈광장〉으로부터 시간의 역류성과 생의 괴물성이 우화적으로 다루어지는 김애란의 소설까지 8편의 소설들이 커리큘럼으로 제공된다. 이 소설들 안에서 우리가 보는 것은 소설 문학사가 아니다. 그건 오늘 여기 우리의 삶 안에서 유령들처럼 여전히 살아 있는 망각된 기억의 계보이기도 하다. 소설들을 밀착 독서하면서 망각—기억의 계보학을 추적해보고자 하는 것이 본 강의의 목적이다.

1. 최인훈:〈광장〉(문학과지성사)
2. 손창섭:《비 오는 날(외)》(문학과지성사)
3. 황석영:〈객지〉,〈삼포 가는 길〉,〈섬섬옥수〉
4. 김승옥:《무진기행(외)》(문학동네)
5. 김연수:《네가 누구든 얼마나 외롭든》(문학동네)
6. 김영하:《나는 나를 파괴할 권리가 있다》(문학동네)
7. 박민규:《삼미 슈퍼스타즈의 마지막 팬클럽》(한겨레출판)
8. 신경숙:《엄마를 부탁해》(창비)
9. 김애란:《두근두근 내 인생》(창비)
10. 한강:《소년이 온다》(창비)

- 노원 평생학습관. 10월 24일부터 매주 목요일 저녁 7:00
- 커리큘럼에 부분적으로 변동 가능성 있음

W. 벤야민의 정치 철학:〈폭력비판을 위하여〉

10월 11일부터 8회 매주 토요일 오전 11:00~13:00
철학아카데미
텍스트:《발터 벤야민 선집 5권》

16.

시인, 산보객, 혁명가: 벤야민과 보들레르

벤야민만큼 파리에 매혹당한 사람이 있었을까? 매혹은, 프루스트의 정의에 따르면, '감정의 중심을 타격당하는 일'이다. 청년 시절 아버지와 함께 처음으로 파리를 알게 된 이후, 벤야민은 파리에 대한 사랑의 충격으로부터 벗어날 수 없었다. 그리하여 그는 '파리의 마지막 증인'이 되기를 원했으며, 바로 그 소망 때문에 탈출의 기회를 놓치고 또 하나의 매혹 기제인 모르핀을 마시고 생애를 마감했다. 파리에 대한 벤야민의 사랑은 열렬했지만 우울한 사랑이었다. 그건 파리에 대한 그의 사랑이 개인적인 정서를 넘어서 역사철학적 정념이었기 때문이다(이 점에서 그는 본질적으로 하이네와 쌍둥이다). 역사철학의 시선으로 응시할 때, 아름다운 근대의 파리는 몰락과 파국이 예정되어 있는 고대 로마의 판타스마고리일 뿐이었다. 마치 죽음보다 깊은 잠에 빠져 있는 아름다운 공주를 깨우려는 슬픈 왕자처럼 벤야민은 이미 사망 통지서를 받은 파리를 멜랑콜리와 알레고리의 시선으로 깨워 구출하려고 한다. 그리고 한 세대 앞선 19세기 말의 파리에서 자신과 동일한 소망을 품었던 한 시인을 발견한다. 그가 프랑스 상징주의 시의 원조인 샤를 보들레르였다.

보들레르 또한 파리와 우울한 사랑에 빠졌던 시인이었다. 바다에서 솟아나는 비너스처럼 대도시 군중 속에서 갑자기 나타나 사랑의 매혹으로 시인을 사로잡는 '지나가는 여인'처럼 파리는 지극한 아름다움으로 빛나지만 이미 검은 상복을 입고 있다. '순간 속에서 영원한 사랑'을 남기고 군중 속으로 사라진 이 여인을 찾아서 보들레르는 군중 속으로 들어가 산보객이 되고, 넝마주이가 되고, 악마의 댄디가 되고, 도박꾼이 되고, '할 일이 없는 헤라클레스'처럼 우울한 영웅이 된다. 서정시가 더 이상 불가능해진 정치적 퇴행의 제2제정기 파리의 거리를 꿈과 우울, 상상과 지성이라는 절름발이 두 다리로 비틀거리며 만보하는 파리의 마지막 서정 시인—보들레르는 그러한 자신의 가엾은 모습을 근대의 갑판 위에서 뒤뚱이며 조롱당하는 날개 큰 앨버트로스에 비유한다. 그러나 벤야민은 보들레르의 이 마지막 서정시들을 핀다로스의 올림퍼스 송가처럼 새로운 역사의 문을 여는 알레고리적 서정시로 재구성하고자 한다. 그 결과들이 보들레르에 대한 세 개의 에세이, 〈보들레르의 작품에 나타난 제2제정기의 파리〉, 〈보들레르의 몇 가지 모티프에 관하여〉, 〈중앙공원〉들이다.

벤야민은 '희망은 과거 안에만 있다'라고 말한다. 물론 그건, 《역사란 무엇인가》의 한 명제가 말하듯, 억울하게 죽어서 과거의 무덤 안에 묻힌 채 잊혀진 죽은 자들의 정당한 원한을 기억하고 풀어주는 일이다. 그러나 동시에 그 희망은 먼저 꿈꾸었으나 실현될 수 없었던 죽은 자들의 꿈들을 깨워내어 실현시키는 일이기도 하다. 이런 점에서 벤야민의 철학은 메시아주의에 앞서 애도의 역사철학이다. 보들레르의 시들에 대한 밀착 분석을 통해서 19세기 파리의 양아치 정치를 고발하고 그 정치가 희생시킨 시대의 꿈들을 현재화

하고자 하는 그의 보들레르론도 거기에 속한다. 그리고 오늘 우리의 절망적 현실, '세월호' 안에 묻혀 있는 죽은 자들의 원한과 꿈을 망각이라는 더 깊은 바다로 침몰시키려는 모든 시도들에 맞서서 우리가 지녀야 할 '애도의 정치학' 또한 거기에 속할 것이다. 아닌가?

- 산보객, 영웅, 자살의 정념

5. 〈보들레르와 제2제정기의 파리〉(3)
- 근대성과 고대성, 영원성과 순간성
- 넝마주이, 댄디 루시퍼, 레즈비언

6. 〈보들레르의 몇 가지 모티프에 관하여〉(1)
- 베르그송, 프루스트, 프로이트
- 경험과 체험, 기억과 추억

7. 〈보들레르의 몇 가지 모티프에 관하여〉(2)
- 방어적 의식, 시적 의식, 도박꾼의 열정
- 군중(2): 엥겔스, 포, 보들레르

8. 〈보들레르의 몇 가지 모티프에 관하여〉(3)
- 조응과 회억(Eingedenken)
- 멜랑콜리, 알레고리, '아우라 없는 별'

- 대구 수성아트피아, 9월 16일부터 매월 1, 3, 5주 화요일 오
전 11:00

- 텍스트:《발터 벤야민 선집 4권》

10월

1 .

카페에 앉았다가 엉뚱하고도 진지한 생각: 만일 내가 카페를 연다면 이렇게 이름을 지을 거야. 그리고 광고문은 이렇게 쓸 거야: '꿈이 근거 없듯이 트라우마에도 근거가 없어요. 그래도 꼭 한번 오셔서 어디에도 없는 행복한 커피를 즐겨보세요. 나의 커피 맛은 꿈을, 향기는 트라우마를 드린답니다.'

2 .

책을 읽다가 단어 하나에 꽂힌다. Verlorenheit. 이 단어를 나는 무어라고 번역해야 할까. 버려짐, 외로움, 갈 곳 없음, 잃어버림, 헤맴…… 뭐라 하든 양이 안 찬다. 그래서인가, 단어 안에 빈틈이 보인다. 나는 그리로 들어간다.

3.

젊은 최인호가 쓴 중편소설 〈무서운 복수〉는 1970년대 풍경
화다. 풍경화의 배경은 옛 서울역이다. 지금 두 남자와 한 여
자가 풍경화 안에 있다. 그렇지만 곧 그중의 한 남자, 반정부
데모를 주동했던 남자는 입대 열차를 타고 떠난다. 그의 애
인인 여자와 그의 친구인 화자만이 아침 플랫폼에 남는다.
둘은 잠시 머물다가 역시 헤어진다. 그리고 떠나는 여자를
바라보던 화자가 남기는 마지막 문장들——나는 이 문장들
을 해체한다. 네 단어가 저마다 홀로 남는다. '전선들', '음표
들', '새들', '앉아 있다'……

4.

요즈음 나는 자꾸만 능글거린다. 절망 때문인가. 세상은 나
를 이렇게 관리한다. 정신 차릴 일이다.

5 .

지나간 사랑을 그리워하는 건 그 사람을 여전히 사랑하기 때문이 아니다. 누구나 삶 속에서 특별한 사람을 만난다. 그 사람은 우리에게 생의 어느 특별한 비의를 가르쳐준다. 그 러나 그 비의의 진실을 우리는 그 사람이 떠난 뒤에야 깨닫 는다. 우리가 떠난 사람을 다시 그리워하는 건 그 진실을 다 시 한번 살고 싶어서이지만 그 사람은 이제 없다. 그는 돌아 오지 않는다. 그래서 우리는 또 하나의 진실을 배우게 된다. 사랑하는 사람은 누구인가. 그는 사랑의 비의를 알려주고 떠나서 절대로 돌아오지 않는 사람이다. 이것이 사랑과 세 월 사이의 비극이다.

그러나 기적이 일어나서 그가 돌아온다고 해도 사정은 달 라지지 않는다. 그가 돌아와도 나는 이미 그를 전처럼 사랑 하지 못한다. 나는 전처럼 그 사람을 사랑하지도, 사랑할 수 도 없다. 우리가 지난 사랑을 그토록 그리워하면서도 그 사 랑을 다시 시작하려 하지 않는 건 그 때문이다. 이미 지나간 사랑을 또 한번 시작할 수는 없다. 흉내 낼 수는 있어도 다 시 시작할 수는 없는 걸음마처럼. 이것이 사랑과 마음 사이의 비극이다.

그러면 다른 사랑을 시작하면 되지 않을까? 떠난 사랑이 가르쳐준 사랑의 비의를 새로운 육체와 나누면 되지 않을까? 사랑의 시장 자본주의는 우리에게 그렇게 가르치고 또 우리는 그렇게 한다. 그러나 육체란 무엇인가? 그건 대체할 수 없는 것이다. 새로운 육체가 옛사랑의 비의를 실현해주는 건 아니다. 옛사랑의 비의는 옛 육체만이 실현한다. 새로운 사랑도 마찬가지다. 새로운 사랑의 비의는 그 새로운 육체만이 가르쳐서 전수한다. 하지만 그걸 알았을 때 그 육체는 이미 없다. 이것이 사랑과 생 사이의 본질적 비극이다.

6.

"중국의 돈이, 중국의 통치 권력이 홍콩의 품위를 제멋대로 모욕하는 걸 우리는 참을 수가 없다"라고 어느 홍콩의 대학생은 말한다. 오늘 나도 그런 얘기를 사람들 앞에서 해야 한다. 어제의 불면은 무엇 때문이었는지…… 이른 아침에 진한 커피. 그 진한 향기가 키르케처럼 알려준다. 네가 말할 건 하나밖에 없다고, 그건 사랑과 정치라고, 사랑은 끊어진 자리에서만 타오르는 거라고, 그러므로 '뜨거운 거리 (flammende Distanz)' 안으로 들어가야 한다.

7.

지금 생각하면 당신이 과연 있었기나 했는지 싶습니다. 그렇게 꽁꽁 숨겨져 있던 사람, 당신은 그런 부재하는 사람이었습니다. 그러니 당신의 부재가 뭐 그리 낯설고 슬픈 일이겠습니까. 당신의 부재가 지금도 이렇게 활활 타오르는 일이 무슨 이상한 일이겠습니까.

8.

벨이 울려서 문을 여니까 키 큰 남자가 들어온다. 방역 나왔습니다, 라고 그는 말한다. 산소통을 들고 한 손에는 긴 호스를 들고 있다. 그는 집 안 구석구석에 아주 잠깐씩 분사를 한다. 소리만 들릴 뿐 보이는 것도 없고 냄새도 없다. 벌레

없죠?라고 그는 묻는다. 그러고 보니 바퀴벌레 같은 걸 여기로 이사 온 뒤에 본 적이 없다. 일을 마친 남자가 인사를 하고 문을 나간다. 문이 닫힌 뒤에도 분무통에 달린 검은 손잡이가 어른거린다. 마음이 놓인다. 너무 슬퍼진다. 나는 또 한번 살아남은 걸까?

9 .

프루스트 새 학기 수업. 술을 꽤 많이 마셨다. 돌아오는 전철 안에서 습관처럼 외로웠다. 그래서인가 잠이 들었다. 깨어나니까 두 정류장이나 더 가 있었다. 돌아가는 막차를 기다리며 음흉한 철로를 내려다보니까 더 외로웠다. 아도르노를 생각했다. 아니, 하이네를 생각했다. 아니, 아도르노가 쓴 작은 에세이 〈상처 하이네(Der Wunde Heine)〉를 생각했다. 돌아와서 《문학의 악보들》을 뒤져서 그 에세이를 잠깐 읽었다. 전집들에 먼지가 쌓여 있었다. 아무 곳이나 펼쳐도 줄들이 쳐져 있었다. 하드커버의 색깔이 레드라는 걸 새삼스레 발견했다. 그사이 이리저리 풍문과 유행에 너무 시달렸다는 걸 승인했다. 피하고 싶지만 결국 이 사람을 다시 읽어야겠다는 생각을 승인했다. 그런데 내 머리가 전처럼 차가울 수 있고, 전처럼 문장들을 노려보고 뒤지는 힘이 내 눈에 과연 남아 있을까.

10.

특히 요즈음에는 아침마다 울고 싶다. '울음'이 문제인 줄 알았다. 내게 그 어떤 나도 모를 서러움이 있는 줄 알았다. 그런데 '—싶음'이 문제인 걸 알겠다. '—싶음'은 서러울 수밖에 없다. 그건 간절함이기 때문이고, 또 그건 너무 엷이기 때문이다. 내 아침의 슬픔도 그런 '—싶음'인 줄 알았다. 그런데 그게 아닌 것 같다. 뜻 없는 아침의 슬픔은 간절함이나 엷 같은 싶음의 낭만이 아니라 '—싶음' 그것 자체, 그 열정 때문이다. 모든 싶음은 실현이 되려 하고 실현은 실천이 되려 한다. 그런데 실천이 없다. 열정이 끝없이 연기된다. 이것이 아침마다 서글픈 정작의 이유다.

11.

프로메테우스 스스로 지쳐서 상처도 자기를 잊어버린 사람.
그러나 아직도 아파하고 있는 것이 있다. 상처도 자기를 잊
었건만 여전히 아픔을 멈추지 못하는 것이 있다. 이게 뭘까.

12.

피에타와 메데이아

누구에게나 어머니는 둘이다. 자궁의 어머니와 사회라는
어머니. 사회라는 어머니가 아이를 죽이면 자궁의 어머니
는 죽은 아이를 무릎에 안고 운다.

13.

입과 손

요즈음은 내가 만개하는 꽃 같다. 그러나 만개는 몰락의 징후다. 어제 강의에서 말했다: 농익은 감은 입 안으로 떨어지지 않는다. 그건 너무 농익어서 매달린 채 터지거나 바람 때문에 다 익기도 전에 미리 떨어진다. 더구나 감은 큰데 우리의 입은 너무 작다. 또 설령 감이 떨어져도 순간의 물리학 때문에 우리의 계산은 틀릴 수밖에 없다. 농익은 감은 절대로 벌리고 기다리는 입으로 떨어지지 않는다. 절정의 감은 내가 손으로 직접 따야 한다. 결정적인 건 욕망의 입이 아니다. 그건 절정을 포획하는 정확한 손이다.

14.

사랑은 떠나는 걸까 머무는 걸까. 그래, 사랑은 떠나는 거다. 그걸 피할 수는 없다. 하지만 머무는 사랑도 있지 않을까. 머물면서 덧없이 소멸해가는 모습을 서로 지켜봐주는 것도 사랑이 아닐까.

15.

왜 우리는 세상을 떠나야 하는 때가 되면 슬프고 섭섭해하는 걸까. 그건 혹시 생이 우리가 경험했던 가장 긴 여행이기 때문은 아닐까. 남쪽에서 올라오는 기차 안에서.

16.

모든 불면은 사랑 때문이다. 그 사람을 생각하지 않고 흘러가는 시간이 너무 아까워서 잠 못 드는 밤들.

17.

모든 언어들이 한 곳을 공격한다. 이곳을 이름으로 부르기.

18.

토요 포럼에서 구효서 소설가의 특강. 끝나고 밥과 술. 어쩌다가 뒤라스의 《연인》 얘기를 한다. 나는 메콩강과 열다섯 살의 참을 수 없는 초조함에 대해서 얘기한다(이 초조함에 비하면 쿤데라의 가벼움은 얼마나 능글맞은지······). 소설가는 '발칙함'이라는 단어를 쓴다. 바르트라면 '음탕함(das Obszoene)'이라고 했겠지. 입 다물고 먼 하늘을 본다. 별들이 총총하다. 총총한 별들이 발칙하고 음탕하다. 저 나이 많은 별들, 늙어 빠진 별들, 발칙한 별들······

19.

아직도 내려놓지 못한 것들, 벗어버리지 못한 것들이 있다. 그것들을 경멸할 것.

20.

눈도 침침해진다. 손가락 통증도 심해진다. 모든 것들이 쓰는 걸 은밀하게 방해한다. 아니면 격렬한 충동질인가.

21.

내가 파우스트적 인간인 줄 알았다. 그런데 나는 메피스토펠레스적 인간이라는 걸 알겠다. 나는 악역에 더 잘 어울린다.

22.

연인—울분—에밀리.

상처 이명준

금요일 강의를 위해서 최인훈의 〈광장〉을 읽는다. 낭만적이기만 했던, 그래서 아름답고 순박하기만 했던, 그래서 이기적이고 어리석었던 젊은 날들이 눈앞을 가린다. 죄 없는 어리석음도 있을까. 이 또한 아프게 대답해야 하는 질문이라는 걸 안다. 돌아보면 부끄러워 아픈 일들이 많지만, 그 또한 창피해서 거둬내기만 할 일이 아니라 꼭 붙들어 아파할 일이라는 것도 안다.

–

아도르노의 하이네 에세이를 생각한다. 에세이의 제목은 〈하이네의 상처〉가 아니다. 〈상처 하이네〉다. 하이네 자체가 상처다. 상처에는 두 가지가 있다. 하나는 사적 상처이고 다른 하나는 공적 상처이다. 정치와 사회란 이 상처들을 치유하는 형식(Form)이다. 이 형식을 마련한 사회는 긍정적인 사회이고, 마련하지 못한, 나아가 억압하고 방해하는 사회는 나쁜 사회다. 이 나쁜 사회에서 흔히 볼 수 있는 가공적 치유의 한 방식은 공적 상처를 사적 상처로 '심리화(Psychologisierung)'하는 현상이다. 공적 상처는 사적인 것으로 심리화되면 '중화(Neutralization)'된다. 중화란 뇌관의 제거, 즉 '당연한 위험스러움을 아무것도 아닌 것으로 거세시킴'이다. 나쁜 사회는 이 중화의 전략을 통해서 공적인 것을 사적인 것으로 무력화시킨다. 그럼으로써 현 상태(status quo)를 지금 이 상태로 유지시켜서 저희들의 가계로 상속하려고 한다.

–

하이네는 청년 마르크스의 한 구절, 《헤겔 법철학 비판》의 한 구절을 사랑했다. "혁명이란 뿌리에 도끼를 대는 일이다"라는 문장이 그것이다. 뿌리에 도끼를 대지 못하게 만드는 정치 중에는 애도를 중화시키려는 정치도 있다. "적어도 18세기에는 사적인 슬픔을 공적으로 서로 나누면서 해소시킬 수 있는 형식이 있었다"라고 노르베르트 엘리아스는 말한다. "나쁜 사회는 슬픔을 슬퍼할 수 없게 만드는 사회다"라고 바르트는 말한다. "거세하는 사람들이 다가오는 걸 보면서 꼬리를 흔드는 황소가 우리들이다"라고 베케트는 말한다. 하이네는 이 모든 전략들을 미리 다 알고 있었다. 그래서 그는 슬퍼했다. 슬퍼하면서 마르크스의 한 구절을 사랑했다. 그것이 상처 하이네였다.

–

혁명이란 그러니까 제대로 슬퍼하고 제대로 애도하는 일이다. 역사 안에서 '애도의 정의(Gerechtigkeit der Trauer)'가 구현된 적이 한 번이라도 있었을까.《광장》의 이명준에 대한 애도도 아직 이루어진 바 없다. 그 역시 사라진 아이들처럼 바다를 떠돌고 있을 게 뻔하다. 이무기처럼 오래된 이 늙은 권력들에 맞설 수 있는 '애도의 정치학'이란 무엇일까. 그건 무엇보다 하이네의 상처를 '상처 하이네'로 복권시키는 애도 작업이다. 그 애도만이 젊다.《광장》을 다시 읽는다는 것, 늙은 귀신 이명준을 다시 기억한다는 것, 그것 역시 늙은 이명준의 상처를 젊은 상처 이명준으로 복권시키는 애도의 독서이어야 할 것이다.

–

아직 시간이 남아서 《광장》을 읽는다. 이런 문장이 있다: "남한 시절의 그에게는 철학이 모든 것이었다." 사방에서 인문학, 철학 강의가 열린다. 나도 이렇게 아침에 일찍 일어나서 말끔하게 면도하고 철학 강의를 하러 간다. 잠깐 어리둥절해진다. 철학이 뭘까? 이게 다 뭘까? 장 아메리 생각이 갑자기 난다. 체포되어 고문실에 들어갔을 때 그이 얼굴을 타격했던 첫 주먹질을 그는 평생 잊지 못했다. 그는 이렇게 말했었다: "첫 번째 타격과 더불어 내가 알던 세상은 사라졌다. 나에게 남은 건 육체뿐이었다." 살아남은 뒤에 그도 소위 철학을 했었다. 그의 철학은 용서 없는 철학, 원한의 철학이었다. 그 원한을 껴안고 그는 말년에 자살했다. 철학이란 뭘까? 장난일까? 죽음으로 이르는 장난…… 뭔가 아프다. 아침부터 아프다. 이 아픔만이 확실하다.

24.

아침의 메멘토 모리

식탁에서 밥을 먹는데 음악이 흘러나온다: 〈나는 샌프란시
스코에 내 맘을 두고 왔어요(I left my heart in San Francisco)〉.
마음을 두고 오기. 돌아보면 두고 온 마음들은 얼마나 많은
지. 이곳저곳, 여기저기, 그 많은 어느 곳들에 두고 온 마음
들. 죽는다는 건 마음을 다 두고 왔다는 것, 다 두고 와서 두
고 올 마음이 더는 남아 있지 않다는 걸까. 그러면 죽어서
우리는 어디로 가는 걸까. 두고 온 마음들을 찾아서, 마음들
이 남겨진 곳들로 되돌아가는 걸까. 그렇게 고향으로 돌아
가는 걸까. 아하, 그러면 고향이란 먼저 있어서 떠나온 곳이
아니라 마음을 두고 오면서 만들어지는 건가. 그 고향으로
돌아가려고 우리는 그렇게 떠나면서 사는 걸까…… 휴, 아
침의 배회는 끝이 없다. 빨리 일 시작하자.

25.

일(Arbeit)

당신이 떠나면, 나는 내가 제일 잘 숨는 곳으로 도피한다. 그
건 일이다. 나는 일들을 부탁하고 모아서 그 안으로 파묻힌
다. 낮이고 밤이고 일을 한다. 사이도 없이 일을 하면서 지쳐
간다. 지치면 잊을 수 있으니까. 하지만 결국 그 일들을 집어
치운다: 이건 일이 아니야. 이건 노동일 뿐이야.

—

일과 노동은 다르다. 노동에는 없는 것이 일에는 있다. 그건
'사이'다. 일과 일 도중에 늘 존재하는 사이들. 책을 읽고 글
을 쓰다가 얼마나 자주 나는 고개를 들어 뜻 없이 창밖을 바
라보는가. 그러면 언뜻언뜻 지나가는 사이들. 그 사이에 당
신이 있고 약속이 있고 만남이 있다. 자주 묻던 당신: 날 많
이 생각하나요? 나의 대답: 당신은 사이사이 지나가요……
당신이 없으면 사이도 없다. 사이가 없으면 일도 없다. 그저
교환을 위한 노동만이 있을 뿐.

–

내가 하고 싶은 건 일이지 노동이 아니다. 하지만 나는 무슨 일을 할 수 있을까. 당신도 없고 사이도 없는, 사랑 대신 노동만이 남아 있는 세상에서 나는 무슨 글쓰기를 할 수 있을까. 사건 없는, 사이들만 가득한, 열린 노트북처럼 먼 하늘처럼 텅 빈 글쓰기, 부재의 글쓰기―그런 글쓰기도 있을까.

–

"나는 스스로 기념비가 되고 싶은 게 아니다. 마망은 잊히면 안 된다. 하지만 마망은 글을 쓴 적이 없다. 내가 대신 글을 쓰지 않으면 아무도 마망을 기억하지 못할 것이다." (롤랑 바르트, 《애도 일기》)

2 6 .

자존심이란 뭘까. 그건 내가 사랑하는 사람들의 명예다.

27.

깨어나서 지쳤다는 걸 깨닫는다. 모든 것이 지친다. 사랑도
지치고 정치도 지치고 기억도 지친다. 상처도 지친다. 그렇
게 모든 것이 지쳐서 잊혀진다.

28.

울증 뒤에 일시적 조증이 올 거라고 의사는 말했었다. 감기
포옥 드니까 요즈음 내가 그렇다는 걸 알겠다. 페북 못 떠나
는 게 그 증상이다. 지금은 이불 속에서 심한 이중 감정에
시달린다. 일시적 조증이 장기적 조증이 되면 얼마나 좋을
까. 그럼 잡글들이라도 쓸 텐데. 그런데 울증이 사라지면 어
떡하지. 난 개 때문에 그래도 여태껏 살았는데…… 조증이
냐 울증이냐, 괴로워서 오후부터 뒤치는 중.

29.

〈사진도 죄가 많다〉를 쓰는 중이다. 진동 울더니 오늘부터 강의 시작이라고 구청에서 전화가 온다. 피피티 자료가 있느냐고 묻는다. 아니면 에이포 열 장 원고가 있어야 한단다. 그래야 원고료를 지불할 수 있고 그래야 강사료를 좀 더 드릴 수 있어서요, 라고 여자는 조금 미안해한다. 그게 얼마냐고 물으니까 십몇 만 원이란다. 하여간 못 말려, 나도 모르게 발끈해서 짜증을 낸다. 더 짜증나면 안 하겠다는 말까지 나올까 봐 저녁에 보죠, 전화를 끊는다. 글이고 강의고 나발이고 다 싫어진다. 도대체 이 철없는 관청 인간들은 에이포 열 장, 원고지 백 장이 뭔지를 상상조차 못 한다(그럼 독자들은 알까? 보들레르는 이렇게 물었겠지). 그저 피피티 그림 몇 컷으로 대체되는 교환가치용 잡설일 뿐이겠지(하기야 뭐 그럴 수도 있다). 자꾸만 손가락이 근질거리고 빳빳해진다. 안 하면 그만이지—오래된 내 삶의 오기가 성욕처럼 발동한다. 나이 먹는다는 건 이 섹슈얼한 오기를 점점 더 참기 힘들어진다는 걸까. 그런데 이 사드적 도착(perversion)이 나만의 죄란 말이냐?

30.

아침에 당통을 생각한다: "승리자 로베스피에르여, 그러나
잘린 내 목이 단두대 아래 바구니 안으로 정확하게 굴러 들
어가는 걸 그대가 어찌 막겠는가." (게오르크 뷔히너, 《당통의 죽
음》) 아, 왜 정확함이 명랑함인지 이제 알겠다.

31.

남쪽으로 내려가는 기차 안이다. 벤야민의 〈보들레르〉를 읽
는다. 흐릿한 시력 때문임이 분명하다, 이 아침의 떠내려가
는 우울은…… 멜랑콜리, 바리케이드, 파리코뮌, 블랑키, 블
랙 슈트의 관계들에 대해서 생각한다. 그리고 왜 내가 그렇
게 카페테라스를 사랑하는지를 얼핏 깨닫는다. 그건 이런
문장 때문이다: "코뮌의 막판에 프롤레타리아트들은 마치
치명상을 입은 동물들이 제 굴속으로 기어들어가듯 개활
전을 포기하고 어두운 바리케이드 뒤로 더듬거리며 숨어
들었다."
어두운 바리케이드의 동굴은 그들에게 또한 파리의 주막과

노천카페들이기도 했었다. 그곳에서 그들 음모가들과 테러리스트들은 검은 옷 안에 음모의 육체를 숨기고 봉기와 혁명을 꿈꾸었었다. 마르크스가 비난하듯 결코 실현될 수 없는 혁명의 꿈을…… 그리하여 그들은 얼마나 본질적으로 허풍쟁이들이었는지……

카페와 주막의 테라스—내게 그곳들은 여전히 음모와 테러와 혁명에의 기억과 허풍이 부화되는 곳인지 모른다. 아니라면 왜 늘 거기에 홀로 앉으면 그토록 울적하면서 또 편안했을까. 상처받고 제 굴로 돌아온 동물처럼, 어두운 바리케이드 뒤로 숨어든 무산자처럼, 사랑과 정치가 하나였던 망명 시인 하이네처럼……

마르크스는 옳고도 틀렸다. 그는 꿈꾸는 대신 공부해야 한다고 했지만 지금 나는 동굴 안에서, 바리케이드 뒤에서, 차라리 꿈속으로 허풍 속으로 익사하기를 선택한다. 벌써 대전이다. 강의가 싫다. 내리지 말고 그냥 남쪽으로 하염없이 떠내려갈까? 카페와 주막 테라스에서 어딘지도 모르고 떠내려가듯이……

32

무슨 생각을 하시나요, 라고 묻는 게시물 작성 화면에 답하기: 오전에는 가정의 평화를 위하여 때아닌 교회에서 특송:〈주의 은혜가 내게 족하네〉(오로지, 모든 것, 보혈, 승리하자 등등의 기찬 단어들이 하나도 없어서 참 다행). 김창완 비슷하다는 후평. 난 늘 사람 좋아 보이는 그 사람 별로건만. 글쎄, 조덕배라면 또 모를까……

—

돌연 떠오르는〈이별의 향연〉소주제 하나: [지나침: "난 당신이 누구인지 몰라요."] 보들레르의 '지나가는 여인'과 끈을 이으면 좋을 듯. 그런데 혹 이문세가 먼저 치고 들어오면 어쩌지…… 심한 근심 걱정.

—

건강에 대한 그다지 심하지 않은 근심 걱정: 마르는 개울처럼 나날이 증발되는 기력. 특히 가까운 활자들은 물론 먼 풍경마저도 잔뜩 찡그리고 안개 베일 안을 들여다보는 한심한 시력. 이제는 읽지도 보지도 말라는 경고? 그럼 뭘 해야 하지? 메멘토 모리?

-

여행 계획 재확인: 겨울에는 반드시 베트남 여행 갈 것. 학살지들을 찾아서 눈으로 직접 확인할 것. 박영한의 《머나먼 쏭바강》, 황석영의 《무기의 그늘》 등등에 대한 노트들을 찾아볼 것. 근데 그게 어디에 있을지 감감. 기억을 잃어버린 고고학자 같은 막막함.

-

강의 계획: 11월 노원 강의는 국내 소설 읽기로 계획서를 보낼 것. 최인훈부터 황정은까지 목록 만들어볼 것.

-

유튜브 탐색: 벨벳 언더그라운드. 〈Pale Blue Eyes〉. 1968년

시카고 공연.

33.

병

잘 낫지 않는 병에는 두 가지 이유가 있다. 하나는 그 병이 심각한 것이어서 치료가 오래 걸리기 때문이다. 그런데 어떤 병은 환자가 그 병에서 낫지 않으려 하기 때문에 오래 걸린다. 이별의 병이 그렇다. 사랑이 끝나면 치러야 하는 긴 병 치레—이 병이 오래가는 건 상처가 깊어서이기도 하지만 그보다는 환자가 그 상처로부터 빨리 낫지 않으려는 치료에의 저항 때문이다. 이별의 상처는 몹시 아프다. 그러나 어떤 사람은 이 아픔에서 서둘러 나으려 하지 않는다. 왜일까. 인간은 본질적으로 이기주의자고 쾌락주의자다. 그래서 기쁨과 즐거움이 없으면 그 어떤 불리한 행동도 하지 않는다. 그러니까 이별의 아픔에서 서둘러 낫지 않으려는 사람은 그 아픔에서, 아니 그 아픔이 서서히 물러가는 그 부드러운 지나감의 과정 안에서 어떤 기쁨과 다정함을 발견하고 맛보기 때문이다. 프루스트는 이 아픈 기쁨을 '사라지지만 아직은 머물러 있는, 고요하고 적요한 흐름 안에 존재하는 슬픔'이라고 묘사한다. 그리고 사포 역시 노래한다: '오, 쓰고도 달콤한 이별이여!'

3 4 .

우리가 누군가를 처음 만났을 때 그 사람을 신비의 눈으로 바라보듯 정말 그 사람이 비밀스럽고 신비로운 사람이라면 얼마나 행복할까. 그러나 만남 뒤에는 언제나 환멸뿐이라니…… 오, 사랑의 기쁨과 슬픔이어라.

3 5 .

카페테라스에 앉아서 비 오는 거 본다. 휴가 동안에도 내내 무겁고 피곤하더니 이제 몸이 좀 가볍다. 쉰 덕도 있지만 난 역시 밖이든 안이든 비가 좀 내려야 맘도 몸도 편하고 중심이 잡힌다. 그래도 며칠 사이 〈부재의 향연〉 원고 정리를 좀

했다. 객관적 글쓰기가 가장 표현적이라는 평소의 소신을
또 한번 경험한다. 정리해야 할 것도 새로 써야 할 것들도
벽처럼 눈앞에 쌓였다. 다 무슨 소용이냐, 라는 변명은 이제
그만하려고 한다. 사랑, 그것도 젊은 사랑을 다시 하고 싶다.
글도 젊은 육체가 아닌가.

3 6 .

도대체 생 안에 절망이 차지하는 공간이 있는 걸까. 어렵게
말하지 말자, 도대체 생에의 절망이라는 게 있는 걸까. 모든
절망들은 거짓이다. 제스처이고 어쩌면 음모일 수도 있다. 생
은 결코 절망하지 않는다. 아니, 절망하지 못한다. 김수영이
마지막에 알았던 것도 그 사실이리라. 그동안 자기가 취하고
보여주었던 절망의 포즈들은 모두가 사기였다는 걸 알게 되
면서 〈풀〉을 쓰게 되었으리라. 〈오래된 명령과 새로운 수행〉에
대해서 생각한다. 이 제목은 뒤집어지는 게 더 맞다. 〈새로운
명령과 오래된 수행〉: 그래, 내일 강연에서는 이 뒤집힘의
논리에 대해서 말하자. 휴, 이제야 좀 생각이 정리된다. 이렇
게 문제는 어차피 풀린다. 사는 거라고 뭐 다르겠나……

11월

/ .

남이 쓴 책들을 읽는 일이 날이 갈수록 허망하게만 여겨진
다. 나는 나를 읽고 싶다. 본래 그것만이 나의 욕망이지 않았
던가. 나를 읽는 일이란 나를 읽는 일이 아니다. 그건 다른
이들을 읽는 일이다. 나와 함께 살았던 이들, 함께 살면서 원
하든 원하지 않았든 나와 감염되었던 이들, 나와는 너무 다
르면서도 또 너무 비슷한 다른 얼굴을 가진 이들, 이제는 다
시 보고 싶어도 다른 세상으로 먼저 건너간 이들―내가 읽
고 싶은 건 이들이다. 나는 그들을 마음의 서가에서 찾아내
어 못 읽은 책들처럼 읽고 싶다. 그 어느 책보다도 열심히
골몰하면서……

2.

독서의 역사

책에 빠졌었다. 의미에 빠졌었다. 문장에 빠졌었다. 요즈음
은 단어에 빠진다. 단어가 구멍처럼 열리고 나는 안으로 빨
려 들어간다. 뒤에서 문이 닫히고 앞이 트인다. 전경은 먼 풍
경이기도 하고 공원이기도 하고 놀이터이기도 하다(나는 거
기서 언제나 길을 잃고 헤매고 다니는 중이다). 혹은 어느 작은 방
이기도 하다. 문을 열고 들어가면 모르는 여자가 앉아 있기
도 한다(여자는 침묵하거나 '당신은 이제 돌아갈 수 없어요'라고 말한
다). 어느 때는 여자에게 다가간다. 어깨를 안고 웃옷을 벗기
기도 한다. 그러다가 경악한다. 여자는 꼽추다. 돌려세운 흰
등 위에 박처럼 혹이 달려 있다. 돌아앉은 여자가 노래를 부
른다: 혹 속에 아이가 있어요, 아이가 있어요……

3.

셰에라자드

셰에라자드는 살아남기 위해서 이야기를 한다. 왕은 다음 이야기가 궁금해서 처형을 연기한다. 이처럼 모든 이야기는 살아남기 위한 것이다, 라는 소문이 전해온다. 그건 말 그대로 소문일 뿐, 진실은 다른 것일 수 있다. 이야기에 매혹당한 건 듣는 왕이 아니다. 말하는 셰에라자드다. 그녀는 이야기를 멈출 수 없었다. 왜? 왕의 육체는 매혹의 원고지였다. 이야기하는 모든 것들을 압지처럼 빨아들이는 살들의 원고지. 눌러서 글자를 써도 자국이 남지 않는, 백지로 돌아가는 허망한 원고지. 셰에라자드는 살아남으려고 끝없이 이야기하지 않았다. 다만 허망과 매혹 때문에 이야기를 멈출 수 없었을 뿐이다.

4.

자전거를 타겠다고 마음먹으니까 무릎이 아프기 시작한다.

마음먹으면 곧 그걸 그만두게 하려는 저항이 일어난다. 나를 주저앉히려는 모종의 음모와 세력이 몸 안에 있다. 이런 게 노년일까. 우울과 발기, 발기와 우울이 회전목마처럼 돌아가는……

5.

그는 평생 '장애물'이 되고자 했다고 말했다. 시인이 되려면 적어도 나를 밟고 넘어가도록 하고 싶었죠…… 그러나 그의 장애물은 시의 경기장에만 유효하다. 그는 사랑에 실패하지 않았던 걸까. 사랑을 잃은 사람은 정치에 눈을 뜬다. 그에게 장애물이 되고자 하는 욕망은 둘이다. 시에서 그리고 정치에서 그는 바리케이드가 되고자 한다. 바리케이드는 둘이지만 이름은 동일하다. 둘 다 사랑이라는 이름의 바리케이드이기 때문이다.

6.

그만 세월을 허송세월로 다 보내고 말았다는 회한, 비 오는 아침이 너무 괴롭다.

7.

그와 두 번째 만난다. 그는 내게 당당한데 나는 그에게 어쩐지 주눅이 든다. 그는 시인인데, 나는 남의 책들이나 열심히 읽어대었던 앵무새이기 때문이다.

8.

이번에는 무릎이 아프다. 이런 식으로 하루하루 몸이 변한다. 무언가가 나를 눌러서 주저앉히려고 한다. 그래서인가, 아침마다 무언가가 일어선다. 진한 커피를 마시며 바라보는 아침 풍경들이 전선으로 향하는 길처럼 보인다. 젊은 날의 아침처럼 무언가가 빳빳하게 고개를 쳐든다. 이제야말로 육체와 정신이 제대로 전쟁을 치르려는 것일까. 먼 길 저기에서 출병하는 사람과 이별하는 여자처럼 어느 여인이 걸어온다. 나는 중얼거린다. 어제도 당신은 꿈속을 지나가셨습니까.

9.

철학아카데미에서 영화 포럼을 진행했다. 장이머우의 〈5일의 마중〉을 함께 보았다. 두 사람이 더는 부부가 아니라(부부를 넘어서) 정치적 동반자로 변용되는 마지막 장면은 다시 봐도 압권이다. 철문이 닫혔는데도 떠나지 않는 두 사람. 이 장면은 비교문학적 상상력을 자극한다. 무대는 베케트의 〈고도를 기다리며〉와 겹친다. 눈은 조이스의 〈죽은 사람들〉, 닫힌 철문은 카프카의 〈법 앞에서〉, 공리의 얼굴은 소포클레스의 〈오이디푸스 왕〉과 겹친다. 특히 오이디푸스의 패러디 페이스처럼 보이는 그녀의 얼굴은 오래전 베를린 고대 박물관에서 보았던 죽어가는 영웅의 부조물을 기억나게 한다. 영웅은 지금 가슴에 창을 맞고 반쯤 쓰러지며 눕혀지고 있다. 그의 손은 창을 붙들고 얼굴은 고통으로 일그러져 있다.

그런데 그 고통은 희미하게 웃고 있다. 이 희미한 미소 안에서 운명은 자기를 밟고 건너간다. '숭고'란 이런 것이리라. 공리의 마지막 얼굴은 고통과 미소, 사라짐과 도래함, 기다림과 맞이함이 더는 구분되지 않는 어느 '한 인간'의 영역을 지시한다. 그런데 이 한 사람의 영역은 또 다른 얼굴들, 남편과 딸이라는 동반자들의 얼굴이 그 곁에 없었다면 숭고할 수 없을 것이다. 장이머우는 아마 이렇게 말하는 것 같다: 숭고의 영역은 개인의 기억만으로는 도착할 수 없는 곳이라고. 개인의 기억이 자기를 밟고 건너가서 역사적 기억이 될 때에만 기억은 숭고의 영역으로 도착할 수 있다고……
그렇지만 그 메시지만으로는 여전히 나의 감동이 온전히 설명되지 않는다. 거기에는 또 하나의 메시지, 이 영화가 나에게 주는 가장 혁명적인 메시지가 더해져야 한다. 그건 역사의 주체는 역사가 아니라 개인이라는 인식이다. 역사는 결코 개인의 상처를 치유해주지도 않고 치유할 수도 없다. 역사는 언제나 정의를 앞세우지만 모든 역사의 이데올로기는 결국 권력 이데올로기이기 때문이다. 오히려 개인이 역사의 상처를 치유한다. 개인이 자기 상처를 밟고 넘어가 역사의 상처를 응시할 때, 역사 또한 유토피아라는 자신의 꿈을 잃어버린 채 상처투성이의 괴물이 되었음을 깨달을 때,

그 상처의 괴물을 원한과 한탄이 아니라 연민과 사랑으로 받아들일 때, 그렇게 상처의 개인은 역사를 넘어서는 역사의 주체가 된다. 공리의 마지막 얼굴이 영웅의 얼굴이리라면, 그 영웅의 이름은 다름 아닌 이 역사적 주체일 것이다.

10.

오랜만에 꿈. 이번에도 무언가에 쫓기는 꿈이다. 그런데 쫓기는 건 내가 아니라 젊은 연인 한 쌍이다. 나는 그들에게 말한다, 붙들리면 너희들은 살가죽을 벗기게 될 거라고…… 그런데도 그들은 여전히 영문을 모르는 채 어리벙벙하다. 으슬으슬 불안감으로 젖어가는 건 나의 육체다. 깨어나서 베란다에서 담배를 피운다. 캄캄한 도로와 노란 가로등. 누군가가 등을 굽히고 역으로 걸어간다. 그보다 그림자가 더 길고 또렷하게 보인다. 어제 읽었던 시오랑의 책 제목을 기억한다:《해 뜨기 전이 가장 어둡다》

11.

〈사랑과 정치〉: 정치를 잃고 사랑에 눈뜨는 사람이 있다. 사랑을 잃고 정치에 눈뜨는 사람이 있다. 〈광장〉의 이명준은 누구일까. 많은 이들이 전자라고 말한다. 그것이 〈광장〉의 '현재성'이라고 말한다. 그럴까? 〈광장〉은 패러디되어야 하지 않을까. 사랑을 잃고 정치에 눈뜨는 캐릭터로 이명준은 다시 태어나야 하지 않을까? 그래야 그는 오늘에도 현재적이 될 수 있지 않을까.

12.

토요일에 허리를 다치고 나서 이틀째 꼼짝을 못 한다. 지난해에는 마음의 벽을 넘었는데 이번에는 몸의 벽을 넘어야 하는 걸까. 밟고 건너야 하는 건 그렇게 해야 할 것이다. 여러 곳에 휴강 신고를 한다. 미안한 마음 가득이다. 그러면서 멜랑콜리와 텍스트론에 대해서 새 강의 계획서를 준비한다. 자꾸 누르려는 것이 있다. 자꾸 일어서려는 것이 있다. 그렇게 지나간다. 그 밖에 더 무엇이 있을까.

13.

병중의 얼굴을 바라본다. 아주 오래된 무엇이 마주 보는 것 같다.

14.

마음이 아플 때도 먼 하늘만 바라보더니 몸이 아파도 먼 하늘만 바라본다. 저 먼 곳에 무엇이 있기에……

15.

침대에서 자주 자다가 깬다. 잠들 때는 그냥 울적하기만 한데 깨어날 때는 사건이 일어난다. 이름들이, 얼굴들이, 목소리들이, 문장들이 지나간다…… 《애도 일기》에서 바르트는 말했던가: "사랑이 끊어진 자리에서 타오르는 문장들이 있다." 그런데 바르트는 이런 한 줄을 생략했던 것이 아닐까: '그것만이 문장이다.'

16.

저녁에 A를 만났다. 그가 나는 잊어버린 내가 인용했던 말을 다시 들려주었다: "남의 생각들에 놀라지 마라. 그 대신 자기에게 놀라고 자기의 생각에 경탄하라." (스티브 잡스)

17.

어느 때는 담배 한 대를 온전히 피우기가 어렵다. 떠오른 문장들은 빨리 기록하지 않으면 연기처럼 사라진다. 담배를 피우다가 메모를 하거나 책상으로 달려오는 일이 자주 생긴다. 고무적인 일이다.

18.

사진은 참 묘하다. 찍는 사람은 뭘 찍었는지 모르는데 렌즈는 붙잡아야 할 것들을 알고 프레임 안에 포획한다. 마치 멋도 모르고 휘두른 포충망에 우연히 걸려드는 나비처럼……

그래서인가, 사진을 읽는 일이 점점 어려워진다.

19.

벤야민에 대한 단상

벤야민의 힘은 둘이다. 하나는 파괴 충동이고 다른 하나는 매혹당하는 능력이다. 이 둘은 그의 자살 충동에서 합류한다. 그는 이 힘을 고대 컬트의 힘에서 발견하는지 모른다. 그러나 그는 자신의 자살 충동과 맞서는 무장술을 동시에 갖추고 있다. 그것이 그의 이지적 사유의 힘이다. 그는 카프카의 오디세우스처럼 단단히 빈틈없이 무장한다. 그리고 사이렌의 유혹 속으로 과감히 진입한다. 그리고 카프카의 오디세우스처럼 사이렌을 매혹시키면서 유유히 위험의 조류를 따라서 자기가 가야 할 곳으로 항해한다. 사이렌의 바다를 표류하면서……

–

벤야민은 매혹당한 사람이다. 그는 자본주의에 매혹당한다. 하지만 그는 그 매혹을 자기로부터 떼어내어 자기 소유로 만든다. 다시 말해 매혹당하면서 그 매혹에 빠지는 것이 아니라 그 매혹의 힘을 장악한다. 말하자면 그는 위험 속으로 들어가서 그 위험의 힘을 빼앗는다. 그가 그런 모험을 하는 건 그렇게 위험의 매혹을 따라가면서 빠져나올 때에만 발견되는 또 다른 매혹의 선 혹은 흐름 혹은 기호들을 포착할 수 있기 때문이다. 그것이 버려진 파편들의 아름다움이다. 그는 자신이 장악한 매혹의 시선으로 이 죽어가는 파편들을 낚아채어 정지시킨다. 그리고 기차를 갈아타듯이 자본주의의 선로로부터 파편들이 가고자 하는 꿈의, 성좌의 선로로 갈아탄다. 그것이 알레고리이고 메시아주의다.

우리를 강렬하게 끌어들이는 어떤 힘이 있다. 그것이 매혹의 힘이다. 자본주의 안에는 이 힘들로 가득하다. 주술과 신화의 권역 밖으로 나가고자 하는 사람은 이 힘을 빼앗아서 장악해야 한다. 그러나 어떻게? 길은 하나밖에 없다. 힘을 빼앗으려는 자는 그 힘 안으로 투신해야 한다.

20

법(률) 앞에서: "독사의 새끼들아, 너희들은 너희들만이 아니라 안으로 들어오고자 하는 이들마저도 내게로 오지 못하도록 문을 막고 있구나!"

—

법과 법률(Recht und Gesetz): 법과 법률은 다르다. 법은 법률이 되면 이미 법이 될 수 없다. 그럼에도 법은 법률이 되고자 한다. 법률이 되지 않으면 법은 생과 인신을 구속할 수 없고, 그러면 아무런 효력도 지니지 못하기 때문이다. 법, 그것은 법률 너머에 있는 정의다. 그리스 비극은 그것이 신의 법임을 보여준다.

아직 말끔하지는 않아도 허리는 많이 좋아졌다. 대신 며칠 집중해서 책을 읽었더니 또 눈이 침침해진다. 술 한 잔만 해도 손에 부기가 든다. 깊은 잠을 자고 깨면 하루가 새로 시작되던 기쁨은 이제 사라진 걸까. 아침 우울의 성격도 달라졌다. 전에는 포즈와 허세가 깃들었더니 이제 아침의 우울은 진짜 울적해한다. 겨울이 성큼 왔다는 걸 새삼 깨닫는다. 영웅을 기억한다. 땅으로 눕혀지면서 웃음 짓는 영웅. 끌어당기는 땅으로부터 힘들고도 단호하게 몸을 일으키는 영웅. 늙는다는 건 영웅이 되는 일인가.

22.

군중, 민중, 대중, 다중. 카네티, 벤야민, 아도르노, 하비.

23.

늦은 강의 마치고 돌아오는 길이 피곤하다. 먼 일들, 먼 사람들 생각나더니 그냥 울고 싶어진다. 내 나이에 어이가 없다, 라고 우는 대신 웃는다. 돌아와서 자정 넘었어도 여전히 무겁기만 하다. 목도 어깨도 등도 가슴도 다 기운다. 어디론가 기운다. 기울고 기운다……

24.

기쁨도 즐거움도 다 헛것이다. 언제까지 헛것들에 속으며
살 거냐, 라고 물으면서 영 막막하다.

25.

그가 준 밀감 냄새를 맡는다. 달고 달고 또 달다. 그래서 살
만한가, 라고 물으면서 또 냄새를 맡는다. 그사이에 또 익었
나, 더 단 냄새가 난다. 이 철 없는 과일을 어쩔까.

26.

먼 시간이 다시 오지 않아 애가 타는 걸까. 그러면 내가 그
리로 가면 되지 않을까. 그건 또 안 되겠지? 다 변명이다. 사

는 게 다 변명이다. 할 수 있는 게 그뿐이다.

27.

눈은 침침해지고 새치는 늘어난다. 관절들은 삐걱대고 피부는 메마르고 늘어진다. 노쇠하는 육체는 혐오감을 불러일으킨다. 늙어가는 여인의 육체를 사랑하기도 힘들지만 몰락하는 자기의 육체를 수긍하는 일은 더 곤혹스럽다. 그래도 수긍해야 하는 걸까. 아니 필요한 건 조련과 단련이다. 노쇠와의 투쟁은 불가피하다.

28.

주말 내내 감기로 고생이다. 허리 통증이 가라앉더니 무릎이 불편해지고 그것도 지나는 듯싶으니까 이번엔 편도에 염증이다. 오래전 할머니는 말씀하시곤 했다: 늙으면 병골이 생겨서 몸 안을 돌아다니는 법이란다, 라고 꼭 그 모양이다. 감기가 지나면 병골이 또 어디로 자리를 옮길지 모른다. 늙으면 리비도가 아니라 병골이 제멋대로 이동하는 모양이다. 그래도 끝까지 병들지 않았으면 하는 건 부드러운 마음인데 사실은 그마저 징후들이 불길하다. 좋은 것들이 점점 줄어드는 건 그래도 괜찮은데 싫은 것들이 점점 늘어나는 건 위험하다. 심지어 울적하면 단골로 찾아들던 과거의 따뜻한 기억들도 괜히 싫어지고 심지어 미워진다. 이 모든 것들이 분명하게 알려주는 사실이 뭔지 나는 안다. 그건 내가 심히 절망하고 있다는 것이다.

29.

그러고 보니 한동안 나는 너무 즐거웠던 것 같다. 그럴 만한 근거도 없건만……

12월

1.

공적 공간의 사유화(privatising the public space).

정치와 서정성.

나는 왜 사소한 기쁨에만 열광하는가.

2.

말없이 조용하게, 은밀하고 집요하게, 점잖고 정확하게, 시
장의 가치를, 부르주아의 욕망을, 스노비즘의 회로를 통과
하면서 목적지를 찾아가는 사람들이 있다. 생각과 감각이
아니라 내비의 지시를 굳게 믿으며 파워핸들을 조종하는
운전자처럼. 그리고, 그래서, 그들은 마침내 성취한다.

3.

세월을 따라가면서 따라가지 않는 자세, 이것이 아마도 노
년의 자세일 것이다. 노년이란 이처럼 역설을 통해서만 생
을 지켜갈 수 있는 시기는 아닐는지.

4.

다시 일찍 일어나기 시작한다. 아침마다 베란다에서 커피
를 마시고 담배를 태우면서 세상을 바라본다. 코르크를 처
바른 프루스트의 침실에서 세상이 다시 만들어졌듯이 아침
마다 지저분한(때로는 부패하는 음식물 냄새가 풍기는) 베란다에
서 나는 세상을 새로 주조한다. 그런데 아침 베란다의 세상
은 내가 창조하는 세상인데도 나 자신도 확실하게 잘 모르
는 세상이다. 그 세상은 반쯤은 친숙하고 반쯤은 낯설다. 친
숙한 얼굴은 나의 오래된 동경으로, 간절하지만 뻔한 그날
의 초췌한 희망들이 만든 얼굴이다. 낯선 건 세상의 맨얼굴,
먼저 깨어나 발견하는 잠든 애인의 얼굴처럼 화장 지워진
헐벗은 얼굴, 성형의 상처 자국마저도 다 드러나는, 아무것

도 속이지 않고 다 보여주는 세상의 벌거벗은 얼굴이다. 누
군가를 사랑하기 시작한다는 것, 그것은 이렇게 그 사람의
벌거벗은 얼굴에 매혹당하는 것이 아닐까. 그런데 두꺼운
화장 속에 꽁꽁 숨어 있던 세상은 왜 지금 여기에서만 자기
의 맨얼굴을 보여주는 걸까. 그건 세상이 나에게 매혹당했
기 때문이다. 여기 지금 이른 아침의 베란다에서만, 뜨겁고
진한 커피와 맵고 쓴 첫 담배로 깨어나는 나의 육체에게 세
상은 그만 매혹당했기 때문이다. 세상을 안다는 건, 그 오묘
한 음모들과 비밀들을 꿰뚫어 통찰한다는 건, 그 잘난 지성
으로 분석하고 연구하면서 세상을 공격하는 일이 아니다.
그건 세상을 유혹하는 일이다. 나의 육체를 매혹적인 육체
로 만들어 세상이 나에게 매혹당하게 하는 일이다. 그러면
세상은 자기를 다 보여준다. 사랑에 빠진 것들은 요청하지
않아도 자기를 다 보여주지 않는가. 하지만 누군가를, 심지
어 적마저도, 매혹시키는 육체란 어떤 육체일까. 어떻게 나
의 지루하고 고루하고 상투적인 육체는 그렇게 매혹적인
육체로 변신할 수 있는 걸까. 매혹적인 육체, 그건 매혹당하
는 육체다. 내가 세상에 매혹당할 때 세상은 나에게 매혹당
한다. 이것이 게임의 원칙이다. 매혹당하면서 매혹시키기—
알 수 없는 것을 알고, 이길 수 없는 것을 이기고, 가질 수 없

는 것을 가질 수 있는 건, 오로지 이 게임을 통해서만이다(이 게임을 누구보다 잘 알고 있었던 사람이 카프카다. 그래서 사이렌마저도 카프카의 오디세우스에게, 그 단호하고도 유치한 오디세우스의 육체에 오히려 매혹당해서 '머리카락을 휘날리고 눈물을 흘리면서 오디세우스를 따라가고 싶은 동경으로 몸부림치지' 않았던가). 아침에 일찍 일어난다는 것, 발레리처럼 진한 커피를 끓이고 쓰고도 단 첫 담배의 연기를 마시며 꿈인지 지성인지 알 수 없는 사념의 세계 속으로 빠져든다는 것, 그렇게 지난밤 어둠의 자궁으로부터 세상 빛 속으로, 또 한번 착각일 수도 있는 세상의 먼 빛 속으로, 그러나 그 빛에게 속절없이 매혹당하는 육체와 함께 힘들지만 가볍고도 경쾌하게 지옥의 세상으로 또 걸어 나간다는 것은 얼마나 멋지고 아름다운 일인가. 아침에 일찍 일어난다는 것, 지저분하고 무질서하고 부패의 냄새마저 풍기는 베란다의 자궁 안으로 걸어 들어간다는 것, 그렇게 매일 아침 매혹으로 다시 태어난다는 건 그야말로 신의 축성, 무신론자에게만 주어지는 신의 선물이 아닌가.

5.

우직하고 무지한 사람들이 있다. 세상을 공격만 하려는 싸움꾼들이 그들이다. 사랑에 빠지지 않으면, 매혹당하지 않으면, 보이지 않는 것이 진실이건만……

6.

모든 것이 사랑인 줄은 알겠는데, 그렇다고 모든 것들이 사랑으로 표현되는 건 아닌 것 같습니다. 사랑으로 여겨지는 것도 아닌 것 같습니다.

7.

자연에도 감정이 있다. 그건 감정 없음의 감정이다. 때로 이 자연의 감정을 느낀다. 자연의 냉혹한 시선이 나를 응시하고 있다는 걸 깨닫는다.

8.

사랑과 배신. 어느 단어가 허구일까.

9.

"나는 그 기쁨을 다시 한번 느끼고 싶어서 과자와 함께 차를 마셨지만 내가 맛보았던 기쁨은 오히려 더 약해지면서 희미하게 사라져갈 뿐이었다……" 조금 전 뒤숭숭한 잠 속에서 직접 체험한 프루스트의 경악스러운 문장. 추적이 실종이고, 기억이 망각이고, 기록이 삭제인, 그렇게 재현 불가능한, 잃어버릴 수밖에 없는 그런 진실의 경험이 있다.

10.

진실이란 한편 얼마나 경악스러운 것인지……

/ / .

나의 몫과 남의 몫을 분명히 하기. 전자는 반드시 되찾고 후자는 그들에게 던져 주기. 남의 몫을 탐내느라 잃어버린 시간들은 얼마나 억울한 시간들인가……

/ 2 .

어제의 벤야민 수업

전율(erschauern)과 공포(fuerchten)는 다르다. 전율하면 소름이 돋고 공포에 질리면 식은땀이 흐른다. 피부에서 하늘을 향해 발기하는 소름은 이중적이다. 그건 한편 두려움에 대한 반응이지만 동시에 그리움과 기대감의 표현이다. 전율을 느끼게 하는 그 어떤 힘의 존재는 해방의 가능성을 은밀하게 확인시켜준다. 아, 저런 힘도 있구나, 저런 힘이라면 무엇이라도 가능하겠구나, 도저히 이길 수 없을 것 같았던 나를 지배하는 그 권력마저도 저 힘은 일시에 무너뜨릴 수가 있겠구나…… '피부를 덮는 소름은 최초의 심미적 경험이다'라고 아도르노가 말했을 때, 그 또한 전율 안에서 해방의 기쁨을 보았기 때문이다. 그러나 공포는 두려움 자체다. 두려움뿐인 두려움은 기껏해야 두 가지로 반응한다. 하나는 두려움의 힘에 대한 철저한 굴종이고, 다른 하나는 절망이 강요하는 방어적인 폭력이다. 이 폭력은 해방적이 아니라 자기 파괴적이다. 굴종마저도 허락되지 않을 때 절망은 차라리 그 폭력을 모방하면서 자기를 파괴하는 그 힘으로 더 철저하게 자기를 파괴한다. 식은땀이 이 절망이 무엇인지를 보여준다. 식은땀은 온몸에서 수분을 짜낸다. 육체는 사체처럼 차갑고 딱딱해진다. 이 육체가 절망의 변증법이다. 절망한 것들은 자기를 죽이면서 살려고 한다. 그런데 누가 이렇게 절망하는가. 벤야민은 이 사체를 군주라고 부르고, 그 차가움을 광분이라 부르고, 그 딱딱함을 멜랑콜리라고 부른다. 군주들은 도대체 무엇을 그토록 절망적으로 두려워하는 걸까.

13.

일찍 눈떴다. 눈앞에 어둠. 그 안에 얼굴들. 어둠 안에는 나

쁜 놈들이 숨어 사는 줄 알았다. 그런데 모두들 슬프고 억울
한 얼굴들이었다. 나쁜 놈들은 모두들 빛 안에 산다는 걸 알
았다.

14.

이제야 알겠다. 그가 어떤 사람이었는지를. 그는 이별의 무
서움을 아주 잘 알고 있었던 사람이었다.

15.

담배는 먹는 걸까 뱉는 걸까. 후두염이 낫지를 않으니 담배
도 그만 피워야겠다는 생각을 한다. 그런데 담배는 왜 못 끊
을까. 그건 중독 때문이 아니다. 그건 '사이' 때문이다. 수많
은 끊어짐, 단절, 이별의 사이들이 생 속에는 있다. 이 사이
들을 견딜 수가 없어서 그때마다 뜨거운 담배로 태워 없애
는 줄 알았다. 그런데 아닌 것 같다. 담배를 피우면서 나는
차라리 그 사이들을 마시고 먹었던 것 같다. 그 사이들이 없

으면 도저히 살 수가 없었던 것 같다. 그러니 담배를 끊을
수 있을까. 역시 진실은 위험한 것이다. 알면 다친다더니 담
배 끊기는 아무래도 영 글렀다.

16.

사도 바울

어리석은 인생이란 어떤 것일까. 그건 자기 것을 정확하게
챙기지 못하는 인생이다. 왜 그럴까. 그건 자기 것도 아닌
것들에 유혹되어 그런 것들을 탐내기 때문이다. 예컨대 신
앙과는 무관하게 바울 텍스트를 읽으면 이 사실을 분명히
알게 된다. 다마스쿠스에서 간질 발작을 일으키는 사건은
그가 자기 것이 무엇인지를 분명하고 정확하게 깨닫는 사
건이다. 이후 그는 '사도(Apostel)'가 되었고 그 사도의 '소명
(Berufung)'이 자기의 몫이라는 걸 한 번도 잊은 적이 없었다.
그래서 그는 이방의 교회들에게 편지를 쓸 때마다 자기 몫
이 무엇인지를 분명하게 언명하면서 전도를 시작했다:

"예수 그리스도의 종이 된 나 바울은 그의 사도로 부르심을 받아 하나님의 복음을 위하여 택정함을 받았으니……" (《로마서》1:1)

"하나님의 뜻을 따라 그리스도 예수의 사도로 부르심을 받은 나 바울은……" (《고린도전서》1:1)

"하나님의 뜻으로 말미암아 그리스도 예수의 사도가 된 나 바울은……" (《고린도후서》1:1)

때로 이런저런 텍스트들 안에서 누군가에게 유보 없이 경탄하고 마는 건 그들이 보여주는 재주, 사유, 행동들의 특별함이나 탁월함 때문이 아니다. 그건 자기 것과 자기 것이 아닌 것들을 분명하고 단호하게 구분하는 그들의 '자세(Haltung)' 때문이다.

17.

나는 종교적 인간이 아닐까. 그것도 교조적이고 극단적인 신앙인이 아닐까. 그런데 문제는 나의 종교가 두 개의 신을 모신다는 것이다. 하나는 극단적인 우울의 신, 다른 하나는 극단적인 기쁨의 신. 요즈음 선생님 블로그 글들은 맥이 빠졌어요. 투덜거리기만 하고 매일 늙었다는 타령뿐이에 요. 재미가 하나도 없어요. 전에는 안 그랬는데, 우울하면서 도 오기들이 반짝여서 재미있었는데…… 어제 차 안에서 A 는 말했다. 그런데 A는 틀렸다. 요즈음 내가 우울의 신만 모 시는 게 아니다. 우울 중에서도 나는 기쁨의 신도 미친 듯이 신앙하고 모신다. 아니라면 내가 이렇게 버젓이 살아 있겠 는가.

18.

신이 말했다: "시간의 씨앗이 앞으로 어떻게 싹이 터서 어떤 열매를 맺을지 안다면 나에게도 가르쳐다오."

19.

"나침반은 방향만을 알지. 그 목적지를 찾아가는 사이에 어 떤 늪들이 있고 어떤 맹수들이 살고 있는지 나침반은 알려

주지 않아. 아마도 거기에 다다르기 전에 우리는 모두 죽고
말 거요."(스티븐 스필버그,〈링컨〉)

20.

벤야민의 사유가 매혹당한 자의 사유라는 걸, 그의 멜랑콜
리가 진실에의 격렬한 도취였다는 걸 손택은 정확하게 통
찰하고 있습니다, 라고 어제 강의에서 나는 말했던가.

21.

내가 서서히 부패하고 있다는 생각에 뭉클해진다……

22.

날마다 마음이 무너지던 때가 있었다. 그때의 기록들을 뒤
적인다. 수없이 반복되는 절박한 문장이 있다: "사랑의 마음

을 잃지 않으려고 애쓴다." 언젠가부터 이 문장은 기록에서 사라졌다. 내 마음은 그사이에 괜찮아진 걸까. 절박함을 건너와서 편안해진 걸까. 사는 게 이렇게도 철이 없구나, 취기 속에서 혼자 중얼거린다.

2 3 .

누군가 명심(銘心)의 문장을 주면 족자로 만들어 주겠다고 글 하나를 달란다. 긴 생각도 없이 며칠 전 문장을 보냈다. "나와 내 적을 분명히 알자." 정말 족자가 왔다. 낯 뜨겁기도 하더니 잘했다는 생각이 든다. 그러고 보니 요즈음 여기저기 강의에서 '적들'이라는 단어를 자주 사용했던 것 같다. 나날이 마음이 각박해지는 걸까. 아니면 나날이 마음이 따뜻해지는 걸까.

2 4 .

스스로 독사에게 손가락을 깨물린 클레오파트라는 죽음의

선망 속에서 이렇게 독백한다: "희한하게도 정신이 맑아지는구나. 지금까지의 삶이 남의 꿈이었던 것 같구나. 그렇지만 이제부터 시작되는 건 나의 꿈이야, 영원히 깨지 않는 꿈, 안토니우스와 함께하는 꿈……"

2 5 .

A에게 했던 말: "늙음은 하현달 같은 게 아닐까. 곧 사라질, 그러나 어느 젊은 달들보다 밝고 요염하게 빛나는……"

2 6 .

왜 사람들 앞에 서서 말을 하고 나서는 늘 모호하게 불쾌했었는지를 알겠다. 모든 말들은 조롱당한다. 이 조롱을 피하는 법, 말하지 않고 말하는 법은 하나밖에 없다. 그건 쓰기다. 쓰기란 무엇인가. 그건 체포당하지 않도록 나의 육체를 없애는 것이다. 조롱이 헛발질을 하게 만드는 일이다. 조롱을 궐석 재판처럼 무효화시키는 일이다.

27.

또 한 사람이 억울하다면서 스스로 목숨을 끊었다. 검찰이
라는 법의 세계를 하룻밤 다녀온 뒤다. 도대체 그 안에서는
무슨 일이 일어나는 걸까. 아니 그 안에서 그는 무엇을 깨달
은 걸까. 어떤 깨달음이 사람을 죽음밖에는 갈 곳이 없도록
만드는 걸까. 장 아메리는 말한다: "고문실에서 얼굴을 타격
했던 첫 주먹은 내게서 세상을 빼앗아갔다." 세상 같은 건
없다는 걸, 사람들 사이의 베이식 트러스트 같은 건 없다는
걸, 발아래 있다고 믿었던 땅 같은 건 없다는 걸 깨닫게 만
드는 곳, 그곳이 법의 세계다. 법이라는 정의의 가면 뒤에 숨
어 있는 이 야만의 폭력을 누구보다 잘 알았던 사람이 카프
카다. 그가 평생 동안 편한 잠을 자지 못한 건 이 폭력이 너
무 무서웠기 때문이다.

28.

새벽 1시. 주말이 지나갔다. 외출 한 번 없이 안에서만 서성
이며 아파하던 휴일이……

29.

늙은 가수의 공연을 본다. 젊은 날처럼 옷을 입은 그는 젊은
날의 노래를 젊은이처럼 노래 부른다. 관중석을 비추면 이
미 젊지 않은 이들이 눈을 가늘게 뜨고 젊은 날을 추억하면
서 노래를 복창한다. 애잔하기보다는 어쩐지 얼굴 뜨겁다.
수치감도 있다. 젊음은 젊었던 시간에게 주어버리면 안 되
는 걸까. 그걸 꼭 추억이라는 낡은 테이프로 다시 불러들여
야 하는 걸까. 마음은 젊다지만 세월은 흘러서 몸은 이미 그
시간을 지나왔건만……

늙어서도 젊다는 건 뭘까. 그건 젊은 날의 노래를 또 부르는
걸까, 아니면 이미 내 몫이 아닌 건 그만 잊고 돌아서는 걸까.

30.

새벽차를 타면 알게 된다. 세상에는 나만 살고 있는 게 아니
라는 걸. 세상은 하나가 아니다. 세상은 저마다의 생을 살아
가는 사람들의 수만큼 많다. 세상이 모두 저만의 것인 것처

럼 세상 운운하는 객담들의 허장성세는 얼마나 기가 찬 일
인지.

3 1 .

술을 마시다가 밖으로 나왔다. 눈발이 휘날리고 있었다. 구
석에서 담배를 피웠다. 긴 연기가 눈을 맞으며 눈들 사이로
퍼지더니 밤 속으로 사라졌다. '말로야의 뱀(Malojasschlange)'
이 저런 걸까. 실스마리아에 가고 싶구나. 가서 안 오고 싶구
나. 생각하다가 안으로 들어왔다.

3 2 .

재즈가 있었던 어느 카페에서 누군가가 한 말: "요가를 하면
알게 되죠. 육체가 정화되면 정신이 태어나고, 정신도 하나
의 감각이라는 걸." 발레리도 말했다: "정신의 끝에 육체가
있고, 육체의 끝에 정신이 있다."

33.

오랜만에 교회에 갔다. 지루하다. 지루하지만 매번 놀라는 게 있다. 지루한 건 리투알(Ritual)의 끝없는 반복 때문이다. 이 반복 안에는 생성이 없다. 똑같은 구절, 해석, 합의의 시스템만이 돌아간다. 예배가 끝나면 분위기가 달라진다. 이 번에는 일상의 시스템이 돌아가기 시작한다. 똑같은 주제, 담화, 합의가 사람들을 오랜 친구들로 만든다. 매번 놀라는 건 이 부드러운 단절과 전환, 시스템들 사이의 유연한 전복 이다. 그런데 이념과 현실의 관계가 다름 아닌 이런 것이 아 닌가—이념(가상)은 꼭 필요하다. 이념이 없으면 자기를 발 견할 수가 없으니까. 하지만 자기가 발견되면 이념은 더 이 상 필요 없다. 발견한 자기 진실의 길을 가면 된다. 자기를 발견한 뒤에도 여전히 이념을 떠나지 못하면 사람이 가엾 어진다. 이념에 대한 맹목적 순종과 반복 속에서 자기 진실 이 유기되기 때문이다. 벤야민은 자기 진실을 말하기에도 시간이 모자랐던 사람이었다, 라고 손택은 말한다. 맞다. 벤 야민이 끝까지 신학을 손에서 놓지 않은 건 바로 자기 진실 때문이었으니까.

3 4 .

송영의 소설을 읽는다.

3 5 .

카프카를 읽는다. 번역본으로 읽으면 안 되는 소설이 있다는 걸 다시 확인한다. 가령 이런 문장이 있다: '상관이 있다', '편치 않았다', '한숨을 쉬었다'라는 세 개의 사실이 담겨 있는 문장 앞에서 독자는 아주 오래 멈추어야 한다. 그런데 이 멈춤의 정지신호가 번역본 안에는 없다. betreffen, unbehagend, seufzend라는 단어들이 눈을 뜨고 있는 원본에서만 그 정지신호는 빨갛게 빛나면서 경고를 보낸다. 카프카는 교활한 작가다. 그는 말하고 싶은 게 많지만 말을 들키지 않으려고 한다. 들키면 빼앗긴다는 걸 알기 때문에 그는 말하고 싶은 걸 슬그머니 다른 문자들 사이로 끼워 넣는다. 그러면서 할 말을 다 말한다. 번역은, 특히 카프카처럼 책략으로 가득한 작가의 번역은 어구가 아니라 이 말하기의 꼼수를 포착해야 한다. 그래야 카프카 번역이 된다. 예컨대 'K가……' 대신 'K는……'이라고 번역이 되었다면 어땠

436

을까. 그러면 복잡하고 절망적이고 집요한 K의 존재적 속사정이 그나마 드러나지 않았을까.

3 6 .

내가 신경 쓰는 일을 적도 신경 쓰고 있다. 바로 그 초점이 적이 나를 이길 수 있는 나의 약점이기 때문이다. 나는 그 적의 관점을 무효화시켜야 한다. 그렇게 나의 강점은 나의 약점으로부터 온다. 하지만 그러자면 내가 그것을 의식하면 안 된다. 의식하면 적에게 들키기 때문이다. 나의 약점이 강점이 되는 건 내가 스스로 그 전략을 구사하지 않을 때이다. 이것이 힘들다. 그래서 나는 언제나 적에게 지고 말았다. 나는 결국 자유로울 수 없는 것일까.

3 7 .

철학아카데미 송년회. 모인 자리는 즐거워도 우울한 이들이 많다. 어떤 이들은 내게로 와서 위안을 찾기도 한다. 나는

그저 고개만 끄덕인다. 돌아오면서 따로 술자리를 마련해
야겠다는 생각을 한다. 마지막 날에 함께 있다는 것—그 밖
에 우리가 서로에게 해줄 것이 또 무엇이 있을까.

38.

아침잠이 불안하다. 무언가가 아파한다. 위안을 찾는다. 다
정하게 다독여줄 것. 머리를 쓰다듬듯이.

39.

마지막 강의를 끝낸다. 바르트의 기쁨과 슬픔을 말하고 나
서 캘린더의 기원에 대해서 말한다. 인간은 왜 캘린더를 만
들었을까. 자연의 시간에는 마디가 없다. 그러나 인간의 시
간은 마디를 필요로 한다. 이별이 필요하기 때문이다. 미련
은 깊어서 아프지만 지난 것을 떠나보내야 하기 때문이다.
그래야 청명하고 순결한 새 시간이 도래할 수 있기 때문이
다. 그렇게 생은 끊어지면서 또 이어져야 하기 때문이다. 송

구영신—아픔과 미련을 간직한 모든 이들을 기억한다.

40.

올해의 마지막 술을 마신다. 누군가가 술자리에서 찍은 사진을 보내왔다. 램프 아래서 웃는 모습이 아이 같다.

2015년

1월

1.

새해 아침. 파란 버스가 반짝이면서 혼자 달려간다.

2.

바슐라르를 읽는다. 모네의 수련화에 대해서.

3.

"그들은 우리를 땅에 묻으려고 했다. 그러나 그들은 우리가 씨앗이라는 걸 알지 못했다." (멕시코 속담)

4 .

"다시 질문하자. 우리가 기꺼이 아무것도 아닌 것이 되려면 어떤 윤리를 받아들여야 할까? 그것은 '도덕성 없는 윤리' 이다."

5 .

종일 비가 내린다. 우울과 기쁨이 만나면 무엇일까. 그것이 선함이 아닐까.

6 .

모든 사건들은 흔적을 남기고 여운을 남긴다. 사건은 그때 거기에서 일어나지만 그 사건 자체가 생은 아니다. 사건은 다만 겪을 뿐이다. 생은 그 겪음 다음에 눈을 뜨고 숨통을 튼다. 그것이 인간의 시간이다. 그 시간 안에서 우리는 산다. 아니라면 우리는 이미 모두 죽고 없을 것이다.

2월

1.

K가 다시 입원했다. 괜찮습니다, 말과는 달리 목소리에 힘
이 없다. 아는 이들, 그것도 착한 이들의 아픔은 많이, 그리
고 정직하게 마음이 아프다. 그래도, 그의 자리는 비었어도,
오랜만의 만남은 즐겁다. 이 또한 생의 정직함일까.

2.

우연히 P의 근황을 알았다. 페북의 도움이다. 대학 시절 나
는 이 친구가 가진 두 가지를 몹시 시기 질투했었다. 하나는
그의 빼어난 글재주이고 다른 하나는 뽀얀 우윳빛 피부였
다. 그 시절 그 두 가지는 어쩌면 내가 갖고 싶었던 모든 것
이었는지 모른다(하기야 지금도 나는 정신과 육체 모두를 포기하
지 않으려 한다). 그래서 그가 신춘문예에 당선되었을 때는 여

러 날 밤잠을 설쳤고, 혹 그의 얼굴에 뾰루지라도 보이면 은밀하게 즐거워했었다. 그러고 보니 생각나는 게 있다. 유학에서 돌아와 광화문 어느 카페에서 만났을 때 그는 이렇게 말했었다: 김 형은 하체가 너무 약해요…… 그사이 머리통만 커진 내가 그는 못마땅했던 걸까. 아마 그랬던 것 같다. 그런데 그때 내가 커진 머리통 때문인지 오해했던 게 있다. 하체가 약하다는 걸 나는 성적으로만 이해했었는데 나중에야 곰곰이 생각해보고 그게 다른 뜻이라는 걸 알았다. 그는 정말 하체가 튼튼하다. 그는 경계를 모르는 삶을 산다. 그는 사람 사는 곳이면 아무 데나 돌아다닌다. 또 다른 친구가 그렇게 불렀듯, 그는 그야말로 '낭인'이다. 그런데 진정한 낭인은 또한 '고수'다. 또 고수들은 중심이 아니라 강호에 산다. 그는 지금 제주도에 터를 잡았단다. 마침 아들이 중국에서 와 있는데 같이 제주도에나 갈까나……

3.

휴일은 우울하다. 종일 서성이다가 긴 낮잠이라도 자고 나면 막막해진다. 저녁이 기울수록 우울도 기운다. 의자에 기댄 등도 수그린 고개도 더 기운다. 밤마저 기울면 입맛도 없이 목이 긴 잔에 붉은 포도주를 따른다. 잔을 보다가 병을 보다가 라벨에 찍힌 숫자를 본다. 2009. 숫자에도 과거가 있다는 사실에 놀란다. 과거의 숫자들이, 사랑의 숫자들이 줄지어 지나간다. 그들이 오던 날, 그들이 떠나던 날, 그들이 나를 지나서 세상마저 건너가던 날…… 붉은 포도주를 한 모금 마신다. 사라짐은 나의 착각이었나. 사라진 숫자들은 이토록 붉건만, 사라진 뒤에도 그들의 사랑은 이토록 붉게 익어가고 있었건만……

4 .

약한 사람은 안다. 약한 사람은 화도 못 낸다. 화를 내면 더 마음이 아프고 약해지기 때문이다. 그래서 약한 사람은 더 약해지지 않으려고 한다, 강해지려고 한다. 그 강함이 약자들의 연대, 연민 혹은 사랑이다. 사랑은 본능도 천성도 아니다. 사랑은 약한 사람들이 긴 세월을 통해서 발견한 생존의 필연적 논리다. 그런데 이 논리를 생존술이 아니라 통치술로 이용하는 두 영역이 있다. 나쁜 종교와 나쁜 정치가 그것

들이다. 그들은 약함을 강함과 생존의 논리가 아니라 순응
과 순종의 논리로 더럽힌다. 타락한 종교와 정치가 그 끝에
서 사랑과 정의가 아니라 법과 형벌로 귀결되는 건 당연하
다. 그리고 그 법으로부터 마침내 벌받고 추방당하는 이들
이 약한 사람들이라는 건 더더욱 당연한 귀결이다.

5.

휴일이, 새해의 전날이 지나간다. 사람들이 인사를 보내온
다. 그 인사에 감사의 마음으로 답한다. 나의 주변에는 어려
운 사람들이 많다는 걸 새삼 발견한다. 아니, 그들에게 내 생
각이 더 많이 기우는 걸까. 하기야 그건 당연한 일이다. 그들
은 약하지만 모두가 착한 이들이기 때문이다. 착한 이들이
행복할 수는 없는 걸까, 한 모금 연기를 보내며 생각한다. 푸
른 연기가 웃으면서 베란다 창밖 잿빛 하늘로 날아간다.

6 .

글을 쓴다는 건 뭘까. 그건 사랑했던 죽은 이들을 다시 불러
낸다는 것이다. 그 밖에 글을 써야 하는 이유는, 적어도 나에
게는 없다. 아버지에 대한 에세이를 다시 시작하기로 했다.
사진과 편지 그리고 아버지의 텅 비고 아름다운 이마에 대
하여……

7 .

강의를 하던 중에 사랑, 기쁨, 행복에 대해서 말한다. 그러면
서 그런 주제들에 대해서 내가 얼마나 말을 잘할 수 있는지
에 대해서 놀란다.

8 .

모든 결정주의는 오류다. 생 안에 결정적인 것이란 없다. 시
간성과 가능성만이 있을 뿐. 그래서 생의 법률이 있다면 그

건 중용이라 불리는 평정의 자세뿐이다.

9.

어느 시인이 나를 두고 '참 점잖은 분이지'라고 평했다고 한
다. 나는 왜 그런 모습으로 남에게 보이는 걸까. '점잖다'라
는 건 뭘까.

10.

아들에 대해서 많이 생각한다. 아이를 많이 응원해야 할 것
같다.

5월

1.

쉬었던 〈난중일기〉를 다시 쓴다. 하기야 조용한 날들은 늘 난중에 있었다.

2.

어제 벤야민 강의에서: "오늘은 종일 날씨가 너무 좋네요. 햇빛도 맑고 바람도 잔잔하고…… 그런데 어쩐지 슬프네요. 햇빛도, 미풍도, 부드러운 머리카락도…… 아마 벤야민도 그러지 않았을까요? 자연도 대도시도 그에게는 슬픔으로 가득해 보였을 것 같아요. 그러니 비애극론만이 아니죠. 그의 모든 담론들은 거대한 슬픔론으로 읽을 수도 있을 거예요."

3.

사실은 저도 우울합니다. 가끔 약도 먹고 그래요, 라고 그는
고백한다. 마치 내가 그를 상담 치료하는 의사처럼……

4.

프루스트의 침대. 그토록 빨리 깊게 잠들 수 있는 침대에 대
하여.

5.

"롤랑 바르트는 늘 쾌활한 사람이었다. 그러나 그 쾌활함 안
에는 슬픔이 들어 있었다"라고 손택은 말한다.
그러면 나는? 나는 늘 조금 울적하고 슬프다. 하지만 그 슬
픔 안에 모종의 기쁨이 또한 들어 있음을 난 안다. 아마도
그 슬픔과 기쁨이 나에게는 사랑이고 조용한 날들이리라.
부끄러운 건 이 사랑의 마음을 어느 사이 많이 잃어버린 듯

싶기 때문이다.

6.

마주칠 때마다 이런저런 말로 늘 나를 칭찬해주는 한 여자. 가만 생각해보니 아무래도 나는 그 여자에게 무언가를 들 켜버린 것 같다.

7.

열심히 꼬리를 흔들다가도 안아주려고 부르면 마리는 오히 려 뒷걸음질을 친다. 나는 스스로 무언가에 나를 내주지는 않았다. 늘 무언가가 먼저 유혹을 했고 나는 그 유혹에 약했 다. 그런데 유혹을 따라가면 그 무언가는 자꾸만 내게서 뒷 걸음질을 쳤다.

8.

"I am down now" 하고 그는 말한다. 아시나요. 당신은 늘 분위기를 울적하게 만드는 영향력이 있다는 걸……

9.

마음껏 사랑할 수 없어 늘 우울했었다. 그러나 이제 나는 안다, 마음껏 우울할 수 없는 것도 얼마나 가엾은 일인지를.

10.

토요일. 벤야민 강의 끝나고 함께 밥 먹고 커피 마시고 했는데도 또 심심해서 혼자 영화 보러 갔다. 시간 따라 찾아가서 본 영화는 〈간신〉. 하기야 어리석은 군주와 간신들의 전성시대, 그게 요즈음 아닌가.

11.

"그래도 전 하나도 안 섭섭해요."

"미안해할 필요 없어요. 다 내가 좋아서 한 일이니까."

"그럼 우리 정말 계약서 쓰는 거예요?"

늦은 밤. 술기운으로 두통. 어지러움. 혼돈.

또 한 달이 가는군…… 혼자 중얼거림.

6월

1.

……문제는 이 '미적인 세계'가 무엇을 근거로 하는 것인가이다. 다만 사적인 동경과 낭만의 이념인가, 아니면 그 어떤 보편성을 지니는 객관적인 것인가, 이것이 왜 결국 아름다움인가라는 질문에 대해서 책임 있는 대답을 줄 수 있을 것이다.

2.

언제부터인가 나의 생각들은 '역사'라는 단어로 귀환하는 것 같다. 놀라운 일이다. 나 같은 철저한 개인주의자가 역사라니…… 역사란 무엇인가. 그건 내게 흘러간 시간과 기념비적 사건이 아니라 '죽은 사람들'이다. 더 정확히 그들 한 사람 한 사람들, 이름도 없고 기억할 수도 없는 익명의 얼굴들…… 그 얼굴들이 정말 모르는 얼굴들일까. 오늘도 거울 앞에서 면도를 하다가 나는 그 얼굴을 만나지 않았나. 프루스트도 말년에 고백했었다: "나는 이제 죽음이라는 문을 통과하지 않으면 아무 생각도 할 수 없게 되었다……"

3.

목소리들이 귀에서 엉킨다. 나는 무슨 소리를 듣고 있는 걸까. 그 목소리들이 합창으로 모이면 무슨 멜로디, 무슨 단어를 듣게 될까. 뜻도 덧도 없는 달팽이관 속의 웅성거림. 혼돈에서 음악으로 나는 아둥바둥 헤엄쳐 가건만……

4.

말이 좋아 소통이지 사실은 아첨 아닌가. 아첨 없이 말하고 쓰기. 아도르노: "소통이란 무엇인가. (그건 서로 다 아는 것, 배우도록 강요당한 것, 말하도록 허락받은 것들을 말하는 게 아니다.) 소통할 수 없는 것을 말하게 하는 것, 그것이 소통이다."

5.

"이제 표범과 사자의 시대는 가고 자칼과 하이에나들이 세상의 주인이 되어가는구나……" (루키노 비스콘티, 〈들고양이〉)

–

"당신은 모든 이들을 우울로 가득 채우는 사람이에요." (루키노 비스콘티, 〈순수한 사람들〉)

–

"우리 고향에서는 집을 지을 때 제일 먼저 집 앞을 지나가는 사람의 그림자에 돌을 던진다. 누군가의 희생이 없으면 아무리 작은 좋은 일들도 일어날 수가 없는 법이다." (루키노 비스콘티, 〈로코와 그의 형제들〉)

–

"착한 로코 형은 모든 걸 용서하려고 하지. 하지만 용서만이

능사는 아니야." (루키노 비스콘티, 〈로코와 그의 형제들〉)

–

그리고 점심시간이 끝나는 사이렌이 울고, 막내 동생과 헤어지려고 할 때, 아름다운 젊은 여인이 작업복 입은 치코에게 뛰어와서 포옹을 한다: "어떻게 여길 왔어?" "자기에게 사랑한다는 말을 하려고 왔지!"

–

비스콘티는 19세기 이탈리아의 대표적 귀족 가문이다. 루키노는 그 가문의 적자였다. 그리고 코뮤니스트였다. 그리고 동성애자였다. 그리고 데카당 멜랑콜리커였다. 그에게 행복이란 무엇이었을까.

6.

네오리얼리즘의 시기이든 데카당스의 시기이든 비스콘티

의 영화에는 멜랑콜리의 인물들이 중심에 있다. 갈 데까지
가버리는, 파멸로 투신하는 인물들……

7.

역병이 창궐한다. 나도 감염된 게 분명하다. 요즈음 내게 일
어나는 일들은 변종 메르스의 징후들이 틀림없다. 호흡기
가 아닌 다른 기관으로의 변종……

8.

누군가 나날이 행복해지는 걸 훔쳐보는 행복에 대하여…….

9.

요즈음 강의에서 '세계와의 불화'라는 말을 많이 사용하게
된다. 전에는 아마도 '자기와의 불화'라는 말을 더 많이 사용

했던 것 같은데……

10.

상실 뒤에는 무거워지는 걸까, 가벼워지는 걸까. 언젠가부터 너무 가벼워졌다는 느낌을 버릴 수가 없다. 한때는 그게 좋았는데 이제는 천천히 싫어진다. 사람은 역시 생긴 대로 사는 게 제일 편한 모양인가 보다.

11.

영화 〈무뢰한〉을 봤다. 엉성한 내러티브 그에 비하면 눈에 남는 장면 묘사들이 많았다. 이런 대사도 있었다: "상처에 상처가 더하고 더러운 기억에 더러운 기억만 더해지는 내 인생……"

비 내리는 저녁에 시 낭송을 했다. 금요일 저녁마다 열리는 세월호를 위한 기도 모임에서다. 나는 신도도 아니건만 예쁘고 경건하고 마음이 철없이 착한 한 여집사의 부탁을 거절하기 싫었다. 그녀는 누구보다도 내가 예수님을 잘 안다고 믿는다. 또 누군가는 내가 바울을 닮았다고 말한다. 그때마다 피식 웃지만 때로 그 오해가 심상치 않기도 하다. 하기야 종교는 없어도 종교심이 없는 사람은 없을 것이다. 바르트: "내게 신은 없다. 하지만 신 없이도 세상 안에서 자신을 지켜갈 수 있다고 믿을 만큼 나는 어리석지 않다." 끝나고 무교동 '옥토버훼스트'에서 바이젠비어(Weizenbier)를 마셨다. 이 탁한 맥주가 나를 아주 오래전 유학 시절의 한 곳으로 데려갔다. 더럽고 허름한 변두리의 사립 기숙사 건너편에 주막(Kneipe)이 있었다. 저녁이면 혼자 거기로 가서 높은 의자에 걸터앉아 바이젠비어를 마셨다. 그때 이미 나는 더 이상 젊지 않았지만 그 어느 때보다도 젊었던 것 같다. 때로 그 뜻 없는 젊음의 이유를 물어보았어도 잘 알 수 없었는데 오늘은 맥주 한 모금을 마시고 소시지 한 조각 씹으니까 알 수 있을 것 같다. 그때 나는 외로웠던 것이다. 하기야 외롭지

않은 적이 언제 있었냐마는 그 외로움은 좀 특별했다. 나는
그냥 외로웠었다, 아니 그냥 외로울 수 있었다, 그냥, 그야
말로 그냥 청결하게…… 요즘 들어서도 이유 없이 외로워
지는 일이 점점 잦아진다. 그 외로움도 그냥—외로움과 비
슷한 듯싶은데 그래도 물어보면 한두 가지 이유가 있어 탁
하다. 젊음처럼 외롭지만 나는 역시 더 이상 젊지 않은 것이
다……

1 3 .

내일 북해도로 떠난다.

"아, 시원한 곳으로 가시는군요." P가 묻는다. "그게 아니
라……" "그럼 왜 하필?" "북쪽이니까." "네?" "북망이 가까우
니까……"

그때는 왜 그렇게 여행이 멀기만 했을까? 거기가 북망이어
서 그랬을까? 아니면 북쪽으로 떠날 때에만 남쪽으로 돌아
올 수가 있어서 그랬을까?

7월

/ .

꿈은 기억보다 길다.

–

북해도에 다녀왔다. 이것저것 눈 안에 남아 있는 것들이 있다. 코 안에 남아 있는 것도 있다. 라벤더 꽃향기. 라벤더는 그냥 코를 대고 맡으면 아무 냄새도 나지 않는다. 따서 손으로 으깨야 그 향기가 코를 찌른다. 라벤더는 보라색이다. 보라색 향기.

–

요즈음 내가 살고 있는 일들을 나도 잘 이해하지 못한다. 이 또한 비타 노바를 위한 몸부림이겠지.

–

그의 얼굴이 나날이 밝아진다. 얼마나 다행인지……

2.

새벽길을 차로 달린다. 적요하고 캄캄하다. 이럴 때 세상의
모든 것들은 어딘가 한 곳으로 빨려드는 것 같다. 세상의 한
가운데에는 보이지 않는 자석의 산이 있다고 어느 연금술
사는 말했다던가. 그래서일까. 때로 사랑하는 사람은 그 자
리에서 거품처럼 꺼져 사라질 것만 같다. 밤이 아니라 한낮
에, 햇빛 찬연한 한낮 길 위에서……

–

사랑하는 사람의 손을, 손가락을 가지런히 모아서, 꼭 잡으
면 잠자는 물고기 한 마리가 손안에 들어 있는 것 같다.

3.

물결에는 세 가지가 있다: 주류, 역류, 저류.

4.

"나는 매혹에 대해서만 글을 쓴다. 그러기에도 시간이 모자란다"라고 말했던 게 벤야민이었나 아니면 바르트였던가. 나도 그랬던 것 같다. 그런데 언제부터인가 글들 속에 심통과 짜증이 들어 있는 걸 알겠다. 나는 더 이상 매혹당하지 않는(못하는) 것일까. 아니면 그 또한 사랑의 마음 때문일까.

5.

아침 샤워를 하다가 느닷없이 깨닫는 사실: 나는 사랑을 다 써버린 거다. 오래전 누군가에게 했던 말: 항상 조심해. 마음을 다 빼앗기면 안 돼.

6.

때마다 마음의 자세가 달라진다. 선생 같다가 아이 같다가 진지한 연인 같아진다. 분명한 건 적어도 지금은 때마다 달라지는 그 마음의 변신들이 포즈가 아니라는 사실이다. 그럼 분열인가.

7.

휴대폰 노트집에 들어 있는 말: "나는 요즈음 여자 생각만 하는 것 같다. 한 여자가 아니라 여자들을…… 그런데 사람들이 말하곤 한다. 좀 멍해진 것 같다고……"

프루스트의 〈아가씨들의 꽃그늘 아래서〉 강독이 거의 끝나간다. 그래서인지 모른다. 프루스트에게 여자는 혼자가 아니라 언제나 여자들이다, 라고 어제 강의에서도 말했으니까.

8.

"분노하기를 멈출 때, 그때 우리는 늙어간다." (수전 손택)

9.

"종교는 자본주의의 조건이 아니다. 자본주의가 종교다." (발터 벤야민)

10.

'지나친 것'은 언제나 틀린 것이 아닐까. 누군가를 사랑하는 일도 그렇지 않을까. 〈무뢰한〉의 마지막 장면도 그걸 말하려는 게 아닐까(여자가 남자를 칼로 찌르는, 아무런 망설임도 없이 식칼을 집어 들고 나가서)—아무래도 내게는 트라우마가 있는 것 같다.

11.

들어서는 순간에 그곳을 떠나고야 말 거라는 걸 알게 되는 그런 공간이 있다. 우리는 그 공간을 쉽게 떠나지 못한다. 오히려 그 어느 정처보다도 오래 거기에 머문다. 그건 거기를 정처로 삼으려 하기 때문이 아니다. 그건 떠나는 준비를 하자면 일정한 시간이 필요하기 때문이다. 그런데 그 일정한 시간은 평생이 걸릴 수도 있다.

12.

오랜만이세요, 라고 카페 주인이 웃으며 알은체한다. 그 웃음 안에 세월이 담겨 있다. 그 세월 안에는 나의 세월이 담겨 있고 그 세월 안에는 또…… "그러니까 우리는 숨을 쉬면서 단군 할아버지가 숨 쉬었던 공기 입자들을 마시기도 하는 거죠"라고, 어제 특강을 함께했던 물리학자는 말했었다. 만남과 이별, 있음과 없음이 모두 헛것이라는데, 그 헛것이야말로 헛것은 아닌가.

내가 좋아하는 것들: 맑은 아침 너무 가파르지 않은 언덕 포
장길을 올라갈 때, 낮은 계단(다섯 번째 계단 정도)에 앉아서 책
을 읽거나 턱 받치고 거리를 바라볼 때, 카페의 2층 창가에
서 새로 산 책의 첫 페이지를 열 때, 후미진 곳에 차를 세우
고 가난한 동네의 먼 풍경을 바라볼 때, 아침 기차 안에서
오래 못 본 사람에게 문자를 적을 때, 좋아하는 사람과 카페
테라스에 앉아서 주변을 두리번거릴 때, 차가운 마키아토
를 마시며 아직도 많이 아픈 추억들이 다가오는 걸 바라볼
때, 오뎅 바에 앉아서 뜨거운 사케를 마시며 음식을 기다릴
때(그러면서 사케 잔 안에 들어 있는 생선 지느러미 냄새를 맡을 때),
귀농한 옛 친구의 밀짚모자 쓴 얼굴과 고추밭, 상추밭들이
들어 있는 사진을 페이스북에서 볼 때, 로버트 프랭크, 루이
스 하인, 로버트 아담스 등등 오래된 흑백사진들을 생각 없
이 바라볼 때, 바르트의 《카메라 루시다》 독일어판 코발트
색 표지를 바라보다가 손으로 만져볼 때, 누군가의 서늘하
고 단단하던 이마의 감촉과 또 누군가의 길고 하얀 손을 기
억할 때, 그리고 또, 또, 또……

14.

바슐라르가 샤갈의 시선에 대해서 하는 말. 그가 그린 낙원 추방의 그림 안에서 아담이 이브에게 하는 말: "사랑하는 여인이여, 사과를 따지는 마세요. 그냥 만지면서 애무만 하세요……"

강의를 듣던 한 분이 말한다: "신은 인간을 두 번 창조했던 게 아닐까요. 처음에는 흙으로 아무것도 모르는 인간을, 다음에는 사과로 자기가 누구인지 분명하게 깨닫는 인간을…… 사실 제가 가톨릭 신자이긴 하지만요……"

내 강의를 들어주는 이들 중에는 이런 분들이 있다. 자부심.

15.

종일 집에 머문다. 종일 책을,《독일 비애극의 기원》을 읽는다. 저녁에는 잠깐 산책을 나간다. 그 잠깐 사이에 폭우가 쏟아진다. 길가에 차를 세우고 쏟아지는 비 구경을 한다. 일찍

찾아온 어둠 속에 추락하는 빗물들이 가득하다. 어제는 문
닫을 때까지 혼자 음악 술집에 있었다. 담배 피우는 커트 코
베인의 사진을 보면서, 사는 일이 버려지듯 떠나는 것 같네
요, 라고 누군가에게 문자를 보냈다. 빗줄기 속에서 가등들
이 켜진다. 떠나가는 것들은 불을 켜는 걸까. 그래서 오랜 뒤
에도 빛으로 남는 걸까.

16.

나이가 든다는 건 날씨에 민감해진다는 것이다. 그런데 제
아무리 슈퍼컴퓨터라 해도 날씨는, 특히 태풍은, 본질적으
로 예측 불가능하다고 어느 기상학자는 말한다—누구나
자기 안에 태풍을 하나씩 갖고 있을 거다. 누구나 그걸 잘
알아보는 건 아니겠지만……

17.

누구나 편하게 살고자 한다. 그러나 편하다는 것과 조그만

불편도 용납하지 않겠다는 것은 완전히 다른 것이다. 전자
는 쾌락을 원하는 사람이지만 후자는 이기주의자일 뿐이
다. 쾌락이 이기를 잊게 한다면 이기는 쾌락을 마비시킨다
—사랑 또한 대체로 그렇게 끝나는 건 아닐까.

18.

누군가가 자꾸 초조해지는 걸 보는 건 기쁜 일이 아니다. 비
록 그것이 자기가 아니라 다른 이를 위한 것이라 해도……

19.

한영수의 사진 한 장을 본다. 눈 내리는 1970년대 서울 어느
거리 풍경. 나는 이 거리를 안다. 마른 가로수들도 낮은 잿빛
건물들도 안다. 그때 거기 내 곁에는 눈처럼 얼굴이 하얀 한
여대생이 있었다…… 있었다, 있었다, 라고 자꾸 중얼거리
다 보면 그때처럼 눈이 내릴까.

20.

"동이 서에서 먼 것같이 우리가 범한 죄과를 우리로부터 멀
리 옮기셨으니 (…) 이는 그가 우리의 체질을 아시며 우리가
단지 먼지뿐임을 기억하심이로다." 《시편》 103편)

8월

1 .

아침. 세상은 맑고 마음은 무겁다.

2 .

면도를 하고 애프터 셰이브 로션을 정성 들여 얼굴에 바른다. 이 정성스러움이 나는 귀엽다.

3 .

아침 하늘 밑으로 파란 버스가 달려간다.

4.

몸은 늘 따뜻해야 한다지만 나는 적당히 차가운 물로 샤워를 하면 기분이 좋아진다. 들러붙어 있던 잡념들이 깨끗하게 씻겨 나간 것처럼 홀가분해진다.

5.

타자? 타자 따위는 없다. 누구나 그저 혼자일 뿐.

6.

늦도록 술을 마신다. 노래 신청을 한다. 레너드 코헨의 〈낸시(Nancy)〉, 김광석의 〈잊어야 한다는 마음으로〉. 얼핏 지나가던 둘 사이의 관계는 무엇이었나.

7 .

나는 혁명 없는 혁명가다. 혁명이 필요하다. 오래된 농담이 되어버린 이 낡은 진실. 깊은 밤, 길가에 앉아서 담배를 피우다 나는 뜻 없이 혼자 운다.

8 .

나는 칼이다. 양날의 칼. 한쪽은 단단하고 차가운 합리성의 날. 다른 한쪽은 부드럽고 천진스러운 감성의 날. 조심할 것. 이 양날의 칼이 혼동을 일으켜 잘못 베지 않도록.

9 .

"선생님의 글을 읽으면서 많이 위안을 받는답니다"라고 거리에서 어느 여자가 말한다. '위안'이라는 단어, 갑자기 목이 멘다.

10.

"우리가 한 여인 때문에 진정 고통스러워하자면, 그녀를 완전히 신뢰하던 시절이 있어야 한다." (프루스트)

문제는 고통이 없다는 것이리라.

11.

모두가 다른 것 같지만 사실은 하나인 것, 그것이 무의식이다. 모두가 꼭 같건만 저마다 특별하다고 여기는 것, 그것이 의식이다. 그래서 우리는 모두가 병들었건만 저마다 잘났다고 떠드는 것인가. 무의식은 정치학 개념이다.

12.

얼핏 고개를 들다가 마주친 시선. 나를 가엾이 바라보는 시선. 완전 들켜버리고 만 것 같은 기분. 참담함.

13.

글쓰기와 선물 주기

글쓰기는 본래 나를 위해서 하는 일이 아니다. 그건 남을 위해서 하는 일이다. 다른 이에게, 사랑하는 이에게, 마음을 담아서 건네는 선물 주기, 그것이 글쓰기다. 그런데 선물 줄 사람이 없을 때, 선물을 받으려는 사람이 없을 때, 나는 어떻게 해야 하나. 글쓰기는 본래 행복한 일이었지만 오늘의 글쓰기는 외로운 일이다. 아무도 나의 선물을 알아보지 못하고 아무도 나의 선물을 받으려 하지 않는다. 그래도 나는 글을 쓰고, 그 갈 곳 없는 선물을 다시 나에게 준다. 주소를 잃은 글들이, 갈 곳을 모르는 선물들이 온 세상을 떠다니는 건 아닐까. 바틀비가 태워버려야만 했던 도착할 수 없는 편지들처럼……

14.

느슨하다. 모든 것이 느슨하다. 요실금처럼 찔끔거리며 새는 하루하루.

15.

네이버로 가려다 한글로 돌아오는 손가락. 이것이 새로움
이다.

16.

"세상은 환상이 아냐. 현실이란 말이야"라고 누군가 단호하
게 등 뒤에서 말하길래 돌아보니까 승복 입은 비구니다. 그
옆에 웬 청년 하나가 검은 비닐봉지를 들고, 고개를 떨구고,
잰걸음으로 따라가고 있었다.

17.

자정 지난 거리를 달려올 때 옆에서 들리는 소리: "그렇게

빨리요? 난 자신이 없는데……"

18.

요즈음 나를 지극히 행복하게 만드는 일: 마리하고 잘 때.
레몬수를 섞은 얼음물을 마실 때.

19.

여름이 간다. 또 무엇이 갔을까.

20.

무엇을 내가 못 할까. 하든 못 하든 그것들이 모두 이제는
나와 아무 상관이 없는 것이 되었는데……

21.

이제는 이런 낙서도 그만둘 때가 되었다는 생각.

9월

1 .

남은 시간은 나날이 줄어들건만……

2 .

선물의 글쓰기. 애도의 글쓰기. 사랑의 글쓰기.

3 .

늦은 밤
나는 왜 돌아왔는지 모르는 채
붉은 포도주 한 잔
어깨가 기울면서

나는 기도하노니

오 뮤즈여

나를 용서하고

내게 그들을 불러다오

그들을 노래하도록

내 머리에 찬물을 붓고

내 가슴에 불을 지르고

내 손가락에 저주를 풀어

그들을 노래할 수 있다면

그들과 더불어

차가운 바닥에 나를 누이리

4.

늦도록 술. 슬프다. 돌아와서도 가시지 않는 슬픔……

5.

오, 그대여, 나는 당신을 찬양할 수도 없어요, 빌라도처럼 박박 손을 씻으며 초혼처럼 망각을 불러들일 뿐…… 오, 뮤즈여, 제발 나를 사랑하지 마세요. 당신의 사랑이 너무 아프다면, 오 뮤즈여, 제발 내게서 그 사랑의 저주를 거두어주세요. 그렇게 나를 노래하게 해주세요. 그렇게 나를 망각의 돌무덤으로 초대해주세요. 그 돌무덤이 신혼 방인 것처럼……

6.

영웅은 말을 하지 않는 자이다. 그리하여 영웅의 침묵은 탄생한다. 우물 속 귀신들처럼 그 침묵 안에 묻혀 있는 이름 없는 것, 말 없는 것, 말 빼앗긴 것들……

7.

멋진 가방을 선물 받았다. 어린 시절 새로 산 운동화를 머리

말에 두고 그렇게 했듯이 돌아오는 차 안에서 여기저기 새 가방을 만져본다. 크지 않은 가방인데도 곳곳에 주머니들이 숨어 있다. 이 많은 주머니들은 무엇이 담기기를 바라는 걸까. 내게는 소중히 간직할 것들이 그렇게 많은 걸까.

8.

베란다에서 담배를 피우는데 아이가 오더니 플라스틱 물병을 나를 피해서 휙 던지니까 비닐봉지 안으로 멋지게 골인이다. 그것도 두 번이나. 갑자기 아이와 나는 마주 보고 깔깔 웃는다. 아이는 제 방으로 갔어도, 나도 웃음을 끝냈어도, 웃음의 여진은 한동안 얼굴 위에 머문다. 그 여진이 편하고 기분 좋다. 몸은 이렇게 좋은 걸 가능한 한 오래 간직하려고 한다. 웃음이란 뭘까. 참 이상한 것. 그럴 이유가 없는데도 존재하는 무엇. 셉티머스의 자살 소식을 듣고 댈러웨이 부인은 자기만의 방으로 돌아가 혼자 확인한다: "그런데 그것은 무엇일까, 내 안의 그것, 나를 이렇게 살게 하는 그것은 무엇일까."

9.

"별빛은 그림자를 만들지 않는다"라는 출처를 알 수 없는
인용. 아니면 내가 남긴 메모일 수도……

10.

먼 하늘을 보노라면 다가와서 도장처럼 찍히는 상실감이
있다. 나는 뭘 잃어버린 걸까. 그것이 무엇인지는 몰라도 그
것을 영원히 되찾을 수 없으리라는 건 왜 이토록 자명한 것
인지……

11.

마지막 얼굴들에 대해서 생각하면서 빈 오후를 보낸다.

2.

새로 나온 책 목록들을 본다. 무슨 족쇄처럼 보이는 화려한
제목들. 나는 언제나 이 허영의 족쇄로부터 자유로울까.

3.

찬물로 샤워를 하다가 아버지 생각. 아버지는 세 번 죽을 고
비를 넘기셨단다. 일본군에게 머리를 맞고 걸린 실어증. 저
승사자까지 만나는 지경에 이르렀던 결핵. 퇴각하는 인민
군에게 발각되어 겨우 총살을 면한 구사일생. 그리고 말년
의 우울증과 약간의 치매…… 그에 비하면 내가 겪었다는
몇 번의 위기는 얼마나 추상적이고 속물적인 것인지……
그런데 아버지와 내가 일치하는 위기가 있는 것 같다. 그건
고독이 아닐까. 돌아가실 즈음, 천장을 바라보며 침대에 길
게 누웠던 아버지의 모습은 풍장의 나무 침대 위에 외로이
몸을 누인 늙은 족장 같았다. 내게는 그 외로움이 저승사자
같았다. 그러면서도 감히 범접할 수 없는 아버지의 기품 같
았다. 한 보잘것없는 인간이 얼마나 성스러운 존재인지를

그때 나는 보았는지 모른다. 나는 아버지의 적자다. 그러니
내 운명 안에도 아버지의 피가 흐르고 있으리라.

10월

1.

사랑은 쉽고 글은 어렵다. 글은 가볍고 사랑은 힘들다. 무엇이 나의 진실일까.

2.

날씨가 추워졌다. 이제 재킷을 입어야 한다. 와이셔츠 몇 벌을 준비해야겠지…… 계절은 이렇게 오고 가고 또 온다. 태고인들이 옳았다. 세월은 뱀처럼 제 꼬리를 물고 흐른다.

3.

개념이 아니라 이야기로 사유하기—그것이 카프카다.

4.

《독일 애도극의 기원》을 열심히 읽는다. 참고 문헌도 이것 저것 찾아서 읽는다. 말 많은 알레고리 개념이 이번 가을 학기의 주제다. 나름대로 매우 디테일한 논리와 형상을 얻어내야 한다. 개념의 비의는 깨져야 한다: "침묵을 제거하기 (Eliminieren des Sprachlosen)." (벤야민)

5.

아무래도 충격을 받은 것 같다. 반드시 원치는 않아도 이제는 그만 놓아야 할 때가 된 걸까.

6.

가을 아침, 누군가 어디에선가 나날이 행복해지고 있다는 생각은 평화롭다.

–

가을 아침, 마음에 추가 매달린다. 맑은 아침으로의 잠수, 아니면 투신.

7.

"나는 믿지 않아, 신도, 국가도, 소설도, 영화도, 종교도, 요가도, 엘비스도, 비틀스도, 나는 믿지 않아/내가 믿는 건/나 자신/그리고 요코뿐이야." (존 레논)

8.

"……어느 날 나는 머리를 파묻으며 그의 가슴 안으로 두더지처럼 파고들었다. 그러나 위안은 없었다. 나는 절망하지 않았다. 나는 그걸 이미 알고 있었으니까. 세상에 내가 바라는 위안은 어디에도 없다는 걸 벌써 알고 있었으니까. 그런데도 나는 그로부터 위안을 원했다. 그런 위안은 도대체 어

떤 것이었을까. 불가능한 줄 알면서도 그의 가슴속에서 찾
고 싶었던 그 위안은 도대체 무엇이었을까. 그렇게 세월은
흘렀고, 그 위안의 절망이, 그토록 미칠 것만 같았던 위안의
부재가, 그와 나 사이에 있었던 모든 것이었다는 걸, 이제 나
는 안다."

9 .

떠날 때 길은 보이고 길을 갈 때 소망은 더 이상 필요 없다.

10 .

자기의 작은 진실을 말하기에도 생은 짧다.

11 .

모른다는 것이 결정적이다. 생에 대해서 아무것도 모를 때,

온전히 남는 건 생 그 자체이다. 그럴 때 우리를 찾아오는 앎, 모름 속에서 우리가 알고 있는 단 하나의 앎―그것은 생의 기쁨이다.

/ 2 .

최승자의 얼굴. 시인의 얼굴. 사랑을 다 써버린 얼굴.

/ 3 .

"천재는 그가 하는 일 모두가 자연의 선물이므로 그가 완성시킨 예술 작품 안에 고난의 발자국을 남겨 사람들을 두렵게 하는 일이 없는 사람이다." (레싱)

이에 반해서 벤야민의 천재론을 기억할 것: "천재는 그의 작품이 아니라 작업실을 통해서 증명된다. 그의 작품은 언제나 미완성이지만, 그의 작업실 안에는 그가 이루지 못한 힘든 과업의 흔적으로 가득하다. 그의 작품을 완성시키는 건

이 흔적들이다."(발터 벤야민,《일방통행로》)

14.

바르트는 일본 사람의 눈을 이렇게 글쓰기 한다: "일본 사람의 눈은 조각이 아니라 글쓰기다. 얼굴 표면이 촘촘하게 직조된 부드럽고도 연약한 비단이라면, 두 눈은 그 위에 두 개의 붓으로 단순하고도 직접적으로 그어진 틈새 있는 선이다. '살아 있음'은 눈빛 안에 들어 있는 게 아니라 아무런 비밀도 간직하지 않은 표면과 그 위에 그어진 틈새 사이의 공간 안에 존재한다. 그 공간 안에 들어 있는 거리와 차이 그리고 싱코페이션—그것이 즐거움의 텅 빈 형식이고(die Leerform der Lust) 두 눈의 살아 있음이다. 거기에는 구속적인 형태학적 요소들이 없으므로 꿈으로 건너가는 것도 아주 쉬운 일이다. 쌍꺼풀이 없기 때문에 '무겁지' 않은 두 눈은 얼굴이 점차 만들어가는 본래적 통일성의 단계들을 그저 하나씩 따라서 건너갈 뿐이다. 그렇게 눈은 내려앉고, 감기고, 잠이 든다. 잠든 뒤에도 끝없이 내려앉는 눈꺼풀 때문에 두 눈의 닫힘도 한동안 더 닫힌다……"(롤랑 바르트,《기호의 제국》 내가 그리고 싶은 사랑하는 사람들의 얼굴도 이런 부드러운 문장들 안에 담겨야 하지 않을까. 그러면 그들도 살아서 돌아오겠지……

15.

바르트가 맞았어요. 그 사람이 너무 아파요. 라고 그는 말한다.

16.

세상이 유치하다. 정신들도 유치하다. 그들은 모두 그 무언가를 알고 있지 못하다. 나는 알고 있는 그 무엇을…… 이건 오만함이 아니다. 이건 외로움이다.

17.

네가 떠날 때도, 내가 떠날 때도, 세상은 웃으며 위로한다.

근심 걱정하지 말라고, 내일도 어제와 같을 거라고……

18.

돌아오는 밤 열차 안에서 잠이 들었다. 누군가 선잠 속으로 지나간 것 같다. 낙엽이 허공에 그리는 선처럼, 나타나듯이 사라지듯이……

19.

"우리는 아무 잘못도 없다. 우리는 늘 우리가 하겠다는 걸 해왔을 뿐이다. 단 한 번도 우리는 우리를 속인 적이 없다. 그걸 알면서도 우리를 뽑은 건 그들이다. 이제 그들이 그 대가를 받을 차례가 아닌가." (괴벨스)

우리는 다 안다. 다 알지만 아는 것과는 다르게, 그들이 바라는 대로, 행동한다. 그러고 나서 '아무 잘못도 없는' 것처럼 우리는 그들에게 증오를 퍼붓는다. 그건 그들의 약속이 애초에 틀렸다는 걸 깨달아서가 아니라 그들이 걸었던 약속을 지키지 않았다는 배신감 때문이다. 만일 그들이 정말 약속을 지킨다면, 우리는 '아무 잘못도 없는 것처럼' 더 단단하게 그들과 연대할 것이다. 그러나 우리는 다 아는 게 아니라 아무것도 모르고 있다. 우리를 위한다는 그들의 약속은 결코 지켜질 수 없고, 우리는 배신당할 수밖에 없다. 그 약속은 애초에 우리가 아니라 그들 자신들만을 위한 약속이었기 때문이다.

20.

"죄지은 삶은 자연의 법칙에 따라서 몰락한다." (발터 벤야민, 《독일 애도극의 기원》)

몰락은 피할 수 없다. 다만 그 몰락의 주인이 인간의 법칙이냐 자연의 법칙이냐가 다를 뿐이다. 이 미소한 차이는 그러나 일회적인 삶의 숭고함이란 무엇인가라는 질문에 대해서 결정적이다.

21.

그들이 가진 건 돈밖에 없고 우리가 바라는 건 돈밖에 없다. 이 둘을 엮어주는 매개 상품들 중에는 지식도 있다. 돈이 많은 곳에 가서 강의를 했더니 큰돈을 주었다. 받고 보니 사기를 친 기분이었는데 술을 먹다 보니 사기를 당한 기분이다. 거기에서 나는 어쩌면 그들이 듣기 싫어 할 얘기를 했다고 생각했다. 그런데 그들은 그런 줄 이미 다 알았던 게 아닐까. 그래서 내 얘기가 즐겁고 재미있었던 게 아닐까. 그래서 큰돈을 선선히 주었던 게 아닐까. 나와 내 적을 분명히 알아야 한다고 늘 생각했었다. 그런데 이번에도 나는 적도 나도 또 잘못 알았던 것 같다.

22.

일요일 밤. 요즈음 자주 눈이 깊어진다, 풍경이 멀어진다, 가뭄이 탄다, 안에서 비가 내린다.

2 3 .

강의 녹취록을 다 읽었다. 빼고 넣고 고쳐야 할 것들이 곳곳
에 널렸다. 이걸 언제 다 마무리하나. 그러잖아도 마음은 나
날이 무거워지는데……

2 4 .

오늘은 마리가 딴 곳에서 잔다. 누워도 쉽게 잠들까 모르겠
다. 무엇이든 헤어짐은 늘 이렇게 불안하다.

2 5 .

대통령에 대해서 곰곰 생각한다. 이 양반이 안팎으로 심각
한 문제를 안고 있으며 간과해서는 안 될 만큼 잘못하고 있
는 건 자명하다. 그런데 왜일까? 언젠가 벤야민 강의에서
제왕의 우울증에 대해서 말하다가 이렇게 덧붙여 말한 적
이 있다. 사람은 참 이상하다고. 어려운 일들은 그렇게 잘 극

복하면서 행운과 선물을 받으면 그 앞에서 그만 여지없이
쓰러지고 만다…… 누구나 알듯이 과거에 대통령은 사
적으로 너무 큰 생의 어려움을 겪었다. 오랜 세월 뼈를 깎는
아픔과 신고를 겪어야 했을 것이다. 그렇지만 그는 쓰러지
지 않았고 거의 초인처럼(나라면 벌써 세상을 버렸을 터이다) 위
기를 극복했다. 그리고 그에게, 정치적 맥락이야 어떻든, 대
권이라는 큰 선물이 주어졌다. 그런데 그는 지금 어이없이
망가지고 쓰러지고 몰락한다. 그 큰 선물로 사적인 르상티
망의 갚음이 아니라 '공적인 올바름'을 닦고 세워갈 수도 있
을 테지만 스스로 그 선물을 욕보이고 자기를 망친다(음모꾼
들과 모사꾼들에게 둘러싸여서). 고생 끝에 낙이 온다지만 그 고
생과 선물의 변증법은 사람에 따라 양극적이다. 혹자는 선
물로 자기의 고생에 갚음을 하려 하고, 혹자는 모두의 고생
을 선물로 바꾸려고 한다. 혹자는 자기에게 복수를 하려 하
고 혹자는 고생도 복수도 더는 없을 세상을 꿈꾸면서 만들
려고 한다. 어쩌면 너무 당연해서 매우 쉽고 간단할 듯도 한
데 그게 아닌 모양이다. 인간은 어쩔 수 없이 약한 모양이다.
타고난 가엾음과 어리석음을 어쩔 수가 없는 모양이다. 그래
서 역사도 그렇게 고래로 자기를 배반하면서 흐르는 걸까.

26.

생각한다는 건 뭘까. 내게 그건 '그 어느 자리'로 돌아간다는 것이다. 신경 줄 놓으면 어느 사이 그 밖으로 쫓겨나 있는 이 자리.

27.

어느 종교 모임에서 K 교수를 만났다. 그도 나도 서로를 알아보아서 첫인사를 나누었다. 나중에 그의 강의를 듣고 난 어느 분이 오시더니 내게 말한다: "K 교수님이 선생님 말씀을 아주 많이 하시던데요. 난 김 선생이 그렇게 대단한 분인 줄 몰랐는데요……"

28.

요즈음 사랑에 관한 말들을 많이 하면서 산다. 강의에서도 생활에서도…… 그런데 우울의 시작인가? 잠이 편치 않고 마음의 추도 즐겁지 않고 무거워진다. 우울이여, 오랜 친구여, 그대는 또 나를 시샘하는 건가? 나의 사랑을, 나의 명랑을?

29.

강의 없는 날. 종일 집에 은거한다. 책도 읽고 글도 쓰고 찌개도 끓이고 잔멸치도 볶는다. 청양고추 썰어 넣어서 김밥도 만다. 하늘은 흐리고 눈앞은 침침하고 마음은 무겁다. 구름 지나가듯 창으로 빛이 들다가 어느 사이 어스름이다. 밤이다. 갑자기 누군가이든 찾아가야 할 것 같다.

–

"그분이 또 오신 거예요?"라고 그는 웃으며 묻는다.

30.

아무래도 나에게 금연은 틀린 것 같다. 어제처럼 맑은 아침과 오늘처럼 흐린 아침, 먼 곳으로 떠나는 눈들과 함께 한 모금 푸른 연기를 밖으로 내어보낼 때면, 그러면 어김없이 도착하는 '그 어느 상태'를 나는 결코 포기할 수 없을 것이기 때문이다.

3 / .

아버지와 박정희, 헤어스타일, 유행과 추억, 그리고 불망 기억.

3 2 .

물망초[forget—me—not, 勿忘草](두산백과)

꽃은 5~6월에 하늘색으로 피고 한쪽으로 풀리는 총상꽃차 례를 이루며 달린다. 화관은 다섯 개로 갈라지고 인부(咽 部)에 다섯 개의 비늘 조각이 있다. 물망초란 영어의 'forget me not'을 번역한 것이고, 영어 이름은 독일어의 '페어기스마인니히트(Vergissmeinnicht)'를 번역한 것이다.

독일의 전설에 따르면, 옛날에 도나우강(江) 가운데 있는 섬
에서 자라는 이 꽃을 애인에게 꺾어 주기 위해 한 청년이 그
섬까지 헤엄을 쳐서 갔다고 한다. 그런데 그 청년은 그 꽃을
꺾어 가지고 오다가 급류에 휘말렸고 가지고 있던 꽃을 애
인에게 던져 주고는 '나를 잊지 말라'는 한 마디를 남기고 사
라졌다고 한다.

그녀는 사라진 애인을 생각하면서 일생 동안 그 꽃을 몸에
지니고 살았다고 한다. 그래서 꽃말이 '나를 잊지 마세요'가
되었다.

33.

무언가에 줄곧 몰리고 있는 것 같다. 가축처럼, 덫으로 쫓기
는 짐승처럼……

3 4.

프리드리히 키틀러의《광학적 미디어: 1999년 베를린 강의》
를 읽기 시작했다. 잠깐 그의 강의를 들을 수 있었던 프라이
부르크 대학 시절이 아연했다. 긴 서문을 읽고 나서 옮긴이
의 후기를 읽었는데 매우 훌륭한 글이다. 번역본을 읽는 독
자에게는 그 책의 두 번째 서문과 같은 것이 아닐까. 하기야
여전히 엉터리 번역들이 지천인데 글쓰기를 운운하는 일이
어불성설이겠지만……

3 5.

교과서 국정화는 또 다른 식의 계엄령이다.

3 6.

아침. 비 오는 쓸쓸함 때문인지 때아닌 생각들이 비를 맞는다.

37.

생각에도 강이 흐른다. 한번 흐른 강물에 다시 발을 담글 수
는 없다, 라는 고대 현인의 말은 무엇보다 생각의 운명이다.
한번 지나간 생각은 두 번 다시 돌아오지 않는다.

38.

내가 그의 글을 좋아하는 건 그가 그의 글을 좋아했기 때문
임이 분명하다. 누군가가 좋아한다는 이유만으로 따라서
그것을 사랑하게 되는 일―그런 나는 얼마나 귀여운지……

39.

오늘 아침의 우울은 하나의 믿음이 사라졌기 때문이다. 뒤
지면 거짓과 위선으로 가득할 그동안의 삶 속에서 그래도
몇몇 진실들은 있었다. 그중에 하나가 아버지와 나 사이의
운명적 닮음이다. 어린 시절에는 어린 시절대로(아버지를 빼

닮았네) 또 살아오는 동안에(나이 들수록 아버지와 똑같아지네)
그런 말을 많이도 들었지만 언젠가부터 그 운명의 진실은
무너지기 시작했다. 아버지는 평생 새치가 없었지만 내게
는 새치가 나날이 늘어난다. 아버지는 생전 살 붙을 일이 없
어 가벼웠는데(쓰러진 아버지를 옮기는 일이 그래서 그다지 힘들
지 않았다. 아버지는 평생 남을 힘들게 한 적이 없었다) 나는 서서히
나잇살이 붙기 시작한 지 오래다. 아버지는 평생 욕 한번 할
줄 모르는 약자였건만, 생활에서 강의에서 또 글들 속에서
나는 어느 사이 강자의 흉내를 낸다.

                              40.

이제는 알겠네요. 당신이 따라간 건 새로운 사람이 아니라
새로운 목소리였다는 걸……

                              41.

누군가의 아버지와 어머니가 되지 않을 수는 있다. 그러나

누군가의 아들이나 딸이 되지 않을 수는 없다. 이 피할 수
없는 자연법이 모든 자식들을 부모님들의 법정 앞에 세워
서 판결을 받게 만든다. 판결은 두 가지다. 하나는 '나는 그
들처럼 살지는 않겠다', 다른 하나는 '나는 내 아버지의 아들
이고 내 어머니의 딸이다'라는 판결이다. 그런데 이상한 건
아버지처럼 살지 않겠다던 아들은 아버지와 판박이가 되지
만 아버지의 자식이 되기도 한다.

4 2 .

오래 우울하다. 그런데 그게 쇼 같다, 라고 말하는데 그마저
도 유치해라……

4 3 .

그 목소리를 잊을 수 없다. 수화기 안에서 새어 나오던 목소
리. 가볍고 유치하기 짝이 없던 목소리. 그러나 모든 것을 앗
아갔던 목소리…… 유치한 것들이 나의 모든 것들을 허물

고 빼앗아 간다. 유치하고도 유치한 것들이……

44.

침대를 점령하는 것들이 있다. 그것도 몹시 오래된 침대
를……

45.

죽음의 때를 미리 선택한다는 것. 예컨대 집행일이 결정된
사형수처럼……

-

인간의 특별함이란 무얼까. 그건 죽음을 다룰 줄 안다는 것
이 아닐까.

-

갑자기 추월해서 내 앞으로 끼어든 검은 승합차 뒤 유리에
이렇게 쓰여 있다: 지치면 지고 미치면 이긴다!

—

지하철 안에서 비실거리며 조는데 갑자기 머리를 때리고
도망가는 문장 하나가 있다: 글은 난중에 눈을 뜬다.

11월

1.

모르지는 않았지만 때마다 머리를 치는 각성이 있다: 짐작과는 다른 것, 그것이 세상이구나.

2.

어쨌든 지금 당장은 아니다, 라고 중얼거리니까 비로소 한결 마음이 편안해진다. 하기야 그 아니면 더 무슨 위안이 있겠는가.

－

그의 얼굴이 쓸쓸해진다. 나는 먼 곳을 바라본다. 버스가 막 정류장을 떠나고 있다.

거기에서 나는 자주 호텔 옆에 있는 카페로 갔었다. 뜻 없이
오가는 사람들을 바라보다가 노트에 그들을 적었다. 적고
나면 벌써 그들은 지나가고 없었다. 그것이 얼마나 외롭고
행복한지를 나는 그때 몰랐었다. 그래서일까. 이런 밤, 다시
돌아온 그 카페로 나는 문을 밀고 들어간다……

3.

'먼 것'에는 두 가지가 있다. 사라진 먼 것과 다가올 먼 것. 벤
야민, 프루스트, 보들레르, 박상륭, 윤대녕, 김훈, 최승자, 이
성복, 또 누구누구들의 먼 것들……

4.

아버지와 대통령, 그리고 이마, 헤어스타일, 목소리, 그리고
사진과 편지.

5.

자꾸 살이 붙는다. 그동안 너무 많이 먹었다. 드디어 왼쪽 어금니가 씹기를 거부한다. 고통이 신호 같다. 올 것은 오는 것이고 그 등 위에 올라타고 배 밑에 붙어서 오는 것들이 또 있다. 자주 그것들이 나를 알아본다, 내가 그걸 알아보아야 할 텐데……

6.

이빨처럼 내 몸에 단단히 박혀 있는 것이 있을까. 그 이빨이 흔들리기 시작했다. 당신도 그렇게 내 몸에 박혀 있는 걸까. 당신도 이제 흔들리는가. 이미 오래전에 흔들리기 시작했으며 지금은 썩은 동아줄처럼 덜렁거리는가, 아슬아슬하게 악착같이……

7.

거짓말이 난무한다. 우리가 대표로 선발한 이들이 우리를
속인다.

8.

카프카의 세계 안에는 어둠의 세력이 웅크리고 있다. 그 세
력은 늙은 세력, 사라져야 마땅하건만 암세포처럼 죽지 않
고 살아남으려는 반문명적이며 반역사적인 세력이다. 카프
카는 그걸 아버지 권력 또는 신화의 권력이라고 부른다. 그
의 주인공들은 모두가 이 늙은 노망의 권력으로부터 젊음의
권리를 되찾으려는 인물들이다. 그들의 이름 K는 그 형상
이 오래된 벽을 뚫고 나가려는 젊음의 엠블럼처럼 보인다.

당연히 매 시대는 새로워져야 하는 젊음의 권리를 지니고
있다. 그 역사의 권리를 부당하게 박탈하면서 오늘 우리의
정치는 늙고 음흉하고 악착같은 노쇠의 신들이 귀환하는
신화의 세계로 퇴행하고 있다.

9.

"어제 늦은 오후 무렵 플로르에서 파스칼의 《팡세》를 읽었다." 아무 생각 없이 서가에서 꺼내어 열어 본 페이지에 있던 이 문장(롤랑 바르트, 〈파리의 저녁 만남〉). 아무것도 아닌, 이제 일어날 사건을 위해, 거울 앞에서 한 번 더 화장과 옷매무새를 고치는 외출하는 여인처럼, 그냥 뜻 없이 거기에 놓여서 존재하는 문장. 이 덧없는 문장이 순식간에 나를 사로잡는 건 무엇 때문일까. '어제', '늦은 오후', '파스칼', '팡세', '읽었다'…… 이 단어의 파편들이 모여서 한 줄기 빛처럼 다가온 무슨 뜻 혹은 이미지. 어떤 빛, 허공의 빛.

10.

"슬픈 사람은 깊은 생각에 잠긴다."
생각에 잠긴 슬픔, 그것이 '비애'다.

11.

책과 사진의 본질은 하나다. 그건 소멸을 이기려는 욕망이다. 세상의 모든 것들은, 심지어 스핑크스와 만리장성마저도 결국 흙으로 돌아가지만, 그러나 그것들은 우리는 책 속에서 영원히 간직할 수가 있다. 사진도 마찬가지 아닌가.(…) 책이 아닌 편지라면? 편지는 중단된 책이다. 책은 언제나 중단된다. 미완성의 운명이 책의 운명이다. 그러나 또 하나 책의 운명은 '끝나야 한다'라는 것이다. 이 책의 운명을 아버지의 편지는 나에게 말하고 있었다. 아버지의 운명이 나의 운명으로 '상속'되었다는 걸 나는 알았다. 나는 이 책을 마저 써야 하는 것이다. 그러나 나는 아직 이 책이 어떻게 완성되어야 하는지를 알 수 없었다. 그때 내게 다가온 것이 어머니의 사진이었다. 나는 그 사진을 무어라고 말할 수 있을까…… 아버지의 편지는 이 사진이 가져다준 그 무엇을 이어 써야 하는 것이다.

1 2 .

글쓰기란 무엇인가. 그건 나만이 쓸 수 있는 것을 쓰는 것
이다.

1 3 .

사진은 무엇을 찍으려는 걸까. 대기 안에 가득한 것, 우연과
필연의 공기들, 필연이 되고자 욕망하는 우연들……

1 4 .

아이유의 〈Rain Drop〉 동영상. 세상이 카페 같다. 세상이란
뭘까. 무엇이 세상이 되는 걸까. 무엇이 세상을 만드는 걸까.
세상 안에 가득한 것들. 가득한 것들 안에서 태어나는 세상,
흐르는 세상……

15.

음탕하지 않기. 함부로 끼어들지 않기. 함부로 만지지 않기. 그냥 보기. 미라처럼 안을 비우고, 심장만 남겨두고 그냥 보기⋯⋯

16.

나도 누군가의 사랑이 되고 기쁨이 된다는 것. 그 쓸쓸함.

17.

이가 아프니까 먹는 일도 조심스러워진다. 조심조심 먹다 보니 이제야 알겠다, 그동안 내가 얼마나 게걸스럽게 아무거나 막 먹으면서 살아왔는지를⋯⋯

무관심하게 다 노려보고 들여다보고 꿰뚫어 보기. 침대 속
에서 온 우주를 주유했던 프루스트.

카프카 강의. 〈변신〉에 대한 참고 자료를 읽다가 문득 질문
이 생긴다. 카프카는 편지 안에서 펠리세에게 자기의 소설
쓰기에 대해 끊임없이 이야기한다(보고한다). 그러나 펠리세
는 이가 튼튼한 여자였을 뿐, 문학에 대해서는 흥미도 없고
교양도 없는 여자다. 왜 카프카는 아무것도 모르는 문학의
문외한 펠리세에게 그토록 정성스럽게 자기의 글쓰기 작업
들을 보고했던 걸까—펠리세는 나중에 그가 받은 카프카
의 편지들을 경매에 내놓아 팔아버렸다.

20.

때마다 일마다 출몰하는 문화평론가라는 이들. 너무 빨리
말하는 건 음탕하다.

21.

한국 소설 강의 첫날. 황순원 선생의 〈소나기〉 읽기. 이 작
은 소설은 유년과 무관하다. 그것은 매우 뜨거운 성인 소설
이면서 1950년대 전쟁 이후의 폐허성에 대한 한 탁월한 문
학적 변용이다. 혹은 유년은 있다, 가 아니라 유년은 없다
(있을 수 없다), 라는 주제 의식으로 이야기하는 유년 소설이
다……

22.

찾아온 사람. 돌연한 흥분.

23.

"1929년에 벤야민과 아샤 라시스는 뒤셀도르프가에 집을 얻어서 살림을 합쳤다." (몸메 브로더젠, 《발터 벤야민》)

두 사람은 그런 결정을 하면서 무슨 말들을 나누었을까. 무슨 말들을 나누면 서로 살림을 합치는 걸까. 아니, 무슨 말들이 오고 가지 않으면 살림도 합칠 수가 없는 걸까. 무슨 말이, 무슨 말이……

24.

광화문 집회에 갔다. 아수라장인 현장, 고성과 외침 소리, 토끼몰이 같은 진압, 쏟아지는 물대포, 사방을 벽으로 둘러싼 버스들…… 이게 다 무슨 짓인지. 정말 나쁜 권력이다. 소리치다 슬퍼서 목이 메었다.

그들은 검은 가방의 입을 열고 그 안에서 곤충들의 등껍질 같은 검은 '보호복'을 꺼내어 입는다. 결전을 앞두고 갑옷으로 무장하는 중국이나 로마의 병사들 같았지만 아직은 때가 아니어서 그런지 서로 웃거나 도와주기도 했다. 검고 단단하고 두툼한 보호복은 팔과 다리의 관절 부분만을 남기고 온몸을 감싼다. 왜 곤충들이 온몸은 딱딱한 등딱지로 감싸면서 다리들은 그토록 유연한 건지를 알겠다. 저 팔과 다리 관절의 부드러움은 폭력을 위한 자유로움이다.

그들은 까만 곤충 떼 같았다. 명령을 따라서 빠르게 동선을 바꾸는 그들의 움직임은 철저하게 조직적이었지만 오직 본능만이 작동하는 벌레들 같았다. 시스템과 본능이 하나가 되면 광기가 일어난다. 요즈음은 그런 광기가 돌아다니는 시대다. 동그랗고 단단한, 깜빡임도 느낌도 없이 빛나는 헬멧들은 곤충의 눈알, 눈동자가 보이지 않는 광기의 눈알 같았다. 얼굴을 안에 감추고 반짝이는 까만 동그라미들은 점점 다가오는 벌거숭이 폭력을 경고했다. 그들은 가끔씩 발작하는 것처럼 꿈틀거렸다, 갑자기 앞으로 전진해서 겁먹은 사람들을 벽으로 밀어대었다. 저항이 있으면 명령을 받은 한 떼가 재빨리 후방으로 합세해서 전열의 겹을 더 두껍게 만들어서 앞으로 밀어대었다. 로마의 방패 창기병들을 무적의 군대로 만들었던 것이 무엇인지를 금방 깨달았다. 에른스트 윙어가 왜 평생 곤충들에게 매혹되었는지를 알겠다.

2 6 .

세 개의 방과 세 개의 침대로 남은 러브 스토리. 마릴린 먼로에 대한 추억. 콜롱의 밀실에서—자고 일어났을 때 처연한 상실감, 외로움.

2 7 .

자고 일어났을 때마다 처연한 상실감, 외로움. 아침의 귀환.

28.

언제부터인가 밤에 잠이 깬다. 소변이 마려워서다. 얼른 침대에서 몸을 일으키지 못한다. 잠에 취한 탓도 있지만 이제는 허리가 빠르게 직립하지 못하기 때문이다. 엉거주춤 일어나 또 엉거주춤 허리를 구부리고 화장실로 간다. 아버지도 그날 밤 그렇게 유인원처럼 걸었을 것이다. 어둠 속에서 엉거주춤 화장실에 가다가 헛짚고 미끄러져 우당탕 곤두박질쳤을 것이다. 그렇게 아버지는 낙상을 하고 다시 일어나지 못했다.

29.

노트를 뒤지다 보니 《햄릿》의 강의록 메모 중에 이런 문장이 있다:

복수의 정신
현대적 인간의 원조는 르네상스 인간이다. 르네상스 인간은 신의 자리에 대신 들어선 휴머니즘(인간중심주의/이성중심주의)이라는 이념 안에서 정신과 육체가 분열된 인간이다. 이 자기 분열의 틈새에 복수의 정신이 알을 놓는다. 정신은 신체에, 신체는 다시 정신에 보복하는 내적 복수의 메커니즘은 결국 자기에 대한 숨겨진 복수 충동이다. 그러나 자기에의 복수는 언제나 타자에의 복수로 둔갑한다. 스스로 이룰 수 없는 자기에의 복수 욕망은 타자에게 투사되어 타자에의 복수로 자기를 실현하기 때문이다. 거기에 군주들의 광기가 있다. 리어왕, 맥베스, 오셀로, 그리고 햄릿. 이러한 자기분열적 복수의 군주들은 이후에도 끝없이 태어났고 지금도 태어나고 있다.

햄릿의 수다
햄릿의 본질적 성격은 망설임과 지연이다. 복수의 이유와 조건이 모두 준비되어 있음에도 그는 끝없이 복수를 망설이고 지연시킨다. 그 이유는 무엇인가? 프로이트는 비극적 인물의 두 유형을 오이디푸스와 햄릿으로 구분한다.《오이디푸스 왕》이 유아적 소망 판타지(Wunschphantasie)를 직접적으로 실현시키는 드라마라면,《햄릿》은 그 유아적 욕망이 끝없이 연기되는 망설임의 드라마다.《햄릿》은 아버지를 죽이고 왕위를 찬탈한 삼촌에게 복수를 소망하면서도(욕망의

햄릿) 그 소망을 끝없이 지연시킨다(도덕의 햄릿). 그런데 햄릿
의 분열적 행동은 필연적이지만 역설적이다. 그는 아버지
를 죽인 삼촌에게 복수하고 싶지만 그 복수는 실현될 수 없
다. 왜냐하면 아버지를 살해하고 어머니를 차지한 삼촌 클
로디어스(Claudius)는 망설임 없이 자기의 욕망을 실현시킨
인물, 사실은 자기가 스스로 되고 싶었던 인물, 햄릿 자신의
소망 자아이기 때문이다. 이 복수의 딜레마에서 거짓으로
벗어날 수 있는 유일한 도피처—그것이 저 끝없이 이어지
는 망설임의 중얼거림, 햄릿의 모놀로그, 끝없는 말들의 거
품이다. 햄릿은 그 거품 왕국의 왕이다. 도덕과 욕망, 정치와
정념으로 내면이 분열된 군주들은 대체로 저마다의 거품
왕국에서 산다. 그 안에서 그들은 때로 자기들만이 알고 있
는 파롤(Parole)의 사용자, 잡설과 수다의 언어장애인이 되어
간다. 그 거품의 분열 언어를 알아듣는 이들은 오로지 측근
의 조신들과 음모의 풍문을 먹고 사는 미디어들뿐이다.

30.

아침 강의 마치고 돌아오는 길에 시청 갤러리로 갔다. 김근

태 4주기 전시 〈포스트 트라우마(Post Trauma)〉를 보았다. 입구에 어록 한 줄이 적혀 있다: "희망의 반대말은 절망이 아니다. 그건 거짓 희망이다. 절망은 희망이 될 수 있지만 거짓 희망은 희망을 죽인다." 그러고 보니 19세기에 이미 카프카도 브로트에게 말했다던가. 세상에는 희망들이 가득하다고, 그런데 그 희망들은 우리들을 위한 것이 아니라고⋯⋯ 어스름 깔리는 거리에는 시위 대열이 줄을 서고, 확성기는 외치고, 대형 TV 스크린은 번쩍인다. 뉴스의 아이돌이 된 앵커가 물대포 규정 위반을 고발하고 사람들은 '경찰청장 물러가라!'라고 외친다. 서명대에서 서명을 하고 허리를 편다. 벌써 사방에는 경찰 버스와 관광버스들이 벽을 만들었다. 커피나 마실까, 일민미술관 문을 열고 들어갔는데 사람들이 입구 옆 대기 의자에 줄지어 앉아 있다. 번호표를 들고 있다가 숫자를 부르면 커플들이 아래쪽 레스토랑 홀로 내려간다. 밖에서는 숫자들이 외치고 안에서는 숫자들이 밥 먹을 순서를 기다린다. 종각까지 걸어가서 지하철 입구 계단을 내려간다. 그리고 또 느닷없이 무덤 같은 시간이 습격한다. 태고처럼 먼 날에 철없고 덧없었던 젊은 날의 사랑이 있었다. 나는 아마도 미친 듯이 그리워했고 그날 밤도 독주에 젖어서 이 입구 이 계단을 내려가다가 은빛 공중전화의 다

이얼을 돌리고 말았을 것이다. 수화기의 목소리는 너무 가깝고 너무 친절했다. 비둘기, 꽃, 나비, 함박눈, 종이학, 고궁 담길…… 따뜻함과 정다움 그리고 아름다움들이 눈앞에서 피어나더니 끊어진 종이 연처럼 날아갔다. 그리고 목소리가 들렸다. 어머, 너 잘 있었니, 나는 그사이에 많은 변화가 있었어…… 나중에 그 변화를 알았다. 그녀가 결혼해서 먼 나라로 떠났다는 소식을 우연히 들은 건 아마 두어 달 뒤였을 것이다. 지하철을 탄다. 빈자리에 등 대고 앉으니까 졸음이 스며든다. 이 졸음은 또 어디로 데려가려는 걸까, 졸면서 묻는다. 이유도 없이 고문으로 어눌해진 민주주의자의 얼굴이 떠오르고 그의 어록이 다시 생각난다: 희망의 반대말은 절망이 아니다. 그건 거짓 희망이다……

31.

침입의 순간이 있다. 랄프 깁슨, 열린 문 사이로 검은 손. 누군가 나를 여기서 끌어내어 죽은 시간의 공간, 유령의 공간으로 내던진다. 오르페우스처럼 에우리디케처럼 나는 거기에 가고 싶었던 걸까, 여기서 나가고 싶었던 걸까. 오늘 내

가 테니스공처럼 날아가 추락한 거기는 먼 나라 남쪽 도시
의 중심가가 끝나는 곳, 어느 아케이드 2층 카페 난간 옆 테
이블이다. 거기 어느 은빛 알루미늄 의자에 나는 등을 묻고
앉아 있었다. 혼자서, 텅 빈 아래층 쇼핑 통로를 내려다보면
서…… 그때 거기서 청바지 하나를 샀던가 말았던가.

32.

"나의 몸은 생명의 역사이자 문명의 흔적이다. 모든 자취가
기록되어 있다. 내 안에 일어나는 일은 인류 모두에게 일어
날 수 있고, 그 반대도 마찬가지다."(지두 크리슈나무르티)

동양학을 하는 누군가 이 말을 인용했다. 우리는 언제나 이
런 인디언의 세계관, '모든—담론'에 고개를 끄덕인다. 그런
데 '모두'보다는 '부분'이 문제다. 부분들이 묘하게 '모든'으로
부터 빠져나가고 새어 나간다. 그리고 그것들이 '모든'을 통
치하고 지배한다. 다름 아닌 '모든—담론'을 앞세우면서. 결
정적인 건 예외이고 디테일이지 모든 것은 통한다, 라는 전
체론과 통섭론이 아니다. 중요한 건 다시 하나로 통하고 모

이는 게 아니라, 새어 나가고 빠져나가는 것들, 은밀하게 뻔뻔스럽게 우리를 장악하고 통치하는 것들을 추적하고 체포하는 일이다. 지금 필요한 건 우주론이 아니라 정치사회론, 달아오른 몸이 아니라 차가운 합리성이다.

33.

역사와 진보로부터 살살 빠져나가는 것들이 있다. 이것들은 빠져나가서 무의도적으로 연합하고 결탁한다. 그것들이 죽음들이다. 역사와 사회를 좀먹는 죽음의 세포들이다. 그렇게 그것들은 죽음의 권력이 되어 진보와 희망의 뼈와 살들을 갉아먹는다. 죽음에서 구더기가 태어나듯 이들로부터 또 다른 권력들이 태어난다. 이 과정들은 반복되고 확대된다. 그렇게 모든 것들이 부패하고 죽어간다. 방어가 필요하다, 힘이 필요하다, 연합이 필요하다, 그리고 무엇보다 고통이 필요하다, 고통만이 잊지 않게 만든다, 고통만이 눈뜨게 하고 연합시킨다.

3 4 .

"Under the conditions of tyranny it is far easier to act than to think." (한나 아렌트)

3 5 .

오래 품어온 질문 하나. 중고로 제공되는 도서들이 있다. 그런데 그 제공 가격의 성격을 이해하기 힘들다. 정가의 반값 이하로 제공되는 책들도 있지만 거의가 20, 30퍼센트 정도의 디스카운트 가격이 제시된다. 발행 연도가 가까울수록 제시 가격은 올라가고 심지어 정가를 그대로 받겠다는 '중고' 서적들도 드물지 않다. 그런데 그들도 모를 리 없는 우송료가 거기에 당연히 덧붙는다. 우송료를 더하면 중고 책값은 우습게도 저렴해봐야 천몇백 원 정도이고 어느 경우는 정가보다 더 비싸지는 경우도 있다. 그런데 또 당연한 일이지만 인터넷 서점 구입의 경우 10퍼센트 할인가이고 게다가 마일리지가 더해진다. 이쯤 되면 영 이해가 안 된다. 도대체 중고 서적상이든 개인 판매자이든 그들은 어떤 시장 마인드를 갖고 있는 걸까. 큰 시장이든 작은 시장이든 이런 불합리를 넘어서 어불성설의 시장 심리를 만나는 일은 곤혹스럽다. 혹시 이들에게서는 시장 심리가 아니라 손해를 볼지도 모른다는 심리, 가능한 한 많은 이익을 취하자는 심리만이 작동하고 있는 건 아닐까. 그래서 그만 중고품을 신품과 혼동하는 일까지 벌어지는 건 아닐까. 그들이 그 책들을 어떤 경로를 통해서 얻었든 중고는 중고이지 신품이 아니다. 시장에서, 도서 시장에서 더더욱, 중고품과 신품의 차이는 엄중하다. 왜냐하면 책을 단순히 지식 정보물이 아니라 영혼이 담긴 존재로 받아들이는 사람에게는 그 책이 중고품 or 신품인가의 문제는 결정적인 문제이기 때문이다. 그 누가 오직 나만을 위해 존재하고 기다리는 첫 영혼을 사랑하고 싶지 않겠는가. 내 경험을 말하자면, 독일 중고 서적상의 가격은 반값을 넘어서는 경우가 없고 그것도 대부분은 30퍼센트 이하의 가격선을 지키곤 했었다(당연히 초판본이나 희귀본은 예외다). 물론 돈은 없는데 책에 대한 욕망은 가눌수 없었던 나는 많은 책들을 대학 근처 단골 중고 서적상에서 모아들여야만 했었다. 하지만 어떤 특별한 서적의 경우에는, 심지어 점심을 대충 때우더라도, 나는 절대로 중고품을 사지 않았다. 그건 반드시 신품이어야 했다. 주문했던 책

531

을 찾은 다음 내가 좋아하는 슈미트 카페의 2층 두 번째 창가 테이블에 앉아서 진하고 뜨거운 커피의 냄새를 맡으며 책의 비닐 포장을 천천히 벗기면 안에 간직되었다가 자기를 처음으로 열어주는, 나의 몸 안으로 들어와 세포 곳곳으로 스며들고 번져가던, 그 활자의 냄새를 나는 너무도 애착했기 때문이다. 그리고 그럴 때 나는 그 접촉감과 냄새를 위해서라면 모든 것을 버릴 수 있을 것만 같았고, 그런 깊고도 놀라운 기쁨 안에서 사랑이 무엇인지를 매번 새롭게 깨닫곤 했었다⋯⋯

36.

끝으로 딸이 나가고 집 안은 텅 비어 조용하다. 외로움도 아니고 불안함도 아닌 모호한 흔들림이 있다. 그 흔들림이 내게는 고요함 혹은 평안함의 동의어이다(벤야민이라면 '응결된 불안정성 상태'라고나 불렀을까). 이 상태와 만나면, 그 안에 앉아 있으면, 발레리를 읽던, 프루스트를 읽던 먼 나라 늦은 밤의 대학 중앙 도서관이 떠오른다. 그 시간에 그곳은 넓고 비고 고요했었다. 그즈음 나는 가족마저 떠나보내고 혼자였고, 공부를 계속할 여력이 없었고, 충치를 몇 개씩 뽑아서 침을 뱉으면 피가 섞여 있었다. 밤마다 침대가 칠성판인 것처럼 그 위에 두 발을 모으고 똑바로 누워서 가슴 위에 두 손을 모아 얹은 채로 굴드의 브람스 〈인테르메조〉를 들었고, 돌아가신 아버지가 너무 그리웠고, 제발 한 번만이라도 그분이 꿈속으로 찾아와주기를 간절히 바라곤 했었다. 그러면 어느 사이 브람스의 〈인테르메조〉는 흙 무너지는 소리로 변해서 귀 안으로 흘러들었고 그 소리는 묘혈에 누운 아버지의 관 위로 장남인 내가 첫 삽을 떠서 뿌리던 흙 소리였다. 그 소리는 슬프면서도 아름다워서 나는 바람도 회한도 없이 모든 것을 떠날 수 있을 것 같았고, 누운 채로 배를 타고 아버지의 상여처럼 어디론가 떠나가고 있는 것 같았고, 그런 무결하게 흔들리는 적요의 이름이 '절망'인지도 모른다고 생각했었다. 그렇게 매일 밤 잠이 들었고, 아침에 깨어났고, 아버지는 밤사이 다녀가지 않았음을 알았고, 일어나 커튼을 젖히면 가을 아침 빛이 스미는 허공 안에서 마른 잎 하나가 무슨 악보를 그리는 것처럼 천천히 맴돌며 추락하는 곡선을 보았다. 그 곡선은 지금도 물론 멜로디처럼 들리지만, 때로는, 지금처럼 텅 비어서 모호하고 흔들리는 아침 거실 안에서는, 음표들의 파티 투어가 아니라 몇 줄의 문장으로 다가오기도 한다. 그럴 때 내가 만나는 문장은 예컨 대 프루스트의 두 기억, 구강 안으로 황홀하게 찾아오던 마들렌 기억과 돌아가신 할머니와 해후하는 고통스러운 구두 끈 기억과 같은 문장들이다. 그런데 언제부터인가, 특히 세월이 수상한 요즈음 들어서는 더더욱, 그 곡선의 문장들은 프루스트를 지나쳐서 발레리로 건너가는데 그 이유를 나는 아직 정확하게 알지 못한다. 다만 그 짧은 문장만이 경고문처럼 비문처럼 또렷하고 자명할 뿐이다: "어리석음은 나의 장점이 아니다." (폴 발레리, 《테스트 씨》)

37.

늦도록 섞어 마신 술. 취기 때문에 머리가 무겁다. 아침 강의도 포기했다. 어쩌면 어제 취중에 말한 것 같다. 취한다는 건 억지로 잊혔던 것들이 꾸역꾸역 돌아오는 것이라고……

38.

치과부터 다녀오고 오후에는 〈백치 아다다〉를 읽자고, 차 안
에서 생각하다.

39.

'왜 착하고 올바른 사람이 고통을 받나요?'라는 질문은 틀렸
다. 그리스 비극에서 우리가 주목해야 하는 건 올바른 자들
은 늘 형벌을 받고 지옥에 간다는 역설이다. 이 역설을 풀어
주는 건 푸아티에의 여죄수다. 똥구덩이에 갇혀서 사는 그
녀는 이렇게 말한다: "나의 이 소중하고 아늑한 동굴을 제발
빼앗지 마라." 푸마의 무당도 항아리 안에서 말한다: "나는
여기서 죽고 싶다." 안티고네도 말한다: "오 돌무덤이여, 나
의 신혼 방이여!" 지드는 말한다: "이 세상에서 가장 가엾은
일은 어떤 선입견과 고정관념에 사로잡혀서 헤어 나오지
못하는 것이다"라고 카뮈도 말한다: "이들에게는(올바른 자들
에게는) 타당함과 타당치 않음도 없다. 벌과 보상 같은 것도
없다. 그런 비극의 내용들이 가엾게만 여겨지는 우리의 눈

이 멀었기 때문이다. 지드의 말('나를 여기서 영원히 살게 하라. 아니면 혁명의 기회를 다오')과 니체의 '순종' 개념을 비교할 것."
《반항을 위한 노트》

불행한 그들이 가엾고 불쌍하다고? 모르시는 말씀. 불행하고 불쌍한 건 그렇게 말하는 너다.

40.

부처는 애착을 버리라고 말한다. 나는 이 말을 도저히 이해하지 못한다. 그것이 옳음을 이미 알면서도……

41.

나날이 감정적이 되어간다. 감정을 빼버리면 나에게 남는 건 무얼까? 지성? 합리성? 그런 게 나에게 있기나 한 건가?

42.

도덕적인 사람들은 늘 자신만만하다. 자신만만하게 폭력을
저지른다.

43.

권력이라는 단어 앞에서의 현기증. '공—권력'을 말하지 말
자. '사—권력'으로 부르자. 그래야 오해가 없다. 현기증도
없어진다.

44.

누군가의 충고가 있었다. 페북 같은 거 그만두세요. 선생님
한테 안 어울려요.

12월

1.

에밀 시오랑: "우리는 실제 사례들만을 숭배하는 임상 시대를 살고 있다."

2.

저녁에 영화와 문학 강의. 류노스케와 아키라의 〈라쇼몽〉을 읽고 보았다. 마지막에 했던 말: "모방이란 뭘까요. 그건 내용의 재현이 아니라 매혹의 재현입니다. 아키라의 영화가 절창인 건 류노스케의 텍스트가 아니라 그 텍스트에 대한 자기의 매혹을 재현했기 때문입니다. 절창이 절창을 낳는 건 매우 드문 일인데 이 경우는 문학과 영화가 저마다 절정에 다다른 성공의 예가 아닐 수 없군요" 또 이런 말: "그런데 영화의 마지막 장면은 류노스케의 텍스트 안에는 없는 내용입니다('당신에게 감사드립니다. 인간에 대한 믿음을 버리지 않도록 저를 도와주셨으니까요'라고 탁발승은 고백한다. 이제 그는 나라한이 되리라). 물론 아키라 감독은 잘 알려진 휴머니스트지만, 여기서는 그보다 문학과 영화가 희망을 말하는 두 방식에 주목할 필요가 있어요. 소설은 절망으로 희망을 지시하지만 영화는 희망으로 희망을 말하죠. 지시와 언술은 전혀 다른 미적 방식인데, 왜 영화는 지시하는 대신 말을 할까요? 왜 절망에서 멈추지 않고 반드시 희망까지 보여주는 걸까요? 그것이 매체 미학적인 문제만일까요?"

3.

돌아오다가 주막에서 혼자 술. 영화에서 언급되었던 뱀에 대한 생각. 기독교에서 뱀은 악마다. 증오와 밟힘을 받아 마땅한 죄악과 유혹의 사탄이다. 그러나 불교에서 뱀은 불쌍한 짐승이다. 돌 틈 사이로, 풀잎 사이로, 빛을 피해서 그늘 안으로 숨어 다니는, 그렇게 기어이 살고자 버둥거리는 가여운 피조물이다. 깨달은 나라한은 뱀 앞에서 눈물을 철철 흘린다. 그런데 눈물을 흘리는 건 선각한 승이 아니라 오히려 뱀 자신이다. 아주 오래된 유년의 꿈. 비 오는 앞마당으로 기어 오던 굵은 뱀이 있었다. 나는 대창을 겨누고 있었다. 꿈속이 영화 속처럼 뱀이 클로즈업되고 나는 뱀의 얼굴과 거울처럼 직면했다. 그런데 그건 빗물이었을까, 감지도 못하는 뱀의 두 눈 안에 가득한 눈물을 나는 보았다. 그리고 깨어났었다…… 나중에 나는 그 꿈을 다시 만났다. 연을 허공에 날려버리고 돌아오던 길에 손바닥을 보았다. 그리고 거기 텅 빈 손안에 남아 있는 날아간 연의 감각을 온몸으로 느꼈다. 아마 나는 그때 울었을 것이다……

4.

에밀 시오랑: "환멸을 효율적으로 사용하지 못하는 예술가는 실패한 예술가다."

5.

아침 눈. 하염없이 바라본다, 하염없이…… '하염없음'은 무얼까. 눈을 바라보면서 바라봄 안에서 눈이 내리는 걸 또 바라본다. 하염없는 바라봄일까, 바라봄의 하염없음일까.

6.

"음악은 아름다움이 그저 우연일 뿐인 절정의 상태다(Die Musik ist die Vollkommenheit, der die Schoenheit accidentatiell ist)." (발터 벤야민,《전집 VI》)

아름다움은 가상이다. 가상은 덧붙여지는 것, 비실제적인 것이다. 왜 비실제적인 것이 필요할까. 그건 결핍 때문이다, 보충되어야 하는 빈 곳이 있기 때문이다. 실제가 아직 불충분하기 때문이다. 모자라는 것을 가상으로 채우지 않으면 절정과 절창이 불가능하기 때문이다. 절정이란 완전함이다. 완전함은 일체의 노동이 불필요한 상태다. 노동으로부터의 온전한 자유, 그것이 완전함이고 완전함이 행복이다. 이 행복이 아직 실제로 존재하지 않을 때, 우리는 행복을 위해서 감정 노동, 아름다움이라는 가상을 만드는 상상 노동을 해야 한다. 이 노동이 예술이다.

7.

에밀 시오랑: "나는 쉼표 하나를 위하여 죽을 수 있는 세상을 동경한다."

8.

페북을 다시 열었다. 기록들의 수집이 필요하기 때문이다.

9.

나날의 기록에게 다른 이름을 주어야 하겠다. 난세에 조용한 날들……은 없다.〈난세록〉이 어떨까.

10.

인터넷 서점에서 이병주의 책들을 점검한다. 몇 권의 책들을 주문 리스트에 담는다. 그중에는 《행복어사전》도 있다. 오래전 먼 나라 학생 기숙사에는 누군가 빌려준 시사 잡지가 한 권 있었고, 그 안에 연재되던 소설이 있었다. 《행복어사전》이었다. 잡지는 심심풀이 독서를 위해서 화장실 휴지통 위에 놓여 있었다. 그때는 정말 몰랐었다. 비슷한 상상력의 세계가 내게 도래할 줄이야…… 그때 나는 문학도, 사랑도, 여자도, 정치도 생각할 줄 몰랐다. 오로지 논문만을 생각했었다. 아아, 어리석은 세월이여. 얼마나 많은 타자의 세월들이 사유의 화장실에서 물소리와 함께 씻겨 나갔는지…… 그러나 화장실은 어디인가. 거기는 쓸려 나간 것들이 남아 있는 곳(없어진 것들만이 자국을 남긴다), 잔인하게 내버린 세월들이 간직된 곳은 아닐까. 어제 강의에서 말했었다. 생은 결국 없어지는 거라고, 그렇지만 갑자기 없어지는 게 아니라 사라지면서 없어지는 거라고, 사라지는 것들은 언제나 조금 더 머물다 가고 늘 무언가를 남기면서 간다고, 그리하여 아주 없어질 때까지는 사라지는 것들이 여전히 남아 있는 게 생의 시간이라고…… 나의 삶은 아직은 아주 없어지지 않았으니 그렇게 조금 더 머무는 것들, 지워지면서 남겨지는 무엇들이 여전히 머물고 남아 있지 않을까. 생이란 《행복어사전》이 놓여 있는 화장실일 수 있다. 그리고 그 《행복어사전》들의 항목들은 사라져가지만 아직 다 없어지지는 않은 그런 지워져가는 단어들일 것이다. 책들이 오면 '어느 테러리스트의 만가'부터 읽기로 한다.

11.

벤야민의 기획: "나는 인용문들로만 만들어진 한 권의 책을 쓰고 싶다."

12.

벌써 겨울 저녁이다. 밖이 어두워서 안에 불을 켠다. 어둠은 깊어지고 안은 더 밝아질 것이다. 그것이 세상 앞에서 단두대에 선 사람처럼 첼란이 지켰던 시적 자세였다. 그러나 현상이 같다고 자세가 같은 건 아니다. 나에게는 분명 자세의 문제가 있다. 그것이 안이 밝아질수록 마음도 정신도 어두워지는 까닭이다.

13.

벤야민과 음악에 대하여 짧은 에세이를 쓰기 시작했다. 꼭 붙들고 놓지 말아야 하는 문장은 다음과 같다: "음악은 아름다움이 우연일 뿐인 절정의 상태다. 시는 아름다움이 필연이어야 하는 불완전의 상태다." 또 하나 잊어서는 안 되는 문장이 있다: "난쟁이는 타들어가는 심지 같은 목소리로 내게 말했다, 아이야, 나를 위해서도 기도를 해주렴……" 분명한 건 벤야민의 천사는 마지막까지 침묵한다는 사실이다. 이 침묵이 음악임을 밝히기, 침묵의 악보를 정확하고 깨끗하게 사보하기—이 정확함과 깨끗함, 그것이 에세이의 목적이다.

14.

오늘의 날씨: "아침 추위. 한낮 기온 올라 따뜻."

기상 예보관인 보리스는 말했다: "날씨는 절대로 좋아지지 않아. 날이 갈수록 나빠질 거야." (토머스 핀천, 《중력의 무지개》)

—

그래도 아침에는 춥지만 낮에는 기온이 올라서 잠시 따뜻
해진다. 낮이니까.

15.

에밀 시오랑: "신념이 확고한 사람은 문체가 필요 없다."

16.

인용 하나. 밖에서 일어난 사건 하나. 안에서 일어난 사건 하나.

17.

생각들이 너무 많다. 손대는 것들도 너무 많다. 이건 아무것
도 진지하게 사랑하고 있지 않다는 증거다. 시간의 비탈면

은 나날이 기울건만……

1 8 .

E. 시오랑: "사상의 역사는 고독한 인간들이 품고 있던 원한의 역사다. 사랑, 욕망, 세상…… 아무것도 포기하지 말라. 포기한 사람들은 나중에 복수한다."

1 9 .

고독에는 두 가지가 있다. 하나는 무엇을 포기하는 고독이고 다른 하나는 무엇을 욕망하는 고독이다. 시오랑과 니체가 말하듯, 포기한 사람들은 나중에 반드시 복수한다. 그러나 욕망하는 사람들은? 김수영이 이미 노래했다.

–

마르코 벨로치오의 영화 〈나의 혈육〉. 신부를 사랑한 여자는

벽 속에 갇히고 사랑을 배반한 신부는 추기경이 된다. 30년 이 지나고 추기경은 여자를 면죄하기 위해서 석벽을 허문다. 벽이 열렸을 때 여자는 나신의 이브처럼 걸어 나오고 추기경은 급사한다(침대 없는 복상사처럼). 엔딩 크레디트에서 한 단어가 나신의 이브처럼 빛을 발한다: 좌파와 우파, 유물론자와 관념론자를 나누는 건 이데올로기가 아니다. 그건 육체에 대한 이해다. 좌파는 육체를 욕망하고 사랑한다. 우파는 육체를 두려워하고 증오한다. 그래서 그들은 음탕하고 선정적이고 가학적이다. 정치와 섹스는 배와 등처럼 맞붙어 있다. 마르크스와 하이네는 얼마나 아름다운 섹스인지.

20.

오늘의 날씨: "온 나라 종일 흐리겠다."

21.

에밀 시오랑: "오후 2시경에 소크라테스는 무얼 했을까?"

나이 들면 아이처럼 살게 된다. 아이가 매일 두 번 자듯이 하루를 잠 없이 살아낼 힘이 없다. 4, 5시가 되면 만사가 귀찮아진다. 잠깐 자야겠다고 머리와 육체가 비명을 질러댄다. 나는 이 순간을 너무 사랑한다. 오로지 그때에만 생각과 육체는 연합하기 때문이다. 혁명의 순간이 무엇인지 알겠다, 라고 꼬르륵 잠에 빠질 때마다 중얼거린다. 게다가 짧지만 깨어나면 그 가벼움과 상쾌함이라니. 마르크스는 짧은 오수에서 깨어나 '공산주의 사회'를 구상했는지 모르겠다.

22.

사람들은 모르는 것들에게 매혹된다. 하지만 모르는 것들 자체가 매혹시키는 건 아니다. 매혹은 아는 것들만을 알아보기 때문이다. 따라서 매혹되었다면, 모르는 것들은 더 이상 모르는 것들이 아니다. 앎에는 두 가지가 있다. 이미 알고 있음이 있고 나중에야 알게 됨이 있다. 미리 알고 있는 것들은 매혹하지 않는다. 아예 모르는 것들도 매혹하지 않는다. '알게 되는 것들'만이 매혹한다. 그런데 전에는 몰랐는데 지금은 알게 되는 건 벌써 매혹되었기 때문이다. 무슨 말이냐고? 매혹이 매혹하고 매혹에게 매혹당하는 것—그것이 매혹이다. 그것이 앎이다. 매혹 없이는 앎도 없다. 매혹이 사라지면 앎도 사라진다. 거짓이 된다. 앎이란 그런 것이다.

2 3 .

힘이 없다. 힘이 나날이 줄어든다. 힘을 아껴야 한다. 아낀다는 건 절약과 인색이 아니다. 그건 힘을 제대로 잘 쓴다는 것이다. 선택과 집중적으로 쏟아버리듯 쓴다는 것이다. 낭비하듯이 투자한다는 것이다. 그렇건만 요즈음 나는 힘을 아끼기만 한다. 절약만 하고 소비만 한다. 나날이 인색해지기만 한다. 그래서 나날이 힘이 고갈된다.

2 4 .

에밀 시오랑: "인생에 실패한 사람은 타고난 재능이 없어도 시의 세계에 도달한다."

–

시인을 만드는 건 신의 은총 같은 것이 아니다. 그건 혹독한 가난, 정당한 분노, 부드러운 절망, 화난 사랑과 같은 것들이다.

2 5 .

프란츠 카프카: "······그리고 환자들 중에 움직일 수 있는 놈들조차도 손가락 하나 까닥하려 하지 않는다. 속았구나! 속아버렸어! 그놈의 잘못 울린 밤 종소리를 따라온 게 애초에 잘못이다. 아아, 이제는 다시 되돌릴 수가 없구나!" (프란츠 카프카, 〈시골 의사〉)

–

우리가 마지막에 깨닫고 마는 진실, 그건 결국 세상에게 멋지게 속아 넘어갔다는 사실일 것이다. 세상은 페르시아의 양탄자다. 물샐틈없이 촘촘하고 지금도 시시각각 더 촘촘하게 짜이고 있다. 우리가 할 수 있는 것, 그건 멋지게 속는 일, 멋지게 쓰러지는 일이다. 그래서 낙법을 준비해야 한다. 낙법을 익힌 자만이 다시 일어나서 쓰러질 수 있으니까. 적이 무서워하는 건 우리가 아니다. 그건 우리들의 낙법이다.

26.

"온 나라 구름 많고 흐리겠다."

27.

시오랑: "셰익스피어는 장미 한 송이와 도끼 한 자루의 만남이다."

28.

"온 나라 구름 많고 비 오겠다."

29.

시오랑: "햄릿이 자살한 건 정치 행정에 대한 환멸 때문이다. 법의 게으름과 정부의 뻔뻔스러움(the law's delay, the insolence of office)."

30.

그 얘기 하신 지 한 10년은 됐을 거예요, 라고 그는 말했다. 수치감.

31.

한국 소설 강의. '남자(부랑 노동자)의 육체'라는 주제로 황석영의 《객지》를 읽었다. 읍내에 내려온 동혁과 대위는 과일가게 앞을 지나가다가 발을 멈춘다. 참외 냄새가 동혁의 '메마른 후각'을 건드리자 "귀심(歸心)은 화살과 같다던가, 동혁은 화끈한 감각이 눈시울을 덮는 것을 느끼고, 얼굴을 치켜

들어 기분이 나아지기를 기다렸다. 동혁의 하는 양을 지켜 보던 대위가 말했다. "객지생활 초년이라 그렇소. 하긴, 나도 환절기마다 어쩐지 육실하게 썰렁해지긴 합디다마는."" '육실하게 썰렁해지다'라는 표현을 황석영의 리얼리즘을 탁월하게 만드는 주제 의식과 미적 감수성의 새로움으로 설명하려고 했다. 강의가 끝나고 한 분이 손을 들더니 질문한다. 육실하다는 정말 나쁜 말인데요. 선생님은 그게 왜 아름답다는 겁니까? 또 한 분이 다가오더니 고통스러운 얼굴로 묻는다. 저도 글을 쓰는데요, 요즘 칸트를 읽는데 너무 어려워서요. 순수이성비판이 어떤 책인지 간단하게 설명해주실 수 있나요? 카프카의 아포리즘 하나: 길을 잃어서 당황한 남자가 경찰에게 급하게 묻는다. "역으로 가려면 어디로 가죠?" 탑시계를 바라본 경찰은 웃으며 말한다. "포기하세요!(Gib auf!)" 나도 그렇게 말해야 했을까? 아니, 나는 친절하게 설명하고 싶었다. 그런데 시간이 없었다. 늦은 밤에 다른 기다림이 있었기 때문이다……

32.

"온 나라 구름 많고 비 오겠다."

33.

시오랑: "책이 모든 것을 파괴한 뒤에 자기를 파괴하지 않으면 책이 아니다."

34.

이야기의 세 줄기. 내가 살아온 삶, 내가 읽은 책들, 그리고 문신의 문장들.

35.

문신도 상처일까, 아니면 상처를 지우는 일일까, 아니면 상처를 지우는 상처일까.

3 6 .

중요한 건 문장이 아니다. 그 글이 무엇을 말하는가이다. 그
런데 쓰는 입장에서 생각할 때, 너무나 중요하므로 꼭 말해
야만 하는 객관적이 과연 있는 걸까, 라는 질문도 유효하다.
그래서 역시 끝에 남는 게 문장들이다. 덧없고 쓸쓸한 것들
—그런 것이 문장들이다. 문장에는 둘이 있다. 이 쓸쓸함을
아는 문장과 그걸 모르고 열받은 문장들.

3 7 .

"온 나라 대체로 맑겠다."

38.

시오랑: "자신의 수치심을 모르는 작가는 표절 작가다."

39.

저녁 모임. K 부부와 몇몇 유학 동기들을 만났다. 자꾸 기침을 하는 K는 안동국수의 가는 면발도 몇 번 건지다가 그만둔다. 우리는 수육을 먹고 막걸리를 마시면서 저마다 자기 얘기를 한다. 성공하고 실패한 입시, 못마땅한 정치와 사회, 주변 사람들의 새로운 소식들, 철학과 문학과 음악에 대하여…… 현대사회가 불행한 건 위안의 방법을 상실했기 때문이라고 말한 건 N. 엘리아스였다. 우리는 위안을 위해서 모였지만 정말 위안의 능력을 이미 잃어버린 걸까. 우리가 알고 말할 줄 아는 건 우리들 자신뿐인 걸까. 헤어지고 차 안에 앉으니까 길 건너 술집 이름이 눈에 들어온다: 'the others'. 막연하지만 언젠가 북 카페를 만들면 저 이름을 훔쳐야지, 고개를 끄덕이며 시동을 건다.

40.

"종일 맑음. 나들이하기 좋은 날씨."

41.

E. 시오랑: "꽃들이 죽음에 대해서 수다 떠는 걸 들으면 얼마나 편안할 것인가."

42.

"열다섯 살 때인 1836년 플로베르는 엘리자 슐레징어라는 부인을 처음 만나고 연모하게 되었으나 끝내 고백도 하지 못하고 결국 둘 사이에 아무 일도 일어나지 않았는데 이 기억이 그의 평생을 따라다녔다."(네이버 지식백과)

43.

'잃어버린 시간들'이 아니다. '잃어버린 우연들'이다.

44.

아이와 TV를 본다. 〈나는 대한민국 고3입니다〉가 프로 이름
이다. 합격자 발표를 확인한 아이들 얼굴이 화면 속을 흘러
간다. 푸른 교복 입은 아이들 얼굴. 욕 나온다. 눈물이 핑 돈다.

45.

"온 나라 흐리다가 비 오겠다."

—

어쩌면 일이 잘되어가는 건지 모른다. 해바라기가 비틀어
놓아도 해 쪽으로 돌아서듯이.

–

자꾸 뭘 피해 다니는 건 아닐까.

46.

프루스트의 한 문장: "대공이기도 한 보로디노 대위는 병영 부근 유명한 이발사의 단골이었다. 그는 이발사와 사이가 좋았는데, 그건 그가 비천한 이들에게도 아주 친절하게 대했기 때문이었다. 그러나 이발사는 무려 5년이나 외상값이 밀려 있는 대공의 아들보다는, 매번 어김없이 이발 요금을 치르는 생 루를 더 높게 평가하고 있었다." (마르셀 프루스트, 〈게르망트 쪽으로 I〉)

47.

시인은 이발사가 아닐까. 벗은 흰 목을 다 드러낸 권력자, 새로 갈아 새파란 손안의 면도날, 그리고 아주 친절하고 공손하게 속삭이는 이발사의 목소리……

48.

아침부터 바흐를 듣는다. 베란다에서 담배를 피운다. 하늘
은 흐리고 파란 버스도 지나가지 않는다. 멀리 산등성이에
세 그루 작은 나무들이 보인다. '나는 행복이야, 나를 잡아
보렴, 나무들이 웃으며 말한다.' (프루스트) 침대에 눕고 싶어,
나는 중얼거린다, 침대에서 이야기를 하고 싶어…… 구두
소리가 들린다. 아침 출근길 보도블록을 또박또박 밟던 그
의 구두 소리. 그는 갈 길이 바빠도 나는 갈 곳이 없었다. 안
녕, 하고 지하철 입구에서 그는 손을 내밀고, 나는 돌아섰었
다…… 그리고 세월 뒤에 다시 구두 소리. 흩어지는 번화가
의 구두 소리들 속에서 홀로 걸어 나와 또렷하게 빛나는 구
두 소리. 이 빛의 구두 소리에 대해서 나는 무어라고 쓸 수
있을까.

49.

오늘의 날씨: "흐리다가 맑겠다."

-

남쪽으로 내려가는 기차 안. 페북 대신 책을 읽는다. 시간이 쏜살같이 흐르더니 벌써 도착지다. 역시 보기보다 읽기가 훨씬 속도가 빠르다.

50.

오늘의 날씨: "흐리다가 비 오겠다."

-

시오랑: "사람들은 소위 '인간적'인 작가들을 좋아한다. 그를 두려워할 필요가 없기 때문이다."

미루기만 하다가 며칠 전 권투 도장에 등록을 했다. 뱃살이 밉기도 해서지만, 그보다는 몇 가지 맛보고 싶은 덕목들이 있어서다. 우선 스텝을 밟으며 뛰는 게 좋다. 뛸수록 힘에 부치지만 그럴수록 몸에서 중력이 빠져나가는 듯한 가벼움의 착각이 좋다. 샌드백을 칠 때 어김없이 제자리로 돌아오는 끈질기고 정직한 상대의 저항도 좋다. 하지만 무엇보다 내게도 공격 본능이 적잖이 숨어 있다는 걸 확인하는 일이 쾌감이다. 바로 살자면 물리적 힘과도 친해져야 한다는 게 요즈음의 각성이다. 날이 갈수록 몸에 근력이 붙으면 생각에도 글에도 버티고 관통하는 힘이 그만큼 쌓여서 단단해지지 않겠나. 빠른 줄넘기가 익숙지 못해 걱정이고, 스파링은 그만두라는 관장의 충고는 듣기로 하자.

아침마다 한숨을 쉰다. 안 좋은 버릇이다. 그래도 마리가 있어서 다행이다. 마리가 아침의 첫 웃음이니까. 아침에는 마리와 더 많이 놀아야겠다.

5 3 .

아이들이 장난으로 치고받으면 가운데로 뛰어든 마리가 어쩔 줄 모르고 짖어댄다. 마리는 평화주의자다. 그것도 행동으로 저항하는 평화주의자. 배울 게 많다.

5 4 .

강의를 위해 《1984》를 읽는다.

5 5 .

"온 나라 맑고 춥겠다."

—

카뮈가 가장 좋아하던 날씨는 둘이다. 하나는 초저녁의 초록빛 어스름. 또 하나는 맑고 추운 겨울 아침. 전자는《이방인》의 날씨이고 후자는《행복한 죽음》의 날씨다. 물론 실존주의자 카뮈에게는 둘 모두 자유의 날씨다. 그런데 카뮈의 실존적 일기예보는 맞으면서도 틀렸다. 맑고 추운 날 죽고 싶은 건 춥지만 맑은 개인의 행복 때문이기도 하지만 맑지만 너무 추워서 지독한 사회의 불행 때문이기도 하다. 아마도 이것이 날씨의 존재론과 사회학의 차이이리라.

5 6 .

시오랑: "위대한 선생들이 나에게 가르쳐준 건 생각을 파편으로 만드는 거였다. 그 파편들을 먼지로 만들면서 나는 그들을 넘어간다."

5 7 .

"온 나라 흐리고 어쩌면 눈 오겠다."

시오랑: "예전에 교수들은 신학에만 전념했다. 19세기가 이들을 세상의 주인으로 만들었다. 이제 세상은 그 무엇도 이들의 파괴 능력을 피해갈 수 없게 되었다."

–

19세기는 죄가 많다. 그러나 죄에는 두 가지가 있다. 타고난 죄와 저질러진 죄. 어떤 죄가 더 씻어내기가 가능할까. 이건 종교적 질문이 아니라 역사철학적 질문이다.

5 8 .

지나가는 이름들: 이별의 유혹, 이별 예찬, 패자들의 애독서, 차가움 예찬.

59.

《성경》을 인문학 텍스트로 읽자는 제안에 많은 이들이 동의한다. 신심 깊은 J마저도. 시도해볼 만한 일이다.

-

김훈을 끝으로 한국 소설 강의를 마감했다. 끝나고 몇이서 술. 끝없이 얘기하는 젊은 여자. 조금 피곤해도 밉지가 않다. 그의 수다 안에서 간간이 빛나는 윤리성 때문일까. 잔고가 0이에요, 라고 말할 때의 빛. 저도 차려입으면 꽤 예뻐요, 라고 말할 때의 빛. 가난하기 짝이 없다는 그들의 사랑이 너무 귀엽다. 귀여운 청춘들.

60.

상처와 문신. 사람들은 상처를 문신으로 바꾸고 가꾸며 살아가는 게 아닐까. 시오랑은 이런 현대성의 삶을 '불가능한 것 앞에서의 잔손질'이라고 말했다.

6 1 .

드물게, 낯선 감정처럼, 번역을 하고 싶은 마음이 들 때가 있다. 그건 책 때문이기도 하고 그냥 마음이 동했기 때문이기도 하다. 아침에 책을 찾다가 있는 줄도 모르게 꽂혀 있던 책 하나를 서가 구석에서 발견했다. 아도르노가 기록해놓았던 꿈들을 모아서 편집한 얇은 책이다. 제목이 《꿈에 대한 보고문들(Traumprotokolle)》인데, 편집자의 염두에는 벤야민의 《일방통행로》가 꽂혀 있었는지도 모르겠다. 몇 줄 읽는데 이런 문장이 있다: "꿈은 죽음처럼 검다(Der Traum ist schwarz wie der Tod)." 무슨 명령문 같다. 이런 번역 충동은 책 때문일까, 내 마음 때문일까.

6 2 .

홍대에서 H를 보았다. 이자카야에 앉아서 기다리는데 '초초'라는 주점 이름 아래 하이쿠 한 줄이 적혀 있다: '눈꽃이 지나가니 나비가 날아든다.' 2년이 지났는데도 H는 코와 턱밑의 수염이 더 진하게 자란 것 말고는 달라진 게 없어 보인

다. 한 달 전 여자 친구와 헤어져서 맘이 많이 아프단다. 왜,
하고 물으니까, 그냥 혼자 있고 싶어서요, 말하더니, 되게 착
하고 예쁜 아이였는데…… 소주를 냉큼 삼킨다. 지난 이야
기들을 두서없이 했다. 먼저 자리를 뜨고 싶었다. 너 술 아직
모자라냐? 물었더니 끄덕인다. 안주 하나 술 두 병 계산해
주고 밖으로 나왔다. 역으로 이어지는 거리는 달라졌어도
익숙했다. 아니, 익숙해도 달라졌나. 하기야 그때에도 나는
이미 알고 있었다. 언젠가는 이 젊은 거리가 나와는 상관이
없어지고 말 거라는 걸.

63.

오늘의 일기예보: "온 나라 종일 흐리겠다."

—

흐리다는 건 뭘까. 그건 먼 곳에서 빛이 도래한다는 말은 아
닐까. 흐린 날에는, 그것도 온 나라가 흐린 날에는 환대의 자
세가 어느 때마다 필요하다. 그런 환대의 시선으로 아침 커

피를 마시며 먼 풍경을 본다. 풍경이 점점 밝아지는 것 같다. 그런데 밝을수록 점점 더 멀어진다. 그럴수록 눈에 힘이 들어가고 환대의 준비는 더 단단해진다.

64.

시오랑: "나를 모든 것들로부터 분리시켜주는 약한 빛이 있다. 내가 가진 가장 좋은 것인 그 빛은 위대한 이들로부터 오는 것이 아니다. 철저한 냉소주의 때문에 어떤 나쁜 짓도 저지를 수 없었으므로 비탄에 빠졌던 몇 명의 인간쓰레기들로부터 그 빛은 온다."

—

냉소와 비탄의 격조는 그것이 강한 빛이 되려고 하지 않는 데 있다.

6 5 .

외출이 없는 날에는 굳이 면도를 할 까닭이 없어도 그런 날일수록 아침부터 공들여 얼굴을 말끔하게 만든다. 그 까닭을 모르겠다. 무슨 새로운 결심 운운은 분명 아니다. 죽을 결심은 더더욱 아니다. 이유가 뭘까. 모르겠다. 하기야 이유를 모르는 게 원래 이유이고 그것이 또한 이유의 품격이 아닌가.

6 6 .

교수님들이 사자성어 한마디를 세상으로 보냈단다. 혼용무도(昏庸無道). 날이 어두워 길이 없다, 라는 뜻이란다. 일요일 아침이면 라디오 채널을 기독교 방송으로 돌린다. 찬송, 설교, 성경 낭독들이 이어진다. 오늘도 어느 성직자는 죄와 구원을 설교한다. 역시 주제는 혼용무도—어두워 길 없는 세상에서 구원자만이 빛이라는 말씀이다. 교수님들과 성직자님들 그리고 나 사이에는 분명 유사성이 있다. 그건 포즈다. 아웃사이더의 포즈. 정작 필요한 건 인사이드 아웃이건만.

67.

생각 하나를 맞으려면 생각 하나를 쫓아내야 한다. 이럴 때
는 뇌가 아프고 슬프다. 발자크는 문장들이 쇄도하고 범람
해서 잠을 못 잔다고, 상드에게 썼다. 그 또한 얼마나 머리가
슬프고 아팠을까.

68.

일요일 아침 집 안은 텅 비었다. 교회와 약속들을 찾아서 모
두들 흩어졌다. 아침상을 차린다. '너무 진하지 않은' 강된장
을 만든다. 오이고추 대신 청양고추를 썰어 넣는다. 큰 고추
는 맥이 없어서 끓이면 금방 풀어지지만 청양고추는 끓일
수록 매운맛을 토해내고 안으로 옹골차진다는 걸 나는 경
험으로 알기 때문이다. 이제 마지막으로 하얀 두부를 먹을
만큼만 썰어 넣고 조금 더 끓이면 아침상이 마련된다. 독하
고도 한없이 깨끗하고 부드러운 아침상. 그러고 보니 오늘
이 주일이다. 메시아가 약속의 죽음을 선물하고 떠나갔다
는 기억과 휴식의 하루. 역시 일요일은 기쁘고 아름답다.

69.

오늘의 날씨: "온 나라 종일 흐리겠다."

―

E. 시오랑: "시는 운명의 힘이 소용돌이치는 곳이다. 자유롭
다는 건 저질 시인들뿐."

―

오늘의 세상: "우리나라는 지금 쓰레기들과의 전쟁이다."(이
재명)

70.

시오랑의 아포리즘 한 권을 다 읽었다. 네안데르탈인의 슬
픔과 벌레들의 만용에 대한 기록들.

벤야민 수업 종강. 영화 〈내부자들〉을 보았다. 나날이 뻔뻔스러워지는 객관적 진실들에 대한 모독. 아무리 저급이어도 이런 영웅주의는 수치감을 불러일으킨다(고급 영웅주의는 더욱 그렇지만). 함께 광장시장으로 술 먹으러 갔다. 막걸리 한 잔 마시고 담배 피우러 밖으로 나왔다. 검은 점퍼를 입은 남자들이 서성이다가 한 사람이 데이트하는 남자처럼 말했다. 우리 그냥 좀 걸을까. 그들은 등을 굽히고 묵묵히 시장 입구를 돌아서 사람들 사이로 사라졌다. 되돌아오는 수치감. 그 위에 겹치는 또 하나의 수치감.

71.

오늘의 날씨: "온 나라 구름 많겠다."

–

구름을 이해하자. 구름에는 두 가지가 있다. 역사의 구름과 시의 구름. 구름처럼 살고 싶다는 건 구름으로부터 벗어나고 싶다는 것이다.

—

시오랑: "철학은 슬픔의 독을 풀어준다. 그래서 많은 사람들이 아직도 철학에 깊이가 있다고 믿는다. (…) 철학의 잘못은 너무 참을 만하다는 것이다."

—

세상은 견딜 수 없는데 세상에 대한 담론들은 아무리 가혹해도 견딜 만하다. 말은 진통제일 뿐 치료제가 아니다. 이것이 모든 말들을 부끄럽게 한다.

7 2 .

영화와 텍스트 강의. 〈포스트맨은 벨을 두 번 울린다〉. 잭 니컬슨에 비해 제시카 랭의 연기는 B급입니다, 라고 말했더니 몇 명의 수강생들이 일제히 반론을 제기했다. 아닌데요, 정말 연기가 훌륭한데요. 나는 말했다. 반론이 아주 빠르고 단호하시네요. 정말 기분 좋은데요.

–

눈이 막 감기더니 돌아와 양치를 하고 노트북을 켜니까 정신이 깬다. 부엌을 서성인다. 이래서는 안 되는데, 라고 혼자 중얼거린다. 그러면서 몹시 창피해진다.

–

"당신은 쓸모가 없는 인간이야." 코라가 말한다. 프랭크가 대답한다. "그래, 나는 쓸모가 없는 건달이야. 하지만 당신을 사랑해." (봅 라펠슨,〈포스트맨은 벨을 두 번 울린다〉)

–

'쓸모없음'이란 무엇인가. 그건 가지고 있는 모든 것을 단 하나에게 모두 준다는 것이다. 사랑에게 모든 것을 다 주어버린 사람은 쓸모가 없다.

73.

당신은 그때 거기의 당신이 아니다. 당신은 지금 여기 내 추억 안의 당신이다. 나의 죽은 시간들 안에서 당신은 어항 속의 금빛 붕어처럼 나날이 자란다. 내가 던져 주는 추억의 밥을 먹으며 나날이 자라난다. 자라나고 자라나서 당신이 마침내 괴물이 되리라는 걸 나는 안다. 그때는 당신이 어항을 깨고 나와 나를 삼킬 거라는 걸 나는 안다. 나마저 삼키고 나서도 당신이 먹기를, 자라나기를 멈추지 않으리라는 걸 나는 안다. 그리하여 마침내 당신은 당신의 부재를 삼킬 것이다. 당신이 그토록 먹고 싶어 하는 것, 그것은 당신의 부재이다. 그렇게 나는 당신과 하나가 된다. 내가 먹고 싶어 하는 것, 단 하나 유일하게 먹고 싶은 음식, 그것은 부재다. 아, 부재는 얼마나 달고도 단 음식인지…… 사포는 틀렸다. 사랑은 달고 쓴 음식이 아니다. 그건 달고도 단 음식이다. 사랑은 달고도 쓰지만 부재는 달고도 달다. 내가 어떻게 그 달고도 단 부재 앞에서 금욕을 할 수 있단 말인가.

74.

오늘의 날씨: "온 나라 가끔 구름 끼겠다."

–

구름은 왜 가끔 하늘에게로 끼어드는 걸까. 하늘이 그리워서일까. 우울해서일까. 기뻐서일까. 구름이 끼지 않은 때 온 나라에는 무엇이 있고 무슨 일이 일어나는 걸까.

–

오늘의 어록: "고통은 육체를 분해하고 있었고 슬픔은 영혼을 분해하고 있었다." (E. 시오랑)

75.

성탄절. 낮에는 H를 만나고, 저녁에는 사람들과 함께 저녁을 먹고 술을 마신다. 좋은 사람들. 그런데 재미가 없다. 자

주 밖으로 나와서 담배를 태운다. 산타가 오고 있는지 몰라
요, 라고 누군가에게 문자를 보낸다. 너무 늦은 시간도 아닌
데 인사동 거리는 벌써 쓸쓸하다. 이 거리를 내가 몹시 싫어
한다는 걸 잠시 기억한다. 밤공기가 차가워서 어깨를 세운
다. 내일부터는 다시 추워질 거라고, 기상캐스터는 아침에
말했었다. 산타가 추워서 안 올지도 몰라, 생각하다가 빨간
꽁초를 발로 비벼 끈다.

76.

그냥 이해해, 아마 힘든 게 있어서 그럴 거야, 라고 나는 왜
말하지 못했을까. 그런데, 그렇게 말하는 게 과연 옳았을까.

77.

오늘의 날씨: "온 나라 대체로 맑겠다."

—

바르트는 말했다: "나는 '대체로, 거의(almost)'라는 말이 싫다. 내가 원하는 건 어머니와 똑같은 사진이지, 어머니와 거의 비슷한 사진이 아니다." 《카메라 루시다》 대체로 비슷한, 거의 똑같은 어머니는 없다. 바로 그 어머니, 나의 어머니만이 있을 뿐이다. 오늘 고속도로는 명절처럼 차들로 가득할 거라고 교통 통신원은 맑은 목소리로 알려준다. 온 나라가 대체로 맑으니 소풍 가도 되는가. '거의, 대체로'의 맑음 때문에 더 깊이 우울한 사람도 있다. 그는 차라리 비나 내려라, 라고 좌절하지 않는다. '완전함'을 바라는 이들은 멜랑콜리에 젖을 뿐, 절망의 유혹에 빠지지 않는다. 그는 '완전한 맑음'을 포기할 수 없기 때문이다('포기하지 않기' 때문이 아니다).

78.

오늘의 어록: "세상은 내게 천식을 일으킨다." (에밀 시오랑)

–

다시 시오랑: "오늘의 생물학의 주제는 더 이상 진화가 아니

다. 그건 참을 수 없음이다."

─

《잃어버린 시간을 찾아서》는 프루스트의 천식이 썼다. 그는 평생 기침을 막을 수 없었다. 그에게 진해제는 문자들이었다. 문자들만이, 문장들만이 그에게서 가래를 씻어내서 겨우 숨 쉴 수 있게 했었다. 그렇게 살기 위해서 프루스트는 글을 썼다. 그러나 그는 늘 한란했었다. 왜 나는 이렇게 글을 못 쓸까, 글쓰기가 힘들까.

79.

오늘의 결심: 글쓰기는 왜 이렇게 힘들까. 나는 왜 늘 헛짚을까. 그건 나의 무능력 탓이라고 생각했었다. 물론 그렇다. 하지만 그 때문만은 아니다. 세상이 너무 조직적으로 꼬였기 때문이다. 공부가 모자란다. 더 많이 공부하는 일, 그것만이 대안이다. 생존하고 싶은가. 그러면 공부하자. 문틈으로 들여다보면 언제나 등 돌리고 책상에 앉아 있는 카프카의

옆집 대학생처럼.

80.

오늘의 날씨: "온 나라 구름 끼고 따뜻하겠다."

—

따뜻함이란 무엇일까. 그건 구름이 있어야 있는 것이 아닐까.

81.

오늘의 어록: "예전에 현자는 사색은 깊었어도 글을 쓰지는 않았다. 생산만이 중요한 오늘날 아무것도 쓰지 않는 사람은 '실패자'가 되었다. 우리 시대를 구원할 사람은 아무것도 남기지 않는 현자일 것이다." (에밀 시오랑)

—

세상이 변하면 현자도 변한다. 오늘의 현자는 글을 써야 한다. 그런데 글 쓰는 사람들은 많아도 현자는 없다. 현자가 사라지면서 글도 사라진다. 글이 사라지면서 현자도 사라진다.

82.

오늘의 기상: "종일 춥겠다. 특히 찬 바람이 불어 체감 온도는 더 떨어지겠다."

−

오늘의 세상: "악법도 법이라구요? 그런 법이 어딨어요!" (페이스북)

−

오늘의 어록: "바흐는 신을 구원했다." (에밀 시오랑)

83.

어제 올해의 마지막 강의를 끝냈다. 영화 〈뻐꾸기 둥지 위로 날아간 새〉를 보았다. 텍스트와 비교하면서 함께 이야기했다.

84.

오늘의 날씨: "낮부터 추위 풀리고 대기는 건조하겠다."

–

나루세 미키오의 〈방랑기〉를 보았다. 후미코는 마침내 성공해서 가난의 추위를 극복했지만 짐작하지 못했던 불행에 또 시달린다. 마지막 대사는 이렇다: "봄은 짧고 괴로움은 끝이 없다." 나라면 이렇게 번역했을 것이다: '봄이 돌아오듯이 괴로움도 돌아온다.' 추위는 지나가고 봄만 줄곧 돌아오는 삶과 시대는 언제나 올까.

85.

오늘의 어록: "그들은 가면을 잃어버렸다. 그들은 정신병자들처럼 자기의 얼굴을 아무에게나 공개하고 들이댄다." (에밀 시오랑)

–

잃어버린 게 아니다. 스스로 벗어버렸다. 모르는 사이에 가면을 잃어버린 민낯은 부끄럽다. 그러나 스스로 가면을 벗어버린 민낯은 뻔뻔스럽다.

–

그들은 철가면을 쓰고 있다. 그러다가 때가 되면 스스로 그 철가면을 벗고 민낯을 내민다. 거기가 더 높은 의자로 건너가는 청문회장이다. 그들의 욕망은 그렇게 집요하고 음탕하다.

86.

은행 일이 있어 서초구에 갔다. 일을 마치고 남부터미널에
서 김밥을 사 먹은 다음 계단을 내려와 구석에서 담배를 피
웠다. 두세 모금째 어디선가 완장을 찬 노인 두 사람이 다가
왔다. 여기는 '흡연 금지 구역'이며 '금연거리'라고 말하면서
신분증을 요구했다. 흡연 금지 표식은 벌써 봤어도 금연거
리라는 팻말은 그제야 눈에 들어왔다. 그러고 보니 거리에
흡연자는 물론 바닥에 꽁초 하나 없다. 벌금이 5만 원인데
자진 납부하면 20퍼센트 감면 혜택이 있단다. 주민증을 주
고 가상 계좌 쪽지를 받았다. 지하철 계단을 내려가는데 짜
증보다는 갑자기 겁이 덜컥 났다. 그들은 어디에 잠복했다
가 정확한 때 내 앞에 나타난 걸까. 물론 그들은 실적 보수
를 약속받고 고용된 이들이며 기껏해야 범칙금 용지를 발
부할 수 있을 뿐이라는 걸 안다. 그런데 그들이 나를 고문실
로 연행할 수 있는 사람이라면 내가 또 어쩔 것인가. 어디선
가 살피고 주시하다가 누군가가 덜컥 나타나면 나는 꼼짝
도 할 수가 없다. 게다가 거기에는 모든 사정들을 다 알고
있었을 여러 사람들이 있었다. 벌금 용지를 떼는 장면을 무
연히 바라보던 그들은 방금 전 내가 촌뜨기처럼 담배를 뽑

아 들고 구석진 곳으로 가서 라이터에 불 켜는 모습을, 멋모른 채 함정으로 기어가는 한 마리 곤충을 바라보듯 침묵으로 추적했으리라. 나는 언젠가 분명히 불현듯 체포될 것이다. 그리고 고문실로 끌려갈 것이고, 자백할 것이고, 마침내 K처럼 처형될 것이다……

87.

오늘의 날씨: "낮에는 따뜻하고 오후부터 비 오겠다."

-

이런 날에는 아침이 추워야 한다. 아침에는 춥고, 낮에는 따뜻하고, 저녁에는 비 내리는 날보다 더 좋은 하루가 있을까. 늦은 밤까지 비 내리면 주점 창밖으로 젖은 거리를 내다보며 술잔을 기울일 수 있으리라, 사랑하는 이의 웃음소리를 들으며……

88 .

오늘의 어록: "중세 말 이 도시 저 도시를 돌아다니며 세상의 종말을 예언하던 신부들은 얼마나 행복했을까?" (에밀 시오랑)

–

예언에는 세 가지가 있다. 먼저 종교적 예언과 역사적 예언이 있다. 전자는 천국이 가깝다고 외친다. 후자는 유토피아가 멀지 않다고 외친다. 그런데 멜랑콜리커들의 예언도 있다. 그들은 마침내 '불가역적' 종말이 도래할 것이라고 낮은 목소리로 말한다. 앞의 두 예언은 자신들의 예언이 적중하기를 바란다. 그러나 마지막 예언은 자기의 예언이 부디 틀리기를 바란다.

89 .

오늘의 날씨: "온 나라 흐리고 비나 눈 오겠다."

"이제 곧 그분께서 산 자들과 죽은 자들을 심판하러 영광 속에 다시 오시리니……"라고 〈사도신경〉은 말한다. 조이스는 《바이블》의 기도문을 소설의 메타포로 바꾸어서 이렇게 말한다: "눈이 온 세상에 사뿐히 내려앉는 소리를 들으면서, 종말의 강림처럼 눈이 산 자와 죽은 자들 위에 소리 없이 내려앉는 소리를 들으면서, 가브리엘의 영혼은 서서히 스러져갔다." (제임스 조이스, 〈죽은 사람들〉)

하나님과 조이스 대신에 가난만을 알고 있는 여자 후미코는, 아마도 비나 눈이 내리는 밤, 촛불 밑에서 이렇게 시를 쓴다: "내가 흠뻑 젖고 싶은 건 오직 하나 당신의 마음뿐이랍니다." (나루세 미키오, 〈방랑기〉)

90.

오늘의 어록: "'절망연합'을 결성할 필요가 있다. 그러면 미래를 선택할 수 있을지 모른다." (에밀 시오랑)

"종이 울리고 파노라마의 풍경이 사라져갈 때 나는 아주 먼 것들이 그렇게 멀지만은 않다는 걸 마음속에서 깨닫곤 했다." (발터 벤야민, 《1900년경 베를린의 유년시절》)

—

제야의 종이 울린다. 마지막 타종의 여운마저 사라지고 어지러운 혼돈. 과연 우리들에게는 무엇이 있었고 또 있을 것인가. 오, 혼돈이여, 잔인하고도 아름다운 새벽이여!

—

오늘의 깨달음: 나는 우울하게 꿈꾸며 다시 설레기 시작했다.

2016년

1월

1.

오늘의 날씨: "맑고 종일 미세먼지 많겠다."

가능한 한 외출을 삼가라고 한다. 오늘은 종일 외출 예정. 하기야 안 보이는 먼지들로 가득하지 않은 날이 있었나. 생은 맑지만 시대는 미세먼지들로 가득하다. 호흡법이 필요하다.

2.

혐오에 대한 분노 또한 도덕적 분노에 그친다. 분노의 대상은 더 구체적이고 본질적인 곳에 있다.

3.

오늘의 어록: "우리는 우리를 기다리는 시간들을 어떻게 피해야 할지 모른다." (에밀 시오랑)

돈키호테는 시간을 방어할 줄 알았다. 다가오는 시간들을 그는 풍차를 공격하는 망발로 막았다. 베케트도 마찬가지다. 그는 다가오는 고도(Godot)를 '기다림'이라는 잡담으로 막았다. 그 싸움으로 그들은 다 같이 말년에 우울증에 빠졌지만, 그마저도 계략이었을 것이다. 그들은 다가오는 시간이 무엇인지 알고 있었고, 그 시간으로부터 끝까지 살아남아야 했으며, 전략은 끝이 없었기 때문이다.

4.

오늘의 날씨: "미세먼지 남쪽으로 내려가고 찬 공기 남쪽으로 내려와서 밤사이 추워지겠다."

내려가고 내려온다. 올라오고 올라간다. 그러면 됐다. 무언가가 지나가고 무언가가 도래하고 있으면 됐다. 무슨 일들인가 일어나기를 멈추지 않으면 된다. 그러면 밤사이 추워져도 반드시 다음 날이 한파의 아침이 아닐 수도 있다. 누가 아는가. 밤사이 추워지면서 추위가 더 추워지기를 그만둘지. 추위는 따뜻함이 아니다. 하지만 추위가 추위만인 것도 아니다.

5 .

어머니를 더 오래 기억하는 건 자기가 아니라 어머니의 분갑(분갑이 열고 닫히는 '딱' 소리)이라고 바르트는 말했다(《카메라 루시다》). 내게도 그랬다. 일찍 세상을 떠난 동생을 더 오래 기억했던 건 내가 아니라 그가 찾아와서 한동안 앉았던 먼 나라 부엌의 낡은 식탁 의자였다. 나는 그 의자마저도 곧 잊어버렸다. 그러나 의자는, 부서졌다면 그 조각들이, 어디선가 아직도 기억할 것이다. 아침이면 햇빛 가득한 식탁에 앉았던 아우를, 그리고 몇 번 울고 그를 다 잊어버린 나를.

6.

오늘의 날씨: "소한. 대체로 맑다가 오후부터 구름 많아지겠다. 한 주 내내 춥겠다. 규모 5.1 강도 인공지진 북한 핵실험 영향으로 추측된다."

'소한'은 날씨의 행복한 시절을 기억하게 한다. 절기가 있었을 때 날씨는 아직 인공으로부터 자유로웠을 것이다. 그때는 별을 보고 고향을 찾아가는 그리스인들처럼(게오르크 루카치,《소설의 이론》) 이 땅의 사람들도 왕은 믿지 못해도 하늘은 믿었을 것이다. 그런 시절은 지나갔다. 지상의 왕처럼 하늘도 시대를 돕지 않는다. 앞날을 약속하던 절기는 없다. 남은 건 날씨뿐이다. 매일매일 도래하는 혼돈의 날씨. 이 날씨를 읽어야 한다. 아침의 징후가 없다면 징후를 만들어야 한다. 그것이 독서다.

7.

언제라도 사랑할 준비가 되어 있는 사람의 얼굴은 싫다. 눈

크게 뜨고 팔 벌리며 왜 내게 오지 않나요, 라고 미소 짓는
행복한 얼굴들.

8.

길을 건너는데 자동차가 육박했다. 한 치만 더였더라면 나
는 박살 당했을 것이다. 빠르게 커지며 덤벼들던 덩어리를
내 힘으로는 피할 수 없었을 것이다. 나는 이미 부서졌던 걸
까. 처참당한 몸통 같은 무력감.

9.

숫자에 감정이 흔들리는 건 수치스럽다.

10.

나의 분노는 왜 이렇게 공허하고, 그들의 침묵은 왜 그렇게

힘이 센지…… 완전 무시당한 뒤에 찾아드는 안도감이 있다. 부끄러움은 없다.

11.

오늘의 날씨: "올해 들어 첫 한파주의보. 한낮에도 영하권. 종일 하늘 맑고 미세먼지도 없겠다."

카뮈가 사랑했던 날씨는 둘이었다. 하나는 남프랑스 지중해의 맑은 바다와 뜨거운 태양. 거기서 그는 파도 속으로 뛰어들었고 헐벗은 육체에 맺히는 소금 알갱이들을 사랑했다. 또 하나는 겨울 아침의 청명한 태양 빛과 정결하고 차가운 공기. 거기서 그는 '행복한 죽음'을 기억했다. 그러면서 그는 썼다: 시시포스는 행복한 사나이였다고. 그에게 무거운 돌멩이는 음표였고, 노동의 반복은 리듬이었으며, 부조리한 삶은 멜로디였다고……

12.

거짓말이 완벽할 수 없는 건 완벽한 거짓말이 불가능해서
가 아니다. 그건 거짓말을 하면서 그 거짓말을 정말처럼 보
이려고 진실 한 조각을 슬쩍 끼어 넣기 때문이다. 깨어진 접
시를 거짓 자기 조각들로 위조하면서 그것이 진짜처럼 보
이게 하려고 본래 접시 한 조각을 슬그머니 끼어 넣으면 우
리는 그 한 조각을 보고 접시가 위조품임을 알게 된다. 부패
도 마찬가지다. 부패는 부패를 없애겠다며 부패 한 조각을
그 안에 집어넣는다. 그것이 부패가 부패를 사정하겠다는
자가당착의 논리다.

13.

김수영은 설움의 사나이다. 정신과 자유가 아니라 설움이
그의 주제다. 설움이 없을 때 자유도 정신도 없다. 자유와 정
신은 후발적인 윤리다. 그 앞에 존재가 먼저 있다. 김수영
의 탁월함은 그가 두 개의 설움을 알고 있다는 것이다. 하나
는 본래의 설움, 다른 하나는 역사의 설움이다. 존재의 설움

은 긍정이지만 역사의 설움은 부정해서 씻어야 한다. 그리하여 마지막에 존재의 온전한 설움만이 사랑하는 여인처럼 남을 수 있는 시대, 그것이 그가 바라는 새로운 역사다. 설움으로 설움을 넘어 가기, 이것이 그의 시론이고, 연인들처럼 존재의 설움과 사랑하며 살아가기, 그것이 그의 행복한 역사철학이다.

1 4 .

저는 정치를 말하는 게 아닙니다. 사리 분별을 정확히 하자는 것뿐입니다, 라고 어제 강의에서 대답했었다. 내 대답은 옳았다. 정확함만이 힘이다. 우리는 내가 죽으리라는 사실마저 정확하게 알지 못하는 모호함의 시대에 살고 있다.

1 5 .

오늘의 날씨: "아침에 포근하다가 오후 들어 찬 공기 내려와서 기온이 크게 떨어지겠다."

포근하다가 크게 차가워지는 건 날씨만이 아니다. 그건 마음이기도 하다. 그런데 날씨는 차갑다가 크게 따뜻해지기도 한다. 마음도 과연 그럴까. 마음은 왜 날씨로부터 한 가지만 배웠을까. 날씨는 자연이지만 마음은 역사이어서 그런 걸까.

16.

김수영, 〈풍뎅이〉

김수영에게 세상이 소금인 건 두 가지 이유 때문이다. 세상은 메마르고 짠 소금으로 가득한 염전이다. 그러나 동시에 세상은 전해질의 소금이 용해되어 있는 바닷물이다. 생에게 전기 작용을 일으키는 소금에 대한 갈망 때문에 김수영은 들뢰즈의 프루스트와 만난다. 프루스트에게 타락한 세상의 모든 것들은 혈액이 가득한 기호들이다. 자신은 그 기호의 냄새를 알고 있는 진드기다. 진드기는 잎들 속에서 죽은 듯이 기다리다가 기호가 지나가면 정확하게 추락해서 기호의 목덜미에 달라붙는다. 프루스트의 글들은 모두 이 진드기가 썼다. 김수영도 다르지 않다. 추한 세상의 모든 것들은 그에게 소금기 가득한 기호들이다. 그는 소금 냄새를 맡으며 세상의 기호들에게 달라붙는다. 생의 전해질이 얻어질 때까지 그 기호들을 집요하게 읽는다. 프루스트가 기호들을 흡혈하듯이 김수영은 타락한 세상의 모든 것들로부터 소금을 맛본다. 프루스트의 혈액과 김수영의 소금은 그 이름이 같다. 그건 '사랑'이다. 김수영은 염전의 시인이다. 욕망의 소금을 사랑의 소금으로 바꾸기—그것이 김수영에게는 '온몸으로 쓰는 시'다.

17.

선생님의 칼럼이 실리는 날에는 싫어하는 신문도 꼭 사서 읽어요, 라고 한 여자가 말한다. 나는 왜 이런 칭찬의 소리들을 몹시 역겨워할까. 그 선생님도 그 독자도 사실은 좋아하거나 적어도 미워하지 않건만……

18.

오늘의 날씨: "북서쪽에서 찬 공기 내려와서 온 나라 동장군에 떨겠다. 중부지방에 한파주의보 발효 중이고 경기와 충북 지역에 건조 특보 발효 중이어서 화재에 각별한 주의가 필요하다. 서해 남부 먼 바다, 제주도 남부 먼 바다, 동해 중부 먼 바다에 높은 파도 일겠다."

수많은 위기의 경보들. 그래도 동장군에 떨며 조용한 온 나라. 위기를 아는 건 먼 바다뿐인가. 먼 바다는 얼마나 먼 바다일까. 거기서 일렁이는 높은 파도는 누구를 향해서 무엇을 외치는 걸까.

19.

잠 못 이루는 밤이다. 누군가는 사랑의 힘겨움으로, 누군가는 병의 힘겨움으로, 또 누군가는 그 힘겨움 곁에 머무는 힘겨움으로. 그렇게 잠 못 드는 밤은 제 갈 길을 간다.

2 0 .

오늘의 날씨: "아침은 영하 12도 안팎으로 올해 들어 가장 춥겠다. 바람 불어 체감온도 더 낮겠다. 낮에도 기온이 크게 오르지 못해서 종일 춥겠다. 제주를 제외한 전국에서 맑은 하늘 모습 볼 수 있겠다. 내일은 더 춥겠고 곳곳에서 한때 눈 오겠다."

2 1 .

사람들은 옳은 일을 위해서라며 전략을 구사한다. 옳지 않다는 걸 알면서도 그걸 인정하고 받아들인다. 이런 전략가들 중에는 대체로 합리주의자들이 많다. 일찍이 아도르노는 말했다, 합리성 안에는 본래적으로 사기성이 들어 있다고. 또 말했다, 오늘의 지식인들은 하수구라고, 가난할 때는 비난하던 적들의 언어를 바라던 자리를 차지하면 제 입으로 흘려서 세상으로 내보낸다고. 졸라는 말했다, 학자와 지식인은 다르다고, 학자는 세상 등지고 공부만 하지만 지식인은 세상으로 들어가서 배운 걸 실천하는 사람이라고.

19세기의 졸라는 순진했다. 학자와 지식인의 차이는 이제 없다. 그들에게 세상은 없다. 그들이 아는 건 모두 하나뿐이다. 그건 자기다. 아도르노는 또 말했다. 합리성 안에는 본래적으로 사기성이 들어 있다고.

2 2 .

김수영, (휴식)

누구나 죽는다. 시인도 죽는다. 죽은 시인은 누굴까. 그는 용서받아도 되는 죽은 사람이 아닐까, 라는 마음으로 매일 김수영의 시를 몇 편씩 읽는다. 죽어서 용서받고 싶다는 소망을 지닌 사람들도 있다. 그래서 그들은 아픔을 미워하지 않는 걸까.

2 3 .

세상에는 요정들이 가득하다. 행복의 요정은 어느 날 다가

와서 묻는다: 너의 소원은 무엇이니? 하나만 말하렴. 내가
이루어줄게. 우리는 너무 많은 소원들이 있어서 망설이다
가 그만 그 약속의 요정을 잃게 된다고 현자들은 말한다. 하
지만 나는 이렇게 말하고 싶다, 제발 네가 나타나지 않았으
면 좋겠어, 라고……

24.

오늘의 날씨: "온 나라 종일 꽁꽁 얼어붙겠다. 미끄러운 빙
판길 때문에 출근길 불편하겠다. 낮은 구두 신고 보폭도 좁
혀서 걷는 게 좋겠다. 체감온도 높아져서 감기 지수도 더 높
아지겠다. 남쪽에는 대설주의보 발효 중이고 밤에는 중부
에도 약한 기압골의 영향으로 눈 내리겠다. 먼 바다 파고는
높지 않겠다."

로베르트 무질의 대하소설 《특성 없는 남자》의 도입부는
오스트리아 빈의 어느 평범한 날 기상보도로 시작한다. "모
든 기상현상들은 천문학 서적에 적혀 있는 그대로였다. 때
는 1913년 8월의 어느 청명한 날이었다." 이 평범한 날에 대

한 보고는 곧 이어 빈의 중심가에서 갑자기 일어난 교통사고와 구경꾼들에 대한 보고로 이어진다. 사이렌 소리가 들리고 구급차가 달려와서 트럭에 치인 사람을 싣고 떠난다. "그 사람 죽었을까요?" 한 여자가 묻는다. "아마 살았을 거예요"라고 한 남자가 대답한다. "사람들이 그를 차에 실을 때 꼭 살아 있는 사람처럼 보였거든요." 무질은 이 소설의 도입부 에피소드에 소제목을 달았다: 〈그 무엇도 주목할 만한 방식으로는 일어나지 않는다〉. 지금은 2016년 1월이다. 오늘의 날씨는 범속한 겨울 날씨다. 이 범속한 겨울 어느 날에 '일들'은 우리에게 어떤 방식으로 일어나는 걸까.

《계몽의 변증법》부록 단장들 안에는 '고속도로 위의 개'에 대한 에피소드가 있다(아도르노의 사진들 중에는 잘 생긴 검은 셰퍼드와 나란히 앉아서 찍은 유년의 초상사진도 있다. 아이와 개가 너무 닮아 보이는 건 누가 봐도 그 둘이 그랑 부르주아에 속한다는 걸 첫눈에 알 수 있기 때문이다). 그 짧은 글은 다음과 같다: "개 한 마리가 고속도로 위에 서 있다. 세상을 신뢰하는 개는 걸어가다가 차에 치인다. 개의 평화로운 표정은 그 개가 평소에 잘 돌보아졌다는 걸 말해준다. 집에서 길러지면서 개는 사람들에게 아무런 해악도 당하지 않았을 것이다. 자라면서 어떤 나쁜 일도 경험해보지 못한 부르주아 가정의 아이들도 개처럼 저렇게 평화로운 표정을 갖고 있지 않을까? 이 아이들도 지금 막 차에 치인 개만큼이나 온실 속에서 잘 보호를 받았을 테니까."

이 에피소드의 제목은 〈동물심리학(Tierpsychologie)〉이다. 인간심리학과 동물심리학의 차이는 무엇일까. 인간심리학은 주목할 만한 방식으로 일어나는 마음과 행동을 읽는 일이라면, 동물심리학은, 무질과 아도르노를 함께 생각하면, 아무것도 주목할 만한 방식으로는 일어나지 않는 마음과 행동을 읽는 일이 아닐까. 그렇다면 지금 우리에게는 어떤 심리학이 더 어울리고 더 필요한 걸까?

문제는 우리이고, 우리는 고속도로 위에 버려져 있고, 개처럼 치명적인 사고를 당하기 전에, 열심히 동물심리학을 공부해야 하지 않을까.

듣기 싫어도, 믿기지 않아도, 남의 말들을 귀담아들어야 한다고 할아버지는 가르쳐주셨다. 나중에 할아버지의 말씀이 벤야민의 독서법과 만난다는 걸 알게 되었다. 벤야민의 독서법은 두 가지 원칙을 따른다. 하나는 '거꾸로 읽기'이고 또 하나는 '써지지 않은 것을 읽기'다. 그의 독서법은 말하자면 알레고리적이고(Allegorie) 아나그램적이다(Anagram). 알레고리적 독서는 해체의 독서, 텍스트가 주장하는 의미들을 폐허로 만드는 일이다. 의미를 해체당한 폐허의 텍스트는 철거 현장처럼 단어의 잔해들만이 남는다. 현실 정치, 무관심, 위기, 돌파구, 지식인, 정치인, 국민 여러분 등등의 단어 파편들. 그러나 알레고리적 독서는 해체만이 아니라 재구성의 독서, 파편화된 단어들을 재조립하는 독서다. 그 재구성의 원칙이 아나그램이다. 중세의 지식인들은 종교 권력의 검열을 피하기 위해서 새로운 어법, 따르면서 뒤집기의 어법을 만들어냈다. Ave Maria는 뒤집어 읽으면 Eva Maria가 된다. 신에게 자궁을 빌려주는 성녀 마리아에서 새로운 마리아, 금기의 새빨간 무화과를 따 먹는 이브 마리아가 태어난다. 텍스트를 알레고리로 분쇄하고 아나그램으로 재조립해서 읽으면 어떤 텍스트가 태어날까.

2 6 .

김수영, 〈휴식〉

누구나 죽는다. 시인도 죽는다. 죽은 시인은 누굴까. 그는 용서받아도 되는 죽은 사람이 아닐까, 라는 마음으로 매일 김수영의 시를 몇 편씩 읽는다. 죽어서 용서받고 싶다는 소망을 지닌 사람들도 있다. 그래서 그들은 아픔을 미워하지 않는 걸까.

2 7 .

어린 시절 개가 있었다. 어느 날 어머니는 그 개를 팔았다. 다음 날 아침 밥상에 새로 올라왔다. 어머니가 말씀하셨다. 개는 죽어서도 주인에게 봉사하는 게 행복이란다. 죽은 것들이 산자들에게 봉사하는 건 요즈음의 죽음을 보면 안다.

죽어가는 자들은 마지막까지 병원에게, 상조회사에게 봉사한다. 벤야민은 우리는 죽은 자들의 원한을 풀어주기 위해서 여기에 있는 거라고 말했다. 우리는 죽은 자들을 위해서 헌신해야 한다는 것이다. 그것이 역사적 삶이라는 것이다. 하지만 우리가 죽은 이를 위해서가 아니라 죽은 이들이 우리를 위해서 존재하는 건 아닐까. 그들은 계속 우리들을 걱정하는 것이 아닐까. 계속 경고하는 것이 아닐까. 어머니의 말씀이 옳다. 하나의 세대는 다음 세대를 위해서 헌신하는 것이 행복이다. 그러면 벤야민이 틀렸을까. 아닌 것 같다. 그들이 우리를 헌신하는 것이 곧 우리가 그들의 소망의 실현을 위해 헌신하는 것과 무엇이 다른가. 두 세대가 바라는 것, 그것은 언제나 역사이고 다음 세대에 대한 헌신이다.

28.

나는 너무 빠르다. 당연하다. 나는 하부구조다.

29.

나에게 그 사람이 필요할 때 그는 딴 곳에 있다. 그 사람이 나를 필요로 할 때 나는 딴 곳에 있다. 그게 연애다. 그러니 어쩔까. 그러니 됐다, 라고 말할 수밖에.

30.

모든 이미지들이 사라졌다. 나는 영원히 나를 증명할 수 없을 것이다. 모든 일들은 이렇게 속수무책이 된다. 그래서 모든 딱딱한 것들은 연기처럼 사라진다고 레닌은 말했던가. 일들은 결국 도리가 없어진다. 그러니 어쩔 것인가.

31.

쾌락은 현자를 닮았다. 벤야민은 쓴다: "쾌락은 빠르게 변할 줄 안다. 빠르게 나타나서 빠르게 머물다가 빠르게 사라져서 다른 쾌락이 될 줄 안다."

오늘의 날씨: "온 나라에 한파주의보 내려졌다. 낮 최고 온도와 최저 온도가 무의미하겠다. 갈수록 기온이 내려가서 내일 아침까지 더 추워지겠다. 내일도 한파주의보 이어지겠다."

최상급과 최하급은 개념일 뿐이다. 생 안에 그런 건 없다. 생은 과정들의 총합일 뿐이다. 쌍곡선이 그렇듯 상승곡선과 하강곡선이 서로 맞물려서 자리를 바꾸며 진행될 뿐이다. 결정적인 건 과정이지 결과가 아니다. 모든 결정적인 것들은 과정 안에서 발생하기 때문이다. 날씨의 지혜도 거기도 있다. 종일 추워지고 내일은 더 추워지겠지만 그 하강곡선의 대칭면에서는 상승곡선이 함께 그려지고 있는 중이다. 그래서일까. 카프카도 마지막 일기에 이렇게 적었다: "프라하. 오고 가고 또 온다……"

오늘의 세상: "수도권 전문대를 졸업한 정애 씨는 한 공공기관 안내 데스크에서 일한다. 한 달에 130만 원을 받는 파견 사원이다. 2009년 직장 생활을 시작한 정애 씨는 그동안 다섯 군데나 회사를 옮겼다. 방과 후 교사(월급 70만 원)→백화점 카드 고객센터(월급 130만 원)→공공기관 고객안내(월급 120만 원)→살충제 생산공장(시급 5580원) 등을 전전했는데 모두 계약직이나 파견직이었다. 정애 씨는 "200만 원까지는 바라지도 않는다. 한 달에 딱 170만 원만 벌면 좋겠다"라고 말했다. 그는 해외여행을 가보는 게 꿈이다. 아직 여권을 만들어본 적도 없다."

"청년들이여, 우리 늙은이들이 그대들만의 자랑인 고귀한 정의의 정신과 열정을 대신 불태운다면 그대들에게는 얼마나 부끄러운 일일 것인가!" (에밀 졸라, 《청년들에게》)

김수영은 지도를 보고 꿈꾸지 않았다. 그는 천장, 텅 비고 아
마도 낡아서 페인트가 일고 곰팡이도 앉았을, 석회 천장을
보고 꿈꾼다. 그에게 꿈꾼다는 건 '바로 바라다보는' 일이다.
바로 바라보아야 하는 것, 그것은 그에게 50년대 폐허의 도
시이고, 그 도시의 집들, 소음들, 사람들, 그리고 무엇보다 물
건들, '무심한 집물들'이다. 그 물건들을 바로 바라보면서 그
가 꿈꾸는 꿈 아닌 꿈들은 둘이다. 하나는 '헌 옷과 낡은 구
두'가 기억시키는 '옛날에 죽은 친구'다. 또 하나는 '커다란
해양'이다. 그 커다란 해양 위에 그는 폐허의 집들과 사람들
과 물건들을 재배치하려고 한다. 그러면 하나의 지도가 태
어나고, 그것이 '내일의 지도'다. 이 내일의 지도는 어떤 지
도일까. 분명한 건 그 지도 위에는 폐허의 모든 것들이 투명
한 '물방울'로 그려지지만, 그 빛나는 물방울들 중에는 '죽은
친구'도 포함된다는 사실이다. 그런데 이처럼 사람들, 물건
들, 집들, 기계들, 나아가 죽은 사람들도 함께 그려진 지도를
꿈꾸었던 이들은 김수영만이 아니었다. 거기에는 뒤러, 에
이젠슈타인, 벤야민, 보들레르, 콩스탕트 기도 있었다.

3 5 .

찬 바람이 분다. 마른 잎들이 사방으로 쓸리다가 보도의 저쪽 하수구가 있는 코너로 집결한다. 하수구의 무성한 마른 잎들. 잎들은 모여서 수군거리는 것 같다. 하나일 때는 없지만 모이면 생기는 게 있다. 모종의 기운이 있다. 또 다른 세계가 있다. 잎들을 모이게 하고 잎들의 마음을 깨우는 건 잎들이 아니라 찬 바람이다. 힘은 미리 있는 게 아니라 생겨나는 것이다. 힘없는 것들의 소망과 의지를 눈뜨게 하는 건 적들의 힘이다. 지금 없는 힘을 억지로 상상하고 주장하는 건 헛되다. 결정적인 건 적들을 바로 정확하게 읽는 일이다.

3 6 .

오늘의 날씨: "1년 중에 가장 춥다는 절기 대한입니다. 절기답게 올겨울 들어 처음으로 한강이 공식 결빙됐는데요. 그래도 어제보다는 기온이 조금 올라서 볼에 닿는 공기가 한결 부드럽게 느껴집니다. 그래도 중무장하고 나가셔야겠습니다. 공기는 차가워도 하늘 표정은 좋습니다. 종일 하늘이

맑겠지만 밤부터 동해안에는 눈이 오겠습니다."

춥지만 맑은 하늘. 그 하늘 밑으로 눈을 찾아서 동쪽으로 걸어가는 어떤 사람이 보인다. 그는 눈 내리는 동쪽의 바다에 가서 누구를 만나고 싶은 걸까…… 돛대를 지고 산으로 올라가는 오디세우스를 보고 분노했던 포세이돈은 마침내 껄껄 웃었다는데, 혹시 그는 큰 삽을 들고 동쪽 바다로 가는 건 아닐까. 그러면 거기서 누가 그에게 웃어줄까. 조용하지만 잘 웃는 미인을 만나고 싶다. 프루스트는 그 여인을 '보지도 못하고 이름도 모르지만 이미 사랑에 빠져버린 여인'이라고 불렀건만……

3 7 .

오늘의 세상: "요즈음 청년들의 신조어는 '이생망'이라고 합니다. '이번 생은 망했다'라는 뜻인데요, 한편에서는 언론들이 이런 비관적인 신조어 남발로 청년들의 희망과 노력을 오히려 꺾고 있다는 비난의 소리도 들린다고 합니다. 오늘은 빅 데이터를 통해서 이런 신조어들에 대해서 말씀 나눠

보도록 하겠습니다."〈KBS 라디오,〈빅 데이터로 세상을 읽는다〉〉

베케트의 〈고도를 기다리며〉는 잡담과 수다의 연극이다. 긴 공연 시간 내내 황량한 무대 위에서 벌어지는 건 사건들이 아니라 두 노숙인 발트미어와 에스트라공이 끊임없이 주고받는 말장난들이다. 이 말장난들은 그러나 무대 한가운데 마침내 두 사람이 목매달기를 기다리는 헐벗은 나무 때문에 처참하도록 비장하고 우울하다. 이 잡담과 수다를 사람들은 희망의 담론으로 이해했다. 두 사람은 무의미한 잡설들을 내뱉으며 희망을 갈구하고 있다는 것이다. 그 희망의 대상이 God를 닮은 단어인 Godot라는 것이다. 그래서 이 우스꽝스러운 연극은 신이 사라진 시대에 여전히 신을 부르는, 문명에게 배반당한 세계대전의 실존적 상처와 전쟁이 남긴 세상의 폐허 위에서, 그럼에도 신과 구원의 시대를 놓지 않으려는 희망의 부조리극이라는 것이다. 비록 부조리를 직시하지만 베케트는 여전히 희망을 놓지 않고 있다는 것이다. 과연 그럴까. 베케트가 희망과 구원의 작가일까. 고도가 구원의 갓이고, 두 노숙인은 그 신이 오기를 목놓아 기다리는 걸까. 그렇지 않다. 베케트는 희망 같은 유행어를 말하는 사람이 아니다. 그가 알고 있는 단 하나의 단어는 희망이 아니라 '살아남음'이다. 생존을 불가능하게 하는 모든 적들과 베케트의 주인공들은 쉬지 않고 싸움을 벌인다. 그 적들의 이름이 '고도'다. 고도는 베케트에게 구원의 신이 아니라, 마지막 생존마저 빼앗아 가게 될 그 무엇, 다가오는 그 무엇, 마침내 도래해서 무대의 좁고 헐벗은 안전지대마저 빼앗아 가게 될 그 무엇, 그래서 기필코 도래하지 못하도록, 도착하지 못하도록 막아야 하는 그 무엇이다. 이 싸움에서 그들이 가진 무기는 오로지 말들뿐이다. 그들은 그 무기를 쉼 없이 마구 휘두른다. 끝없이 지껄이고, 잡담과 수다를 멈추지 않는다. 그들이 그렇게 말들을 멈추지 않고 쏟아내는 한 고도는 그 방어막을 뚫고 무대를 점령할 수 없다. 베케트는 말했다: "나의 말들은 침묵에게 상처 내기다"라고. 생을 마침내 침묵케 하는 것, 그것은 무엇일까. 그것이 전후의 세상에서만 존재했을까. 베케트는 여전히, 아니 더더욱 오늘 유효하다. 오늘의 시대와 세상은 베케트의 무대다. 그 폐허의 무대 위에서 청년들은 끝없이 무의미한 수다와 잡담을 재생산한다. 헬조선, 탈조선, 이생망, 호모인턴스……이 말들의 정체는 무엇일까. 그들은 기다리는 걸까. 그런데 무엇을? 그들은 지키려는 걸까. 그런데 무엇을? 빅 데이터를 읽으면 희망이 보일 거라고 라디오는 말한다. 그런데 누

가 알겠는가, 빅 테이터가 마지막에 어떤 단어를 아웃풋할
지…… 부디 그것이 'Godot'가 아니기를 바랄 뿐.

3 8 .

"진짜는 천박해. 그 과거 때문에. 가짜가 완벽해. 만들어진
향기, 그 새로운 향기……" (베르트랑 보넬로(Bertrand Bonello),
〈티레지아〉(Tiresia, 2003))

3 9 .

모든 사교 생활을 그만두어야 한다. 죽은 애인을 찾아가는
오르페우스처럼, 단테처럼.

4 0 .

나의 운명. 고만이의 운명. 먼지로 돌아가려는 운명. 모든 것

들의 헛됨을 증거하려는 운명. 나는 이 운명에 평생 봉사했다. 그리하여 이제 변곡점. 혁명은 노년에만 가능하다. 노년이 없다면 비타 노바도 없다.

41.

일요일 아침. 오래된 세계, 도래해야 할 세계, 태고의 새로운 세계를 생각한다. 나를 만드는 모든 나들, 나보다 많은 나의 모든 것들이 분화구처럼 들끓는 한 세계.

42.

가능한 한 읽기를 적게 할 것. 가능한 한 많이 쓸 것, 그것이 무엇이든 상관없이.

43.

《벤야민의 횡단》에 대한 어떤 리뷰. 그는 이 인물 소설이 벤야민의 삶을 미국식 키치로 만들었다고 분노한다. 19세기의 격조 있었던 연애 정신을 할리우드 영화의 싸구려 섹스 판타지로 지저분하게 만들었다고 화를 낸다. 그럴까? 벤야민의 철학적 내용들은 매우 에로틱하다. 일종의 섹스―담론적 성격이 벤야민의 사유들 안에는 분명히 그것도 결정적으로 내재한다. 그런데 어느 쪽이 더 벤야민의 사적 진실이었을까. 섹스였을까 아니면 담론이었을까. 분명한 건 공적 담론으로 사적 진실이 추론되어서는 안 된다는 것이다. 오히려 거꾸로가 더 많은 객관성을 지닐 수 있다. 사적 진실들이 어떤 공적 담론들을 만들어내는가, 라는 질문이 한 지식인의 지성과 정신에 대해서 더 많은 것들을 가르쳐줄 수 있다. 지성과 정신이란 결국 자연의 '표현'이기 때문이다. 물론 표현이 자연에 대한 직접적 모방은 아니지만……

2월

1.

밤새워 기침. 아침에 일어나 베란다 창문 앞에 선다. 차갑고 맑은 아침. 역으로 이어지는 긴 아스팔트. 차들이 사람들이 모두 그리로 흘러간다. 안에서 즐거운 목소리: 참 죽기 좋은 아침이구나!

2.

독서는 두 개의 원전을 동시에 읽는 일이다. 텍스트라는 원전과 '나'라는 원전. 원전이란 무엇인가. 그건 비밀스럽고도 비밀스러운 글이다. 독서는 두 개의 비밀을 동시에 읽는 일, 아니 비밀과 비밀이 서로를 읽어주는 일이다. 비밀이 비밀을 통해서만 열리는 경험, 그것이 독서의 사건이다.

3.

세상은 수치스럽고 세계는 경이롭다.

4.

어느 시기가 되면 생각도 글쓰기도 즐거움이 아니라 의무가 된다. 평생을 멋대로 흘렀어도 나중에는 도덕철학자가 되어야 하는 게 삶의 의무다. 아직도 그 의무에 성실하는 일이 힘들다. 여전히 철이 안든 걸까.

5.

종일 게르숌 숄렘의 《발터 벤야민: 어느 우정의 역사》를 읽는다. 이런 문장이 있다: "도라는 벤야민을 '애쿨(Ekul)'이라는 애칭으로 불렀는데, 그 단어는 (구역질을 뜻하는) '에켈(Ekel)'을 변조해서 만든 것 같았다. '나의 사랑스러운 애쿨', 도라는 벤야민을 그렇게 부르곤 했다." 역겨움이라는 범주 안에서 벤야민을 이해했던 건 도라만이 아니라 아샤 라스시도 마찬가지였다. 역겨운데도 여자들의 애인일 수 있었던 남자 벤야민. 《일방통행로》 안에는 '역겨움(Ekel)'을 주제로 다룬 단장이 있다. 거기서 벤야민은 역겨움이 왜 매혹의 짝일 수밖에 없는가를 '접촉'이라는 개념으로 풀어낸다. 역겨우면서 참을 수 없는 유혹인 접촉이란 어떤 것일까. 만지고 싶다, 라는 건 뭔지……

6.

나혜석의 〈경희〉를 읽었다. 참 멋진 소설이다. 그녀의 '신여성'은 어찌나 사랑스럽고 대견스러운지. 얼마 전 〈자유부인〉을 두고 자본과 욕망의 관계를 거론했더니, '자본이 없으면 욕망이고 뭐고 없잖아요?'라고 빠르게 말하던 (젠더를 공부하는) 젊은 여성이 생각난다. 우리 문학사 안에는 빼어난 단편소설들이 수없이 많다. 한국 단편소설들을 연대기순으로 읽어가는 강의를 빨리 시작하고 싶은 충동.

7.

페북에서 어느 청년의 글을 자주 눈여겨보게 된다. 오늘 그
는 이렇게 적었다. "고독 자체가 좋은 건 아니겠지만 시대가
요구하는 고독은 받아들여야 한다. 고독이 힘들다고 세상
에 섞이는 일은 멋지지 못하다." 멋의 정신성을 아는 청년은
멋지다. 더구나 그가 뛰어난 과학도라는 사실은 그야말로
얼마나 멋진 일인지……

8.

새해 아침이다. 죽은 조상들을 맞으려고 집 안은 아침부터
부산하다. 죽은 이들의 이름을 적다가 턱을 괴고 창밖을 본
다. 턱을 괴고 앉은 자는 죄가 많아서인가. 먼저 죽은 이들에
게 부끄러움이 많아서인가.

9.

몇 사람에게 전화를 건다. 인사를 받는 목소리들은 모두 반가워하면서도 외롭다. 부르는 소리뿐 대답이 없는 이들도 있다. 그 벨 소리도 외롭다. 사람의 목소리와 기술의 소리는 이렇게 서로를 닮아간다. 하기야 이상할 건 없다. 함께 있으면 서로 닮는 법이니까. 그렇게 서로 닮다 보면 나중에 무엇이 태어날까, 문득 그게 궁금하다.

10.

세계를 분리시키는 게 중요하다. 정신의 세계와 물질의 세계. 마음의 세계와 도덕의 세계. 귀족의 세계와 소시민의 세계. 서재의 세계와 생활의 세계…… 그 두 개의 수족관에서 완전히 다른 어종을 기르는 게 중요하다. 그밖에는 자기를 지켜낼 다른 도리가 없다.

11.

벤야민 강의를 끝내고 카페에서, 그 단어들: '님펫'. 비동일
자. 외부. 존재와 망각(하이데거). 벼락 맞은 사람들. 벼락 맞
은 대추나무(벽조목). 카프카. 가능한 것(무질). 사이렌의 노래.
The Real(라캉). 관능. 바울의 회심. 역사 안으로 들어오지 못
한 것. 거기에서 모든 새로운 것들은 태어난다. 생기. 사건
(Ereignis). 돌아오는 전철 안에서, 그 생각들: 나오리는 '님펫'
이다. 매일 그녀에게로 가기. 침대에서 그녀에게 이야기하
기. 그녀의 살 속에 이야기를 새겨 넣기. 나는 왜 '고만이'었
던가. 나는 무엇을 늘 중단했던 걸까. 나의 일생은 '님펫'의
주위를 배회하는 길이었나. 태양을 맴도는 위성처럼 타버
릴까 접근하지 못하는 채 끝없이 그 주변만을 맴돌았던 세
월들.

12.

휴일. 종일 허전한 마음으로 빈집을 지킨다. 가끔 마리와 논
다. 저녁에는 동네 주막. 그래도 잊지 않고 찾아주시네요, 주

인이 술병을 놓으며 인사를 한다. 오랜만에 혼자 술을 마신다. 무언가 속절없이 잊어간다는 생각에 속이 허해진다. 주변은 시끄러워도 어디를 가나 빈집이다. 빈집에서 빈집으로 이사 다니는 일이 세상 건너가는 일인가.

1 3 .

베르테르는 로테를 잊기 위해 여행을 떠나 어느 마을에 머문다. 그 마을의 촌장은 많은 지식을 지닌 베르테르를 매우 좋아한다. 베르테르는 친구에게 이런 편지를 보낸다: "그분은 나의 교양을 몹시 칭찬한다네. 하지만 나는 하나도 기쁘지 않다네. 왜 그분은 내가 자랑하고 싶은 것은 알지 못하고 내게는 무가치한 것들만을 나에게서 평가하고 칭찬하는 걸까. 내가 진정 자랑하고 싶은 건 내 뜨거운 마음이건만……"
아마도 이런 질문을 던져볼 수 있을 것이다. 누군가에게 사랑에 빠진다면 그건 그 사람이 내가 자랑하고 싶은 걸 알아보기 때문일까? 아니면 내게 중요한 그 무엇을 전혀 알지 못하고 알려고 하지도 않는 사람에게 우리는 대책 없이 사랑에 빠지는 걸까? 베르테르가 로테 때문에 괴로워하는 이

유도 사실은 자기를 유일하게 알아보는 여인인 그녀를 소
유할 수 없어서가 아니라, 그 스스로 자랑스러워하는 그런
것에는 아무 관심도 없는 로테가 베르테르의 마음을 미치
도록 유혹하기 때문은 아닐까? 당연히 우리는 아무도 알아
주지 않는 자기를 남달리 알아보아주는 사람과 사랑에 빠
진다. 하지만 전혀 자기를 알아보지 못하고 알려고 하지도
않는 누군가에게 더 속절없이 빠져드는 것이 또한 우리의
사랑인지 모른다.

/ 4 .

그를 보면 프루스트가 생각난다. 카페에서도 두꺼운 외투
를 벗지 않았다는 프루스트. 그것이 다만 천식 때문이었을
까. 혹시 그건 무언가 안에 있는 걸 빼앗길까 불안해서는 아
니었을까.

15.

"그림을 그리는 일은 힘들다. 그러나 그건 나의 일부다."(모네)

16.

"그가 왔다. 오전에 자동차를 공업사에 맡겼다. 오후에는 카메라 장비들을 챙겼다. 밤에는 잠을 자지 않았다. 잠들면 그가 떠날지도 몰랐다. 밤이 지나고 새벽이 왔다. 아침이 밝았을 때 공업사로 가서 차를 찾았다. 시동을 걸자 차가 흥분했다. 갑자기 그의 흥분을 이해했다. 그래, 해 뜨는 곳으로 가자, 나는 서쪽으로 출발했다."

17.

혼돈. 몇 가지 일들이 머릿속에서 엉킨다. 일단은 조용한 날들과 시끄러운 날들의 구분이 필요하다. 단호한 구분. 그 사이에 길이 있을 것이다.

18.

오해를 피하자. 나는 그를 알고 싶은 것이 아니다. 나는 그의 텍스트를 알고 싶은 것이다. 그와 텍스트 사이에 차이가 있다는 걸 나중에 알게 되면, 그 차이를 통해서 또 나는 세상을 알게 될 것이다.

19.

공부란 무엇일까. 위대한 사상가는 다른 위대한 사상가를 공부하지 않았다. 공부의 출처는 다른 위대한 사상이 아니라 지금 여기의 현실이다. 당면한 현실이 위대한 사상들이 집결되어야 하는 유일한 공부의 장소다. 그렇게만 사유는 힘이 된다. 현실을 떠난 공부와 사상들은 오히려 악이 된다. 그것들은 현실에게, 벤야민이 말하듯, '횡령당하기' 때문이다.

20.

나이를 생각하게 된다. 젊었을 때보다 더 젊어지지 않으면 안 된다. 그것은 노년의 열정이 아니라 의무이다. 무너지는 것들에게 아름다움이 의무이고, 석양에게 새벽이 의무이듯이.

21.

"우리는 난쟁이지만, 거인의 어깨 위에 올라타면, 거인보다 더 멀리 볼 수 있다."(파스칼)

세상은 거인이다. 그에 비해 우리는 턱도 없이 작고 약한 난쟁이들이다. 그러나 우리가 세상의 어깨에 올라탄다면 우리는 세상보다 더 먼 곳을 볼 수 있다. 거인은 파멸의 어둠만을 보겠지만(그래서 세상은 그렇게 광기에 빠져 있다) 우리는 그 너머 빛을 볼 수 있다. 문제는 기술이다. 거인의 어깨 위로 뛰어오를 수 있는 점프의 기술과 먼 곳의 빛을 포착할 수 있는 시력이다. 잊지 말아야 할 것은 그 점프력과 시력의 기술은 우리에게 있지 않다는 사실, 그것은 다만 적들로부터, 세상으로부터만 배워서 빼앗을 수 있다는 사실이다. 그래서 그리스인들은 말했다, 나를 찌른 적의 창만이 나의 상처를 낫게 한다고. 옛 중국인들도 말했다, 적을 알고 나를 알면 백전백승이라고.

22.

주문한 책들이 도착했다. 갑자기 한심한 생각. 도대체 언제까지 공부를 할 건지……

3월

1.

생각들은 끊임없이, 제멋대로 갈래들로 뻗어나간다. 생각들은 방만하지 않다. 생각들은 욕망이다. 그러므로 제멋대로에도 길이 있다. 어디인지 모르지만 그 길은 분명 생각이 정념과 함께 가고 싶은 곳으로 향한다.

2.

머리가 혼란스러워 아침 산책을 했다. 거리는 가난해도 햇살은 맑고 따뜻하다. 세상 안에는 소음과 풍경이 있듯이 침묵과 고요, 그리고 정경이 있다. 나는 두리번거려도 내 걸음은 무언가를 아는 것 같다. 아니면 이렇게 가볍고 경쾌할까.

3.

헤어짐을, 사라짐을 두려워할 필요는 없다. 모든 것들은 늘 거기에 있고 때로 우리를 부른다. 우리가 해야 하는 건 경청이고 환대뿐이다.

4.

꿈은 글쓰기의 선생이다. 꿈들의 오리무중 안에는 은밀한 법칙이 있다. 낮 동안에도 이 법칙을 기억해야 한다. 그래야 글을 쓴다.

5.

세상은 미쳤다, 라고 말하는 건 중요치 않다. 그건 다만 사실이니까. 중요한 건 그 미친 세상을 어떻게 응시할 것인가라는 질문이다. 미친 세상의 광기를 바닥까지 들여다볼 수 있다면, 거기에서 눈뜨는 것이 분명 있을 것이다. 광기는 또한

천재이기 때문이다. 응시는 광기의 얼굴이 아니라 천재의
얼굴을 보는 일이다.

6 .

자연이란 무얼까. 자연은 아무것도 말하지 않지만 모든 것
을 말한다. 우리는 텅 빈 중심을 지키기 위해서 역사라는 이
름의 성벽을 쌓아왔다. 의미의 부재 중심을 둘러싼 의미들
의 철옹성을 쌓기 위해서 도도히 흘러온 인류의 시간들과
노력들, 그 끝에 내가 살다가 떠날 이 세상이 있다.

7 .

카프카의 시골 남자는 죽어가는 눈으로 법문 저 끝에서 빛
을 본다. 카프카는 늘 빛을 본다. 이 빛이 카프카의 교활함이
다. 혹은 유모어.

8.

무지개는 만다라의 반원이다. 우리가 잊지 못하는 건 보이는 무지개가 아니다. 그건 안 보이는 반쪽 원이다. 선승들은 그걸 봤다고 외치지만 그걸 못 본 사람이 누가 있나. 그런데 봤다고 있는 건 아니다.

9.

일요일. 날은 맑다. 바람은 세고 황사는 가득하다. 걸으면 머리카락들이 고르곤(Gorgon)들처럼 일어나고 목 안에는 고분처럼 먼지들이 쌓인다. 기침에 기침이 이어진다. 끝나면 정말 끝이라는 걸 아는 노래처럼.

10.

'사랑은 자기애(Selbstliebe)다'라고 프루스트는 말한다. 이 말은 자기만을 사랑한다, 라는 말이 아니다. 오히려 그런 자기

같은 건 없다는 말이다. 그래서 자기가 있다는 말이다.

11.

"나는 그걸 상속받았으므로 마음대로 처분할 수가 없다"라고 카프카는 말한다. 누구나 상속자다. 이전 세대의 유품을 이어받았다. 유품은 낡고 조용하지만 죽은 게 아니다. 그것은, 우리가 처분하지도 간직하지도 못하는 사이에, 육식하는 식물처럼 점점 더 자라난다. 그사이에 점점 더 작아지는 건 우리다. 이 유품을 미워하는 사람이 있다. 두려워하는 사람이 있다. 오히려 가여워하는 사람이 있다. 그런 사람이 카프카다.

12.

'Lascia Ch'io pianga(나를 울게 놔두오).' 그대는 아는가, 슬픔은 자유의 동의어라는 걸.

13.

꿈속에서 만나는 사람들은 모두가 알몸이다. 나른한 오후, 한 잔의 맥주가 불러내는 졸림과 취기. 나는 벌써 깊은 꿈속이고, 취기의 몽상 속 흐르는 정경들 안에서 알지 못하는 혹은 너무나 잘 아는 누군가들을 만난다. 그런데 그들은 모두가 누드다. 하기야 태어나는 이들, 죽은 이들은 모두가 누드 아닌가.

14.

아침의 쓸쓸함. 나에게는 기다리는 사람이 있다. 그러나 나는 떠나려 하지 않는다. 아침은 매일 그렇게 온다.

15.

꿈이나 꿔야지, 그녀는 말했다. 오늘, 맑은 날 아침, 동네 카페에서 〈울게 하소서〉를 듣는다. 꿈꾸면 왜 눈물이 날까.

16.

내가 살았던 세상은 이런 세상이었습니다, 라고 나는 죽어서 말할 수 있어야 한다. 누구나 편안한 유령이 되는 건 아니다. 그러나 힘주어 노려봐도 혼돈 안에서 혼돈만이 들끓는 혼돈의 세상. 나는 아무것도 올바르게 보지 못한다.

17.

백색의 무지개도 있다. 입자들이 너무 크면 색이 죽는다. 굴절들이 많을수록 빛은 색들로 흩어져 찬연한 백색이 된다. 사랑도 그런가.

18.

아침. 새가 운다. 새가 부른다. 담배 연기가 역으로 날아간다, 쏜살같이.

19.

세월호 청문회. 참 지저분한 세상이다. 꿈이나 꿔야지……

20.

끊임없이 태어나는 책들, 끊임없이 지어지는 문자의 무덤들.

21.

사유와 예술은 급진성의 시험이다. 어디까지 생각할 수 있고 어디까지 표현할 수 있는가의 게임이다.

22.

외로운 건 사람만이 아니다. 역사도 외롭다. 이 시대는 외로운 시대다. 과거도 없고 미래도 없는 텅 비인 현재의 시간,

아무도 불러주지 않는 버려진 시간, 지나감과 다가옴의 시간들과 아무 관계도 없이 그저 무상하게 사라지고 마는 지금 여기의 시간, 역사는 고래로 한 번도 이 고독한 시간을 벗어난 적이 없다. 다만 덧없이 흘러서 공허 속으로 사라지는 시간들만이 있었을 뿐.

2 3 .

피조물과 생산물은 다르다. 피조물 안에는 소멸의 기획도 들어 있다. 그래서 피조물은 부드럽게 소멸하도록 만들어졌다. 소멸하면서 무언가가 태어난다. 그러나 인간이 만든 생산품들 안에는 소멸의 기획이 없다. 다만 폐기의 폭력만이 있을 뿐이다. 그래서 자동차는 마지막에 버려져 쓰레기로 폐기될 뿐이다. 소멸의 부재, 이것이 이 시대 인간의 운명이다.

2 4 .

집필은 계획적이다. 글쓰기는 돌발적이다. 글은 복병처럼 예기치 않은 순간과 지점에서 돌출한다. 그리고 한동안 자기 길을 질주한다. 그리고 어딘가에서 역시 이유도 없이 사라진다. 글을 쓴다는 건 이 글들의 발작과 행로를 따라가는 일이다. 이 글들의 행적은 나중에 영화처럼 편집된다. 글들 사이사이로 끊어진 길들을 패치워크처럼 바느질하는 일이 소위 작가의 유일한 작업이다. 그 작업의 끝에 책이 아니라 텍스트가 있다. 텍스트는 흩어짐과 이어짐, 분산과 응집의 몸짓이다. 그것은 몸부림이다.

2 5 .

어느 시평. 어리석은 독자를 위해 써진 글은 서글프다.

26.

〈세상의 모든 아침〉. 음악과 죽은 자의 귀환. 돌아와야 하는
자는 먼저 사라져야 한다.

4월

1.

나는 마리가 날 특별히 따르는 게 실용성 때문인 줄 알았다. 내가 맛있는 것들, 사과, 바나나, 고구마, 때로는 규칙을 어기고 단것들도 주기 때문인 줄 알았다. 그런데 오늘, 침대에서 벤야민 강의록을 고치던 중에, 갑자기 나는 마리가 다만 실용성 때문에 날 좋아하는 게 아니라는 걸 깨달았다. 마리는 날 진정 마음으로 좋아하는 거다, 그래서 내 품 안으로 들어오기를 좋아하고, 조용히 잠들기를 좋아하는 거다. 그건 지금처럼 마리를 품 안에 안아보면 안다. 언제나 모종의 불안 때문에 셀로판지처럼 떨리는 몸이 하나도 안 떨린다. 그냥 안심되어서 마음껏 따스하기만 하다. 잔잔하게 바라보는 검은 눈 안에는 아무런 근심도 의혹도 없다. 게다가 세상에, 물속처럼 적막한 그 눈 안에 내 얼굴도 비추어 들어 있다. 그런데 그 얼굴은 자세히 살펴볼 수가 없다. 내 얼굴도, 눈도 마리 같을까. 마리야, 너 혹시 나를 착각하는 건 아니니?

생각해보렴, 잘 생각해보렴, 착각하면 안 된단다, 착각하면 당할지도 모른단다, 그러니까 철학자처럼 깊이, 수학자처럼 명쾌하게, 그렇게 머리 싸매고, 정말 네가 보는 내가, 하나도 위험하지 않은 내가, 진짜 나인지를 아주 분명하고 정확하게 생각해보렴. 그리고 말해주렴, 내가 과연 누구인지를……

2.

모든 지고한 생각들은 본래 창자에서 나온 것이다.

3.

자유 같은 건 없다. 탈출구(Ausweg)만이 있을 뿐이다.

4.

아침 원고 쓰고 점심 사 먹고 거리 가로수 그늘 밑에 앉아서 담배 피운다. 빛은 좋고 바람도 좋은데 울적하기도 하고 그러려니 싶기도 하고 전신주들 따라서 매달린 색깔 고운 연등들이 영혼들 같기도 하고 거기 내가 알던 이들도 있는가 싶은데 살살 흔들리는 자태들이 에로틱하다. 읽을 것도 많고 쓸 것도 많은데 들어가 서늘한 침대에 묻혀서 긴 몽상이나 했으면 딱 좋겠다. 몽상이 깊어지면 누가 찾아올까 기다리는 일은 또 얼마나 다정하고 달콤할 거나……

5.

풍문들은 아프다. 위안이 필요하다. 그럴 일도 없고, 있다고 해도 그런 게 필요 없다는 걸 알면서도 그냥 필요하다. 이럴 때는 어리광을 너무 엄하게 다루지 말자. 그것도 어리석은 짓이니까.

6 .

"아무도 나를 필요로 하지 않는다는 생각을 서서히 받아들여야만 할 것 같다. 그리고 그에 걸맞게 행동해야 할 것 같다. 나는 이 모든 것에 초연하지 않으면 안 된다. 그러나 나는 그럼에도 불구하고 타르코프스키로 남는다." (안드레이 타르코프스키)

5월

1.

다시 그를 생각한다. 무엇을 위해서인가. 분명한 건 그를 위해서가 아니라는 것이다. 또 나를 위해서만도 아니라는 것이다. 무언가가 또 있다. 늘 그렇다. 늘 무언가가 또 있다.

2.

망설임의 힘에 대하여. 망설임은 자기밖에 모른다. 망설임은 자기를 둘러싼 모든 것들을 빨아들인다. 망설일수록 망설임을 감당할 수 없게 되는 건 그렇게 그것이 모든 것을 먹어치우기 때문이다. 사랑하는 사람은 망설인다. 애인이 죽을 때까지. 햄릿이 오필리아를 그렇게 했던 것처럼.

3.

발레리가 〈방향타(Windstrich)〉를 기록했던 이유를 알겠다. 미세한 편차들의 기록이 필요하다. 그래도 나의 기록들은 발레리의 것과는 다르다. 발레리의 편차들 안에는 없는 것, 그것이 나에게는 편차이므로. 나는 발레리처럼 모던하거나 지적이지 않다. 그래서 나에게 있는 것이 그에게는 없다. 그만이 아니다. 모두가 그것을 갖고 있지 못하다. 그것은 나만의 자랑이고 고독이다. 그것 때문에 나는 괴롭고 어젯밤도 괴로웠다. 그리고 다시 아침 창가. 아침이 또 온다는 건 얼마나 축복인지! 잊을 수 있다는 건 얼마나 숭고한지! 나의 편차는 얼마나 혁명적인지!

4.

당신은 이렇게 사라져가는군요. 당신은 또 이렇게 다가오는군요.

5 .

"농부는 밭에 씨를 뿌리고 슬퍼하며 빈손으로 나오는구나."

6 .

거리의 음모. 모든 맨홀들이 안전한 건 아니다. 뚜껑이 벗겨
진 맨홀들도 있다. 거리를 걷다가 우리는 느닷없이 그 맨홀
에 빠진다.

7 .

아쉬워서 힘든가? 그럴 필요 없다. 반드시 또 돌아오는 법
이니까.

8.

갈 수 있는 데까지 가는 것, 할 수 있는 건 언제나 그것뿐이다.

9.

혼돈. 아무 일도 없이 아무것도 남지 않는다. 아무 일도 없이
모든 것들이 무너져간다. 세워지지도 않은 것들이……

10.

많은 시간들이 흘러갔다. 그사이 많은 일들이 일어났을 것
이다. 그래도 더 흘러야 할 오랜 시간들이 있다. 아무리 오래
흘렀어도 아직도 턱 없이 짧은 시간들이 있다. 그렇게 영원
히 길었던 시간들이 있다. 아무리 더 오랜 시간이 흘러도 그
시간을 건너갈 수는 없을 것이다.

11.

피곤. 그를 만나고 싶지 않은 것이 아니다. 나를 만나고 싶은 것이다. 그러나 나마저도 만나고 싶지 않은 때가 있다. 그러면 눈앞에 열리는 지평. 그 지평을 응시하고 또 응시하기.

12.

침잠. 당신은 어디서도 오지 않는다. 나는 가라앉는다. 더 무엇을 내가 할 수 있겠는가.

13.

"당신을 위해 시를 썼어요. 다 쓰면 발로 밟아서 망가뜨렸어요."

14.

육체는 육박한다. 가벼운 것만이 육박한다. 육체 안에 들어 있는 어떤 가벼운 것, 가볍고도 가벼운 것.

15.

어지러움. 일시에 방향들은 사라지고 나는 기필코 어디론 가 떠나야 한다. 유혹. 등 뒤에 바람.

16.

나는 당신이 지금 어디에 있는지를 안다. 그래도 사라지지 않는 그리움.

17.

내려놓으면 되잖아요. 그러면 빈손이 되잖아요. 그러면 내가 그 안으로 들어갈 수 있잖아요.

18.

돈과 권력은 자연이다. 자연은 인간을 기필코 자기의 자식, 야만인으로 되돌린다.

19.

앤디 워홀에게 대작은 관행이 아니라 전복이었다. 지금은 관행이 예술이란다. 전복은 어디로 갔나.

20.

육박. 귀족들은 누구에게나 친절하다. 그런데 하녀가 육박
하면 어쩔 줄 모른다.

21.

숙성. 성북동. 흐르는 저녁. 밤은 애타게 깊어도 아무도 오지
않으리라. 집요하게 익어가는 희고 차가운 농어회. 멀고도
먼 부드러움의 절정.

6월

1.

늘 조금씩 빗나갔다. 그 사소한 각도들 안에 나의 실패한 생이 있다. 바로잡을 수도 있었을 것이다. 그보다는 빗나가는 게 재미있었던 걸까.

2.

자고 나면 온몸이 굳어 있다. 이제는 자는 일이 죽는 연습인 줄 아는 모양이다.

3.

뿌리 깊은 비겁함이 있다. 오래된 상속 재산.

4.

나는 끌려가는 걸까. 아니면 일부러 가까이 가는 걸까.

5.

거대한 망각이 있다. 오로지 그것만이 잊지 않는다.

6.

비평은 망각을 깨우는 일이다.

7.

녹음되는 강의들. 쌓여가는 잡설의 무덤들.

8.

슬픔의 습격이 있다. 언젠가는 베개에 얼굴을 묻었다. 지금
은 웃으면서 돌아눕는다.

9.

창문을 연다. 빛 속으로 먼지들이 날아오른다.

10.

낮에는 집에만 있어요, 라고 그는 말한다. 밤에는 나와서 술
만 마시고……

11.

원천적 인식. 마비당한 침묵(거대한 망각/신화적인 것).

12.

쓰게 될 글들의 원칙들: 정확성. 역사성. 문학성.

13.

침묵들. 음흉한 침묵. 거만한 침묵. 사로잡힌, 매혹된 침묵. 망각한, 현혹당한 침묵.

14.

누구나 자기에게 정의로워야 한다고, 오늘 강의에서 말했다. 신이 위대한 건 누구에게나 재능의 선물을 주는 것이고, 인간이 위대한 건 그 선물에게 마땅한 정의를 행사하는 것이라고.

15.

자기를 비웃는 일은 더 이상 필요 없다.

16.

신자유주의 혹은 자유의 우울한 변증법.

17.

폭풍우 속에서 리어왕은 비에 흠뻑 젖은 거지를 만난다. 그
제야 그는 자기가 평생 동안 비를 맞은 적이 없다는 걸 깨닫
는다.

18.

"평생 한 번이라도 마음 편한 적이 있었던가. 이제 모든 짐을

내려놓으니 남은 삶이 잘리는구나." (단두대에서 엑세스 백작)

19.

자기 삶에게 정의롭고자 한 이들이 있었다. 그들을 잊었던 건
비천한 이들에 대한 미움과 냉소 때문이었다. 나의 치졸함.

20.

일요일. 종일 한마디도 안 하고 지낸다. 지독한 저조다. 아무
도 오지 않고 모두가 떠나가면 어떠랴. 눈 꼭 감고 곤충처럼
책상 앞에만 달라붙어 있다. 엉망진창인 번역을 저주하고
고쳐대면서(이런 번역들은 세상 같다) 죽은 듯이 카프카만 읽는
다. 비탈을 구르는 공 같은 가슴으로.

21.

책상 위에 놓인 BARISTA에 마음이 간다. 깃털 같아진 요즈음의 마음들.

22.

어제는 비. 오늘은 아침이 청결하다. 바람이 맑아서 담배 연기도 더 푸르다. 어제는 피곤했었다. 그래도 어제의 눈빛 어제의 걸음 소리가 투명하다. 미루었던 병원도 다녀오고 테라스에서 뜨거운 커피를 마시자. 지나는 사람들이 신비할 것이다.

23.

어느 잠수사의 죽음—바닥까지 내려간 자만이 진실을 본다. 그리고 그는 다시 바닥으로 추방당한다.

2 4.

몰락의 무서운 속도. 온 생이 순식간에 죽음으로 빨려 들 듯 하루의 단단한 공허는 순식간에 몇 줄의 문장으로 무너진 다. 침대에 눕기 전 빠르게 칼럼 하나를 쓸 수 있었다.

7월

1.

공허한 초월성과의 격렬한 유희.

2.

다른 격(格)이 필요하다.

3.

미인이 찾아와도, 부가 굴러들어도, 권력이 주어져도 나는
이제 힘이 없다. 겸손해져야 한다.

4.

소설이 현실을 따르는 것이 아니다. 현실이 소설을 따라간다. 나는 소설의 눈으로 현실을 노려본다. 소설의 포충망 안으로 현실의 나비가 날아드는 순간을 기다리며.

5.

하녀 펠리시테. 상처가 순종을 낳는다. 그 순종 안에는 상처의 정념이 있다. 상처의 벌어진 틈새로 누설되는 정념들.

6.

잊지 말 것. 나는 어리석지 않다.

7 .

혐오는 감정이 아니다. 냉철한 의식이다.

8 .

깨어남의 행복. 불광동의 아침. 그리고 빈방.

9 .

곱고 조용한 여인의 품 안에 간직된 은장도와 같은 글.

1 0 .

구멍들. 허공에 마구 엉키며 그러나 어디론가 집요하게 달려가는 전선들은 나에게 또 하나의 환영을 불러들이곤 했다. 그건 캄캄한 밤하늘에 떠 있는 둥근 달과 촘촘히 반짝이는 별들에 대한 환상이다. 그 달과 별들은 나에게 캄캄한 밤을 뚫고 그 어딘가로 향하는 문들의 구멍처럼 여겨지곤 했다.

11.

〈제49호 품목의 경매〉: 무초는 쓰레기(자동차와 사람)의 진실만을 발견하고 공포에 떨다가 LSD로 빠져든다. 메츠거와 힐라리어스도 마찬가지다. 하지만 에디파는 '눈물'의 힘으로 그 쓰레기의 제국을 어떤 다른 세상의 징후와 기호로 읽어낸다. 그녀와 동일한 인물은 '차가운 핏빛 태평양으로 걸어 들어간' Driblette뿐이다.

12.

강의 준비. 아폴리네르의 〈콜히쿰 꽃〉.

13.

깊은 밤. 한 잔의 술. 익어가는 소리. 추락하는 소리.

9월

1.

아무것도 안 하는 시간들이 없어졌다. 그러자 지나가는 문장
들도 없어졌다. 문장들이 없어지는데 사랑이 남아 있을까.

2.

아직도 사랑하는 사람은 걷자고 하고 이미 사랑하지 않는
사람은 타자고 한다.

3.

이 무거운 마음의 까닭은 무엇일까. 넋 놓고 보내는 하루.

4.

소식도 없이 먼 곳에서 찾아오는 것을 사랑하지 않을 수 있을까. 내일이면 인사도 없이 떠나는 것을 사랑하지 않을 수 있을까.

5.

나이 든다는 건 갈 곳도 없이 방랑한다는 것이다.

6.

시인은 누구인가. 그는 자기가 공들여 하는 일의 쓸모없음을 노래하는 사람이다.

7.

나를 지켜왔던 강력한 무기. 그건 패배에 대한 자부심이다.

8.

고개 숙이고 혼자 걸어가는 아이. 생각에 잠길 줄 아는 건
아이들뿐이다. 그들을 닮으려 기우는 나의 어깨와 이마.

9.

지하철 같은 날들이다. 빼도 박도 못하는 궤도를 오가는 매
일의 날들. 그 사이에 모르는 사람들이 타고 내리고 또 타고
내린다. 어느 정거장에서는 내리는 사람뿐, 타는 사람은 없
다. 나날이 많아지는 그런 정거장들.

10.

토요일 거리. 웃으며 오가는 사람들. 문득 나만 혼자 울적하다는 걸 발견한다.

11.

돌아오는 나를 기다리며 종일 길가에 서 있던 낡은 차. 시동을 걸기 전에 푸른 밤 속으로 길게 연기를 뿜는다. 오늘도 무엇을 찾아 헤맸던가. 비로소 발견하는 텅 비인 마음.

12.

무겁지 말자고 약속한다. 가볍게, 가볍게, 라고 어깨를 토닥이는 손.

13.

나는 별이야. 해 뜨면 없어져.

14.

종일의 부유. 난장의 세상에서 할 수 있는 건 몽유뿐.

15.

무언가를 자꾸만 기다린다. 오면 또 잠깐 반갑고 말 것
을……

16.

화가에게 특별한 사물 같은 건 없다. 그가 보는 건 빛뿐이
니까.

17.

전선 위에 새들. 그 아래 흐르는 개울물. 저무는 해. 점점 창백해지는 얼굴.

18.

깨우는 건 소리가 아니다. 정적이다. 어둠 속에서 자주 깨어나는 잠.

19.

성묘. 무덤가를 맴돌던 둥근 바람. 흰나비들은 다 어디로 갔을까.

2 0 .

밤의 철학. 철학은 밤에 태어나서 낮이면 사라진다.

2 1 .

마리가 혼자서 먼 산을 바라본다. 눈이 깊고 푸르다. 따라서
먼 산을 본다. 아무것도 보이는 게 없다. 강아지만이 꿈꾸고
생각한다. 사람은 끝없이 생각하지만 사실은 아무것도 생
각하지 않는다. 꿈이야 말해 뭐 할까.

2 2 .

젊은 시절에는 사랑이 무엇인가라고 물었다. 그때 사랑은
배회였다. 지금은 무엇을 사랑해야 하는가에 답해야 한다.
이제 사랑은 결단이다.

23.

시에 노래를 붙이는 건 얼마나 어리석은 짓인지. 시는 마지막까지 언어일 뿐, 노래가 될 수 없다. 그래서 시다.

24.

우산을 받고 가는 두 노파를 보았다. 까맣게 오래전 소설을 쓰던 시간이 생각났다. 그때 나는 깊은 슬픔에 빠질 줄 알았다. 젊었다. 집에 와서 헤밍웨이를 읽었다: 〈깨끗하고 빛이 환한 곳〉

25.

글을 쓰고 싶은 건 할 말이 있어서가 아니다. 문장들이 귀환하기 때문이다. 무정하게 떠났다 원망했지만 한 번도 날 잊은 적이 없다고 말하는 여인들처럼.

26.

밤. 그 환한 곳. 노래도 사라지는 부드러운 곳.

27.

허무를 아는 사람은 많아도 허무에 빠지는 사람은 드물다.

28.

어머니 생각. 혈거인처럼 평생 동굴을 천공했던 어머니. 그리고 마지막에 남은 척추 속의 동굴. 보고 싶은 사람을 찾으려면 그 사람의 동굴로 내려가야 한다. 오르페우스처럼.

29.

밤은 신이 태어나는 시간. 신앙은 신을 믿는 것이 아니다. 그건 신을 태어나게 만드는 것이다.

30.

연애는 그 사람에게 도취되는 것이다. 연민은 그 사람을 바닥까지 이해하는 일이다. 무엇이 사랑일까.

31.

밤은 깊어가고 눈은 밝아진다.

32.

밤이 오면 나는 여자가 된다.

33.

밤에는 화산이 태어난다. 너무도 차갑고 고요한 그러나 안
에는 들끓는 뜨거운 아우성들. 너무 부드럽게 녹아서 아무
곳이나 흘러가고 싶은 마그마들.

34.

밤은 왜 그렇게 부드러운지.

35.

밤에는 물고기가 된다. 오래된 우물 속에서 몸 뒤척이는 소리.

36.

밤에는 거울이 긴 통로가 된다. 그 통로 앞에 서면 얼굴 뒤에

서 떠오르는 얼굴이 있다. 나의 얼굴도 당신의 얼굴도 아닌 얼굴. 이 얼굴도 어디선가 깊은 밤 거울을 들여다보는 걸까.

37.

사랑하는 사람은 밤에 키스하면 안 된다. 아침에 일어나면 그 사람은 죽어 있으니까.

10월

1.

밤의 철학을 위하여. 밤에는 초대받지 않은 철학의 여신들이 강림한다. 저 부드럽고 우울하고 철없고 아우성치는 여신들. 밤은 그 여신들에게 밤새워 언어의 요리를 마련하는 시간이다.

2.

낮 동안의 생각들은 덧없어 우울하다. 그래도 버리지 않고 간직하는 건 다가오는 밤을 기다리기 때문이다. 밤은 타자들이 찾아오는 시간. 그때 덧없는 생각들도 빛나기 시작한다.

3.

일요일 아침. 주제 없는 나날들의 또 하루가 눈앞에서 열린다.

4.

카페에서 비평문 하나를 쓴다. 편하게 쓰려고 했지만 편하게 써지지 않는다. 편하게 쓰려는 건 내가 글의 길을 만들려는 것이다. 글쓰기의 길을 만드는 건 글이지 내가 아니건만. 편하게 쓸 수 있는 글 같은 건 없다.

5.

카페 건너에는 대형 교회가 있다. 지금은 오후 1시. 드디어 수많은 사람들이 예배를 마치고 거리를 메운다. 카페 앞을 긴 행렬이 지나간다. 보도가 그림자들로 가득하고 그들은 모두 밤길 행진을 하는 것 같다. 빛의 예배 뒤에 찾아오는 밤도 있다. 그러면 어둠의 예배라는 것도 있을까. 어두운 곳에서 예배를 치르는 사이에 세상과 거리에 빛과 낮이 찾아 드는 그런 예배.

6.

밤에는 유령들이 돌아온다. 그래서 눈물이 난다. 슬픈 것들은 모두가 유령들이다. 슬프지 않은 것들은 돌아오지도 않을 테니까.

7.

밤에는 외국어가 다정해진다. 그 낯선 단어를 타고 아주 멀리 갈 수 있을 것 같다. 모국어도 알지 못하는 저 건너 어디로…… 낯선 것처럼 친절한 것이 있을까.

8.

밤의 방은 언제나 빈방이다. 밤에는 방도 갈 곳을 몰라서 한숨을 쉰다.

9.

사랑에 빠진 사람은 문맹이 된다. 그러면서 모든 걸 읽으려한다.

10.

밤은 어쩌면 이토록 세밀하게 부드러운지. 사랑하는 사람의 길고 가늘고 흰 손처럼. 수족관의 물고기처럼 나는 갇힌줄도 모르고 그 손안을 유영할 수 있을 뿐.

11.

밤에 나는 유치해진다. 그리고 그 유치함에 나를 모두 맡긴다.

12.

외로울수록 은밀해지는 밤.

13.

밤은 쓸데없는 것들을 위한 시간이다.
이런 문장들처럼……

14.

오전에는 강의를 하고 오후에는 혼자 영화를 보고 저녁에
는 사진전에 갔다. 오래전의 사람들을 만났다. 옛 사람들을

만나면 어쩐지 내가 그림자처럼 여겨진다. 술은 과했는데 취하지 않은 건 또 어쩐 일인지⋯⋯

15.

다시 밤이다. 혼자다. 나는 다시 우울해지고 침착해진다.

16.

전쟁은 끝이 없다. 무기의 전쟁이 없으면 말들의 전쟁이 세상을 휩쓴다. 오늘도 말들을 쏟아내는 자궁의 세상을 한 바퀴 돌아서 밤으로 도착했다. 밤은 말이 없다.

17.

어떤 것은 그냥 받아들여야 한다. 그걸 바닥까지 파헤치는 건 천박하다. 이 천박함을 어떤 사람들은 지성이라고 부른다.

18.

지난 시간들은 부채처럼 접혀 있다. 회상은 그 부채를 기억하는 일이 아니다. 그건 그 부채를 펼쳐서 주름들 사이의 냄새를 맡는 일이다. 오래된 향수병을 발견하고 마개를 열듯이.

19.

정신은 더 높아질 수 있을 뿐 스스로 자기를 낮출 수 없다. 애써 이해받으려는 건 쓸데없는 일이다.

20.

단어들 앞에서 당당할 필요가 있다. 그래야 단어들도 예약한 손님을 맞이하듯 문을 열어준다.

21.

혼자 술 마시는 일이 오래되었다. 외롭고 그리운 것이 덜해
서가 아니다. 비가 오지 않기 때문이다. 빗소리를 들어야 마
지막까지 숙성하는 술이 있다. 그런 술이라야 취기에 젖는
내밀한 곳이 있다.

22.

감정은 고요할 때 가장 뜨겁다. 그것이 매혹된 감정이다.

23.

푸생의 아르카디아. 슬픔이 없으면 여신도 없다. 모든 것을
다 알았다고 슬픔이 사라지는 건 아니다. 바로 그때 들어서
는 슬픔이 있다. 그것이 여신의 우수다.

24.

영원히 함께할 수 없는 것이 사랑과 정치다. 그런데도 그걸 하나로 살고자 했던 이들이 있다. 하이네에 대해서 깊이 생각하는 밤.

25.

오랜만에 K를 보았다. 그는 그사이에 더 나빠진 것 같았다. 그래도 떨리는 손으로 칼국수를 맛있게 먹었다. 나중에야 그가 즐거워하는 건 쫄깃한 국수도 구수한 조개 국물도 아니란 걸 알았다. 그건 소란한 식사의 자리였다. 그제야 그가 얼마나 외로울까 생각이 들었다. 헤어질 때 오래 손을 잡아도 가시지 않던 미안함.

26.

내일 인터뷰 준비를 하다 보니 내가 형편없는 도덕주의자라는 걸 알겠다. 나는 아직 정당한 결론을 못 갖고 있다. 그래서 뚜쟁이처럼 그 빈자리를 도덕으로 봉합한다. 목사나 되었으면 제격이겠건만……

27.

나라가 굿판이 되었다. 누군가들은 재빨리 몸을 사리는데 누군가들은 허겁지겁 목청을 높인다. 웅크린 자들은 전략을 짜는데 흥분한 자들은 상황에 휩쓸린다. 들뜬 흥분은 차가운 전략을 이기지 못한다. 그들의 차가움보다 더 차가운 냉엄함이 필요한 때다. 없어져야 하는 건 굿판이지 무당들이 아니다. 그걸 잊으면 대신 무당이 되어 굿판에서 춤을 춘다. 그들이 기다리는 게 바로 그것이건만.

28.

곰브리치 강의. 갈수록 강의가 잡설이 된다. 오래 입은 속옷의 고무줄처럼 창피한 줄도 모르고 늘어진다. 치부가 드러나기 전에 총체적인 관리가 필요하다.

29.

며칠째 밤이 낯설다. 밤마저 떠나면 나는 누구에게 사랑을
고백하나.

30.

사랑이 없는데 무슨 정치가 있나, 라고 썼었다. 자리를 바꾸
어 쓰자. 정치가 없는데 무슨 사랑이 있겠는가.

31.

가차 없이 생각하기. 용서 없이 말하기. 그리고 독자들을 무
시하기.

3 2 .

"속물에 대한 그의 증오는 바로 그의 속물근성에서 나오는 것이었다."(프루스트)

나는 아니다, 라고 나는 말할 수 없다. 인정한다. 하지만 그렇다고 이건 아니다, 라고 내가 말할 수 없는 건 아니다.

3 3 .

파도를 막는 건 방벽을 높이 쌓는 일이 아니다. 그건 파도만 더 높이 뛰어오르게 할 뿐. 벽은 때로 적들의 도약판이 된다. 사랑도 정치도.

3 4 .

먼 생각. 그러자 무엇을 잃었는지가 또렷해진다.

3 5 .

조반니 벨리니의 '피에스타'. 육체는 왜 이토록 슬픈 것인지. 이 슬픈 육체 앞에서 스며들 곳을 찾지 못해 서성이는 성스러움.

3 6 .

기억도 마음도 흐른다. 우리는 아무리 애써도 지나간 것들 곁에 머물 수가 없다. 하지만 모두 잊고 떠날 수도 없다. 그저 그래야만 하므로 그 위에 새로운 삶의 집들을 지으며 나날들을 살아간다. 때로 그 집이 흔들리는 건 지난 시간들이 지층 밑에서 몸을 뒤척이기 때문이다. 깨어날 수 없는 잠의 고치 안에서 먼 날임을 잊고 꿈꾸듯 눈을 뜨는 유충처럼. 밤은 그래서 늘 잠 속에서 뒤척이는 먼 꿈 같다.

37.

낮에는 우울을 아낀다. 다정한 애인처럼 깊은 밤에 찾아올
수 있도록.

38.

칼럼 원고 하나를 마무리했다. 상 주듯 저녁에는 술. 터벅이
며 돌아올 때 벗은 목을 쓸고 지나는 찬 바람. 아, 겨울이 오
네, 중얼거릴 때 눈앞에 내리는 어느 날의 흰 눈발.

11월

_/_ .

나는 여자를 좋아하고 남자를 싫어한다. 여자를 좋아하는 건 이상하지 않지만 남자를 유난히 싫어하는 건 주목할 일이다. 왜일까. 샤를뤼스는 여성적 게이다. 그는 모든 여성들에게는 친절하지만 남자들에게는 불친절하고 심지어 증오를 드러낸다. 그는 마르셀의 할머니와 마담 빌파라지에게는 지극히 다정하지만 마르셀에게만은 까닭 없이 오만하고 비웃는 시선을 보낸다. 하지만 그의 '행동들'은 모두가 뒤집어 읽어야 하는 텍스트다. 나도 뒤집어 읽어야 하는 텍스트일까. 내게는 남자답지 못한 나에 대해서 지독한 콤플렉스가 있는 건 아닐까. 사실 나는 지독히도 마초가 되고 싶은 건 아닐까.

2.

예술주의자와 예술가는 전혀 다른 존재다. 전자는 예술을 팔아서 살고 후자는 예술을 산다.

3.

대낮의 화창한 햇빛, 그 거리 위에서 나는 하루 종일 욕망의 거친 구두 소리들만을 들었다. 돌아오는 밤, 나는 또 창마다 새어 나오는 불빛들을 보았다. 그리고 커튼이 두껍게 내려진 그 방 안에서 실패한 한낮의 욕망을 턱 괴고 반추하는 질기고 질긴 외로움을 보았다……

4.

렘브란트의 빛은 그가 꿰뚫어 보았던 인간의 조건, 육체와 삶을 응시하는 정신의 시선이다. 빛이 그토록 강렬한 건 그의 정신이 존재의 바닥까지 닿은 연민과 거기에서 배운 사랑의 투지로 가득 차 있기 때문이다.

5.

맑은 된장국으로 아침을 먹었다. 그리고 남은 한가한 오전 시간.《비트겐슈타인의 철학 일기》를 읽는다.

6.

피아노 선반 구석에서 니베아 쉐이브 로션을 발견했다. 아마도 그사이에 새 로션을 선물로 받았고 그걸 줄곧 사용했던 모양이다. 뚜껑을 열고 냄새를 맡으니 먼 시간들이 돌아온다. 냄새는 사라지는 것이 아니라 퍼져서 이미지를 만든다. 풍경들, 책들, 얼굴들, 잊었던 생각들, 심지어 언젠가 했던 말들도 눈앞으로 돌아온다. 모든 건 사라지겠지. 하지만 사라진다고 없어지는 건 아닐 거야……

7.

노년에 대한 강의를 했다. 노년은 축복받은 시간, 자기만을 위해서 살 수 있는 자유의 시간이라고 뻔한 거짓말을 했다. 끝나고 싸구려 치킨 집에서 혼자 맥주를 마시는데, 반드시 거짓말만은 또 아니라는 생각이 들었다. 노년이 자유로운 건 그것이 아무도 원하지 않는 버려진 시간, 남겨진 시간이기 때문이다. 문제는 이 주변성의 시간을 그래도 필요로 하는 것이 과연 무엇인가이다. 바울에게는 그것이 미래의 메시아였다. 하지만 내게는 그것이 사랑했던 죽은 사람들이다. 그들이 나의 버려진 시간들을 원하는 것 같다. 점점 더 간절하게……

8.

때로 나의 말들이 누군가에게 도움이 된다는 걸 발견한다. 그러면 혼란에 빠진다. 이건 아닌데, 이건 뭐지…… 왜 그들은 나를 간파하지 않는 걸까. 그들이 믿지 않을 때 나는 비로소 해방될 수 있건만…… 그들은 음모의 적들이고 나는 말할수록 거짓말과 무책임만 쌓여가고, 언젠가 그들은 마침내 죄를 물어 나를 판결할 것이다.

9.

한 장면을 캡처했다. 두 사람이 거리에서 두 번째 조우하는 일련의 장면들이다. 남자의 저녁 초대를 여자가 거절하고 돌아서는 장면. 아름다움의 쓸쓸한 절정. 모든 것들을 다 잃거나 버렸을 때 문득 들어서게 되는 존재의 헤테로토피아가 있다. 일체의 노스텔지어가 사라지는 생의 밑바닥 어느 곳. 이 밑바닥으로 하강하는 알콜리카를 여자는 구원을 포기한 천사처럼 동반한다. 그리하여 남는 건 몰락의 셀레브레이션. 오르페우스와 에우리디케의 전복적 알레고리.

10.

누군가가 '페미니즘적으로도 접근할 수 있지 않을까요?'라고 물었다. 고개를 끄덕이면서도 알 수 없이 안에서 불편했다. 일단은 이 불편함을 간직하는 게 옳겠다. 페미니즘은 언제나 바닥에서 시작한다. 불편함은 그것이 바닥이 아니어서가 아니라 그것이 정말 가장 바닥인가라는 질문 때문이고, 이 질문에 대한 답을 나는 아직 모르기 때문이다. 모르는 건 일단 간직하는 게 정직하다.

12월

1.

남의 글에는 감동을 받아도 나의 글에는 아무런 느낌이 없다. 이건 병이 아니라 정상이다.

2.

책은 왜 우리를 매혹하는 걸까. 그건 책이 어떻게 죽어야 하는가를 우리에게 알려주기 때문이다.

3.

'나만을 위한 책'(폴 발레리)은 죽은 이를 위한 책이다.

4.

나는 타자를 혐오하면서 욕망한다. 오래된 나의 사랑법.

5.

"I am nothing in life, but everything on the screen." (로미 슈나이더)

6.

존재의 밑바닥에는 누가 있는가. 거기서 우리는 한 사람을 만난다. 외톨이인 한 사람. 사랑하지 않으면 안 되는 한 사람. 더 없이 귀한 한 사람. 임종의 침상에 누운 한 사람.

7.

수족관 안의 은빛 물고기는 화를 내지 않는다. 미치지도 않는다. 다만 부드럽고도 부드럽게 유영을 한다: 세상은 우리를 위한 것이 아니다. 우리가 만들지도 않은 그 세상으로 우리는 내던져질 뿐. 하지만 그 세상 안에서 우리는 또 하나의 세상을 꿈꾸고 만든다. 그것이 삶이고 현실이다.

8.

'있다'라는 사실 이외에는 아무것도 없다(Urdoxa). 그러나 우리는 '있다'라고 말할 수 없다. '있었다'라고만 말할 수 있다. '있다'와 '있었다' 사이에 있는 것, 그것이 세월이다. 사물들과 사건들을 보면서 우리는 이 세월을 보고 그래서 보이는 것 안에는 환영이 있다. 이것이 왜 우리가 사랑하는 것들 앞에서 필연적으로 꿈을 꾸는가의 이유이다.

9 .

글쓰기는 손가락을 다 모아 예배를 드리는 일. 혹은 침대 안에서 손가락을 다 풀어 사랑하는 사람을 축성하며 애무하는 일. 잃어버린 기의를 찾아서 헤매는 기표들처럼……

조용한 날들의 기록

© 김주영 2023

초판 1쇄 발행 2023년 2월 20일
초판 2쇄 발행 2023년 2월 24일

지은이 김진영
펴낸이 이상훈
편집인 김수영
본부장 정진항
문학팀 김다인 최해경 하상민
디자인 형태와내용사이
마케팅 김한성 조재성 박신영 김효진 김애린 오민정
사업지원 정혜진 엄세영

펴낸곳 (주)한겨레엔 www.hanibook.co.kr
등록 2006년 1월 4일 제313-2006-00003호
주소 서울시 마포구 창전로 70 (신수동) 화수목빌딩 5층
전화 02-6383-1602~3
팩스 02-6383-1610
대표메일 munhak@hanien.co.kr

ISBN 979-11-6040-946-8 03810